FLORIS,
MON AMOUR

JACQUELINE MONSIGNY

FLORIS,
MON AMOUR

BERNARD GRASSET
PARIS

PREMIÈRE PARTIE

LE DESTIN DE MAXIMILIENNE

CHAPITRE PREMIER

« Cherche, Néron », dit Maximilienne. Des appels au secours venaient du fond de la forêt. Etonnée d'abord puis inquiète, elle s'enfonça sous les arbres avec son chien. C'était un après-midi de mai 1717. Vêtue comme à son habitude d'une robe paysanne, la comtesse de Villeneuve-Caramey se promenait aux environs de Senlis. A son allure simple, on n'aurait jamais pu deviner qu'elle était l'épouse d'un ami intime du Régent, Philippe d'Orléans.

Fort belle, avec ses longs cheveux bruns et ses yeux violets, elle s'était volontairement exilée dans son superbe château de Mortefontaine.

D'abord amoureux de sa gracieuse épouse, Amédée de Villeneuve-Caramey n'avait pas tardé à la délaisser, alors qu'elle attendait leur fils Adrien, il lui préférait les folles nuits du Palais-Royal.

Si Maximilienne avait eu quelque tendresse pour le comte, ce sentiment s'était bien vite transformé en une indifférence résignée. La jeune femme pensait qu'à vingt-deux ans sa vie était finie. Certes, il y avait Adrien, mais ce n'était encore qu'un bébé de deux ans, à qui elle ne pouvait confier ses peines. La solitude lui pesait.

« Allons, cherche, mon chien. » A mesure qu'elle avançait, les appels se faisaient de plus en plus précis, accompagnés de solides jurons.

« Sans doute un bûcheron qui s'est blessé », pensa la jeune femme. Il n'en était rien. Au pied d'un grand chêne gisait un homme qui se tenait la jambe, son cheval à quelques pas de lui. Maximilienne resta interdite. L'homme était une sorte de géant habillé de bouracan gris, sans jabot ni manchettes, mais à qui des yeux noirs dans un visage parfaitement dessiné donnaient de la grandeur et une rare beauté.

« Aide-moi à me relever, petite ! dit l'inconnu. Ce bougre de cheval a fait un faux pas et je crois bien m'être fracassé le genou ! »

Sans dire un mot, Maximilienne obéit. Un sourire se dessina sur le visage de l'homme.

« Merci, petite, sans toi j'aurais encore moisi Dieu sait combien de temps dans ce maudit bois ! »

Maximilienne prêta son épaule au bras de l'homme, et tous deux se mirent en chemin. Maximilienne avait tout à coup un sentiment de bonheur intense qu'elle ne pouvait s'expliquer. Elle osa demander :

« Qui êtes-vous ? Comment vous appelez-vous ?

— Tu es bien curieuse, répondit l'homme en riant. Je m'appelle... je suis le baron Pierre Mikhaïlof et je fais partie de l'avant-garde chargée de préparer l'arrivée de Pierre le Grand, mon maître, tsar de Moscovie. A vrai dire, je suis surtout son interprète. Que penses-tu de mon accent, petite ?

— Il est très bon, répondit Maximilienne. Jamais on ne soupçonnerait votre identité... »

Le baron Mikhaïlof éclata de rire. Un rire vivant, sauvage, franc.

« Je n'aime pas le tsar, continua-t-il, il est cruel, buveur, et joueur. Il croit que tout lui est permis. Si tu le rencontres, éloigne-toi de son chemin, il serait bien capable de te briser les reins par simple plaisir de voir souffrir ! D'ailleurs, il va sûrement passer par ici. Il a débarqué à Dunkerque voici trois jours et descend vers Paris flanquer une correction à ce coquin de Régent. »

Maximilienne écoutait tout cela, interloquée, en soutenant de son mieux ce grand gaillard. Bien qu'il souffrît beaucoup de sa jambe, il n'arrêtait pas de parler à grand renfort de gestes.

« Et toi, petite, dit-il, quel est ton nom ? Tes parents ont sans doute une ferme par ici ?

— Je suis, répondit Maximilienne, la comtesse de Ville-neuve-Caramey. »

Le baron Mikhaïlof hésita quelques instants, puis éclata de rire.

« Madame la comtesse, dit-il enfin, saurai-je un jour me faire pardonner cette ridicule méprise ?

— Ce n'est pas grave, monsieur le baron, répondit Maximilienne. Etre une paysanne n'a rien de déshonorant, bien au contraire. Les champs de blé que vous voyez là-bas — ils avaient atteint la lisière du bois — ne seraient rien sans nos braves paysans. Comment va votre genou ?

— Mal, je le crains, répondit le baron. Je ne pourrai reprendre mon chemin que dans quelques jours... » Maximilienne ne répondit pas, mais eut un petit sourire que le baron intercepta. Il la regardait maintenant avec intérêt.

« Et mon cheval, dit le baron, je l'ai oublié !

— Ne vous inquiétez pas, dit Maximilienne, j'enverrai un valet pour le soigner et le ramener au château.

— Merci, madame la comtesse, vous êtes une dame de France bien prévenante...

— Et vous, monsieur le baron, un étranger bien singulier, répondit Maximilienne avec un sourire.

— Je dois avouer, poursuivit le baron, que j'ai des goûts assez originaux. Je préfère voyager et m'arrêter où il me plaît, plutôt que de suivre une troupe monotone. Ainsi, je rencontre des gens, j'apprends des choses que je ne connaîtrais jamais à la cour de Moscovie. "Le prince dans les livres apprend mal ses leçons." C'est de votre Corneille, il me semble ?

— Seriez-vous aussi un érudit ? » dit Maximilienne amusée.

Elle avait la tête qui tournait. Ce diable d'homme l'étonnait et la ravissait. C'était la première fois que le destin lui offrait une telle rencontre. Le château apparut enfin. C'était une somptueuse demeure du plus pur style François Ier.

« Mon bon Grégoire, appela Maximilienne, viens vite.

— Ah ! ça, madame la comtesse, vous seriez-vous blessée ?

— Pas moi, Grégoire, mais M. le baron Mikhaïlof, qui s'est peut-être cassé la jambe ! Dépêche-toi de l'aider, et que Martine prépare la chambre bleue, et puis va vite chercher le docteur Tellier ! »

Une heure plus tard, le baron Mikhaïlof était confortablement installé au premier étage du château. Le docteur arriva quelques minutes plus tard pour examiner la plaie.

« Ce n'est pas bien grave, dit-il d'un ton rassurant. Quelques jours de repos et vous pourrez remonter à cheval. Mais il s'en est fallu de peu que vous ne vous brisiez la jambe. »

Maximilienne, après avoir veillé à l'installation de son hôte, rendit visite à son petit Adrien, avec lequel elle avait l'habitude de jouer en attendant l'heure du souper. Mais elle était trop troublée pour partager ce soir-là les jeux de l'enfant. A six heures, Grégoire vint frapper à la porte du baron Mikhaïlof :

« Madame la comtesse m'envoie prendre des nouvelles de monsieur le baron et le prie de bien vouloir lui faire l'honneur de partager sa table pour le souper.

— Dis à Mme la comtesse combien je lui suis reconnaissant de son accueil et que tout l'honneur sera pour moi. D'ailleurs cette satanée jambe me fait beaucoup moins souffrir. Veux-tu m'aider à descendre sur-le-champ ?

— Bien, monsieur le baron. Mais monsieur le baron ne pense-t-il pas qu'il vaudrait mieux...

— Allons, coupa Mikhaïlof, ce n'est pas une malheureuse blessure qui m'empêchera de descendre un escalier ! En route ! »

Le baron s'appuya de tout son poids sur l'épaule du pauvre Grégoire, qui, au bas de l'escalier, suait sang et eau.

« Où est madame la comtesse ?

— Dans la salle à manger d'été », répondit Grégoire.

Maximilienne avait relevé et bouclé ses beaux cheveux bruns et portait une robe de mousseline rose ; elle ne ressemblait plus le moins du monde à une paysanne. Pierre Mikhaïlof s'inclina et baisa la main qu'on lui tendait.

« J'espère, monsieur le baron, que vous ne manquez de rien, dit Maximilienne, et que je ne vous ai pas fait faire une imprudence, en vous conviant à mon souper.

— Je suis descendu, madame, pour avoir le plaisir de vous voir et aussi de vous parler. Il faut que j'envoie un message au tsar, pour le prévenir de mon accident. Verriez-vous un inconvénient à ce que le tsar et sa suite s'arrêtent ici une nuit ?

— Ce serait un grand honneur pour moi de recevoir Sa Majesté...

— Ah ! non, ne parlez pas de ce coquin avec tant de respect !

— Monsieur le baron, j'ignore vos usages à la cour de Moscovie, mais j'ai le plus grand respect pour le tsar, et s'il daigne s'arrêter chez moi, croyez bien que ce sera un honneur pour ma maison. »

Pierre Mikhaïlof regarda Maximilienne en souriant.

« La grande dame vaut la petite paysanne ! Allons, à table maintenant. »

Décidément, cet homme était un mélange curieux ! Il semblait parfois ignorer les usages les plus élémentaires. Jamais un gentilhomme français reçu dans une maison n'aurait osé dire : « Allons à table », surtout en présence de la maîtresse de maison.

« Cela vient de ce qu'il est russe », pensa Maximilienne, en s'asseyant et en lui faisant signe de prendre place en face d'elle.

« Que faites-vous ici toute seule dans ce château ? demanda le géant moscovite.

— Ah ! monsieur le baron, dit Maximilienne en soupirant, je suis seule ici, car je l'ai choisi. Le comte, mon mari, vit auprès du Régent. Je n'accuse pas Monseigneur, car celui-ci s'est toujours montré bon envers ma famille et moi-même. Je n'accuse pas non plus mon mari qui n'aime que cette vie-là, ces bals, cette agitation incessante. Ma place serait en effet à la cour, mais je ne peux me résoudre à cette existence qui m'ennuie.

— Dans mes voyages, j'ai rencontré beaucoup de femmes qui n'étaient que des mijaurées, dit le baron, mais vous êtes une vraie femme, comme je les aime. »

Maximilienne rougit comme une pensionnaire.

« Et vous rougissez, madame ! Je remercie le ciel de m'être blessé, car cela m'a permis de vous rencontrer. »

Maximilienne, troublée, changea de sujet.

« A quoi ressemble le tsar ?

— Croyez bien, madame, dit-il en riant, que s'il vous ressemblait, je l'adorerais. Malheureusement, il est affreux. De quelle couleur sont vos yeux exactement, madame ? Violets ? Mauves ? Je n'en ai jamais vu de si beaux. »

Maximilienne était de plus en plus troublée.

« Mais, monsieur, vous ne mangez rien ! Le souper ne serait-il pas à votre goût ?

— Madame, il est connu en Russie que je mange et que je bois autant que le tsar lui-même. Pourtant, ce soir je ne peux que vous regarder.

— Vous rencontrerez bien d'autres jolies femmes à la cour, le Palais-Royal en regorge.

— Je jure bien que non, tenez, je parie la couronne du tsar, si vous voulez.

— Et si vous perdez, monsieur ? demanda Maximilienne avec amusement.

— Alors, répondit le baron, je tuerai le tsar pour mettre sa couronne à vos pieds ! »

Maximilienne rit franchement.

« Madame, c'est la première fois que je vous vois rire.

— Il faut que je vous en remercie, car il y a bien long-temps que cela ne m'était plus arrivé... Qu'y a-t-il, Elisa ? demanda Maximilienne à la vieille nourrice qui entrait.

— Madame la comtesse, dit celle-ci, M. Adrien est aussi insupportable que Madame lorsqu'elle était petite. Il refuse de s'endormir et vous demande.

— J'y vais, Elisa, dit Maximilienne. Excusez-moi, monsieur.

— Si vous le permettez, madame, je serais heureux de faire la connaissance du fils de la plus jolie femme que j'aie rencontrée... »

Elisa eut un sourire où la surprise se mêlait à l'indulgence. A la nuit tombante, Maximilienne et Pierre Mikhaïlof étaient assis sous la tonnelle du parc.

« Votre fils vous ressemble », dit Pierre.

« Madame la comtesse ! madame la comtesse ! cria Grégoire, des bohémiens sont à la porte du château et demandent la permission de dormir dans la vieille grange. Un essieu de leur chariot s'est brisé et ils ont un homme malade qui a la figure tout enflée !

— Dis-leur, répondit Maximilienne, qu'ils peuvent s'installer et que je vais aller voir cet homme.

— Je vous accompagne, dit Pierre.

— Mais... votre jambe ? dit Maximilienne.

— Prêtez-moi votre bras et je ne la sentirai plus », lui dit-il tendrement.

Tandis que, devant la grange, les nomades s'affairaient à réparer l'essieu, une vieille femme à la peau tannée par le vent et la pluie disposait de la paille sous la tête cramoisie et boursouflée d'un vieil homme qui gémissait. A l'entrée de Maximilienne et Pierre, la bohémienne s'inclina profondément et se mit à pleurer en disant :

« Il va mourir ! Il va mourir ! Son heure est venue !

— Qu'est-ce que tu racontes, idiote ! s'écria Pierre.

— Je le sais, je l'ai lu dans sa main !

— Par saint Georges, cria Pierre, ce n'est qu'une rage de dents, tu vas voir ! Qu'on aille me chercher une pince et une bonne bouteille !

— Mais..., dit Maximilienne, interloquée.

— Ne vous inquiétez pas, reprit le baron, j'ai arraché les dents à la moitié de la cour. Je m'y connais. »

Grégoire apporta la pince et la bouteille.

« Redresse-toi, petit père, et ouvre grand la bouche ! Tiens, bois un coup. »

Le vieux bohémien regardait Pierre et ne semblait pas très rassuré. Il avala une gorgée d'alcool et, sans avoir le temps de réaliser ce qui se passait, il cria et s'évanouit.

« Il est guéri, dit Pierre satisfait, demain il n'y paraîtra plus. Tiens, soigne-le avec ça. »

La vieille femme prit la bouteille et se jeta aux pieds de Pierre et de Maximilienne. Celle-ci était très pâle. La vieille prit les mains de Pierre et les couvrit de baisers.

« Mais non, dit celui-ci, ce n'est pas moi qu'il faut remercier, c'est madame la comtesse. »

La vieille baisa le bas de la robe de Maximilienne, lui prit les deux mains et dit :

« Tu as été bonne de nous accueillir chez toi, je veux te remercier ! »

Et avant que Maximilienne n'ait eu le temps de répondre, la vieille regarda ses mains et lui dit :

« Tu vas connaître un grand amour. En peu de temps, tu vivras toute une vie. Tu auras un autre fils et tous les deux auront un destin unique. L'homme que tu vas aimer est parmi les plus grands de ce monde et ton fils lui ressemblera et partout sera reconnu comme le fils de son père. »

Maximilienne sourit pour se donner une contenance, bien qu'elle fût très troublée. Pierre ne dit rien. La vieille, alors, prit sa main et resta foudroyée.

« Eh bien ! dit Pierre, qu'y a-t-il ? »

La vieille bohémienne hésita un instant, courba la tête et murmura de longues paroles, dans un langage que Maximilienne ne connaissait pas. Pierre, pour la première fois, avait l'air grave.

« Qu'a-t-elle dit ? demanda Maximilienne.

— Je ne peux pas vous le dire, répondit Pierre. Je ne peux pas. »

Il donna une pièce d'or à la bohémienne, prit le bras de Maximilienne et revint avec elle au château. La nuit était claire, une belle nuit d'été. Un petit vent frais chuchotait dans les taillis du parc. Pierre saisit la main de Maximilienne, la baisa et lui dit :

« Qu'ai-je fait pour mériter des moments si délicieux ? La vie s'est arrêtée pour moi près de Senlis, à cause de la plus jolie, de la plus tendre femme de France, que dis-je, d'Europe. Elle a pris mon cœur en une minute. Maximilienne, je vous aime... »

« Je suis folle, pensait-elle, les domestiques peuvent nous voir, il faut l'empêcher de parler, lui résister ! Je ne connais rien de cet homme, c'est peut-être un aventurier. »

Mais Pierre Mikhaïlof tenait la main de Maximilienne contre son cœur et l'embrassait doucement. Puis il la prit dans ses bras, la serra très fort et lui vola un long baiser. Maximilienne voulut l'écarter, s'échapper, mais, au bout d'un instant, elle ne put résister à l'extraordinaire attrait que Pierre exerçait sur elle. Jamais un homme ne l'avait embrassée ainsi, elle était prise dans un merveilleux tourbillon. Elle s'aperçut qu'elle lui rendait ses baisers. Puis ils se regardèrent. Les yeux noirs de Pierre brillaient dans la nuit, intensément. Maximilienne, qui ne pouvait soutenir son regard, baissa les paupières et s'abandonna dans ses bras.

« Nous sommes fous ! murmura Maximilienne.

— Viens, mon amour ! », répondit Pierre en l'entraînant vers le château.

CHAPITRE II

Ils montèrent prudemment l'escalier qui les séparait de la chambre de Maximilienne. Ils se regardèrent un instant devant la porte, puis Pierre la prit dans ses bras et la porta jusqu'au lit qui étalait devant eux la blancheur de ses draps. Pierre la déposa doucement, embrassa ses lèvres, son cou, sa gorge, et commença de la dévêtir.

Maximilienne, qui n'avait jamais éprouvé aucun plaisir dans les bras de son mari, ne se reconnaissait plus dans cette femme renversée, abandonnée à un homme qu'elle ignorait la veille.

« C'est donc cela l'amour, murmurait-elle toute palpitante.

— Oui, c'est cela, ma chérie, répondit Pierre, je vais t'apprendre à devenir une vraie femme... »

De ses mains expertes, Pierre délaça son corsage, et fit jaillir deux seins ravissants. Ebloui, il commença à couvrir Maximilienne de baisers passionnés. Il fit glisser les lourds jupons de soie et Maximilienne, honteuse et ravie, se trouva complètement nue dans les bras de Pierre. Ses cheveux épars sur l'oreiller, les yeux fermés, le corps frémissant, elle se laissait caresser en poussant des petits gémissements de plaisir. Puis Pierre se redressa et enleva rapidement son pourpoint de bouracan et le reste de ses habits. Maximilienne, le visage brûlant caché dans ses mains, entendait les froissements d'étoffe et, soudain, sentit le corps musclé de Pierre contre elle.

« Regarde-moi, mon amour, lui dit-il, tu es belle, tu es faite pour aimer. »

Elle lui caressa le dos et sa main s'arrêta sur les grandes cicatrices qui montraient que la vie de Pierre ne s'était pas uniquement passée dans les salons de la cour. Maximilienne soupira :

« Je t'aime, Pierre, serre-moi contre toi, garde-moi toujours car je t'attendais depuis si longtemps ! »

Pierre se redressa et tendit le bras pour prendre un flambeau qu'il approcha du visage de Maximilienne.

« Je veux te voir, c'est si nouveau, si terrible, un amour comme le nôtre, regarde-moi, Maximilienne, je suis un homme qui a une vie entière derrière lui, et toi, belle, fraîche, tu m'offres ta jeunesse... Tu te donnes à moi sans savoir qui je suis, et tu ne peux imaginer ce que cela représente pour moi. C'est le plus beau de tous les cadeaux. »

Pierre reposa le flambeau, et ce fut leur première nuit d'amour, embrasée, inoubliable. Parfois ils s'endormaient dans les bras l'un de l'autre, puis se réveillaient et, reconnaissants l'un envers l'autre, se reprenaient. Maximilienne ne comprit que plus tard à quel point Pierre avait fait violence à sa nature parfois sauvage pour être si doux et si tendre avec elle.

Au lever du jour, Maximilienne s'était endormie, et Pierre doucement, à regret, se dégagea de ses bras et regagna sa chambre.

Il ne put y trouver le sommeil, et, lorsqu'il entendit les premiers bruits annonçant le réveil du château, il appela Grégoire et lui demanda si le messager était bien parti en direction de Beauvais, où devaient se trouver le tsar et son escorte.

« Le messager est bien parti, monsieur le baron. »

Pierre commença de se raser en chantonnant.

Lorsque Maximilienne se réveilla, le soleil était déjà haut dans le ciel.

« J'ai rêvé, pensa-t-elle, ce n'est pas possible... », mais le lit défait lui prouva qu'elle avait réellement vécu cette nuit merveilleuse. Elle remit un peu d'ordre autour d'elle et appela Elisa. Celle-ci arriva, portant un bol de bouillon sur un plateau d'argent. A l'air complice d'Elisa, Maximilienne vit tout de suite que la vieille bonne avait tout deviné et qu'elle n'était pas mécontente, car elle détestait Amédée de Villeneuve-Caramey. En son for intérieur, Elisa espérait depuis longtemps que Maximilienne rencontrerait un homme

qui l'aimerait et rendrait au mari cynique la monnaie de ses
tromperies. Cette deuxième journée ne devait jamais s'effa-
cer du souvenir de Maximilienne. Si elle avait vécu la première comme dans un rêve, celle-ci lui apportait une réalité
dont elle n'avait jamais osé rêver.

Maximilienne était partagée entre l'impatience de retrouver son amour et les questions qu'elle se posait sur son
comportement futur.

Tout en s'interrogeant, elle s'habillait, aidée d'Elisa qui
l'avait soigneusement baignée et coiffée. Maximilienne, après
de longues hésitations, choisit une robe de percaline bleue à
parements de dentelle anglaise. Puis elle se fit amener son
petit Adrien avec qui elle joua, surprise et ravie d'être si
naturelle avec lui, après avoir passé la nuit dans les bras de
Pierre.

« Que tout est simple, pensait-elle. Dois-je envoyer un
domestique prendre des nouvelles de Pierre, le prier d'être
à onze heures en bas pour le déjeuner, ou bien lui proposer
une promenade...? »

C'est à ce moment que le jeune Blaisois, le neveu de Grégoire, vint dire à Maximilienne :

« Madame la comtesse, monsieur le baron m'envoie vous
prévenir qu'il est descendu dans le salon, où il aurait plaisir à
vous lire un message qu'il vient de recevoir du tsar. »

Maximilienne essaya de garder une attitude digne devant
le jeune domestique, et descendit.

Lorsqu'elle fut devant Pierre, tous deux se regardèrent un
long instant. Maximilienne avait le cœur qui battait la cha-
made. Elle allait savoir si la nuit précédente n'avait été
qu'un feu de paille ou annonçait quelque chose de profond et
de durable. Pierre était imperturbable. Un petit sourire éclairait son visage. Il s'approcha de Maximilienne. Celle-ci rougit. Pierre lui prit la main, la baisa et lui dit à mi-voix :

« Je n'ai pensé qu'à toi, mon amour, depuis tout à
l'heure... » Puis, un domestique arrivant avec des rafraîchissements, Pierre changea de ton :

« Je désirais vous faire savoir, madame la comtesse, que
le tsar, mon maître, ayant passé la nuit à quatorze lieues aux
environs de Beauvais, sera ici dans la journée.

— Le tsar ! s'écria Maximilienne, mon Dieu ! je l'avais
oublié. »

Pierre éclata de rire en voyant l'affolement de Maximi-

lienne, qui appelait tous les domestiques du château, leur
criait des ordres :

« Toi, va préparer le souper, et toi, aménage les appartements du premier pour le tsar ! Qu'on aille chercher du foin
pour les chevaux du convoi ! Qu'on mette la vaisselle de
vermeil ! Mon Dieu ! est-ce que tout sera prêt ? »

Pierre et Maximilienne ne pensaient plus aux bohémiens
qui étaient partis à l'aube. Dans la grange, en signe
de remerciements, la vieille femme avait laissé une médaille
de fer, sur laquelle étaient gravés des signes étranges.
La bohémienne l'avait accrochée à la porte, pensant
naïvement que Maximilienne la trouverait. Le vieux bohémien était presque guéri après l'opération de Pierre. Les
guimbardes avaient pris le chemin de Beauvais. En arrivant
aux portes de la ville, ils croisèrent l'escorte du tsar qui passait ventre à terre, avec des grands cris. Les citadins étaient
massés le long de la route et hurlaient pour le plaisir car ils
ne voyaient passer qu'un mauvais phaéton noir, poussiéreux,
et qui devait bien avoir cent ans.

Lorsque le peuple s'en étonna auprès d'un Français de
la troupe, celui-ci leur déclara que le tsar en avait décidé
ainsi à son arrivée à Dunkerque. Les gens hochaient la tête
et se disaient :

« Quel curieux tsar ! »

Mais le vacarme de ces cinquante-huit hommes affola le
cheval qui tirait le véhicule des deux vieux bohémiens. Il
s'emballa et, pris de fureur, partit comme un fou, coupa la
route à l'escorte et alla jeter le chariot contre un arbre. Le
choc n'eût pas été trop grave si la tête du vieux bohémien
n'avait heurté l'arbre avec tant de violence qu'il en perdit
connaissance. Le chariot déséquilibré s'écrasa sur le corps
ensanglanté du vieil homme. La vieille, qui avait pu se dégager, se laissa glisser, pétrifiée vers son mari. Elle lui prit la
main, dans laquelle, la veille, elle avait lu sa mort. Le tsar
et son escorte avaient vu l'accident et s'étaient arrêtés. La
vieille bohémienne marmonnait des paroles incompréhensibles :

« Ah ! mon mari est mort, mon mari est mort ! Je l'avais
lu dans sa main, je le savais, je l'avais prédit ! Je sens l'avenir
et tout ce que je dis est vrai, ou sera vrai ! Ainsi la comtesse
trouvera le talisman que j'ai laissé dans la grange, et gardera

toujours l'amour de celui qu'elle aime ! Elle aura tout ce qu'elle désire et sera protégée. »

Le tsar haussa les épaules et fit signe à M. de Liboy qui avait été envoyé par le Régent pour l'accueillir à Dunkerque, de jeter une bourse à la malheureuse. Les badauds regardaient la scène d'un air stupéfait, en profitant pour approcher le tsar. Mais celui-ci remonta immédiatement dans son phaéton. L'escorte le suivit et le marquis de Mailly-Bresle se tourna vers M. de Liboy :

« Croyez-vous, mon cher, que Son Altesse Royale le Régent sera heureuse de recevoir ces sauvages de Russes ! Avez-vous remarqué comment le tsar nous traite, et moi en particulier ? Imaginez-vous que ma maison a la prérogative de monter dans les carrosses de tous les souverains qui se rendent en Picardie ! »

M. de Liboy entendait ce discours depuis que Mailly-Bresle était venu les rejoindre à Calais, première étape après Dunkerque.

A Calais, le tsar avait disparu. Ils l'avaient retrouvé dans un bouge en compagnie de matelots. Mailly-Bresle avait eu la présence d'esprit de dire :

« Sire, Votre Majesté étant en société privée, j'aurai l'honneur de me présenter à elle demain », et il était sorti rapidement de ce cabaret misérable.

Mais le lendemain matin, quand le marquis avait voulu monter à côté du tsar, celui-ci l'avait fait descendre du carrosse avec perte et fracas. Ensuite, le tsar lui-même avait abandonné cette voiture envoyée par le Régent pour une autre qui lui convenait mieux. Les Français de l'escorte étaient consternés, les Russes au contraire semblaient trouver cette manière d'agir on ne peut plus normale. Le tsar était donc revenu avec le vieux phaéton que les habitants de Beauvais venaient de voir passer, éberlués.

Le marquis de Mailly-Bresle et M. de Liboy galopaient derrière le phaéton du tsar et le marquis soupira :

« Enfin, mon cher Liboy, nous allons arrêter ce train d'enfer au château des Villeneuve. Je connais très bien la comtesse, nous avons joué ensemble lorsque nous étions enfants... Et cette halte va nous reposer de qui vous savez, ajouta-t-il en désignant le phaéton. »

A ce moment, le tsar appela Mailly-Bresle, et lui cria :

« Marquis, vous n'êtes pas content de votre tailleur ?

— Plaît-il à Votre Majesté de me dire pourquoi ? répondit celui-ci.

— Hier, vous aviez un habit rouge, et aujourd'hui un bleu ! Changez-vous d'habit tous les jours ?

— Mais oui, Sire, répondit le marquis avec un regard à Liboy, qui en disait long.

— Alors vous êtes un panier percé ! » hurla le tsar. Puis il ajouta : « Allons, plus vite, j'ai hâte d'arriver à Villeneuve, il paraît que la comtesse est fort jolie. »

Maximilienne attendait debout sur le perron, entourée de tous ses domestiques en livrée, l'arrivée du tsar.

Pierre était à côté d'elle et semblait s'amuser prodigieusement. Maximilienne était de plus en plus nerveuse et donnait des ordres à tout propos :

« Blaisois, cours me chercher des pots de fleurs dans la serre, il n'y en a pas assez sur le perron.

— Mais, madame la comtesse, je n'ai que deux mains !

— Eh bien ! prends une brouette dans la grange, s'énerva Maximilienne, et cours ! »

Pierre éclata de rire et Maximilienne lui jeta un regard de reproche.

Blaisois partit à toute vitesse, mais ralentit derrière le château et se dirigea lentement vers la grange en marmonnant :

« Ah ! si c'est pas malheureux, une visite du tsar ! »

Blaisois prit la brouette, mais, en refermant la porte, il ne vit pas la médaille-talisman que la vieille bohémienne avait voulu laisser à Maximilienne. La médaille tomba et se logea dans une encoignure. Elle devait y rester bien des années avant d'être retrouvée par un jeune homme... mais n'anticipons pas, ceci est une autre histoire.

Maximilienne s'agitait toujours sur le perron. Blaisois, mollement, disposait les géraniums, quand un homme à cheval surgit au triple galop dans le parc en criant :

« Voici le tsar ! »

En effet l'escorte le suivait de près et s'arrêta dans un nuage de poussière devant le perron.

Maximilienne fit une profonde révérence devant le tsar

qui descendait du phaéton. Pierre Mikhaïlof s'inclina également en souriant et dit :

« Sire, j'ai l'honneur de présenter à Votre Majesté la comtesse de Villeneuve-Caramey, elle a soigné et hébergé votre serviteur.

— Merci, madame la comtesse, répondit le tsar, en français, je tiens beaucoup à Pierre Mikhaïlof, je vous serai toujours reconnaissant de l'avoir aidé. »

Le marquis de Mailly-Bresle et M. de Liboy vinrent baiser la main de Maximilienne.

« Ah ! ma chère comtesse, s'écria le marquis, quelle joie de vous retrouver en une aussi glorieuse circonstance ! »

« Il m'agace, celui-là », grogna le tsar.

Maximilienne lui proposa :

« Votre Majesté désire-t-elle se rafraîchir dans les appartements que j'ai fait préparer à son intention ? »

Le tsar se retira en compagnie de Pierre, qu'il tenait familièrement par le bras. Maximilienne s'occupa de l'installation de la suite impériale. Elle était un peu effarée, ne s'attendant pas à tant de monde. Au bout d'une heure, elle put enfin se reposer dans un des salons en compagnie de Mailly-Bresle et de M. de Liboy.

« Ah ! comtesse, quelle épreuve », dit le marquis de Mailly-Bresle, qui avait profité de l'étape pour enfiler cette fois-ci un costume vert bouteille agrémenté d'un gilet puce.

« Ce tsar, reprit-il, m'empêche de dormir. Il est grossier et se saoule comme un Polonais ; au reste, l'impératrice est polonaise », ajouta-t-il en riant.

Maximilienne sourit :

« Les Russes n'ont pas les mêmes habitudes que nous, marquis... J'ai trouvé que le tsar avait belle tournure et que sa haute taille était impressionnante. Il est presque aussi grand que le baron Pierre Mikhaïlof, qui est son interprète. »

Maximilienne prenait une sorte de joie à prononcer le nom de Pierre, qu'elle n'avait pas revu depuis qu'il était parti avec le tsar.

Aussitôt dans les appartements du premier, blanc et or, où la légende voulait que Henri IV eût dormi, Pierre Mikhaïlof se laissa tomber dans un fauteuil, tandis que le tsar restait debout respectueusement.

« Par saint Georges, s'écria Pierre en russe, tu m'amuseras toujours, mon cher Romodanovski, lorsque tu joues le rôle de tsar de toutes les Russies ! Je dois dire que tu y excelles, mais ne bouscule pas trop les Français. As-tu pensé à ma réputation ? »

Car le géant aux yeux noirs et perçants, qui se faisait passer pour le baron Mikhaïlof, n'était autre que Pierre le Grand, tsar de Moscovie... Il faut dire que celui-ci aimait beaucoup se faire remplacer par son fidèle ami d'enfance, afin d'échapper au protocole qui l'agaçait. Mais quand on est tsar, cela n'est guère facile, si bien que Pierre se faisait passer tantôt pour un baron, tantôt pour un simple soldat, ou même parfois pour un marin ou un menuisier.

« Sire, dit Romodanovski en mettant un genou en terre, vous savez que je vous suis entièrement dévoué...

— Alors, écoute-moi bien, répondit Pierre le Grand, et ne ris pas. Je suis tombé amoureux fou de la comtesse de Villeneuve-Caramey.

— Vous, mon prince, qui ne pensez aux filles que pour une nuit...

— Oui, moi le tsar, devant qui les Russies tremblent, je pense à cette femme comme un étudiant.

— Mais, Sire, l'impératrice vous attend à Spa ! Et si elle admet vos passades, elle n'acceptera pas un grand amour.

— L'impératrice et moi, nous sommes devenus des étrangers. Je sais très bien qu'elle a des aventures, et si j'ai essayé d'oublier, c'est que je voulais un fils... »

Tel était en effet le drame de Pierre le Grand. Il avait un fils, le tsarévitch Alexis, né d'un premier mariage, qui s'était enfui en Autriche d'où il luttait contre son père. Depuis, l'impératrice ne lui avait donné que des filles et un fils qui n'avait pas vécu. En favorisant la rencontre de Pierre et de Maximilienne, le destin avait donc uni deux solitudes malheureuses.

Emu, Romodanovski dit simplement :

« Que voulez-vous de moi, Sire ?

— Envoie un messager au Régent. Je ne veux aller à Paris que si la comtesse est chargée par la cour d'une mission officielle. Par exemple, poursuivit Pierre en souriant, servir de guide à l'empereur de Russie.

— Eh bien, dit Romodanovski, voilà qui va faire un beau tapage à la cour. Vous êtes venu, Sire, avec l'idée de signer un traité avec la France, vous voulez négocier avec le maréchal de Tessé, avec le maréchal d'Uxelles, vous voulez forcer la France à changer d'allié, vous voulez qu'elle se fâche avec la Suède pour conclure avec nous une grande alliance politique et voilà que vous tombez amoureux !

— Tu m'agaces, Romodanovski, je n'oublie rien. Tu sais que j'ai donné ma vie à la Russie, mais à présent, laisse-moi être un homme comme les autres ! Je veux être sûr de l'amour de cette femme et tu peux m'y aider. Après le souper, tu vas lui faire la cour (n'oublie pas qu'elle croit toujours que tu es le tsar) et si elle s'abandonne à toi, je te jure bien de ne plus regarder une Française et de ne m'occuper que du traité. Mais si elle te résiste, c'est qu'elle m'aime vraiment. Alors, je serai le plus heureux des hommes. »

Aux cuisines, M. Tournebise, le maître-queux, s'était surpassé pour le souper du tsar, qui commençait par une terrine, des pâtés en croûte, une financière, une oie à la purée et aux choux, puis continuait par des filets de poularde façon de Monglas, de petits poulets à l'espagnole, des filets de veau au chevreuil, des petits pigeons aux truffes entières, des dindons à la Villeroy et des crépinettes de lapereau ; venaient ensuite des aloyaux au jus, une selle de mouton, un quartier de porc et des pâtés de faisan. Enfin, suivaient les entremets, qui se composaient d'un grand gâteau de Compiègne, de beignets de pêches, de petites bouchées, d'une crème veloutée et d'une crêpe de riz à la Rolletaise.

Le repas fut fort gai. Les vins et les plats se succédaient, mais Pierre Mikhaïlof avait un faible pour certain petit rosé d'Anjou. Le faux tsar — Romodanovski — présidait au souper avec Maximilienne à sa droite ; le marquis était à côté d'elle, tandis que le prétendu Pierre Mikhaïlof figurait au bas bout de la table. Maximilienne regardait souvent du côté de Pierre et rougissait chaque fois que celui-ci surprenait son regard. Le faux tsar, obéissant à Pierre, faisait une cour assidue à la comtesse de Villeneuve-Caramey, tandis que le marquis de Mailly-Bresle, vêtu pour la circonstance d'un habit rose aux parements blanc argent, s'efforçait, lui aussi, d'attirer l'attention de Maximilienne, avec des mots d'esprit de sa façon, qu'il aurait eu intérêt à garder pour lui.

« Ah ! comtesse, de ces petites bouchées, je ne ferai qu'une bouchée ! Et cette crème veloutée, elle l'est moins que votre joue, ma chère ! »

Pierre fronça les sourcils et le faux tsar, comprenant à demi-mot, bouscula le valet qui était derrière Mailly-Bresle.

Le malheureux reçut toute la crème sur son bel habit rose. Et le faux tsar s'écria en riant :

« Vous ne vous êtes guère changé aujourd'hui, marquis, en voici l'occasion ! »

Maximilienne ne put s'empêcher de rire, ainsi que toute la table.

A l'issue du souper, Romodanovski se leva et entraîna Maximilienne vers le parc.

« J'aimerais visiter les serres, dit le faux tsar, vous avez des roses qui sont, paraît-il, célèbres. »

Maximilienne fit une révérence :

« Je me ferai un plaisir d'accompagner Votre Majesté », dit-elle avec une expression qui démentait ses paroles, car elle n'avait toujours pas vu Pierre seul à seul. Dans la serre, le faux tsar se préoccupa fort peu des roses, mais beaucoup de Maximilienne. Il lui déclara tout de go :

« Madame, votre beauté m'a troublé d'un coup et vous avez le tsar de toutes les Russies à vos pieds. Je vous aime et vous offre ma fortune et mon empire. »

Pierre, dissimulé dans un coin de la serre, tremblait comme un enfant, quelque peu honteux de son attitude. Mais son amour pour Maximilienne était plus fort que sa dignité : *il voulait savoir.*

Le faux tsar, désireux de mener rondement la chose, prit Maximilienne dans ses bras et tenta de l'embrasser. Celle-ci se dégagea et, tombant à ses pieds, lui dit :

« Sire, pardonnez-moi, mais j'aime un homme qui, je crois, m'aime aussi. »

Le faux tsar prit un air furieux et dit :

« Madame, je suis le maître d'un immense empire et chacun ploie devant mes volontés ! »

Maximilienne se redressa, et avec une force dont on ne l'aurait pas crue capable, s'écria :

« Vous pouvez commander des armées, Sire, mais pas le cœur d'une femme ! Votre fortune et votre empire ne m'intéressent pas et l'homme que j'aime fait partie de votre escorte. Je suis sûre que Votre Majesté, dont la grandeur est universellement reconnue, comprendra cet amour.

— Quel est son nom, madame, dit le faux tsar, bien amusé du rôle qu'il jouait.

— Que lui ferez-vous, si je vous le dis ?

— Vous avez ma parole impériale que je ne toucherai

pas à un seul de ses cheveux, répondit le faux tsar, qui se prenait au jeu.

— Eh bien, Sire, c'est..

— C'est ?

— Pierre Mikhaïlof !

CHAPITRE III

Au Palais-Royal, le Régent, Philippe d'Orléans, avait reçu le message du tsar lui demandant de donner une mission officielle à la comtesse de Villeneuve-Caramey.

« Qu'en pensez-vous, Dubois ? demanda le Régent à son ministre.

— Je pense, Monseigneur, répondit le petit abbé chafouin, que le tsar est sûrement tombé amoureux. Ce serait vraiment inespéré. En ce cas, il faut flatter la comtesse et nous apprendrons par elle tous les projets du tsar.

— Je connais la comtesse, Dubois, et cela m'étonnerait qu'elle accepte. De plus, elle m'en veut sans doute beaucoup car son mari l'a délaissée et elle doit penser que c'est ma faute alors qu'il n'en est rien. J'ai eu de l'affection pour Villeneuve, mais il m'a peu à peu déçu et j'approuve la comtesse de s'être séparée de lui. C'est un être vil et sournois.

— Bah ! Monseigneur, elle pensera ce qu'elle voudra, mais je ne sais pas une femme capable de résister à une parure de diamants.

— Moi, Dubois, j'en ai connu une... »

Et Philippe d'Orléans resta songeur.

Ce petit-fils d'Henri IV avait profondément aimé Mme d'Argenton, mais il avait dû mettre un terme à ce grand amour, sur l'ordre de Louis XIV. Peu à peu, pour oublier, Philippe avait multiplié les aventures, mais celles-ci ne prenaient jamais le pas sur les heures de travail. Infatigable, le Régent s'enfermait avec son ancien précepteur, l'abbé Dubois, et ils essayaient ensemble de déjouer les complots des grands du royaume qui voulaient abattre le Régent.

Philippe le débonnaire, en cette année 1717, s'était alourdi. Il ne ressemblait plus au jeune vainqueur de Turin qui chargeait la cavalerie ennemie à la tête de ses soldats. Cette action l'avait rendu si populaire qu'à son retour à Versailles, son oncle le Roi-Soleil en avait pris ombrage.

A la mort de Louis XIV, Philippe était devenu régent, et, là encore, méprisant les calomnies qui faisaient de lui l'assassin de la famille royale, il travaillait inlassablement à remettre un royaume riche et prospère entre les mains du petit roi Louis XV qui n'était encore qu'un enfant de sept ans.

« Alors, Monseigneur, dit Dubois, interrompant les pensées du Régent, que faisons-nous ?

— Envoie le chevalier de Rougemont avec un pli demandant à la comtesse de Villeneuve de se rendre en son hôtel de Sillery à Paris, avec mission de servir de guide au tsar de Moscovie. »

Le Louvre flamboie de mille lumières. Les gardes françaises, réveillées au milieu de la nuit, se rangent pour faire la haie. Les gentilshommes et les dames d'honneur, apprêtés à la hâte, garnissent les escaliers. La vieille princesse Palatine, duchesse d'Orléans, accourt de son palais de Saint-Cloud dans un brouhaha de carrosse. Elle grommelle à son fils le Régent :

« Ainsi, Philippe, le tsar a changé d'idée, il arrive en pleine nuit ? Mais il est au moins trois heures ! Est-ce une heure pour réveiller une vieille dame comme moi ? »

Les princesses du sang déclarent tout haut qu'elles sont prêtes à faire une visite au tsar s'il promet de leur rendre la politesse. La duchesse de Berry vient du Palais du Luxembourg avec toutes ses dames d'honneur. Elle fait toutes sortes de cajoleries à son père le Régent pour recevoir le tsar la première. Le Régent refuse, la duchesse boude. Le duc de Saint-Simon s'agite. Il s'entretient d'un point d'étiquette avec la duchesse de Rohan. Celle-ci soutient que le tsar doit la saluer :

« Sinon je lui tournerai le dos ! »

Philippe d'Orléans s'inquiète :

« La réception est-elle prête ? »

Jamais un souverain étranger n'a été attendu et reçu avec un tel luxe.

Les badauds parisiens, tirés du lit par le vacarme des sol-

dats et des fanfares, accourent aux fenêtres et se racontent
des histoires sur le géant du Nord :
« On dit que c'est un barbare !
— Mais non, c'est un soldat !
— Il coupe les têtes de sa main !
— Il arrache les dents !
— Il knoute les boyards !
— Il est beau !
— Affreux !
— C'est un héros ! »

Pendant ce temps, sur la route de Senlis à Paris, Pierre le
Grand et son escorte passent à un train d'enfer. Pierre, après
la scène de la serre, par un de ces changements subits qui
lui étaient coutumiers, avait décidé de gagner Paris et de faire
à Maximilienne la surprise de sa véritable identité. Maximilienne avait reçu le message du Régent et avait juste eu le
temps de dire à Elisa et Blaisois de venir la rejoindre le lendemain à l'hôtel de Sillery en compagnie du petit Adrien.
Maximilienne était montée avec Pierre dans une voiture
conduite par Grégoire. Le faux tsar reprit place dans le phaéton suivi de l'escorte de boyards à cheval, ainsi que de Liboy
et Mailly-Bresle devenu muet depuis l'incident de la crème.

Pierre, dans la voiture, serrait Maximilienne contre lui,
sans répondre aux questions que celle-ci lui posait, car le
message du Régent l'avait fort étonnée. En revanche, elle ne
lui parla point de la déclaration d'amour du faux tsar, et
Pierre ne l'en admira que davantage.

Bientôt ce fut Paris. Pierre y venait pour la première fois.
Il était énervé et ému. Il se pencha par la portière et fut
déçu.

« C'est donc cela, Paris ? » dit-il à Maximilienne.

Il regardait les rues étroites aux maisons pressées et noires.

« Mais Paris sent mauvais ! ajouta-t-il.

— Non, Pierre, pour aimer Paris il faut le connaître. Tu
t'en faisais une fausse idée. Je suis sûre que tu voyais une
ville tout en or.

— Oui, comme le Roi-Soleil que j'ai toujours admiré...

— Tu es un enfant, mon amour, je t'apprendrai à aimer
Paris. »

En approchant du Louvre, le peuple se faisait plus dense
et acclamait les voitures de l'escorte malgré l'heure tardive.

Maximilienne dit :

« Tu vois comme ils aiment ton tsar, Pierre. »

Cela le fit sourire.

Ils arrivèrent enfin devant le vieux palais des rois de France. Les fanfares se mirent à sonner, les gardes rectifièrent la position. Pierre sauta de la voiture encore en marche, attendit qu'elle soit arrêtée pour aider Maximilienne à descendre, et, se penchant sur sa main, lui murmura :

« Je t'ai préparé une surprise, ma tendre chérie, mais n'oublie pas que je t'aime... »

Puis il se tourna vers le faux tsar qui attendait respectueusement les ordres et lui dit :

« Romodanovski, occupe-toi de la comtesse. »

Maximilienne regardait tout cela sans comprendre. Elle voyait Pierre partir devant, et tous les boyards, qui avaient mis pied à terre, lui emboîter le pas. Liboy et Mailly-Bresle roulaient des yeux effarés tandis que Romodanovski s'approchait de Maximilienne :

« Puis-je vous offrir mon bras, madame la comtesse ?

— Mais qui êtes-vous donc ?

— Je suis le prince Romodanovski, madame, pour vous servir.

— Mais, balbutia-t-elle, le baron Mikhaïlof...

— Le baron Mikhaïlof, madame, répondit en riant Romodanovski, mais c'est le tsar ! »

Maximilienne chancela, et comme dans un rêve pénétra au Louvre à la suite de Pierre.

Le Régent venait au-devant du tsar qu'il accueillit en le saluant profondément.

« C'est un honneur pour la France d'accueillir Votre Majesté Impériale sur son sol. »

Pierre avait l'esprit ailleurs et ne répondit pas à Philippe d'Orléans qui en demeura fort étonné. Pierre se retournait souvent, et cherchait Maximilienne des yeux. Mais celle-ci, figée, fuyait son regard et pensait :

« Il s'est moqué de moi, que suis-je pour lui, Seigneur, quelle honte ! »

Le maréchal de Tessé s'avança sur un signe du Régent et proposa au tsar de lui faire visiter ses appartements. Toute la cour suivit, tandis qu'on le faisait entrer dans des chambres magnifiques.

« Sire, dit le maréchal, cet appartement fut celui de la reine Catherine de Médicis.

— Sur mon ordre il a été aménagé pour Votre Majesté, ajouta le Régent. Le lit est celui que Mme de Maintenon avait fait refaire pour le feu roi. »

Pierre se sentait pris au piège. Le Louvre lui semblait trop solennel et trop loin de Maximilienne.

« Je ne pourrai jamais la voir tranquillement dans ces pièces sévères et glaciales », songeait-il, et puis tout cet appa-rat l'assommait.

Les courtisans étaient stupéfaits de voir que ce souverain en visite à la cour la plus élégante d'Europe était vêtu d'une veste de laine grise et ne portait ni jabot ni man-chettes. Il avait même glissé sa perruque dans sa poche. Il dépassait tous les hommes d'au moins une tête et semblait d'une autre espèce, plus dure, plus forte. Alors, n'y tenant plus, Pierre appela le prince Kourakine, ambassadeur de Rus-sie en France, et lui parla en russe. Kourakine était le plus russe des Parisiens et le plus parisien des Russes.

Imperturbable, Kourakine se tourna vers Philippe d'Or-léans et traduisit :

« Mon maître le tsar de Moscovie ne parle pas le fran-çais, et demande à Votre Altesse Royale de l'en excuser. Bien que très sensible à la réception de Votre Altesse Royale, il trouve le Louvre trop grand et préférerait une demeure plus simple. »

Philippe sourit finement. Il avait prévu les originalités du tsar et dit au prince Kourakine :

« Je regrette que Sa Majesté ne comprenne pas le fran-çais, quoique j'aie entendu dire le contraire ; quant à moi, je suis au désespoir de ne pas entendre le russe ; mais dites à Sa Majesté Impériale que l'hospitalité française n'est jamais en défaut et que nous avons aussi aménagé l'hôtel de Lesdi-guières. Le maréchal de Tessé va y conduire Sa Majesté... »

Pierre était énervé. Rien ne se déroulait comme il l'au-rait voulu. Le Régent était trop aimable, le Louvre trop bruyant, les courtisans l'agaçaient, et, surtout, il n'avait pu revoir Maximilienne. Il appela Romodanovski, lui parla tout bas, et, suivi de ses boyards, des gardes-françaises mis à sa disposition, et du maréchal de Tessé, il partit pour l'hôtel de Lesdiguières.

Après le départ du tsar, les langues allèrent bon train.

« Avez-vous vu, dit la duchesse du Maine outrée, à Maximilienne, ce barbare ne m'a pas saluée, moi la petite-fille du grand Condé ! »

Mailly-Bresle s'approcha de la duchesse et s'écria :

« Que Votre Altesse Royale me pardonne, mais il n'a salué personne et nous a joué une odieuse comédie. La comtesse de Villeneuve-Caramey pourra dire à Votre Altesse combien nous avons tous souffert au château de Mortefontaine lors du souper offert par notre exquise amie ! » Et Mailly-Bresle virevolta dans un bruissement de dentelles et de rubans.

« Ah ! ma pauvre petite, reprit la duchesse, vous avez reçu ce monstre nordique ! Si mon beau-père, le roi Louis XIV, l'avait accueilli à Versailles, il en aurait été tout autrement. »

Maximilienne souffrait mille morts de ne pouvoir répondre aux horreurs proférées contre l'homme qu'elle aimait, bien qu'elle lui gardât rancune de son mensonge et de la comédie qu'il lui avait jouée. Elle sentit à ce moment une main se poser sur son bras. Elle se retourna et pâlit. Le comte Amédée de Villeneuve-Caramey, son mari, la tenait tendrement contre lui aux yeux du monde, mais en réalité lui broyait le bras. Il s'inclina cérémonieusement devant la duchesse du Maine et dit :

« Que Votre Altesse m'excuse, je suis tout à la joie de retrouver ma chère femme. »

Bénédicte de Condé, duchesse du Maine, sourit aimablement :

« Je vous laisse avec votre épouse, mon cher comte, voici justement M. le duc qui vient me parler, ce me semble... » Et la duchesse s'éloigna au bras de l'affreux borgne aux dents jaunes qu'était le duc de Bourbon, son neveu, et que l'on appelait simplement « monsieur le duc ».

Maximilienne se retrouva face à face avec Amédée.

« Que venez-vous faire à la cour, madame, ricana celui-ci, je croyais que cet endroit n'était pas digne de vos mines de sainte Nitouche. »

Maximilienne serra les dents, s'efforçant de garder son calme :

« Je suis ici sur la demande du Régent, monsieur.

— Ah ! oui, j'ai entendu parler de cela, ma femme doit servir de guide au tsar. Allons, me prenez-vous pour un naïf ! J'ai surpris les regards que ce sauvage vous adressait, et vous sembliez vous en trouver bien. Ah ! j'ai honte d'avoir donné mon nom à une gourgandine telle que vous.

— Vous ne m'avez pas donné votre nom, monsieur, vous me l'avez vendu.

— Que voulez-vous dire ? interrogea le comte furieux.

— Vous le savez très bien, monsieur, et le marquis de Sillery, mon père, en vous donnant ma main, vous donnait surtout sa fortune !

— Je ferai tout pour vous retirer l'éducation d'Adrien ! »

Maximilienne pâlit.

« Vous devriez avoir honte de parler ainsi, car vous m'avez lassée avec vos tromperies, votre jeu, vos beuveries, mais maintenant j'ai compris, servez-vous de ma fortune pour vos plaisirs et laissez-moi tranquille.

— Vous avez bien changé, madame, et je me vengerai, mais avouez donc que vous aimez le tsar.

— Laissez-moi, monsieur.

— Je vous tuerai, je vous ferai enfermer dans un couvent, je vous ruinerai, vous ne verrez plus Adrien et je lui dirai ce qu'était sa mère, grimaça Amédée dans un souffle haineux.

— Arrêtez, monsieur, on nous regarde et vous êtes ridicule, je vais ce soir à l'hôtel de Sillery, et je vous prie de venir m'y voir demain lorsque vous aurez repris vos esprits. Nous réglerons cette situation qui ne peut durer. »

Amédée était abasourdi. La douce, la timide Maximilienne lui avait répondu avec une assurance et une force dont il ne l'aurait pas crue capable. A sa grande fureur, elle le planta là, et allait quitter les salons lorsque l'abbé Dubois s'approcha d'elle en lui disant tout bas :

« Madame, Son Altesse Royale désire vous entretenir en particulier... »

Maximilienne, curieuse, le suivit.

De loin, Romodanovski avait assisté à ces deux scènes et, ne sachant plus où trouver Maximilienne, décida d'aller l'attendre dans sa voiture.

Maximilienne, précédée de Dubois, traversa un dédale de pièces et de couloirs, pour arriver jusqu'au petit bureau où le Régent l'attendait, seul. A son entrée, il se leva et, avec cette exquise politesse qui le caractérisait, il lui dit :

« Madame, pardonnez cette invitation à me venir voir à une heure si tardive, mais j'avais besoin de vous entretenir d'une chose d'importance. Tout d'abord, puis-je vous offrir une collation de médianoche ? » Maximilienne fit une révérence et répondit assez froidement :

« Je remercie Votre Altesse Royale, mais puis-je savoir pourquoi Votre Altesse m'a fait venir ? »

Philippe sourit.

« Allons, je vois que vous m'en voulez toujours, asseyons-nous et causons. Nous sommes dans l'intimité, et l'étiquette s'arrête à cette porte. Cessez un peu de parler à " Mon Altesse Royale " et écoutez-moi. »

Maximilienne s'assit et pensa :

« Je ne sais même plus ce que je lui reproche, j'avais oublié combien Philippe d'Orléans était charmant... Ah ! oui, je lui en voulais à cause d'Amédée... mais est-ce bien de sa faute ? » Comme s'il avait deviné ses pensées, Philippe poursuivit :

« Vous m'en avez toujours voulu à cause de Villeneuve, madame, vous avez tort, et personne maintenant ne peut plus rien pour lui. Il fut mon ami, mais je vous jure de vous soutenir contre lui, s'il essayait de vous nuire. »

Dubois, un peu à l'écart, écoutait tout cela d'un air satisfait.

Maximilienne regarda courageusement Philippe dans les yeux.

« Oui, Monseigneur, je vous en ai voulu, c'est vrai, mais maintenant plus rien n'a d'importance.

— Ecoutez-moi, ma belle Maximilienne, et jouons cartes sur table. Le tsar vous aime — si, il vous aime —, j'en suis sûr après l'avoir vu vous regarder. D'ailleurs, le prétexte pour quitter le Louvre est un peu gros. Il veut simplement être libre dans Paris, et vous pouvez donc rendre de grands services à la France. Elle saura vous en être très reconnaissante...

— Je ne comprends pas ce que vous voulez dire, Monseigneur.

— Renseignez-vous sur les buts de ce voyage du tsar à Paris. Tâchez de savoir quels sont ses projets... »

Maximilienne se leva, oubliant l'étiquette et, comme un ouragan, s'écria dans un élan :

« Vous me demandez en somme d'espionner le tsar, Monseigneur ! Joli travail ! Le faire parler, l'écouter pour le trahir ensuite. Vous vous êtes trompé, Monseigneur, je ne suis pas la femme qu'il vous faut. Du reste, je ne reverrai jamais le tsar, je n'ai connu que Pierre Mikhaïlof et n'en connaîtrai point d'autre. »

Puis, se reprenant un peu, Maximilienne fit une profonde révérence et ajouta :

« Je demande à Votre Altesse Royale la permission de me retirer. »

Philippe se mit à rire :

« Quelle petite furie ! Ma parole, on nous a changé la douce Maximilienne ! Oui, "Mon Altesse Royale" vous autorise à vous retirer, mais écoutez-moi avant de partir. Je suis votre ami. Vous pouvez ne rien dire des projets du tsar, je ne vous en voudrai pas, au contraire, je ne vous en admirerai que plus. Et venez me voir en amie au Palais-Royal. Ma porte vous sera toujours ouverte. »

Profondément surprise par tant de bonté, Maximilienne sourit et murmura :

« Je promets de venir, Monseigneur, en amie... » et elle se retira.

Après le départ de la comtesse, Dubois leva les yeux au ciel :

« Monseigneur, comment menez-vous vos affaires ? Il fallait faire peur à la comtesse.

— Dubois, vous m'ennuyez. Cette jeune femme est de ces douces obstinées que l'on ne brise pas. Le tsar a bien de la chance, et puis, ne suis-je pas Philippe le Débonnaire ? Allons, ne faites pas cette tête-là, et quittons ce vieux Louvre qui sent le moisi. Je préfère mon cher Palais-Royal. »

Maximilienne, accompagnée d'un laquais qui l'éclairait d'un flambeau, regagna sa voiture et s'y laissa tomber, morte de fatigue.

« Enfin vous voilà, madame, dit Romodanovski qui s'était assoupi.

— A l'hôtel, Grégoire, cria Maximilienne sans s'occuper du prince.

— Madame, dit celui-ci, j'ai une commission à vous faire de la part du tsar.

— Prince, je ne connais qu'un faux tsar, qui m'a joué la comédie dans ma serre, quant au vrai tsar, je ne l'ai jamais vu.

— Mais, madame, Pierre le Grand vous aime ! et il veut

vous revoir ! Il m'a demandé de vous conduire à l'hôtel de Lesdiguières où il va résider afin de vous voir plus facilement.

— Eh bien, prince, dites-lui qu'il a eu tort. Il pouvait rester au Louvre. Je ne connais qu'un homme de son escorte, le baron Mikhaïlof, et ne veut connaître que lui.

— Mais ce n'est pas possible, que va dire le tsar ?

— Ce qu'il voudra, je m'en moque. Vous pouvez lui répéter mes paroles. D'ailleurs je suis arrivée. Bonsoir, prince, Grégoire vous raccompagnera. »

Et Maximilienne descendit gracieusement de la voiture, claquant la porte, et entra dans son hôtel, laissant le prince complètement abasourdi.

A l'hôtel de Lesdiguières, Pierre marchait de long en large, énervé de n'avoir pas encore eu de nouvelles de Maximilienne. Pour passer le temps, il assourdissait le vieux maréchal de Tessé d'ordres et contrordres, en français, ce qui avait fort étonné le maréchal. Le tsar n'avait-il pas déclaré qu'il ne parlait que le russe ? Le maréchal pensa que c'était une fantaisie impériale pour se donner de la grandeur vis-à-vis du Régent.

« La chambre ne me plaît pas ! criait Pierre, le lit est trop petit. »

Et un instant plus tard :

« Le lit est trop grand ! »

Il n'y avait pas assez de chandelles dans les salons. Un moment après :

« Eteignez-moi ces chandelles, il y en a trop. »

Le souper ne lui convenait pas non plus. Il voulait des raves et de la bière. Verton, le maître d'hôtel, s'arrachait la perruque de désespoir. Quant au maréchal de Tessé, il n'avait jamais livré une telle bataille.

Enfin, Romodanovski arriva :

« Alors, où est-elle, hurla le tsar, qu'a-t-elle dit ? Elle a dû être surprise, elle te suit, n'est-ce pas ?

— Sire, répondit le prince en s'essuyant le front, elle est furieuse. Elle n'a pas voulu me suivre, m'a claqué la portière au nez et m'a dit qu'elle ne connaissait pas le tsar et ne voulait pas le connaître ! Ah ! cette femme-là n'est pas ordinaire !

— Je le sais bien, idiot, c'est pourquoi je l'aime. Alors elle a claqué la portière à ton vilain nez ? »

Pierre se mit à rire.

« Parfait, puisqu'il en est ainsi, je vais aller la rejoindre.

— Je vous appelle une escorte, Sire...

— Tu n'es pas fou ? Reste ici, et annonce au maréchal de Tessé que le tsar va enfin dormir. Je crois que le pauvre vieux en sera très soulagé.

— Mais, Sire, vous êtes en visite officielle, vous ne pouvez pas partir seul dans Paris que vous ne connaissez pas !

— Romodanovski, tu m'ennuies. »

Et Pierre se dirigea vers ses appartements, puis, selon son habitude, se laissa glisser par les fenêtres et se retrouva dans la rue encore noire, derrière l'hôtel de Lesdiguières. Pierre se dirigea vers la Seine, longea l'arsenal, puis se trompa de direction et partit vers les Quinze-Vingts. Quand il se retrouva dans la rue de Bercy, il se rendit compte qu'il faisait fausse route. Il devait être cinq heures du matin et il n'y avait pas âme qui vive dans les rues. Les quatre cent mille Parisiens dormaient encore.

Pierre revint sur les quais et décida de marcher jusqu'à la Cité où il pensait trouver un fiacre.

C'est en approchant du Pont-Neuf qu'il entendit un bruit de rixe, des cris et des appels au secours.

CHAPITRE IV

Pierre courut en direction du bruit et vit un carrosse arrêté. Des laquais s'enfuyaient, et un homme, debout sur le marchepied, se défendait avec son épée contre une dizaine de malandrins, qui allaient certainement lui faire un mauvais parti malgré son courage.

« A moi, drôles, criait l'homme à ses laquais. Allez-vous laisser égorger votre maître ? »

Mais les lâches étaient déjà loin. Le chef des voleurs cria :

« Laissez-vous faire, monsieur, nous n'en voulons qu'à votre bourse.

— Jamais, répondit l'homme. Il vous faudra d'abord me passer sur le corps. »

Le combat reprit de plus belle. Pierre, qui avait jugé la situation d'un coup d'œil, se jeta dans la mêlée en criant :

« Tenez bon, monsieur, voici de l'aide. »

Il y eut un certain flottement parmi les assaillants, mais sur un signe de leur chef, les malandrins se divisèrent en deux groupes dont l'un continua d'attaquer l'homme du carrosse, tandis que l'autre se jeta sur Pierre. Celui-ci s'en voulait d'être sorti sans épée, mais l'heure n'était plus aux regrets. Les cinq bandits se ruèrent en même temps sur Pierre qui réussit à en attraper un. Avec un hurlement qui fit frémir de terreur ces gibiers de potence, il le fit tournoyer au-dessus de sa tête et le jeta comme un projectile sur ses complices. Puis, se saisissant de deux autres, il les frappa l'un contre l'autre avec tant de force qu'ils tombèrent à terre à moitié évanouis. Pierre en profita pour bondir sur le carrosse malgré les deux malandrins qui étaient encore valides, et, prenant le fouet du cocher, s'en servit comme d'un lasso. Entre les mains de Pierre c'était une arme redoutable, et le chef dut apostropher ses hommes :

« Allez-vous reculer, bande de canailles ? Je vais vous montrer comment il faut se battre, moi ! »

Les hommes s'immobilisèrent aussitôt, trop heureux de l'aubaine. Le chef s'approcha du carrosse et dit fort civilement à Pierre :

« Monsieur, je serais heureux de me battre avec vous, car vous venez de mettre en déroute les plus hardis gredins de France. Que préférez-vous, l'épée ou les poings ? »

Pierre éclata de rire :

« Par Dieu, tu me plais ! Tu n'es pas un brigand ordinaire. Comme je n'ai pas d'épée sur moi, je choisis mes poings. » Et Pierre sauta à terre.

L'homme pour qui Pierre s'était battu était toujours sur le marchepied du carrosse. Il rengaina son épée et dit très calmement à Pierre avec un fort accent anglais :

« Je vous souhaite bonne chance, milord, et j'espère qu'il ne vous arrivera pas malheur !

— Trop aimable » répondit Pierre en saluant, puis il se tourna vers le chef de la bande :

« Je suis à toi, coquin. »

Le chef s'inclina et dit aussi cérémonieusement qu'à la cour :

« Je suis votre serviteur, monsieur. »

Pierre était le plus grand et le plus fort ; mais l'autre, comme une anguille, lui glissait entre les mains. Ils roulèrent sur les pavés gras et Pierre eut bientôt la lèvre et l'arcade sourcilière fendues tandis que son adversaire saignait abondamment du nez. Ces blessures n'empêchaient pas l'empereur et le gredin de se battre avec beaucoup de gaieté en se félicitant mutuellement de leur habileté.

« C'est un plaisir de lutter avec vous, monsieur, dit le voleur en haletant.

— Et moi, je n'ai jamais eu un adversaire de ta valeur », répondit Pierre à demi aveuglé par le sang.

A ce moment on entendit un bruit de pas.

« Le guet ! » crièrent les bandits.

Pierre tenait le chef sous lui et celui-ci ne pouvait plus bouger. Le tsar lui avait fait une prise particulièrement douloureuse qui l'étranglait à moitié. Le guet approchait, et

Pierre allait pouvoir remettre ce détrousseur de bourses aux soldats. Mais il se redressa et, tendant la main à son adversaire, le remit sur pied.

« Tu es libre », lui dit-il.

L'autre ramassa son chapeau, et, avant de s'enfuir, lui cria :

« Si tu as besoin de moi, tu n'auras qu'à me demander du côté de la rue Quincampoix. Tout le monde me connaît.

— Qui es-tu ? demanda Pierre.

— Je suis le roi de Paris, on m'appelle Cartouche, et toi ?

— Je suis le tsar », dit Pierre.

C'est ainsi que l'Anglais, toujours impassible, apprit d'un coup qui étaient son assaillant et son défenseur. Se tournant vers lui, Pierre mit un doigt sur ses lèvres :

« Pas un mot de ceci, n'est-ce pas ? »

L'officier du guet s'approcha :

« Que s'est-il passé, messieurs ?

— Oh ! rien, répondit l'Anglais avec flegme. J'ai été attaqué, et monsieur que voici m'a défendu. »

Puis, se tournant vers Pierre, il ajouta :

« Je me ferai un plaisir de vous offrir une place dans mon carrosse et vous conduirai où vous le désirez, monsieur. »

Pour toute réponse, Pierre s'assit à la place du cocher et dit :

« Montez à côté de moi, milord, je conduirai moi-même. »

L'Anglais grimpa au côté de Pierre qui fouetta les chevaux.

« Je vais à l'hôtel de Sillery, indiquez-moi le chemin, dit Pierre.

— Ce n'est pas loin de la rue aux Ours. Il suffit de longer le Louvre et de passer devant les Tuileries.

— Qui êtes-vous, monsieur ? demanda Pierre.

— Je suis écossais, mon nom est John Law.

— Mais je vous connais, monsieur ! J'ai étudié votre théorie. Vous êtes le magicien de la rue Quincampoix.

— Comment le savez-vous, Sire ?

— Voyez-vous, monsieur Law, dans mon métier il faut tout savoir.

— J'ai hésité une seconde à croire que vous étiez le tsar, Sire, mais Cartouche, lui, ne s'y est pas trompé. Maintenant je n'ai plus de doute et je vois que votre réputation n'est pas encore à la hauteur des mérites de Votre Majesté.

— Votre système m'intéresse, monsieur, cependant je n'y crois pas. Les temps ne sont pas encore mûrs. Les gens vendent leurs hardes, leurs châteaux, leurs bijoux, pour vous apporter leur or parce que vous êtes un enchanteur, mais quand votre magie ne jouera plus, que se passera-t-il ?

— Sire, j'ai pensé à ce que vous me dites. J'ai longuement hésité à réaliser ma propre idée, mais le Régent m'y a poussé et j'aurais eu mauvaise grâce à lui refuser. »

Pierre l'interrompit :

« C'est ici les Tuileries ? C'est là qu'habite le petit roi ?

— Oui, Sire. »

Une aube grise venait sur Paris. Peu à peu la ville se réveillait. Déjà on entendait crier :

« Marchand d'eau ! »

Malgré cette nuit mouvementée, Pierre ne se ressentait pas de ses fatigues. Les rares passants regardaient avec surprise ce carrosse conduit par un colosse ensanglanté flanqué d'un petit rouquin. Après avoir remonté le faubourg Saint-Antoine, le bizarre attelage atteignit l'hôtel de Sillery.

« Merci, monsieur, dit le tsar, j'espère avoir le plaisir de vous revoir.

— Sire, c'est moi qui serai toujours votre obligé.

— Permettez-moi de vous donner un conseil, ajouta Pierre, quittez la France quand il en est encore temps. Sinon, croyez-moi, vous risquez d'avoir un réveil difficile, et on vous jettera dehors sans un sou.

— Peut-être avez-vous raison, Sire, mais j'ai le goût du risque.

— A votre aise, monsieur.

— Au revoir, Sire. »

Pierre sauta à terre d'un geste souple. Visiblement tous les habitants de l'hôtel étaient encore endormis ; mais, devant les situations embarrassantes, Pierre n'hésitait jamais. Il escalada la grille fermée, passa tranquillement devant le pavillon des gardiens et monta le perron. La porte d'entrée étant close, il fit le tour du rez-de-chaussée et trouva une fenêtre entrebâillée. Il pénétra ainsi dans un salon, et, pensant que la chambre de Maximilienne devait se trouver à l'étage, il grimpa au premier, où il se mit en devoir d'ouvrir doucement les portes les unes après les autres. C'est enfin dans une jolie chambre aux boiseries bleu et or qu'il découvrit Maximilienne dormant d'un sommeil d'enfant.

Il la regarda, ébloui et troublé par sa beauté. Ses longs cheveux bruns aux reflets dorés étaient répandus sur l'oreiller. Au cours de la nuit, son drap avait glissé et la légère chemise de linon laissait apparaître ses formes ravissantes. Ses seins se soulevaient doucement au rythme de sa respiration. Pierre eut soudain envie d'elle, follement. Il lui semblait que leur première nuit d'amour était très loin, il désirait éperdument cette femme à la peau douce et fraîche comme un fruit. Jamais un corps ne l'avait ému à ce point, mais il se mêlait à son désir un sentiment profond qui l'atteignait jusqu'au fond de l'âme.

Maximilienne bougea et sa chemise remonta, laissant apparaître la naissance de ses cuisses, à la chair tellement fine et délicate que Pierre en eut un frisson. Une nouvelle bouffée de désir le saisit, et il ne put supporter de la voir dormir si tranquillement. N'y tenant plus, Pierre caressa tendrement le sein de Maximilienne du revers de la main. Au bout de quelques instants, Maximilienne se retourna, murmurant des mots incompréhensibles. Puis elle ouvrit les yeux et vit le regard de Pierre, doux et perçant à la fois. Elle se redressa et tira vivement le drap sur elle, se rendant soudain compte qu'elle avait la poitrine complètement nue. Elle hésita un instant et s'écria :

« Que faites-vous ici, monsieur ? Je ne veux plus vous revoir. »

Pierre sourit, et, doucement, attira Maximilienne contre lui. Il commença de l'embrasser à tout petits baisers tendres. Puis il prit possession de sa bouche. Maximilienne se sentait envahie d'une chaleur intense, venue du plus profond d'elle-même.

« Oh ! Pierre, comment ai-je pu songer à ne plus te revoir », dit-elle tout bas.

Pierre restait silencieux, trop occupé à faire glisser la chemise de Maximilienne. Avec émerveillement, il redécouvrait ce corps attirant dont il retrouvait le goût. Il enfouit son visage dans les cheveux parfumés et soyeux de cette femme qu'il adorait. Maximilienne prenait plaisir à rester passive entre les mains expertes de Pierre. Il la ramenait contre lui, plus soumise qu'auparavant. Puis elle glissa la main sur la poitrine virile de Pierre. Celui-ci frémit et fut traversé d'un long frisson. L'ange de l'amour déployait sur eux ses ailes et ils se sentaient isolés du monde. Plus rien ne comptait que leur désir croissant, leurs corps, leur fièvre. Pierre retardait néanmoins l'instant divin où ils ne feraient plus qu'un, tandis que leur lit devenait un navire voguant sur l'océan infini du bonheur retrouvé.

Ils étaient maintenant allongés l'un près de l'autre, se tenaient la main, et un sourire apaisé éclairait leurs visages. Le soleil, à travers le tulle des rideaux, illuminait le parquet ciré. Maximilienne et Pierre étaient heureux.

« Pardonne-moi, mon amour, dit enfin Pierre, pour la comédie de la serre. Mais je voulais m'assurer de tes sentiments. Je n'avais pas besoin, je m'en rends compte à présent, de toute cette mascarade pour être sûr que tu seras à moi pour toujours. Nous ne nous quitterons plus, je te le jure sur ma vie. »

Maximilienne sourit à Pierre, l'embrassa légèrement sur la joue et lui dit :

« Comme je t'aime, Pierre, c'est si doux d'être avec toi. Mais... qu'as-tu au front, mon amour ?

— Ce n'est rien, je me suis battu avec un ami..., répondit-il en riant.

— Tu as de curieux amis ! Tu ne peux pas rester comme ça, allons, suis-moi. »

Pierre se laissa conduire dans une petite chambre où elle avait fait déposer ses nécessaires de toilette. Elle lui nettoya la plaie avec un baume préparé par Elisa, et lui fit un pansement.

« Maintenant ça va déjà mieux », déclara-t-elle satisfaite.

Pierre ronchonnait, mais au fond était ravi que Maximilienne s'occupât ainsi de lui. Tous deux avaient l'impression d'avoir toujours vécu ensemble. Ils se complétaient à la perfection.

C'est alors que Grégoire frappa à la porte :

« Madame la comtesse, le prince Romodanovski demande à vous voir.

— Que faut-il faire, Pierre ? chuchota Maximilienne.

— Fais-le monter, il faut que je lui parle... »

Lorsque Romodanovski entra dans la chambre, il fut quelque peu étonné de trouver son souverain drapé dans un dessus de lit, le front barré d'un pansement et Maximilienne, toute souriante dans un déshabillé de plumetis blanc aux longs rubans verts, assise sur ses genoux.

« Sire, dit Romodanovski, pardonnez-moi, mais j'étais trop inquiet et je ne savais quoi répondre au maréchal de Tessé qui me demande le programme de votre journée.

— Que lui as-tu raconté ? demanda Pierre inquiet.

— Que vous dormiez, Sire, et il vous croit dans votre lit à l'hôtel de Lesdiguières.

— Parfait, alors retourne là-bas. Dis au maréchal que je suis réveillé et que je désire rencontrer le petit roi Louis XV chez moi. Comme l'étiquette veut que nous nous voyions aux Tuileries ou au Louvre, les Français seront horrifiés. Cela nous vaudra trois jours de discussions et tu prétendras que je boude dans mes appartements. Ainsi je pourrai rester avec Maximilienne. »

Celle-ci écoutait, éberluée, et prit soudain conscience de l'importance et du pouvoir de son amant.

« Eh bien, dit Romodanovski, cela va faire du bruit à la cour !

— Bah ! le Régent criera et voilà tout.

— Mais, Sire, pensez à ce traité que vous voulez signer avec la France, contre la Suède.

— Je n'oublie rien, mon ami, mais laisse-moi quelques jours de bonheur. »

Lorsqu'ils furent seuls, Pierre attira doucement Maximilienne dans ses bras et lui murmura :

« Vois-tu les folies que je fais pour toi, et comprends-tu comme je t'aime ? »

Mais, depuis la visite de Romodanovski, Maximilienne ne se sentait plus aussi libre. Elle avait découvert qu'elle était entre les bras du tsar, de l'autocrate régnant sur un empire.

« Pierre..., Sire, se reprit-elle, c'est une folie ! Il ne faut rien compromettre à cause de moi ! »

Pierre prit Maximilienne par la taille et la fit tourner en riant dans la pièce.

« Qu'est-ce à dire, madame la comtesse ? On donne du " Sire " à l'homme que l'on aime ? je suis et serai toujours pour toi Pierre Mikhaïlof ! »

Maximilienne mit ses bras autour du cou de Pierre :

« Mais... c'est affreux ! Tu es le tsar. Nous allons être séparés, tu vas repartir en Russie... Et puis, ajouta-t-elle en baissant la voix... tu es marié...

— Ecoute-moi, ma chérie, car tu ne dis que des bêtises. Bien sûr, je suis marié, mais toi aussi tu l'es, et tu vas te séparer de ton mari. Quant à l'impératrice Catherine, je sais très bien qu'elle a des amants, dont mon favori Mentchikov. Je ferme les yeux pour avoir la paix. Et puis, assez parlé sérieusement : nous avons trois jours de bonheur et... c'est l'éternité ! »

CHAPITRE V

Romodanovski avait eu raison. L'attitude de Pierre faisait du bruit à la cour de France. Le prince ambassadeur, Boris Kourakine, courait comme un fou, du Palais-Royal à l'hôtel de Sillery, pour porter les contre-propositions du Régent. Mais Pierre, imperturbable, restait caché dans la chambre de Maximilienne.

Le troisième jour, Kourakine reparut : le Régent, diplomate comme toujours, acceptait que ce fût le petit roi Louis XV qui rendît visite au tsar. La vie officielle reprenait ses droits.

A l'hôtel de Lesdiguières, Pierre attendit le roi, entouré de ses boyards, du maréchal de Tessé, de Liboy et du marquis de Mailly-Bresle. Il avait demandé à Maximilienne de rester à ses côtés dans son rôle de guide impérial. Elle était plus jolie que jamais, dans sa robe de brocart crème et or à grands paniers, qui amincissait encore sa taille pourtant si svelte. Son fin visage, au nez légèrement retroussé, était illuminé par ses immenses yeux violets.

Le Régent arriva avec le petit roi de sept ans et une foule de courtisans en carrosse. Pierre descendit à leur rencontre dans la cour. Louis XV leva son joli visage aux yeux de jais, auréolé de cheveux d'or. Avec sa petite épée au côté, il arrivait au genou de Pierre. Celui-ci, attendri par l'enfant qui régnait déjà sur le plus beau pays d'Europe, l'enleva dans ses bras, le fit sauter en l'air, et l'embrassa sur les deux joues.

Les courtisans français frémirent : jamais personne n'avait osé agir de la sorte.

Pierre reposa Louis à terre. Celui-ci riait. Alors, le Régent et toute la cour, soulagés, rirent à leur tour.

Tout attendrie, Maximilienne regardait Pierre et songeait : « Il ne peut donc rien faire comme tout le monde ! »

Puis, cérémonieusement, le tsar s'inclina et dit à l'enfant : « Sire, plairait-il à Votre Majesté d'entrer dans nos salons pour parler de nos Etats ? »

Louis XV mit sa petite main dans celle du géant et répondit, comme le lui avait appris son gouverneur, le duc de Villeroy :

« Nous serons ravis de nous entretenir avec Votre Majesté Impériale. »

Le duc de Saint-Simon se pencha vers Maximilienne :

« Nous assistons, madame, à une entrevue historique, non content de mettre la France à ses pieds, Pierre le Grand la prend dans ses bras ! »

Mailly-Bresle roucoulait et s'agitait comme si cette visite avait été son œuvre. Il s'approcha de Maximilienne et de Saint-Simon en agitant sa perruque poudrée :

« Savez-vous, comtesse, qu'il est dans les prérogatives de ma maison d'avoir droit au tabouret dans les appartements impériaux ! »

Le duc protesta :

« Vous m'étonnez, marquis. »

Maximilienne les laissa tous deux, fort occupés par ces questions... d'importance.

Elle avait aperçu Amédée qui la regardait sans aménité. Mais il se perdit dans la foule qui entourait le Régent, et elle l'oublia. Puis, accompagnée de Kourakine et de Romodanovski, elle entra dans le grand salon où le tsar et le roi avaient pris place. On leur avait préparé deux grands fauteuils de même taille, et la vue de ce petit garçon et de ce géant assis l'un en face de l'autre devait marquer à jamais ceux qui assistaient à la scène.

Pierre fit défiler devant le roi les princes de sa suite et dit enfin :

« Nous sommes heureux de présenter à Votre Majesté la comtesse de Villeneuve-Caramey qui a sauvé notre vie. Nous demandons à Votre Majesté de ne jamais oublier son nom, ni celui de son fils, Adrien... »

Maximilienne, la gorge serrée par l'émotion, plongea dans

une profonde révérence. Le petit roi regarda Maximilienne d'un air sérieux, et, se tournant vers Pierre, lui répondit :

« Nous n'oublierons pas, Sire, la recommandation de Votre Majesté, car nous n'oublions jamais rien. »

Les courtisans se regardaient entre eux, étonnés. Tous les yeux se posaient sur Maximilienne. Une faveur montait, peut-être même une favorite française à la cour de Russie...

Les princesses du sang, qui avaient espéré un compliment, ou même une visite du tsar, échangeaient des regards courroucés qui leur faisaient oublier leurs rivalités.

Le Régent, de loin, adressa un petit signe aimable à Maximilienne. Mailly-Bresle ouvrait et fermait la bouche et ne trouva heureusement rien à dire.

Maximilienne regardait Pierre avec les larmes aux yeux : il avait déclaré tout haut leur amour à la cour de France.

Pendant ce temps-là, Amédée de Villeneuve quittait l'hôtel de Lesdiguières, le cœur ulcéré. Il avait assisté au triomphe de sa femme et ne souffrait pas dans son amour, mais dans son orgueil. De plus, Maximilienne ignorait à quel point Amédée s'était ruiné pour satisfaire ses folies. A son insu il lui avait déjà volé des terres et des fermes qu'elle avait héritées de son père, et qu'Amédée avait transformées en billets de la banque Law.

Mais même les billets commençaient à manquer. Décidé de se venger, il se fit conduire à l'hôtel de Sillery. Il y entra comme un fou, bousculant Grégoire, et courut dans les appartements de Maximilienne. Adrien y jouait sous la garde d'Elisa. Sans un regard pour l'enfant, il se jeta sur le coffret de bijoux de Maximilienne, puis força un secrétaire et empocha les titres de propriété de l'hôtel de Sillery. Elisa chercha bien à s'interposer, mais Amédée, les yeux hors de la tête, la rudoya et s'enfuit comme un voleur qu'il était, des bijoux plein les poches. Il se jeta dans son carrosse et cria à son cocher :

« Rue Quincampoix ! »

A l'hôtel, la consternation régnait parmi les domestiques de Maximilienne. Adrien, dans son innocence, pleurait et appelait sa maman. Elisa parlait tout bas avec Grégoire :

« Mon Dieu ! comment annoncer cela à Mme la comtesse ! »

« Ah ! dit Grégoire, mauvais père, mauvais époux, et voleur ! Un comte de Villeneuve ! »

Alors qu'Amédée accomplissait son forfait, Maximilienne voyait le petit roi quitter l'hôtel de Pierre le Grand. Le tsar, charmé par l'enfant, descendit, au grand étonnement de chacun, l'accompagner à son carrosse. Louis XV tenait maintenant la main de son oncle le Régent. Tous deux s'aimaient fort, et avaient échangé pendant toute l'entrevue des coups d'œil de complicité, qui avaient plu à Pierre. Louis dit tout bas à son oncle :

« J'ai trouvé le tsar très gentil, et j'aimerais qu'il me fasse encore sauter en l'air ! »

Le Régent sourit :

« Nous ne pouvons pas lui demander, Louis, à cause de l'étiquette, mais il y a une surprise pour vous, aux Tuileries.

— Quoi donc, mon oncle ?

— De beaux jouets qui viennent de Russie, de la part du tsar. »

Maximilienne avait tout entendu et songeait :

« Pierre et Philippe d'Orléans se ressemblent sur bien des plans, mais ils ne le savent pas. »

Arrivé devant le carrosse, Pierre inclina sa haute taille et dit au roi :

« Nous remercions Votre Majesté pour la visite qu'elle nous a faite.

— Et moi, répondit le petit roi, oubliant dans sa joie le " nous " royal, je vous remercie bien pour les jouets. J'ai hâte de partir pour aller les voir ! »

Pierre sourit et lui murmura tout bas :

« Vas-y, mon garçon, et amuse-toi bien. »

Le petit roi rit à son tour et reprit à voix haute en regardant le tsar droit dans les yeux :

« Je n'oublierai pas ma promesse, Sire, et me souviendrai du nom de Villeneuve-Caramey. »

Les badauds parisiens qui attendaient la sortie de leur roi éclatèrent de joie en voyant le tsar et l'enfant. Les cris de « Vive le roi ! Vive le tsar ! » éclatèrent. On n'entendait pas beaucoup de « Vive le Régent ! » car Philippe d'Orléans, en dépit de ses efforts et de ses mérites, n'était pas très populaire.

Maximilienne avait laissé Pierre et Boris Kourakine occupés à établir le traité. Elle était rentrée à son hôtel, accompagnée de Romodanovski. L'attitude des deux princes et des boyards de l'escorte impériale s'était modifiée. Ils la traitaient maintenant en favorite, et elle en était un peu gênée. Lorsqu'elle arriva chez elle, Adrien pleurait encore, et ses domestiques étaient sens dessus dessous. Grégoire et Elisa la mirent au courant des agissements d'Amédée. Pendant une seconde, Maximilienne laissa tomber sa tête dans ses mains, épouvantée. Ainsi cet homme qui avait été son mari avait osé voler son propre fils et le dépouiller de l'hôtel de ses ancêtres ! La perte de ses bijoux, pourtant fort beaux, la touchait à peine. Elle ne voyait qu'une chose : le père avait volé son fils. Le pauvre Romodanovski se dandinait d'un pied sur l'autre, ne sachant que faire. Soudain Maximilienne se redressa.

« Où est-il allé, Grégoire ?

— Je l'ai entendu dire à son cocher : " rue Quincampoix ", madame la comtesse.

— C'est bien, je vais essayer de le retrouver et de lui parler. Peut-être pourrai-je éviter le pire.

— Mais, madame, protesta Romodanovski, vous ne pouvez aller vous jeter dans cette foule, et le tsar attend votre retour : il doit se rendre dans une heure au Luxembourg, chez la duchesse de Berry. »

Sans rien écouter, Maximilienne se jeta aussitôt à la poursuite d'Amédée. Le vieux Grégoire dut la suivre en courant. Romodanovski hésita un instant sur la conduite à tenir et courut prévenir le tsar.

La rue Quincampoix n'était pas loin. Pour y accéder, il y avait deux passages : la rue aux Ours, réservée aux gens de qualité, et la rue Aubry-le-Boucher, où se retrouvait la canaille. Dès sept heures du matin, les grilles de fer étaient ouvertes. En quelques minutes, l'étroit passage Quincampoix, bordé d'une quarantaine de maisons, grouillait d'une foule hystérique. Ces possédés se ruaient sur les actions de la compagnie qu'on nommait, selon leur date de naissance, les mères, les filles et les petites-filles.

Maximilienne n'avait pas l'habitude de marcher dans Paris, et, au bout de cent mètres, regretta de ne pas avoir appelé son cocher, mais dans sa précipitation, elle avait tout oublié. Grégoire ne lui était d'aucune aide, car il ne connaissait guère la capitale. Au lieu d'entrer par la rue aux Ours, Maximilienne se trompa et se retrouva dans la rue Aubry-le-Boucher. En une seconde elle fut entourée d'une bande de mégères ricanantes. Elle voulut reculer, mais trois hommes à

la mine patibulaire lui barraient le passage. Maximilienne
se sentit pâlir et pensa :

« S'ils voient que j'ai peur, je suis perdue. »

Grégoire relevait la tête et pensait :

« Nous allons périr égorgés. »

Maximilienne, dans sa robe de cour, était superbe, et personne n'osait la toucher. Mais elle sentait qu'il suffirait d'un
premier geste pour qu'elle soit écharpée.

« Vise la duchesse, hurla une bossue, comme si elle
n'avait pas assez d'argent ! V'nir encor' nous prend' nos
actions !

— Alors, la belle, cria un homme au visage pustuleux,
ton amant veut pas t'offrir sa mère ?

— Ou ses filles et p'tit' filles », beugla un borgne en
ricanant.

Un mendiant, le visage bavant d'envie, tendait déjà vers
Maximilienne ses horribles moignons, des harpies les yeux
rouges et chassieux haletaient, excitées :

« Viole-la. »

Grégoire se mit devant Maximilienne :

« Vous passerez d'abord sur mon corps !

— Eh ! le vieux, viens me caresser, hurlait une femme
excitée, à cheval sur les épaules d'un aveugle.

— Allez, qu'on leur fasse leur affaire ! »

Prise de panique, Maximilienne se sentait perdue. Le cercle inquiétant se refermait peu à peu sur elle. C'est alors
qu'on entendit une rumeur croissante qui venait de la rue
Quincampoix.

« Les actions baissent ! le papier ne vaut plus rien ! »

Bousculée, étouffée par la foule qui l'avait oubliée, séparée de Grégoire, Maximilienne fut entraînée vers la rue Quincampoix.

« Le duc de Bourbon s'est fait rembourser, criaient les
gens, il emporte son or !

— Remboursez-nous aussi ! »

Un quart d'heure plus tôt, ce même peuple était prêt à
vendre son âme pour du papier magique, et maintenant, ces
actions lui brûlaient les doigts.

Maximilienne, portée par la foule, se retrouva devant la
banque, où le duc de Bourbon, protégé par ses valets, faisait
transporter ses sacs d'or dans des charrettes. L'affreux duc ne
se souciait nullement de ces mouvements furieux. Maximi-

lienne était écrasée entre un abbé, un mendiant, un domestique et un gentilhomme en perruque. Les classes étaient abolies, il n'y avait plus que des excités à demi étouffés, qui voulaient récupérer leur or.

Maximilienne pensa :

« Ces gens sont fous ! »

Law se mit au balcon de ses bureaux pour haranguer la foule.

« Ne perdez pas confiance, les actions ne baissent pas, je vous le jure. Elles valent encore dix-huit mille livres. Je vous ai promis douze, vous aurez quarante pour cent de bénéfice ! »

C'était un effort désespéré pour sauver le système. Maximilienne admirait ce petit Ecossais, mais personne ne voulait l'écouter. On ne voyait que des poings tendus vers lui et on n'entendait que des imprécations et des cris de fureur.

Pendant ce temps, Pierre, prévenu par Romodanovski, courait comme un fou rue Quincampoix. Il s'était fait remplacer par le prince à la réception de la duchesse de Berry, à la grande rage de celle-ci.

La foule était si dense aux abords de la rue aux Ours, que Pierre ne put se frayer un chemin qu'à coups de poing. Mais la folie des gens était si grande qu'ils s'écartaient à peine devant ce géant. Pierre hurlait :

« Maximilienne, Maximilienne ! »

Il sentit qu'un coupe-jarret profitait de la bousculade pour lui dérober sa bourse. Alors il lui enserra le bras de sa main de fer et lui cria :

« Préviens Cartouche que le tsar a besoin de lui ! »

L'autre disparut et Pierre se demanda s'il l'avait même entendu. Il continua d'avancer péniblement, et vit au loin que les gens commençaient à se battre. Certains sortaient leurs épées et ferraillaient, blessant avec leurs moulinets les malheureux qui les entouraient. Soudain Pierre entendit une voix derrière lui :

« Tu m'as appelé, tsar, me voici. »

Pierre se retourna et vit Cartouche, dont il reconnut le sourire et la petite figure blanche, bien qu'il ne l'eût vu que lors de la bagarre, dans la pénombre. Cartouche semblait fort jeune et méritait son surnom de « l'Enfant ».

« Cartouche, il faut que tu m'aides à retrouver une femme

dans cette foule et à la sauver car elle est peut-être en danger !

— Qui est-ce ? répondit laconiquement le célèbre bandit.

— C'est la comtesse de Villeneuve-Caramey, elle est vêtue de....

— Suffit, tsar, je la connais, car c'est mon métier de tout savoir, et tu l'aimes, je le sais aussi. »

Cartouche sortit un sifflet et modula trois sons différents. Une minute plus tard, comme par miracle, deux hommes surgirent devant eux.

« Voici mes lieutenants. François Leroux et Jean Bourlon. Pour plus de commodité, ils sont exempts, inspecteurs de la banque Law », ajouta Cartouche en riant.

Puis il leur dit sur un ton sans réplique :

« Faites passer le mot d'ordre aux hommes : sauver la comtesse de Villeneuve-Caramey au lieu d'attaquer le duc de Bourbon et ses millions. »

Les deux lieutenants s'inclinèrent :

« Compte sur nous, l'Enfant », et disparurent dans la bataille. Pierre et Cartouche, pour se frayer un chemin, tirèrent leur épée. Mais ceux qui se battaient se retournèrent contre eux se croyant menacés, et ce fut une véritable bataille rangée. Si Pierre n'avait pas été mortellement inquiet pour Maximilienne, il se serait beaucoup amusé ; mais son effroi se transformait en fureur contre cette populace idiote.

« Attention, tsar ! », cria Cartouche, le sauvant ainsi d'un coup d'épée lancé traîtreusement dans son dos. C'était Amédée de Villeneuve, accompagné d'un de ses compagnons de débauche, le comte de Horn.

Amédée était arrivé un peu avant Maximilienne rue Quincampoix, et n'avait pas eu le temps de vendre les bijoux ni l'hôtel de Sillery. Il venait de rencontrer Horn, et tous deux cherchaient à sortir de cet enfer, lorsque Amédée aperçut le tsar. L'occasion était trop belle pour cette âme basse de tuer Pierre d'un coup d'épée dans le dos. Celui-ci, grâce à Cartouche, put esquiver le coup, et l'épée glissa, lui déchirant à peine l'omoplate. Le tsar, ne connaissant pas Amédée, s'écria :

« Ah ! tout beau, monsieur, on veut assassiner les gens dans le dos ! »

Et Pierre se fendit pour porter à Amédée de terribles coups. Celui-ci, effrayé par la taille et la force de Pierre, chercha son salut dans la fuite, mais le tsar l'atteignit au bras, et Amédée lâcha son épée. Il voulut se baisser pour la ramasser, et c'est alors que les bijoux de Maximilienne tombèrent de ses poches et se répandirent sur le sol. Des mendiants se jetèrent aussitôt sur Amédée pour s'emparer des joyaux. Pierre, stupéfait, reconnut les bijoux de Maximilienne. En une seconde il comprit à qui il avait affaire, et, n'écoutant que sa générosité, se porta au secours d'Amédée. Mais il était trop tard, l'infâme comte de Horn, au lieu de défendre son compagnon, lui porta des coups de poignard, en distribua quelques-uns aux mendiants, récupéra les bijoux, et s'enfuit. Pierre n'en croyait pas ses yeux : l'assassin était le comte de Horn, un grand seigneur allié à des familles régnantes !

« Eh oui, tsar, dit Cartouche, tu vois, les seigneurs deviennent des criminels et les bandits, des seigneurs. »

Pierre s'agenouilla près d'Amédée, pour voir s'il était encore possible de faire quelque chose pour lui. Mais, se rendant compte qu'il était mort, il regarda Cartouche et lui demanda :

« Garde le secret sur tout ceci, je ne veux pas que la comtesse de Villeneuve soit au courant. Puis, se redressant, il murmura :

« La justice de Dieu est terrible. »

Il n'avait pas tort, car, quelques mois plus tard, l'assassin, le comte de Horn, devait être rompu en place de Grève, sur l'ordre du Régent, tout grand seigneur qu'il était.

Pendant ce temps, Maximilienne luttait dans la mêlée, sa robe déchiquetée, son collier arraché, à demi étouffée, les cheveux dénoués. Elle se sentit soudain enlevée par deux grands gaillards : c'étaient les lieutenants de Cartouche, entourée de leurs hommes qui distribuaient des coups pour maintenir la foule. Maximilienne, ne sachant pas qu'ils venaient la sauver, hurla, folle de terreur. Alors François Leroux, le lieutenant de Cartouche, l'assomma d'un coup de poing respectueux, puis l'emmena, évanouie. Se frayant un chemin, il vint la remettre entre les bras de Pierre.

« Ah ! elle est morte, dit celui-ci en pâlissant !

— Non, tsar, elle a dû s'évanouir ! »

Alors, Pierre, entouré d'une escorte impériale de brigands, Cartouche à sa droite, et son précieux fardeau contre le cœur, quitta la rue aux Ours, où la bataille commençait à se calmer. Des blessés gémissaient, des cadavres jonchaient le sol, un enfant hurlait, et les gens se taisaient au passage du géant. Tout à coup un garnement accroché à une fenêtre cria :

« Mais, j' vous l' dis, c'est l' tsar ! »

Les assistants stupéfaits regardèrent l'empereur de Russie.

« C'est lui !

— Mais dam' oui ! »

Et avec la versatilité propre aux foules, ils se mirent tous à crier :

« Vive le tsar !, vive l'empereur ! »

Grégoire, qui avait pu se cacher dans un coin, vint se joindre au cortège et criait plus fort que les autres.

Arrivés au bout de la rue, Cartouche sortit un sifflet et modula un son. Un carrosse aussitôt se présenta :

« Prends mon carrosse, tsar. »

Pierre sourit, y déposa Maximilienne doucement, et se tournant vers Cartouche, lui dit :

« Viens en Russie, je te ferai général et prince !

— Je te remercie, tsar, mais mon royaume est Paris, et c'est ici que je veux être pendu. »

Pierre le regarda tristement et lui prit la main :

« Alors, adieu, mon ami, et que le diable te garde.

— Adieu, tsar », répondit Cartouche, tandis que ses hommes agitaient leurs chapeaux.

Dans le carrosse, Maximilienne ouvrit les yeux. Pierre, penché sur elle, murmura :

« Eh bien, mon amour, tu m'as fait peur ! »

Et elle se jeta dans ses bras.

CHAPITRE VI

La visite officielle de Pierre dura trois mois. Les fêtes succédaient aux fêtes, et Maximilienne vivait dans un tourbillon. Les deux amants réussissaient à se voir, mais leurs moments de solitude se faisaient rares, car Pierre s'était remis au travail avec acharnement. Il voulait signer son traité avec la France, bien que Philippe d'Orléans temporisât, à la grande rage du tsar.

Maximilienne avait revu Philippe d'Orléans, et lui avait demandé des nouvelles de son mari. Philippe, tenu au courant du drame par sa police, lui répondit avec bonté qu'il avait disparu et Maximilienne pensa qu'il s'était expatrié pour fuir ses créanciers. Un jour elle reçut un paquet dans lequel étaient les titres de propriété de son hôtel avec ce simple mot : « de la part de Cartouche ».

Pierre avait voulu lui offrir des bijoux pour remplacer les siens, mais Maximilienne avait répondu avec un sourire désarmant :

« Offre-moi plutôt ta présence. Je ne te vois plus qu'au milieu de mille personnes. »

Pierre lui avait répondu :

« Ce n'est pas de ma faute, mon amour, c'est mon rôle qui l'exige. » Et Maximilienne avait reçu un collier de diamants dont le plus gros était taillé en forme de cœur. Il était accompagné d'un billet ainsi rédigé :

« Accepte ce présent. Ce n'est pas un bijou, c'est le cœur de Pierre Mikhaïlof. »

Un jour, Pierre décida d'aller à Saint-Cyr pour rendre visite à Mme de Maintenon.

« Je suis curieux de connaître la vieille fée qui s'est fait aimer du grand roi, dit-il à Maximilienne.

— Tu admirais donc tant Louis XIV ?

— C'est mon maître, et tu verras, à Saint-Pétersbourg, je me suis fait construire un palais qui ressemble à Versailles. »

Maximilienne sursauta. Pierre semblait considérer son départ pour la Russie comme un fait acquis, sans jamais lui en parler. Maximilienne se demandait s'il ne repartirait pas comme il était venu, avec le vent du nord...

A Saint-Cyr, Pierre entra dans la chambre de Mme de Maintenon en compagnie de Maximilienne. La vieille marquise était couchée et, sans façon, Pierre s'assit sur le bord du lit. Maximilienne en fut surprise, ainsi que tous ceux qui assistaient à la scène.

« Vous êtes malade, madame, qu'avez-vous ?

— Sire, une grande vieillesse et une grande expérience aussi... Qui est cette jeune femme ? dit-elle en montrant Maximilienne.

— La comtesse de Villeneuve-Caramey...

— Elle est très belle, dit la vieille marquise en regardant Pierre dans les yeux, elle est digne du tsar... comme j'étais digne du roi. »

Et la vieille dame se laissa retomber sur ses oreillers.

Les visites s'étaient succédé à un rythme infernal. L'Opéra, les manufactures, Marly, Saint-Cloud chez la princesse Palatine, qui prit à part Maximilienne et lui confia dans son franc-parler :

« Ma petite, c'est un gaillard ce tsar, tenez-lui la dragée haute tout de suite ou vous êtes perdue. »

Maximilienne avait souri à la bonne princesse, si semblable à son fils, le Régent, et lui avait baisé la main.

Enfin, deux jours avant son départ, Pierre avait décidé de visiter Versailles qui était désert depuis la mort de Louis XIV. On avait illuminé le palais en l'honneur du tsar, et un souper avait été organisé dans la galerie des Glaces. Pour une nuit, le palais revécut, et le fantôme de Louis XIV semblait présent. Après le souper, le tsar et sa cour visitèrent les jardins et un violent orage éclata soudain. Maximilienne s'était alors trouvée séparée de Pierre, car chacun avait couru se mettre à l'abri. Le tonnerre grondait, les éclairs se succédaient, et un déluge s'abattit sur le château. Pierre chercha Maximilienne des yeux, et, ne la voyant pas, s'abrita dans une grotte du jardin d'Apollon. Il regardait tomber la pluie et songeait :

« J'ai l'impression que le vieux roi est en colère. »

Il entendit alors un bruit de pas sur le gravier, et vit la marquise de Fondaudèges qui cherchait un abri.

« Par ici ! sous le rocher, cria Pierre.

— Oh ! je n'oserai pas me mettre à côté de Votre Majesté ! »

Pierre détestait ce genre de minauderies, mais le corsage mouillé de la marquise montrait deux jolis seins rebondis. Elle était diablement séduisante et Pierre se dit qu'une petite aventure ne saurait faire de peine à Maximilienne si elle n'en savait rien. Le tonnerre continuait de gronder et la petite marquise, devinant les pensées de Pierre, se rapprocha de lui en soupirant lascivement :

« Je suis transie par cette pluie, Sire, sentez comme mon cœur bat, dit-elle en mettant la main de Pierre sur sa poitrine. »

L'image de Maximilienne traversa encore l'esprit de Pierre, mais la Fondaudèges brusqua les choses en se collant contre lui. C'est à peine s'il eut le temps de penser :

« Après tout, j'ai tous les droits, je suis le tsar. »

Maximilienne s'était abritée sous les arbres, en face de la grotte et avait reconnu Pierre. Elle allait le rejoindre lorsqu'elle avait aperçu la provocante marquise qui s'approchait de Pierre. Clouée sur place, elle le vit prendre cette femme dans ses bras. Incapable de supporter ce spectacle, elle s'enfuit en larmes vers le château dans un grand froufrou de brocart.

A la lueur d'un coup de tonnerre plus fort que les autres, Pierre reconnut Maximilienne et comprit qu'elle avait tout vu. Il s'écria :

« Maximilienne, Maximilienne ! »

L'audacieuse Fondaudèges retenait le tsar par la manche en disant :

« Ne vous occupez pas de cette mijaurée, Sire, je m'offre à vous.

— Petite peste, je suis sûr que vous l'avez fait exprès.

— Parfaitement, Sire, je savais qu'elle nous voyait, et maintenant que nous sommes seuls, profitons-en. » Sans l'écouter davantage, Pierre bondit en appelant celle qu'il aimait.

« Je suis vraiment incorrigible, se disait-il, je possède la plus exquise des femmes et je m'en vais trousser une marquise qui ne vaut pas la dernière souillon des cuisines. »

Maximilienne courait à perdre haleine. Les courtisans dissimulés dans les bosquets la regardaient passer, suivie du tsar, et n'osaient intervenir.

« Maximilienne ! hurlait Pierre, je t'ordonne de t'arrêter. »

Elle parvint enfin, haletante, devant une petite porte. Elle aperçut un escalier qu'elle grimpa quatre à quatre. Elle connaissait Versailles pour y avoir séjourné avec son père, mais dans son affolement, la nuit aidant, elle ne savait plus où elle était. Pierre hurlait toujours :

« Maximilienne, arrête-toi ! »

Mais elle avait une belle avance sur lui. Pierre continuait de la poursuivre dans de grands couloirs interminables. Soudain, Maximilienne, sans savoir comment se retrouva dans la galerie des Glaces, décorée de caisses d'orangers d'argent ciselé, éclairée encore de mille bougies, et que des valets achevaient de ranger. Trempée, le bas de sa robe raide de boue, Maximilienne courait comme une folle, poursuivie par le maître de toutes les Russies qui criait :

« Arrête-toi, je te l'ordonne ! »

De saisissement, un valet en laissa tomber une pile d'assiettes. Maximilienne, trouvant une porte au fond de la galerie, l'ouvrit, la claqua au nez de Pierre. Elle se retrouva dans des salons obscurs, car seules les pièces de réception étaient éclairées. Elle reprit sa course et arriva dans une grande chambre sombre, qui lui sembla abandonnée. Elle s'y barricada en fermant le verrou, et se laissa tomber sur le lit pour y pleurer à son aise. Pierre se jeta sur la porte fermée et y donna de furieux coups de pied.

« Ouvre-moi ! »

Maximilienne lui répondit :

« Je me moque de vos ordres, je ne vous ouvrirai pas !

— Je suis le tsar, et je peux te briser ! » cria-t-il en songeant : " Elle est plus entêtée que cent mille boyards, j'aime ça. "

— Vous êtes le tsar ? eh bien, retournez en Russie. »

Pierre demeura sans voix. Jamais on ne lui avait parlé sur ce ton.

Dehors, l'orage redoublait de violence, arrachant les toitures, tandis que la foudre tombait sur les arbres du parc. Trois coups de tonnerre retentirent soudain, faisant vibrer le château, et Pierre, enfonçant la porte d'un coup d'épaule irrésistible, pénétra dans l'immense chambre. Maximilienne était allongée sur le lit à baldaquin. A sa vue, elle se redressa et courut vers la cheminée. Là, elle s'empara d'une potiche, qu'elle lança à la tête de Pierre. Celui-ci se baissa pour l'éviter, et saisit Maximilienne au poignet pour l'immobiliser.

« Alors, madame, on n'obéit plus au tsar, lui dit-il.

— Il n'y a plus de tsar pour moi. Vous m'avez déçue, je ne veux plus vous voir.

— Et moi, je te trouve belle quand tu es en colère. J'ai envie de toi.

— Retournez à votre marquise ! Vous sembliez fort bien ensemble. »

Pierre éclata de rire. Il aimait qu'on lui résistât.

« Tu es jalouse, dit-il. Ça me plaît. »

Maximilienne essaya de se débattre, mais Pierre la tint contre lui, la renversa dans ses bras, et s'empara de ses lèvres.

« Non, non, je vous déteste.

— Je t'aime, je te veux, murmura Pierre entre deux baisers, je brûle de t'aimer ! »

Et il mordit violemment les lèvres de Maximilienne. Celle-ci, renversant la tête en arrière, lui cria :

« Lâchez-moi, vous ne me prendrez pas de force ! »

Pour toute réponse, Pierre l'enleva dans ses bras puissants et la jeta sur le grand lit. Maximilienne cherchait à lancer des coups de pied, mais Pierre, qui était déjà très troublé, fut pris de folie devant les trésors qu'elle lui découvrait.

« Je te violerai si je veux », hurlait-il, affolé de désir et de rage, car, pour la première fois de sa vie, une femme lui résistait. Il écrasa Maximilienne en se ruant sur elle, lui lacéra sa robe et, d'une main, lui arracha son corsage, tandis que ses jambes écartaient celles de la jeune femme. Maximilienne, à demi étouffée par l'étreinte du géant, sentait poindre en elle un désir irrésistible au contact du corps viril de Pierre. Elle haletait, poussait de petits cris, qui n'étaient plus de rage, et soudain, n'en pouvant plus, elle commença de déshabiller le tsar. Celui-ci, constatant ce changement dans l'attitude de Maximilienne, comprit qu'elle avait un peu joué la comédie, et qu'elle le désirait autant qu'il avait envie d'elle. Loin de lui en tenir rigueur, il s'en amusa, et ne l'en aima que plus. Des frissons le parcouraient, car jamais une femme ne lui avait donné un tel bonheur. Ils s'aimèrent avec ivresse, affamés de leur propre chair, se mordant, se serrant l'un contre l'autre. Pierre tenta des gestes qu'il n'avait encore jamais osés, et Maximilienne lui rendit passionnément ses caresses. Ils se reposaient entre deux étreintes et revenaient l'un vers l'autre avec un élan décuplé. Le lit était complètement défait, et Maximilienne s'offrait sans aucune pudeur aux assauts de Pierre. Plus rien n'existait pour eux que leur amour fou. Dehors, les éléments s'étaient déchaînés. Les courtisans, réfugiés dans le château, n'osaient rechercher le tsar, les gens apeurés se terraient dans leurs maisons. Certains murmuraient tout bas que c'était la fin du monde et que Versailles et Paris, comme Sodome et Gomorrhe, allaient être détruits par le feu du ciel. De gigantesques éclairs cadençaient les trombes d'eau et des grêlons gros comme le poing s'abattaient sur les toits, tandis que le vent faisait trembler vitres et volets. La Seine, brusquement grossie, avait brisé les amarres des bateaux que les mariniers s'efforçaient de disputer à la furie des flots.

Ce fut par cette nuit de tempête, dans la chambre abandonnée du Roi-Soleil, que Floris fut conçu.

CHAPITRE VII

Deux jours plus tard, Pierre et Maximilienne quittèrent Paris. Maximilienne ne laissait aucun regret derrière elle. L'homme qu'elle aimait l'emportait vers les brumes glacées du Nord. Elle s'appuyait sur son épaule, sûre et confiante. Elle n'avait eu que le temps de confier ses affaires à Chabout, son vieux régisseur, qui ne savait que répéter :

« Ah ! madame la comtesse, quelle folie, quelle folie !

— Oui, oui, monsieur Chabout, dit Maximilienne en riant, mais prenez bien soin tout de même du château, des terres et de ma maison. »

On avait hissé les malles dans un grand fourgon et Grégoire était venu trouver Maximilienne en tortillant son béret.

« Qu'y a-t-il, Grégoire ? » dit Maximilienne en rangeant les jouets d'Adrien dans une malle.

« Voilà, madame la comtesse, vous emmenez avec vous Elisa pour s'occuper de M. Adrien, mais qui va s'occuper de vous ?

— Mais, mon bon Grégoire..., murmura Maximilienne émue.

— Nous avons pensé, avec Blaisois et Martine, que nous ne pouvions vous laisser partir seule. Je suis venu vous demander de nous emmener avec vous. »

Et ces braves gens avaient pris place dans une grande berline qui suivait le phaéton du tsar et de Maximilienne.

Lorsque ceux-ci s'arrêtaient dans des auberges, on les prenait pour de riches étrangers, car Pierre n'avait emmené que quelques boyards de son escorte. Il avait renvoyé le reste de ses hommes sous le commandement de Romodanovski, pour retrouver l'impératrice à Spa, et finir ainsi le voyage officiel du tsar. Le brave Romo avait obéi comme toujours sans poser de questions ; mais lorsque la tsarine l'avait vu arriver, elle l'avait accueilli avec de solides jurons polonais et Romo avait songé qu'il était bien difficile de servir Pierre le Grand.

Pierre n'avait pas signé son traité avec la France ; Maximilienne s'en accusait et disait à Pierre :

« Je ferai tout pour rapprocher nos deux pays. »

Pierre répondit en riant :

« La France n'est pas contente, je lui vole son plus beau trésor. »

Au mois d'octobre, après trois mois de voyage, Pierre et Maximilienne arrivèrent à Moscou. C'était le début de l'hiver. Maximilienne fut éblouie par les coupoles de mille couleurs qui se découpaient sur la neige.

« Comme c'est beau, Pierre !

— Mon amour, je n'aime pas Moscou. Bientôt nous partirons pour Pétersbourg, c'est mon Versailles à moi. J'adore cette ville que j'ai fait sortir des marais. J'ai obligé mes boyards à s'y construire des palais, des hôtels. Tu verras, tu aimeras Saint-Pétersbourg, mais pour le moment je suis obligé de passer quelque temps à Moscou. »

Pierre avait installé Maximilienne dans le quartier de Sloboda, touchant Préobrajenskoïe. Il avait trouvé une grande maison de brique rose que Maximilienne aimait. C'est là qu'elle eut la certitude d'attendre Floris. Pierre, mis au courant, la prit dans ses bras, puis s'agenouilla devant elle et mit sa tête sur son ventre.

« Mon amour, tu vas me donner un fils.

— Mais Pierre, répondit Maximilienne dans un sourire, ce sera peut-être une fille.

— Non, non, ce sera un fils, je le veux ! Il me ressemblera et dans ses veines coulera le sang des Romanov.

— J'espère quand même qu'il ne sera pas aussi dur que ton ancêtre Ivan le Terrible, Pierre.

— Le tsar Ivan n'était pas mon ancêtre, mon amour, mais il avait épousé une Romanov, dit Pierre avec indulgence, aussi présidera-t-il peut-être à la naissance de mon fils. »

Semblant approuver ces paroles, le bébé, avec une force extraordinaire, remuait dans le ventre de Maximilienne, et

Pierre appuyait tendrement sa tête pour sentir ses coups de pied minuscules.

Maximilienne était enceinte de cinq mois, lorsque Pierre vint un jour la trouver avec un air grave :

« Mon amour, lui dit-il, je n'avais pas voulu t'inquiéter en te disant pourquoi je voulais rester à Moscou, mais j'attendais des nouvelles du prince Tcherkovski et de ses six mille hommes. Ils viennent d'être massacrés par les Perses, près de Kéva. C'est la guerre. Je pars à la tête de mon armée. »

Alors Maximilienne prit une décision folle dans son état :

« Je te suis, dit-elle simplement. »

Pierre en fut bouleversé :

« Mais Maximilienne, tu ne te rends pas compte, il faut traverser toute la Russie ; ce n'est pas une promenade !

— Mon chéri, tu apprendras qu'une petite comtesse française vaut bien une russe. Je te suis, à moins que tu ne veuilles déjà plus de moi, ajouta-t-elle en le regardant dans les yeux.

— Chérie, tu es désarmante, frêle comme tu es, toute douce, fine, réservée. Mais tu es une femme d'acier !

— Mais Pierre, je t'aime, voilà tout ! »

Maximilienne quitta Moscou avec l'énorme armée, laissant Adrien à la garde d'Elisa, n'emmenant avec elle que Grégoire et Martine. Pierre regarda ses soldats défiler devant lui et s'approcha au galop de la somptueuse berline qu'il avait fait préparer pour Maximilienne.

« Madame, dit-il en souriant, je vous présente les armées du tsar.

— Pierre, explique-moi qui sont ces soldats.

— Eh bien, voici les fantassins, il y en a vingt mille, ce sont des braves. Voici maintenant mes neuf mille cavaliers. C'est grâce à eux que j'ai pu battre Charles de Suède à Poltava. Tu vois maintenant les vingt mille Kalmouks et les trente mille Tartares invincibles.

— Et qui sont ces soldats qui semblent si effrayants ?

— Ce sont les vingt mille cosaques ukrainiens de mon ami l'hetman Saratov.

— Dis-moi, Pierre, il n'a pas l'air commode, et tu sembles avoir beaucoup de considération pour lui.

— Oui, car, vois-tu, les cosaques sont farouches et libres. Si l'hetman vient combattre à mes côtés, c'est par amitié. Rien ne l'y oblige, et cela me fait plaisir.

— Tu es fier de ton armée, Pierre ?

— Oui, je l'ai entièrement faite. Tiens, voici maintenant mes neuf mille marins. Avant moi il n'y avait pas de marine en Russie. »

Maximilienne regardait Pierre avec fierté. Cet homme l'aimait, elle attendait un enfant de lui, et tous les jours elle découvrait en lui le grand homme qu'il était.

Après les premières marches, ce fut la toundra où le vent glacé cingle le visage, où les tempêtes de neige sont terribles. Mais les soldats russes avançaient avec ardeur car leur tsar était à leur tête et les conduisait.

On parlait dans les rangs de la belle Française qui suivait courageusement l'armée, et chacun s'écartait respectueusement sur le passage de la berline de Maximilienne. Celle-ci avait toujours un mot gentil ou un sourire pour les hommes, et ceux-ci ne tardèrent pas à l'adorer. Ils l'appelaient « leur petite mère ». « Avec elle nous vaincrons », murmuraient-ils.

L'impératrice Catherine, restée à Moscou, apprit tout cela par les lettres que lui envoyait son amant : le prince Mentchikov. Il lui écrivait de l'armée et elle poussa des hurlements de rage qui firent frémir les courtisans. Pour se calmer, elle fit donner le knout à ses serviteurs ; leurs cris avaient le pouvoir de la calmer. Bientôt un sourire cruel naquit sur ses lèvres ; Catherine avait une idée. Elle écrivit une lettre qu'elle fit porter par ses serviteurs muets au sultan d'Oudemich, prince de Bakou et ennemi du tsar. Puis, enchantée de son idée, elle commanda un festin où elle but de la vodka jusqu'à ce qu'elle roulât sous la table, en compagnie de son nouvel amant, William Mons, qui était aussi stupide que beau.

L'armée avançait à marche forcée et à la toundra succéda la steppe. Maximilienne voyait à perte de vue des landes recouvertes de neige. Mais il y faisait un peu moins froid. Bien que le voyage fût très pénible pour Maximilienne qui était fortement secouée sur ces chemins pleins d'ornières, elle ne se plaignait jamais. Pierre s'occupait d'elle tendrement et veillait à son confort à chaque étape.

Maximilienne s'émerveillait du luxe de sa tente, qui était une véritable maison de toile, où Pierre venait amoureusement la rejoindre le soir.

On parvint enfin au bord de l'immense Volga, qui se divisait en trente-trois bras énormes. Il fallut la traverser avec

les chariots, les canons, les chevaux, les hommes. Maximilienne n'avait jamais vu un fleuve aussi monstrueux, car c'était le début de la fonte des neiges. Comme la Seine lui semblait loin ! Parti en éclaireur, Pierre avait réussi à trouver un gué, où il put faire passer son énorme armée. La voiture de Maximilienne s'y engagea et l'eau montait, montait. Un tourbillon se forma, les chevaux prirent peur et se mirent à tirer du côté du courant, malgré les coups de fouet que leur distribuait le cocher. De loin, Pierre avait vu la situation. Il galopa, sauta, dans l'eau glacée jusqu'à la taille, et, attrapant les chevaux par le mors, les redressa en les injuriant :
« Alors, bougres d'idiots, vous aviez peur. Allons, suivez-moi. »
Et les chevaux, sentant une main de maître, se remirent dans le bon sens et franchirent le gué.
Toute l'armée avait assisté à l'exploit de Pierre, et les acclamations des soldats saluèrent leur tsar quand il prit Maximilienne dans ses bras en arrivant sur la berge.
Enfin on atteignit Astrakan. Pierre avait hâte de rencontrer l'ennemi, qui semblait fuir les Russes. Les rues d'Astrakan étaient fangeuses et les murs des maisons faits de terre battue. Une odeur pestilentielle y régnait car des tonnes de poisson séchaient au soleil. Maximilienne se sentit sur le point de défaillir. Le comte Chérémétiev, sur l'ordre de Pierre, s'occupa de l'installation de Maximilienne dans la maison la plus propre de la ville. La nuit tombait et Maximilienne put se reposer sur un lit, morte de fatigue. Grégoire veilla au déchargement des affaires de sa maîtresse. Pendant tout le voyage, il s'était montré un serviteur fort précieux ; Martine, quant à elle, comptait déjà plus d'un soupirant parmi les soldats.
De sa chambre, Maximilienne entendait les bruits de la ville. Elle essayait de se reposer, mais l'enfant lui donnait de tels coups de pied qu'elle ne pouvait fermer l'œil.
Soudain, elle sentit une présence auprès d'elle. Elle ouvrit les yeux et vit deux hommes au visage caché dans leur burnous. Avant qu'elle ait eu le temps de pousser un cri, ils la bâillonnèrent et lui ligotèrent les pieds et les mains. Maximilienne essaya de se débattre, mais elle craignait de faire du mal à l'enfant qu'elle portait. Les deux hommes enjambèrent silencieusement une fenêtre qui donnait derrière la maison. La nuit était profonde. Maximilienne les vit

verser au pied de la demeure un liquide auquel ils mirent le feu ; la maison se mit à brûler. Puis ils sautèrent sur des chevaux qui les attendaient. L'un d'eux prit délicatement Maximilienne dans ses bras, en évitant de la heurter et le trio s'enfuit au galop.

Dans la maison, Grégoire et Martine avaient senti la fumée. A demi aveuglés, ils se précipitèrent dans la chambre de Maximilienne et furent affolés de ne point l'y trouver. Romo, qui avait vu la maison en flammes, accourut, suivi de Chérémétiev. Tout flambait, mais ils se précipitèrent courageusement à l'intérieur et n'y trouvèrent que Grégoire et Martine presque asphyxiés.

Pierre, apercevant de loin la lueur de l'incendie, fut saisi d'un pressentiment et accourut. Nul n'osait lui dire la vérité ; la maison flambait comme une torche et Pierre voulut se précipiter. Romo, avec l'autorité que lui donnait sa vieille amitié, s'agrippa au bras de Pierre :

« Elle n'est pas dans la maison, Sire.

— Tu l'as laissée brûler, Romodanovski ! Je te ferai pendre ! hurla Pierre.

— J'ai tout visité avec Chérémétiev et je jure sur la Russie qu'elle n'y était pas. »

Pierre se prit la tête dans les mains.

« Où est-elle, mon Dieu ? »

L'hetman Saratov arriva en courant.

« Tsar, un de mes cosaques a vu deux hommes s'enfuir à cheval par la porte sud, il croit que l'un d'eux tenait une femme dans ses bras. »

Pierre se dressa, l'œil allumé de fureur :

« Si je ne la retrouve pas vivante, je raserai ce pays. Merci, hetman Saratov, appelle-nous cinquante cosaques. »

Et Pierre sauta sur son cheval, suivi de l'hetman, de Romo, du comte Chérémétiev et des cosaques. Ils passèrent dans un bruit d'Apocalypse et furent bientôt hors de la ville. La lune s'était levée, éclairant la vaste plaine d'Astrakan. Pierre devina que les ravisseurs avaient pris la direction de Bakou.

Emportée au galop, Maximilienne était à moitié inconsciente. Une douleur lui mâchait les reins et elle essayait en vain de voir le visage de l'homme qui la tenait. Il lui sembla cependant que le galop devenait moins rapide et soudain elle sentit que le cheval s'arrêtait et s'effondrait. La malheureuse bête avait l'écume aux naseaux ; elle agonisait. Les deux hommes tinrent conciliabule dans une langue inconnue et celui qui s'occupait d'elle lui délia les pieds. A son grand étonnement, il lui dit en français :

« Monte sur la colline, nous allons nous cacher dans la grotte. »

Maximilienne fit ce que l'homme lui disait et commença de grimper, mais elle avait les mains liées et trébuchait dans sa longue jupe. Alors l'Oriental la prit par le bras pour l'aider à monter. Arrivés dans la grotte, les deux hommes reprirent leur discussion en persan. L'un disait :

« Il faut la tuer. Le sultan a dit de l'enlever et si nous n'y parvenions pas, de la tuer. »

L'autre répondit :

« Je me refuse à tuer cette femme.

— Très bien, je le ferai moi-même, dit le plus féroce en ricanant.

— Je la défendrai. Tuer une femme qui attend un enfant, cela porte malheur.

— Tu raconteras cela au sultan.

— De toute façon nous ne reverrons pas Bakou. Regarde dans la plaine, il y a une troupe qui galope, ils vont nous rejoindre.

— Raison de plus pour la tuer tout de suite. »

L'Oriental sortit un poignard de son burnous et le brandit au-dessus de Maximilienne qui s'était effondrée sur le sol. Celui qui la défendait se jeta sur l'homme au poignard, et ils roulèrent tous les deux dans la poussière en poussant des rugissements. Dans la mêlée ils découvrirent leurs visages et Maximilienne s'aperçut que l'homme qui la défendait avait les yeux bridés et la peau jaune des Asiatiques, alors que l'autre était un Oriental, Persan ou Turc. Maximilienne comprenait fort bien qu'elle était l'enjeu de la bataille, et que si l'Oriental gagnait elle serait égorgée. Au loin, elle entendit une galopade et son cœur bondit. Elle était sûre que Pierre était à sa recherche. Le poignard était tombé loin des deux hommes, et l'Oriental tenait le Chinois sous lui ; il cherchait à l'étrangler. Soudain l'Asiatique, souple comme une liane, réussit à faire une prise douloureuse à son adversaire, bondit sur le poignard et se jeta sur le Persan qui s'embrocha de lui-même. Dans un hoquet et un gargouillement de sang, celui-ci tomba sur les genoux et s'affaissa, la tête contre terre.

Maximilienne détourna les yeux et l'Asiatique, reprenant
son souffle, mit un genou à terre devant elle, lui retira son
bâillon, et lui délia respectueusement les mains. Maximilienne le regarda :

« Quel est ton nom ?

— Li Kang Yuin.

— Pourquoi m'as-tu sauvé la vie ?

— A cause du petit que tu portes, Sourire d'Eté. »

On entendit à ce moment des hennissements de chevaux,
des cris, et Pierre entra dans la grotte brandissant un pistolet,
suivi de ses hommes. Li Kang Yuin courut vers le fond de la
grotte dans l'espoir de se cacher, mais Pierre hurla :

« Tu es pris, bandit, je te ferai empaler. »

Pierre s'approcha de Maximilienne, la prit dans ses bras.

« Tu es vivante, mon amour, tu n'es pas blessée ! Mon
Dieu, comme j'ai eu peur ! »

Deux cosaques traînèrent Li Kang Yuin en le rouant de
coups.

Pierre leur cria :

« Emmenez-le et torturez-le jusqu'à ce qu'il avoue qui
l'a envoyé. »

Alors Maximilienne l'interrompit :

« Laisse la liberté à cet homme. Qu'il reparte sans être
inquiété. Il m'a enlevée, mais il s'est battu pour me sauver
la vie. »

Pierre hésita :

« Je ne le ferai pas tuer pour l'amour de toi. Je le garderai néanmoins prisonnier.

— Non, je t'en prie, laisse-le partir. »

Alors Pierre regarda l'Asiatique et lui dit à regret :

— Tu es libre, pars. »

Li Kang Yuin, au lieu de profiter de sa grâce, se jeta aux
pieds de Maximilienne pour baiser le bas de sa robe.

« Ma vie t'appartient désormais, maîtresse. Li Kang
Yuin s'est battu pour ton enfant et tu viens de sauver la
pauvre vie de Li Kang Yuin. Je te suivrai partout, Sourire
d'Eté, et je serai ton esclave. »

Maximilienne rit.

« Je te remercie, mais tu as entendu le tsar, tu es libre,
tu peux rentrer dans ton pays.

— Je n'ai plus de pays, maîtresse, ma mère était chinoise
et mon père oriental. On m'a vendu au sultan d'Oudemich

qui est cruel et sauvage, mais je ne le considère pas comme mon maître. Je cherchais le moyen de le quitter. Hélas ! que peut faire un pauvre esclave...

— Alors, dit Maximilienne, je te garde, Li Kang, et je t'emmènerai en Russie si tu le désires.

— Je te l'ai dit, ma vie t'appartient, Sourire d'Eté, fais de moi ce que tu veux.

— Mais, dit Pierre, pourquoi as-tu cherché à enlever la femme que j'aime ?

— Le sultan d'Oudemich avait peur, Puissance Céleste, que tu ne t'empares de la fleur noire à Bakou. Il voulait échanger cette femme contre ta promesse de repartir avec ton armée.

— Quelle est cette fleur noire dont tu me parles ?

— La fleur noire, Puissance Céleste, mais c'est la terre qui brûle toute seule.

— Je n'ai jamais entendu parler de cette terre qui brûle, dit Pierre en se tournant vers Romo et l'hetman Saratov qui hochèrent la tête.

— Je vais te montrer, Puissance Céleste. »

Li Kang Yuin sortit de son burnous une bouteille, renversa par terre un liquide noir, et frotta deux silex qui enflammèrent le liquide.

« C'est ainsi que nous avons mis le feu à ta maison, Sourire d'Eté, dit Li Kang Yuin avec un charmant sourire.

— Oui, répondit Maximilienne, j'avais vu cela. Cette boue noire qui brûle est miraculeuse.

— C'est décidé, dit Pierre, il me faut Bakou. Cette fleur noire, comme tu l'appelles, peut faire de grandes choses pour la Russie, je le pressens. »

Et l'armée se remit en marche vers Bakou, cette ville forte, retranchée sur la presqu'île de l'Apchéron, au bord de la Caspienne. La route longeait la mer, mais le désert s'étendait jusqu'au rivage, et l'armée mourait de soif devant cette étendue miroitante. Le voyage devenait un supplice pour Maximilienne qui sentait sa délivrance approcher, mais ne voulait pas s'arrêter. Des cadavres de chevaux et même de soldats commençaient à joncher le sol derrière le passage de l'armée. Pierre était au désespoir. Enfin, après des jours de désert, Bakou apparut, au milieu des sables. Emerveillée, Maximilienne vit de hautes flammes qui s'élevaient et semblaient errer sur le désert. Pierre décida que la bataille

aurait lieu le lendemain matin. Les hommes bivouaquèrent.
Ils chantaient, énervés comme toujours la veille d'un combat.
Et soudain, Maximilienne sentit les premières douleurs. Li
Kang Yuin, qui l'avait effectivement suivie comme un esclave
depuis Astrakan, courut prévenir Grégoire.

« Sourire d'Eté va avoir son petit. »

Grégoire était jaloux de Li Kang et, avant d'aller prévenir le médecin du tsar, il eut tout de même le temps de dire
d'un ton sec à Li Kang Yuin que l'on appelait Maximilienne madame la comtesse. Alors, Li Kang Yuin, imperturbable, reprit :

« Madame la comtesse Sourire d'Eté va avoir son petit. »

Sous la tente, Maximilienne marchait de long en large et
refusait de s'allonger. Elle dut calmer Martine qui s'agitait
tellement qu'on aurait cru qu'elle allait elle-même accou-
cher. Li Kang entra sous la tente.

« Madame la comtesse Sourire d'Eté, le vieux Grégoire
est allé chercher le docteur.

— Dis-moi, Li Kang, demanda Maximilienne tout en
marchant, tu ne m'as jamais dit pourquoi tu parlais le français ?

— C'est un esclave français du sultan qui me l'a appris.

— Le sultan a des esclaves français ! s'écria Maximilienne soudain prise d'une douleur plus forte que les autres.

— Oui, maîtresse, et aussi des anglais, des allemands, des
russes. J'ai appris toutes les langues pour m'amuser. Le sultan d'Oudemich les a faits prisonniers en coulant leurs
bateaux.

— Le tsar va délivrer tous ces gens s'il gagne la bataille.

— Maîtresse, écoute-moi, je connais un passage pour
entrer dans la ville. Je ne voulais pas le dire, mais tu as été
si bonne pour moi que je veux t'aider.

— Mais c'est le tsar surtout que tu vas aider, Li Kang.

— Non, non, toi surtout, maîtresse, car je vais te dire la
vérité. Tu as été trahie. La mauvaise femme de Puissance
Céleste a envoyé un message au sultan d'Oudemich lui
disant que Pierre, le grand tsar, s'apprêtait à l'attaquer. Et
c'est elle qui lui a dit de t'enlever et de te tuer.

— Mon Dieu, n'en dis rien au tsar ! »

Maximilienne souffrait de plus en plus car ses douleurs se
rapprochaient et elle songea :

« Comme cette femme nous hait, mon enfant et moi !

Mon Dieu, pardonnez-moi d'aimer Pierre, je sais que je n'en ai pas le droit, mais pour l'enfant que je porte, aidez-moi. »

Pierre entra en courant avec son médecin le bon docteur Kikine, et dit à Maximilienne :

« Je vais rester auprès de toi.

— Non, mon amour, tu vas suivre Li Kang qui connaît un passage pour entrer dans Bakou, et quand tu reviendras ton fils sera né. »

Très ému, Pierre regarda le visage pâli de Maximilienne, la souleva tendrement de terre et l'allongea sur le lit de camp.

« Mon amour, j'ai d'affreux remords, je n'aurais jamais dû te permettre de me suivre ici.

— Ah ! Sire, dit le docteur Kikine, il faut nous laisser maintenant, Mme la comtesse et moi.

— Kikine, tu donnes des ordres au tsar ?

— Parfaitement, Sire, dit Kikine en riant, car il faisait partie des rares personnes à ne pas trembler devant Pierre. Vous commandez à vos peuples et à vos armées, et moi je commande à mes patients.

— Kikine, dit Pierre, en attirant le docteur dehors, tu me réponds d'elle sur ta vie ?

— Sire, elle est jeune, en bonne santé, elle doit nous préparer un gros bébé, et je suis sûr que tout ira bien », dit Kikine en tapotant affectueusement le bras de son souverain.

Alors celui-ci appela Li Kang.

« Montre-nous le chemin. La nuit tombe, profitons-en. »

Pierre se dressa sur ses étriers et cria aux soldats qui l'entouraient, ainsi qu'à l'hetman Saratov :

« Ce n'est pas pour moi que vous allez combattre, mais pour notre Sainte Russie. »

Les soldats répondirent :

« Vive le tsar ! »

Pierre leur fit distribuer une double ration de vodka pour leur donner du cœur à la bataille, et une partie de l'armée s'ébranla silencieusement, tandis que l'autre, sous les ordres de Romodanovski, restait au camp pour prévenir toute sortie de l'ennemi.

Maximilienne, sous sa tente, souffrait davantage qu'à la naissance d'Adrien. Il semblait que l'enfant qu'elle portait fût beaucoup plus gros. Le front mouillé de sueur, Maximilienne mordait un mouchoir sans laisser échapper un cri.

Au loin, elle entendait des coups de mousquet et murmura :
« Pierre, je suis avec toi. »

Au moment où Maximilienne entendait les coups de feu, Pierre, guidé par Li Kang et suivi de ses soldats, pénétrait par une porte secrète dans Bakou. Une sentinelle avait donné l'alarme, mais l'effet de surprise n'en était pas moins à l'avantage de Pierre. Des combats acharnés, des corps à corps se déroulaient dans les rues éclairées fantastiquement par la lune. Puis Pierre fit prévenir Mentchikov, qui vint à la rescousse avec des canons qui défoncèrent les murailles de la ville. Pierre se battait farouchement, en pensant à Maximilienne, pressé d'en finir avec Bakou, pour savoir si l'enfant était né. Les troupes du sultan reculaient de plus en plus. Pierre soudain fut attaqué par un grand Oriental au visage fourbe et il eut le pressentiment que c'était le sultan. Les deux hommes se jetèrent à coups de sabre l'un sur l'autre, faisant de terribles moulinets. Le sabre du sultan était recourbé et entre ses mains expertes se révélait une arme formidable. Mais Pierre lui hurlait :

« Ah ! sultan ! Tu as voulu enlever la femme que j'aime. Tu m'as traîtreusement massacré six mille hommes et mon brave général Tcherkovski, tu vas mourir de la main de Pierre le Grand ! »

Emporté par sa fureur, Pierre fit tournoyer son sabre qui s'abattit dans un sifflement et décapita le sultan. Les Orientaux, qui avaient assisté au duel, commencèrent à résister avec moins de vigueur ; leur chef était mort. Mais, malgré tout, un petit groupe de courageux s'étaient retranchés sur les toits. L'un des Persans visa le tsar avec un pistolet et Pierre sentit un choc à la poitrine. Il comprit qu'une balle l'avait frappé et pensa :

« C'est fini, je suis blessé au cœur, je vais mourir. »

Il tâta son uniforme pensant y trouver du sang, et sa main sentit la plaque de l'ordre de Saint-André, qui l'avait sauvé.

A ce même moment, dans un dernier effort, Maximilienne mit au monde un gros garçon de dix livres, qui hurla vigoureusement. Par extraordinaire, il avait déjà une dent. Maximilienne prit son fils dans ses bras et murmura :

« C'est toi, mon fils, qui m'as sauvé la vie. Nous t'appellerons Floris, comme la fleur noire que ton père est en train de conquérir. »

CHAPITRE VIII

Au petit matin, après avoir pris Bakou, Pierre revint au triple galop, et sanglota en voyant son fils. A l'entrée de la tente, près de Maximilienne, se tenaient Romodanovski, l'hetman Saratov, Chérémétiev, et tous se sentaient émus. Le farouche hetman s'approcha du berceau de Floris, prit celui-ci dans ses bras et dit au tsar :

« Je te demande la grande grâce d'être le parrain de ton fils.

— Je te l'accorde, hetman ; ce sera un lien entre tes cosaques et moi. »

A ce moment Floris se mit à pleurer et l'hetman rit :

« Tsar ! il est né avec une dent, ce sera un gaillard. Ivan le Terrible et toi, à ce qu'on m'a dit, en aviez une aussi. »

Maximilienne, que tous ces hommes commençaient à fatiguer, était un peu vexée qu'on s'occupât si peu d'elle. Pour attirer l'attention, elle dit :

« Vous savez, hetman, notre roi Henri IV est né lui aussi avec une dent. Cela n'arrive pas seulement en Russie ! »

Pierre la serra tendrement contre lui :

« Messieurs, laissons la comtesse se reposer. »

Et tous se retirèrent respectueusement en saluant Maximilienne. L'hetman reposa son filleul dans son berceau, s'inclina jusqu'à terre devant Maximilienne et sortit de la tente à reculons. Pierre se mit à rire :

« Ma chérie, tu as eu le dernier mot. Tu as maté le farouche hetman.

— Mais, Pierre, quel curieux parrain pour notre fils.

— Je te l'ai dit, l'hetman est libre ; c'est un honneur qu'il me fait. »

Maximilienne s'endormit, et Pierre, après s'être doucement dégagé, déposa un baiser sur ses lèvres et sortit à son tour. L'hetman l'attendait devant la tente et s'approcha de lui :

« Tsar, tu es un grand général, tu nous as conduits à la victoire, mes cosaques et moi. Maintenant tu n'as plus besoin de nous, je te demande la permission de rentrer en Ukraine.

— Hetman Saratov, tu es libre et je te remercie d'être venu combattre à mes côtés. Je suis fier que tu sois le parrain de mon fils. »

L'hetman se rengorgea :

« Tsar, je veux te laisser mon plus fidèle cosaque pour garder ton fils.

— Mais hetman, le fils de Pierre le Grand ne craint rien. »

L'hetman fit celui qui n'avait rien entendu, et appela un colosse au visage balafré, borgne de surcroît, ce qui lui donnait une mine effrayante. Pierre était assez embarrassé : il ne voulait pas vexer l'hetman, mais craignait que cette curieuse nourrice ne plût guère à Maximilienne.

« Tsar, voici Fédor Tartacowsky, c'est un brave, il est revenu blessé de Narva où beaucoup d'entre nous ont été massacrés par les Suédois. Il était à Poltava où tu as battu Charles de Suède. Fédor Tartacowsky, je te confie mon filleul, le fils de notre tsar, tu me réponds de lui et de sa mère sur ta vie. Désormais tu leur appartiens. »

Le cosaque mit un genou en terre.

« Je te le jure, hetman, sur notre Ukraine bien-aimée et sur notre Sainte Russie », et le cosaque baisa la terre de Bakou en prononçant ces paroles solennelles.

Dans le camp régnait une profonde agitation. Après trois semaines passées à Bakou, Pierre préparait le départ de son armée. Il laissait à Bakou le général Matriouchkine et six mille hommes pour achever la pacification du pays. Maximilienne, parfaitement rétablie, faisait le tour du camp en compagnie du tsar. Elle avait laissé Floris à la garde de Grégoire et de Li Kang et Martine s'occupait des malles de sa maîtresse.

« Dis-moi, Pierre, quel est cet homme au visage effrayant qui garde l'entrée de ma tente ?

— Eh bien, ma chérie, murmura Pierre assez embarrassé,

je ne te l'ai pas encore présenté et j'attendais que tu sois
rétablie. Disons que c'est la nourrice sèche de Floris.

— Tu plaisantes !

— Pas du tout, l'hetman Saratov, que je soupçonne
d'avoir été très sensible à ton charme, a voulu laisser à son
filleul cette créature délicate, chargée de veiller sur lui. »
Maximilienne éclata de rire. Pierre la regarda :
« Tu es encore plus belle qu'en France. »
Et c'était vrai. L'amour et sa deuxième maternité avaient
épanoui Maximilienne. Elle regarda Pierre et lui sourit :
« Eh bien, j'accepte pour Floris ce cosaque au charmant
visage. »

Pierre s'attendait que Maximilienne refusât énergiquement
de rentrer à Moscou avec Fédor Tartacowsky.

« Décidément, se dit-il, je ne comprendrai jamais rien
aux femmes. »

Mais Maximilienne avait ses raisons qu'elle ne voulait pas
livrer à Pierre. Les révélations de Li Kang sur la haine que
l'impératrice lui portait l'avaient inquiétée ; elle avait peur
de subir d'autres attaques lorsqu'elle serait de retour. Dési-
reuse de cacher son anxiété au tsar, elle sentait qu'il ne lui
faudrait compter que sur elle-même pour se défendre, ainsi
que ses enfants.

La Caspienne miroitait sous le soleil couchant, et les
hommes s'agitaient, chargeant les chariots.

« Pierre, quels sont ces gros sacs ?

— Ce sont des peaux de bouc que j'ai fait remplir de
cette fleur noire qui brûle.

— Que veux-tu en faire ?

— Je veux que mes savants l'étudient. Je pressens que ce
sera une des forces de la Russie, et c'est grâce à toi, Maximilienne, que j'ai découvert le secret de Bakou. »

Le chemin du retour fut moins pénible. La saison était
plus clémente et les soldats victorieux marchaient en chantant. Maximilienne, dans sa berline, allaitait Floris qui lui
déchirait le sein, mais elle contemplait son fils avec une fière
tendresse. Chaque étape la rapprochait de Moscou ; elle
était heureuse de retrouver Adrien qui commençait à beaucoup lui·manquer. Pierre abandonnait souvent son cheval
pour monter s'asseoir à côté de Maximilienne. Grégoire
et Li Kang s'étaient réconciliés pour faire front commun
contre Fédor Tartacowsky, qu'ils considéraient comme un

intrus. Mais un soir, Li Kang avait été pris dans une rixe entre plusieurs soldats qui avaient bu. Courageusement, Grégoire s'était porté à son secours, mais aurait succombé sous le nombre, si Fédor ne l'avait tiré d'affaire en distribuant avec beaucoup de calme des coups du plat de son sabre. En trois minutes il avait rétabli l'ordre, et tiré Li Kang et Grégoire de ce mauvais pas. Ceux-ci le remercièrent du bout des lèvres, mais avec un grand sourire qui ressemblait à une horrible grimace, le cosaque les regarda et leur dit gentiment :

« Vous êtes mes camarades ; c'est sacré. Personne ne fera de mal à mes amis. »

Grégoire et Li Kang se sentirent écrasés de honte. A partir de ce jour, la meilleure ambiance régna entre les trois nourrices sèches de Floris.

Les cloches de Moscou sonnent. L'énorme bourdon de la tour Saint-Ivan répond à la gigantesque cloche de l'empereur Michel. Le clocher d'Ivan le Grand, construit par Boris Godounov, répond à la cathédrale de la Dormition. Selon la coutume russe les jours de liesse, ce sont les femmes qui ont envahi les clochers et qui battent les cloches. Les bombardes du Kremlin tirent des salves. L'énorme tsar Pouchka, le roi des canons de quarante mille livres, crache le feu.

Le peuple est dans les rues. La vodka coule.

« Notre tsar rentre, il a gagné la guerre.

— Vive notre petit père. »

Les gens chantent et dansent. Les femmes se jettent au cou des soldats et les embrassent. Les hommes s'agenouillent sur le passage du carrosse que suivent des boyards chamarrés d'or. Rien n'est trop beau. De la porte de la Trinité au Kremlin, le peuple applaudit au triomphe de Pierre le Grand.

Devant le carrosse impérial, les trompettes, les timbaliers, les grands dignitaires dont le prince Mentchikov et le comte Chérémétiev. Les régiments Sémionovski suivent à cheval. Sur l'esplanade tsaritsine Lougue, l'impératrice, est venue au-devant du tsar, accompagnée de leurs deux filles, Anna et Elisabeth.

Son amant Mentchikov lui a révélé l'échec de son mauvais coup ; la Française a bien été enlevée par le sultan, mais

Pierre l'a sauvée. Catherine se ronge d'inquiétude, Pierre sait-il quelque chose ? Enfin le carrosse paraît, la porte s'ouvre, et le gentil Romodanovski en descend ; Catherine vire au gris. Même pour ce triomphe, Pierre n'a pas voulu quitter la Française détestée. Le prince Mentchikov à son tour s'approche de la tsarine entourée de toutes ses dames :

« Majesté, nous avons vaincu l'ennemi et nous sommes heureux de déposer ces drapeaux à vos pieds.

— Imbécile, murmure Catherine en souriant gracieusement au prince pour donner le change à son entourage, tu n'as donc rien pu faire pour la tuer pendant ce voyage ! Tu n'es qu'un bon à rien quand je ne suis pas là. »

Mentchikov regarda Catherine et songea qu'elle n'avait guère embelli avec son embonpoint et sa figure toute rouge. Peut-être avait-il le temps de changer de camp...

Catherine se tourna vers ses dames :

« Rentrons au palais des Térems. »

Les deux tsarevna, Anna et Elisabeth, fines et jolies dans leurs robes de cérémonie, voulurent suivre leur mère, mais celle-ci les repoussa brutalement :

« Prenez un autre carrosse, petites idiotes.

— Mère, murmura Elisabeth qui malgré ses dix ans avait une grande assurance, si vous allez voir notre père, nous aimerions vous y accompagner, Anna et moi, voici longtemps que nous ne l'avons vu.

— Votre père se moque bien de vous deux. Vous n'êtes que des filles. Et taisez-vous si vous ne voulez pas être fouettées. »

Elisabeth prit la main de sa sœur Anna qui était un peu plus grande qu'elle, et, refoulant leurs larmes, les deux enfants se dirigèrent vers un carrosse, accompagnées de leurs dames, précepteurs, moines et bouffons. Catherine monta dans un autre à la suite de celui du faux tsar et elle fit signe à Mentchikov de monter à côté d'elle.

« Alexandre, il faut me débarrasser de cette femme et de son rejeton.

— Mais le tsar l'aime, vous le savez. Il n'a même pas voulu la quitter pour le triomphe aujourd'hui.

— Je suis sûre, grimaça Catherine, qu'il veut me répudier pour installer cette gueuse à ma place et prendre pour héritier ce sale gosse.

— Il ne faut pas noircir la situation. J'ai approché cette

femme de très près : elle n'est pas ambitieuse. Elle aime le
tsar, tout simplement.

— Eh bien, ils ont ma bénédiction, mais que l'on ne touche pas à ma couronne, je la préfère à ma vie. »

Mentchikov devina que Catherine préparait quelque chose,
mais quoi ?

Il dit tout haut :

« De toute façon, le tsarévitch, votre beau-fils, est en
route pour Moscou. Il a quitté Vienne et je suis sûr qu'il va
se réconcilier avec son père. Il n'y a donc rien à craindre de
la Française et de son fils.

— Alexandre, tu n'es qu'un abruti, répondit vivement
Catherine, blanche de fureur. Je veux me débarrasser de ce
stupide Alexis, qui n'a de tsarévitch que le titre, et faire tuer
la Française et son enfant. A la mort de Pierre, l'empire me
reviendra et tu m'aideras à régner.

— Mais le tsar se porte très bien.

— Il faut être patient, Alexandre, et attendre chaque
occasion. Tu verras, j'y arriverai. »

Mentchikov soupira. Il savait de quoi la tsarine était capable, fût-ce au mépris des droits de ses propres filles.

« Certes, songeait-il en la regardant, partager son lit
n'a rien de réjouissant, mais elle peut fort bien arriver à ses
fins, et je pourrai alors profiter de ma place de favori. Mais
si Pierre la répudie, il faudra ménager la petite comtesse,
et pour un de ses sourires, je serais capable de toutes les
bêtises. »

Catherine regardait le peuple en liesse autour du Kremlin, criant sur le passage du carrosse où se trouvait Romodanovski.

« Ces imbéciles, regarde-les ! Ils acclament un faux tsar.
Je hais ce peuple d'idiots qui me méprise parce que je suis
polonaise. »

Et Catherine, changeant d'idée, regarda Mentchikov :

« Nous arrivons au palais, viens me rejoindre ce soir,
Alexandre, par l'escalier secret. J'ai hâte de te retrouver, tu
m'as manqué. J'ai bien essayé de me divertir un peu avec
William Mons, mais il ne te vaut pas. »

L'œil de la tsarine se fit tendre :

« Quelle corvée », songea Mentchikov. « Quel bonheur,
dit-il tout haut. Je te prendrai dans mes bras, ma tsarine bien-
aimée. »

Il manquait de conviction, mais Catherine ne s'aperçut de rien.

Elle le regardait avec gourmandise, toute à l'idée de la nuit qu'ils allaient passer ensemble.

Pendant ce temps, Pierre et Maximilienne étaient rentrés dans Moscou par la porte de Borovitskié.

« Pierre, ne regrettes-tu pas de ne pas être entré à la tête de tes troupes ?

— Non, mon amour, ce que j'appelle mon service veut que je fasse tout pour mon peuple, donc je dois gagner la guerre moi-même, mais cela ne fait aucun tort à tous ces braves moujiks de s'époumoner sur le passage de Romodanovski. Pendant ce temps, je peux rester avec toi et rentrer dans ma ville comme n'importe quel boyard. »

En disant cela, Pierre tenait précieusement Floris dans ses bras. L'enfant avait maintenant trois mois et riait à son père. C'était un spectacle touchant de voir le géant et le bébé qui se regardaient et semblaient se comprendre.

« Comme il est beau et vigoureux, murmura Pierre. Jamais Alexis n'a été aussi fort.

— Mais Pierre, dit Maximilienne, c'est qu'il y a trop de gens pour soigner les enfants royaux. Moi, je veux m'occuper de mes fils moi-même.

— Tu as raison, Maximilienne, mais pourtant mes filles, Elisabeth et Anna, sont belles et fortes, alors qu'Alexis, mon héritier, est tout chétif. Enfin, il est en route pour la Russie, j'ai pu le décider à quitter Vienne.

— Que comptes-tu faire avec lui ?

— Ah ! ma chérie, je suis bien perplexe, il a fui le sol russe et comploté contre moi avec l'empereur d'Autriche. Mon devoir exige de le faire passer en jugement.

— Oh ! non, Pierre, s'écria Maximilienne horrifiée, un père ne peut faire juger son fils. Si tu faisais une chose pareille, je ne pourrais plus t'aimer.

— Mais, Maximilienne, tu ne veux aimer qu'un homme, et je suis le tsar. Regarde Floris qui rit : lui, c'est mon fils, et je peux l'aimer comme n'importe quel homme aime son enfant, mais Alexis est mon héritier, il a monté un complot contre moi, contre la Russie. Je dois faire un exemple pour effrayer les ennemis de la couronne.

— Quand ton fils doit-il arriver ?

— Dans quelques jours, ma chérie.

— Et que veux-tu faire ?

— Ne pas le voir, et, je te l'ai dit, le faire juger comme n'importe lequel de mes princes, dit Pierre tristement.

— Non, Pierre, il faut que tu le revoies, et si vraiment tu dois le faire juger, que ce soit un acquittement.

— Maximilienne, tu parles de ce que tu ne connais pas. Je vais réunir mes principaux boyards et...

— Eh bien, dit Maximilienne en l'interrompant, réunis-les et dis-leur : « Jugez mon fils, mais moi, le tsar, je vous ordonne de l'acquitter. »

Pierre éclata de rire.

« Tu as une vision à toi des fonctions impériales ! De quoi horrifier pas mal de gens. Mais je vais tout de même suivre ton conseil. Seulement je ne veux pas que l'on sache qu'Alexis est arrivé. Je le logerai chez toi, et ainsi je pourrai calmement me réconcilier avec lui.

— Mais Pierre, il sera peut-être furieux de me connaître.

— Non, il déteste Catherine, sa belle-mère, et j'ai confiance en toi. Tu le raisonneras. Dans un mois nous partirons pour Saint-Pétersbourg, et là je procéderai au faux jugement à la forteresse Pierre-et-Paul. »

Des cris de joie éclatèrent, la berline de Pierre et Maximilienne avait traversé le quartier de Sloboda et venait de s'arrêter devant la maison de brique rose. Elisa tenait Adrien par la main, Blaisois et tous les domestiques russes se tenaient dans la cour devant la maison. Maximilienne sauta de voiture et prit Floris dans ses bras. Adrien, voyant sa mère, courut de toute la force de ses petites jambes vers elle et s'arrêta une seconde, étonné de la voir avec un enfant dans les bras. Maximilienne s'agenouilla devant son fils, et le prit contre elle. Adrien se laissa embrasser, mais il était intrigué par le curieux paquet qu'elle tenait. Ce paquet se mit soudain à brailler.

« Mon chéri, dit Maximilienne, tu as un petit frère, il s'appelle Floris, tu pourras bientôt jouer avec lui. »

Adrien jeta un œil écœuré sur ce poupon vagissant. Jouer avec cette chose, quelle drôle d'idée ! Il se sentait malheureux, il voulait sa mère pour lui tout seul, et elle avait l'air d'aimer ce bébé blanc qui criait. Alors Maximilienne lui dit :

« Adrien, tu es un grand garçon, je vais avoir besoin de toi pour Floris, car c'est toi qui vas m'aider à l'élever. Tends tes bras, tu vas le porter dans la maison. »

Adrien prit contre lui Floris, Elisa se précipita, inquiète ; Maximilienne fit un geste pour l'arrêter. Pierre songeait : « Il n'y a qu'elle pour avoir des idées pareilles! Faire porter un bébé de trois mois par un enfant de trois ans qui est fou de jalousie, mais elle va gagner. » Et en effet, dès qu'Adrien prit contre lui Floris, le bébé le regarda, cessa de pleurer et se mit à rire. Adrien monta fièrement les marches du perron et de ce jour aima ce drôle de petit frère que sa mère lui ramenait de voyage. Au début, il l'aima avec un sentiment de supériorité. Il avait l'impression qu'il devait protéger ce pauvre bébé incapable de se défendre. C'est un sentiment qu'il devait garder toute sa vie. Pour Adrien, Floris devint rapidement le centre de l'univers, et il l'aima comme on aime un frère jumeau dont on ne peut se séparer. Maximilienne, inquiète de la première réaction d'Adrien, fut bientôt rassurée. Les deux enfants devinrent rapidement inséparables. Si Floris faisait une colère, il suffisait qu'Adrien arrivât, pour le calmer. Les deux frères s'adoraient et s'entendaient si bien que Maximilienne décida de les mettre dans la même chambre, alors qu'on leur avait préparé deux appartements distincts.

Pierre resta encore trois jours à Sloboda avec Maximilienne, mais il fut tout de même obligé de retourner au Kremlin. Maximilienne ressentit avec peine cette première solitude. Elisa et Blaisois avaient retrouvé Grégoire et Martine dans la joie. Le soir, les voyageurs racontaient leurs exploits qui croissaient de jour en jour. Li Kang avait étonné Elisa, qui n'avait jamais vu d'homme aux yeux bridés. Elle s'en méfiait un peu, mais l'Asiatique s'était vite rendu indispensable. Grâce à une potion de sa fabrication, il lui avait guéri une douleur dont elle souffrait depuis longtemps. Il avait achevé de la séduire en l'appelant « Sagesse Ordonnée ». Quant à Fédor Tartacowsky, Elisa sursautait chaque fois qu'elle le rencontrait, et bougonnait :

« Un homme qui n'a qu'un œil, on dit dans mon pays qu'il ne lui reste que le mauvais. »

Fédor essayait de lui sourire, mais cette grimace n'avait rien de rassurant pour Elisa, qui ne comprenait pas pourquoi Maximilienne supportait la présence constante de ce cosaque près de Floris. Adrien, en revanche, avait tout de suite adopté Li Kang et Fédor. Il ne les quittait pas d'une semelle et cela augmentait la rancune d'Elisa-Sagesse Ordonnée, à l'égard du malheureux Fédor, qui cachait un cœur tendre sous un aspect effrayant.

Maximilienne se réhabituait à sa jolie maison de Sloboda ainsi qu'à la vie moscovite. Pierre quittait souvent le Kremlin pour venir la voir et ils passaient des soirées en tête à tête. Depuis la naissance de Floris, Pierre était de plus en plus amoureux de Maximilienne. Il jouait souvent avec Adrien qu'il aimait également.

C'est dans ce bonheur parfait que Pierre annonça un jour à Maximilienne que le tsarévitch arriverait à Moscou le lendemain et s'installerait chez elle.

CHAPITRE IX

« Je suis ravi de ne pas aller au Kremlin, et je vous remercie, madame, de m'accueillir. Je suis sûr que nous allons très bien nous entendre. » Maximilienne était effrayée de voir le tsarévitch Alexis si pâle, si mince. Elle se demandait comment Pierre avait pu avoir un fils qui lui ressemblât si peu. Elle s'était inquiétée des réactions d'Alexis, les paroles qu'il venait de prononcer la rassurèrent aussitôt.

Grâce à Maximilienne, la réconciliation du père et du fils fut complète, mais personne, à l'exception de Romo, ne savait que le tsarévitch était à Moscou.

Au bout d'un mois, Pierre décida de gagner Pétersbourg. La cour et l'impératrice partirent en premier. Le tsar suivit, à son habitude, en compagnie de Maximilienne et de son fils. La jeune femme avait fermé sa maison rose avec un pincement au cœur ; elle y avait été heureuse, et elle ne savait ce que Saint-Pétersbourg lui réservait. Le voyage s'effectua sans encombre. Adrien et Floris étaient bien gardés par Li Kang et Fédor qui caracolaient à la portière de la berline. Pierre était ravi : il avait expliqué à Alexis le déroulement du faux jugement et le tsarévitch avait demandé pardon à son père ; il semblait décidé à le seconder dans la direction de l'empire. Pierre avait réservé une surprise à Maximilienne. Il lui avait fait préparer un palais de style baroque italien comme il les aimait, au bord de la Néva, non loin du monastère de Saint-Alexandre-Nevski. Quand Maximilienne descendit de sa voiture, toute étourdie par le voyage, elle s'écria :

« Oh ! Pierre, que c'est beau ! Cette ville te ressemble ! »
Ils étaient passés par la grande avenue Gorokhovia où des
palais en construction sortaient du sol, à côté de petites
maisons de bois de style hollandais. Avant d'entrer dans sa
nouvelle demeure, Maximilienne se retourna et Pierre la prit
dans ses bras. L'enlevant de terre, il lui dit :

« Regarde, mon amour, toutes ces presqu'îles, c'est ma
capitale.

— Pierre, la mer scintille au loin.

— Oui, c'est ma mer, la Baltique, celle dont j'ai toujours rêvé. »

Oui, Saint-Pétersbourg ressemblait bien à Pierre : c'était
une ville folle et sage, étrange et belle. La misère y côtoyait
le luxe des palais. La flèche dorée de la tour de l'Amirauté
étincelait. Les toitures du Palais d'Hiver brillaient. Au-delà
de la Néva, Maximilienne voyait le golfe de Finlande et au
loin l'île Kotline avec Cronstadt, la ville fortifiée qui défendait Saint-Pétersbourg de ses énormes canons. L'île des
Apothicaires semblait jouer avec l'île des Pierres et l'île
Vassilievski ; tout remuait dans ce gigantesque chantier.
Maximilienne laissa tomber sa tête sur l'épaule de Pierre,
étourdie, éblouie, et Pierre entra dans le palais en poussant
la porte d'un coup de pied. Le tsar qui était si dur pour son
entourage et pour lui-même ne trouvait rien de trop beau
pour Maximilienne. Il avait convoqué en hâte à Moscou des
peintres, des sculpteurs, des architectes, et leur avait donné
des ordres pour que la demeure de Maximilienne fût prête
à temps.

Maximilienne visita toutes les pièces, sous l'œil amusé de
Pierre.

« Es-tu heureuse, mon amour ?

— Oh ! Pierre, c'est trop beau ! C'est une vraie folie.
Comment veux-tu que je vive ignorée dans un si grand
palais.

— Mais je ne veux pas que l'on t'ignore, même si tu ne
viens pas à la cour, à cause de l'impératrice. Du reste, j'irai
moi-même le moins possible.

— Vous avez raison, mon père, dit Alexis en entrant. A
votre place je me méfierais de l'impératrice.

— Que veux-tu qu'elle me fasse, Alexis ?

— C'est à cause d'elle que je suis parti. Cette femme me
fait peur, père.

— Allons, mon garçon, tu es nerveux. C'est ce faux jugement qui te trouble.

— Non, ce n'est pas cela, mon père ; j'ai de mauvais pressentiments.

— Ecoute, Alexis, dans quelques jours tout sera fini. Demain je te ferai conduire à la forteresse Pierre-et-Paul. Ne t'inquiète pas, tu y seras très bien traité. Lors du jugement, je demanderai bien haut que l'on soit très sévère à ton égard et lorsque tu seras acquitté, je ferai semblant de m'incliner devant le verdict. Ainsi le tour sera joué, et tu reprendras ta place à la cour.

— Oui, mon père, soyez sans crainte. Madame, je dois vous remercier pour tous vos soins, dit Alexis en se retournant vers Maximilienne. C'est grâce à vous que je suis réconcilié avec mon père. Vous êtes aussi bonne que belle, et j'envie mon père.

— Monseigneur, répondit Maximilienne, votre père vous aime et je suis sûre que vous vous seriez réconciliés sans moi. »

Le tsarévitch sourit tristement.

« Pourquoi n'êtes-vous pas impératrice à la place de ma belle-mère ? Tout serait si simple alors. »

A ce moment, Romo se fit annoncer ; lui seul était dans la confidence. Pierre se retourna et lui dit en riant :

« Ah ! te voilà, Romo. Remonte le moral d'Alexis qui a de mauvais pressentiments. »

Romo s'inclina très bas devant Alexis, puis devant Maximilienne et dit :

« Tsarévitch, un Romanov, et le fils de Pierre le Grand ne peut avoir peur.

— Je n'ai pas peur, mon brave Romo, j'ai seulement le cœur serré. Père, bénissez-moi, car je ne vous reverrai plus que devant tous vos boyards. »

Pierre prit Alexis dans ses bras et l'attira dans un coin de la pièce.

« Alexis, mon enfant, je te bénis. Mais qu'as-tu ? Pourquoi cette inquiétude ?

— Je ne le sais pas moi-même, mais s'il m'arrivait malheur vous n'auriez plus d'héritier. Bien que vous ne m'ayez rien dit, j'ai compris que Floris était mon demi-frère. Reconnaissez-le si je venais à disparaître et répudiez l'impératrice. »

Pierre fut ému par cette attention, mais chassa bientôt les sinistres pensées qui l'assaillaient et cria à Li Kang qui apportait des flambeaux :

« Apporte-nous de la vodka. Nous allons fêter joyeusement notre nouvelle vie. Je ne veux pas de visages tristes autour de moi.

— A tes ordres, Puissance Céleste —, répondit Li Kang en courant chercher la vodka. Pierre éclata de rire :

« Je ne m'habituerai jamais au jargon de ce garçon ! Allons, regarde-moi, Sourire d'Eté, ajouta-t-il à l'adresse de Maximilienne, nous sommes heureux, j'ai autour de moi mon ami, mon héritier, la femme que j'aime, mon petit Floris, et nous sommes tous réunis à Saint-Pétersbourg. »

Le lendemain la nouvelle éclata comme une bombe à la cour :

« Le tsarévitch est arrivé.

— Il est à la forteresse Pierre-et-Paul.

— On va le juger.

— Bah ! ce sera un faux jugement », disaient certains.

Catherine s'enferma avec Mentchikov et William Mons ; elle ressortit de cet entretien avec un charmant sourire.

A la forteresse, rien ne se déroulait comme prévu. Les boyards assemblés étaient terrifiés à l'idée de juger le tsarévitch. Les choses traînaient en longueur. Ils demandaient un supplément d'information. Cela signifiait la torture pour le lendemain. Pierre, fou furieux, accourut au palais de la Moïka et prit Maximilienne dans ses bras.

« Je suis excédé par ces imbéciles et leur lenteur. Demain matin je vais à Pierre-et-Paul moi-même acquitter mon fils ; j'en ai le pouvoir. Nous nous réconcilierons officiellement devant les dignitaires de la couronne, et je veux que tu sois à mes côtés, toi, mon amour.

— Tu n'y penses pas, ce serait un scandale.

— Tant mieux, c'est ce que je veux. »

Le lendemain matin, Maximilienne, entourée de Fédor, Li Kang et des moujiks que Pierre lui avait donnés, entra dans la cour de la forteresse qu'on appelait la cour des Ingénieurs. Son cœur battait. Pierre l'attendait, entouré du prince Mentchikov, de Romo, du comte Chérémétiev. Ils étaient tous conscients de la disgrâce de l'impératrice et saluèrent Maximilienne avec de grandes démonstrations de respect. Pierre aida galamment Maximilienne à descendre de voiture et se dirigea vers les appartements très confortables du tsaré-vitch. Tous le suivirent. Et c'est alors que se déroula le drame horrible, cauchemardesque, dont le souvenir devait rester gravé à jamais dans la mémoire de Maximilienne.

Pierre et elle pénétrèrent les premiers dans la chambre du tsarévitch. Celui-ci était recroquevillé au milieu de la pièce, un poignard enfoncé jusqu'à la garde dans la poitrine. Il baignait dans un flot de sang. En l'apercevant, Pierre fut comme paralysé. Il ne pouvait dire un mot ni remuer. Maximilienne en hurlant se précipita vers Alexis qui vivait encore et se pencha sur lui, sans prendre garde à sa grande robe qui se tacha du sang impérial.

« Souffrez-vous ? »

Alexis avait déjà la pâleur cireuse des agonisants, ses yeux fixes exprimaient une terreur mêlée de surprise. Maximilienne sentit les larmes lui monter aux yeux, bien qu'elle tentât de les refouler pour les cacher au tsarévitch. La foule envahit la pièce, et chacun donna son avis sur les soins propres à soulager le malheureux prince. Mais Maximilienne savait qu'ils seraient inutiles. Elle prit la main d'Alexis qui la regarda et fit entendre un gargouillement, tandis qu'un peu de mousse rouge montait à ses lèvres. Maximilienne comprit qu'il voulait lui dire quelque chose. Elle se pencha sur lui et approcha son oreille de ses lèvres. Dans un dernier effort le tsarévitch se redressa un peu, grimaça de douleur et Maximilienne l'entendit qui lui murmurait dans un souffle :

« Mon père... mon père... gardez-le... attention à vous... Floris... attention à elle... c'est elle... je veux... Floris... lui. »

Et le tsarévitch retomba entre les bras de Maximilienne, mort. L'expression de terreur avait disparu et le frêle jeune homme de vingt ans souriait. Maximilienne, secouée de sanglots, gémit :

« Il avait senti sa mort et nous ne l'avons pas compris ! »

Elle regarda autour d'elle et ne vit que des figures horri-fiées qui regardaient le tsar. Celui-ci, le visage déformé, était agité d'un irrépressible tremblement. Maximilienne regarda une dernière fois Alexis et ferma ses grands yeux bleus, désormais aveugles. Elle fit signe à Romodanovski, car il semblait que tous les assistants eussent été transformés en statues, et tous deux allongèrent Alexis sur le lit. Le spectacle de ce corps percé d'un poignard était atroce. Mentchikov s'approcha de Maximilienne et songea que le moment était venu de se faire bien voir :

« Madame, que puis-je faire ?

— Ah ! prince, dit Maximilienne en se cachant le visage, retirez ce poignard, et faites appeler des religieuses pour la toilette mortuaire. »

Mentchikov pâlit, mais s'exécuta. Un flot de sang jaillit de l'horrible blessure, éclaboussa les plus proches. Pierre en reçut quelques gouttes sur le visage et murmura :

« Le sang de mon fils, mon Dieu ! »

Il sembla reprendre enfin conscience. Sans un mot il se leva, s'approcha du lit où reposait le corps de son fils et l'embrassa sur le front. Puis, refoulant ses larmes, il se tourna vers les assistants :

« Il vient de se passer ici un drame sanglant : mon fils a été assassiné. Je n'aurai de cesse que je n'aie découvert le criminel. Mais vous allez tous jurer de dire comme moi qu'il est mort d'apoplexie. Telle sera la version pour le monde, car le fils de Pierre le Grand ne peut être mort poignardé. La forteresse Pierre-et-Paul gardera son secret. »

Maximilienne fit comme tous les boyards et prêta serment, mais elle vit se peindre dans leurs yeux une terreur qu'elle ne comprenait pas. Elle attira Romodanovski dans un coin.

« Qu'ont-ils donc à regarder ainsi le tsar ? »

Romo refoula ses larmes.

« C'est horrible, madame, ils croient tous que c'est le tsar qui a tué son fils en pénétrant avec vous dans la chambre.

— Ce n'est pas possible ! s'écria Maximilienne.

— Les hommes jugent d'après les apparences, dit Romo tristement, et les apparences sont contre le tsar. On a entendu votre cri lorsque vous êtes entrée dans la pièce, et ils vont tous jurer que c'était Alexis qui criait. Quand le tsar comprendra de quoi on l'accuse, ce sera terrible et ses ennemis vont se faire un plaisir d'affirmer que le jugement n'était qu'un simulacre. »

Maximilienne s'effondra en sanglotant contre l'épaule de Romo.

« Mais, dit-elle, le prince Mentchikov rétablira la vérité, comme vous. »

Romo ne répondit rien et baissa les yeux.

Pierre à ce moment l'appela :

« Romo, occupe-toi de tout, mon ami. Je ne peux plus supporter ces visages terrifiés qui prennent un père pour l'assassin de son fils.

— Mon tsar bien-aimé, vous aviez donc compris ?

— Oui, Romo, j'ai tout de suite compris. Mais qui a tué mon enfant, mon héritier ? A qui remettrai-je l'empire à ma mort ? »

Pendant des jours et des jours, Pierre s'enferma au palais de la Moïka. Il refusait de voir qui que ce fût, à l'exception de Maximilienne. A la cour de Péterhof, l'impératrice et les courtisans attendaient vainement le retour du tsar. Celui-ci refusait de s'occuper des affaires de l'Etat , vivant dans une sorte de léthargie. Il avait chargé Romo de mener une enquête, mais, à la forteresse, on ne savait rien. Les gardes n'avaient vu personne entrer dans la chambre du tsarévitch. Un moment, Pierre pensa qu'Alexis s'était tué lui-même, mais il écarta bientôt cette idée. Il était sûr que son fils avait été assassiné. Par qui ? par qui ? Cette question le hantait. Seule la présence de Maximilienne le calmait un peu. Il restait des heures étendu sur un sofa, les yeux grands ouverts, semblant ne rien entendre ni voir. Un jour Romo entra, forçant la consigne.

« Que me veux-tu ? Je ne veux voir personne. Nous allons quitter la Russie pour toujours, Maximilienne et moi, je veux abdiquer. »

Romodanovski frémit, et jeta un coup d'œil à Maximilienne pour lui demander son aide.

« Tsar, seules les femmes se couchent pour pleurer. Les affaires se détériorent et vous ne vous occupez plus de rien.

— Laisse-moi, Romo. Ils m'ont accusé d'avoir tué mon fils, cette blessure est au fond de moi. Je ne veux plus rien faire pour ce peuple que j'aimais et qui me trahit. »

Maximilienne tomba à genoux et prit la main de Pierre.

« Mon bien-aimé, je devrais te pousser à partir avec moi, ce serait mon bonheur, mais tu dois poursuivre ta tâche. C'est ta mission, tu le sais. Moi non plus je ne me pardonnerai jamais la mort d'Alexis car j'aurais dû comprendre ses pressentiments, mais je t'en prie, redeviens Pierre le Grand. »

Pierre regarda, ému, cette femme qui avait le sens de la grandeur et du devoir. Il vit aussi son ami fidèle et sentit la honte l'envahir. Il se redressa, se regarda dans la glace ; il ne se rasait plus depuis des jours, ne mangeait rien de ce qu'on lui offrait, vivant dans le noir.

« Oui, quelle faiblesse ! » songea-t-il.

Romo comprit ce qui se passait dans le cœur de son tsar bien-aimé et s'en réjouit.

« Redressez-vous, Sire, dit-il, retrouvant l'usage de l'étiquette, nous avons besoin de vous, et il vous reste un fils. »

Pierre demeura presque hébété. Floris, Floris que dans son chagrin il avait presque oublié.

« Oui, mon fils, si fort et si vigoureux, ton enfant, Maximilienne. Pardon à toi, mon amour, qui me soignes depuis des jours sans un mot de reproche. Je voudrais le voir », ajouta Pierre timidement.

Maximilienne courut à la porte, donna des ordres, et Floris fut amené par Li Kang qui le tenait dans ses bras comme un objet précieux.

« Voici Fleur de Mai », dit le petit Chinois en souriant. Floris avait maintenant huit mois et se tenait très droit. Pierre l'éleva au-dessus de lui. L'enfant s'agitait et riait en gazouillant. Pierre, les yeux humides, contemplait le seul fils qui lui restât.

« C'est cet enfant qui va le sauver », dit Romo à Maximilienne dans un souffle.

Pierre regardait toujours Floris.

« Je vivrai et régnerai pour toi, mon fils. Floris, mon amour. »

DEUXIEME PARTIE

LE FILS DU TSAR

CHAPITRE X

« Floris, Floris, criait Adrien, je suis le grand ataman du régiment des cosaques, tu dois m'obéir. »

Les deux enfants jouaient à la guerre dans les allées du parc de Doubino, grand domaine aux environs de Saint-Pétersbourg, que Pierre avait offert à Maximilienne. Cette terre abritait des centaines de serfs, mais Maximilienne les avait libérés, ne pouvant supporter d'avoir des esclaves à son service. Tous ces gens l'adoraient et l'appelaient « notre petite mère ».

Floris, grimpé dans un arbre, hurlait en menaçant Adrien d'une épée de bois :

« Et moi, je suis l'hetman des Tartares et mon armée est la plus forte. »

Floris et Adrien étaient chaudement habillés de vestes d'astrakan ; ils étaient également coiffés de chapskas de zibeline qui leur couvraient les oreilles, et chaussés de hautes bottes fourrées. Leur nez était tout rougi par le froid, mais ils ne s'en souciaient guère et se livraient une bataille acharnée dans un paysage blanc, infini, poétique, étrange, où seuls quelques arbres faisaient une tache dans l'immensité. Ils étaient suivis d'une bande de gamins, fils de moujiks qui travaillaient sur le domaine. Floris et Adrien avaient chacun une armée qui leur obéissait aveuglément. Ils faisaient manœuvrer leurs troupes au grand amusement de Pierre, lorsque celui-ci se trouvait à Doubino. Pierre entraînait déjà les enfants, les faisait monter à cheval, leur apprenait à se battre au sabre, tirant l'épée avec eux et leur montrant à se servir de pistolets. Maximilienne prétendait qu'ils étaient trop jeunes pour ces jeux violents, mais Pierre ne faisait qu'en rire.

Elisa passa la tête par une fenêtre et cria :

« Venez vite déjeuner, mes enfants. »

Ceux-ci arrivèrent en courant, et pénétrèrent dans la salle à manger où leur mère les attendait. Ils se jetèrent dans ses bras.

« Bonjour, Mamouchka.

— Bonjour, mes amours, mettez-vous à table.

— Maman, demanda Adrien, cela fait huit jours que nous avons quitté Saint-Pétersbourg et le baron Mikhaïlof n'est pas encore venu nous voir.

— Moi cela m'ennuie, déclara Floris, car mon armée a fait des progrès. Et puis j'aime mieux quand il est là, car il me permet de manger avec mes doigts, alors que vous, maman, vous me le défendez. »

Maximilienne sourit tendrement. Comme elle les aimait, comme elle les trouvait beaux, ses fils ! Floris était très grand pour ses sept ans, presque aussi grand qu'Adrien pourtant de trois ans son aîné. Floris avait les yeux de jais, brillants de son père, son sourire charmeur, ses cheveux noirs bouclés, sa noblesse et aussi, parfois, ses terribles colè-res. Adrien, lui, montrait plutôt la douceur entêtée mêlée d'espièglerie de Maximilienne ; elle avait beau chercher, elle ne retrouvait en lui aucune ressemblance avec Amédée, car Adrien avait les cheveux dorés, des yeux noisette pétillants et le visage couvert de taches de rousseur. Parfois Maximi-lienne pensait à son mari. Pierre avait fini par lui raconter les circonstances de sa mort, sous les coups du comte de Horn. Malgré tous les torts d'Amédée, Maximilienne regret-tait souvent d'élever ses fils dans le mensonge ; sa nature si droite en souffrait. Floris et Adrien, en effet, se croyaient les enfants du comte de Villeneuve-Caramey, mort à la guerre. Ils prenaient Pierre Mikhaïlof pour un ami très cher de leur mère. Ils ignoraient que c'était le tsar, et Floris ne soup-çonnait pas que c'était son père.

Fédor Tartacowsky entra et dit en russe (langue que Maxi-milienne avait apprise et que les enfants parlaient couram-ment) :

« Monsieur le baron arrive en traîneau, il vient de fran-chir les grilles du parc. »

Les fidèles domestiques avaient pris l'habitude de protéger l'incognito du tsar.

Maximilienne et les enfants se précipitèrent sur le perron du château et virent l'attelage de Pierre contourner la grande pelouse recouverte de neige avant de s'arrêter au pied des marches. Avec des cris de joie, les enfants se jetèrent dans les bras de Pierre, qui en prit un sous chaque bras. Il monta en courant vers Maximilienne qu'il serra contre lui.

« Pourquoi avez-vous mis si longtemps à venir, Petrouchka ? demanda Floris.

— Vois-tu, mon garçon, j'avais des affaires à régler mais je vais rester ici quelques jours avec vous, le temps de décider ta mère à une chose importante et nous rentrerons à Saint-Pétersbourg. Je suis mort de fatigue », ajouta Pierre en se laissant tomber dans un fauteuil près de l'énorme poêle de faïence blanche qui chauffait la pièce.

Maximilienne regarda Pierre avec inquiétude : en huit ans elle ne lui avait jamais entendu dire qu'il était fatigué. Pierre, à cinquante ans, était toujours le bel homme qu'elle avait connu à Paris, à peine ses tempes avaient-elles grisonné, tandis que des rides se creusaient autour des yeux. Quelles étaient donc les choses importantes dont il voulait lui parler ?

« Petrouchka, déclara Floris, mes armées ont battu celles d'Adrien ce matin.

— Ce n'est pas vrai, tu n'es qu'un menteur.

— Comment, je ne suis qu'un menteur ? »

Et Floris, furieux, se précipita sur Adrien. Les deux frères roulèrent par terre en se battant. Maximilienne voulut les séparer.

« Laisse-les donc, dit Pierre, cela prouve qu'ils s'aiment. Si tu savais toutes les raclées que nous nous sommes flanquées avec Romodanovski ! C'est pourtant mon seul ami, et je n'ai confiance qu'en lui.

— Comment, Pierre, murmura Maximilienne, et moi ? »

Pierre la regarda tendrement.

« Pardon, mon amour, mais toi tu fais partie de moi-même, et je suis là pour te le prouver. »

Se détournant, il releva Floris et Adrien.

« Allez, les garçons, je vous emmène avec votre mère.

Nous allons faire une promenade en traîneau et vous aurez le droit de conduire les chevaux. »

Avec des cris de joie les garçons coururent demander leurs pelisses à Elisa qui grogna :

« Quel pays ! on y meurt de froid ou de chaleur ; et puis, ajouta-t-elle, avec un sombre regard à l'adresse de Fédor qui passait, tenant la pelisse de Pierre, on n'y parle pas le français. »

Elisa grognait depuis huit ans, mais n'aurait laissé sa place à personne, tant elle adorait ses chéris dont elle prenait jalousement soin. En revanche, et sans raison, elle ne pouvait toujours pas souffrir le cosaque. Grégoire, lui, donnait des leçons de français à Fédor qui les lui rendait en russe, mais tous deux ne progressaient guère.

Depuis Bakou, Li Kang était resté auprès de Maximilienne et des enfants, à qui il enseignait toutes les langues qu'il connaissait, mais Adrien et Floris étaient beaucoup plus doués que Grégoire et Fédor. Ce dernier leur apprenait les armes et l'équitation. Les deux enfants déjà étaient forts comme de petits cosaques. Quant à Blaisois et Martine, ils affectaient des airs supérieurs et racontaient aux moujiks émerveillés que Paris était une ville tapissée de diamants.

Cet hiver-là, tandis que la Baltique charriait des blocs de glace, la neige avait recommencé à tomber, posant un manteau blanc sur la route qui reliait Doubino à Riga. Tiré par les trois chevaux noirs que Pierre menait d'une main sûre, le traîneau glissait bon train. Maximilienne était blottie contre lui et les deux enfants poussaient des cris de joie.

« Petrouchka, hurlait Floris, allez plus vite !

— Tu vas avoir peur, Floris.

— Je n'ai jamais peur, je suis comme vous ! »

Pierre fit un clin d'œil à Maximilienne et lui chuchota à l'oreille :

« Quel fils tu m'as donné ! »

Maximilienne était toute rose, heureuse ; Pierre était là. Depuis huit ans, leur amour restait aussi vif que jamais Pierre arrêta le traîneau sur une plage déserte de la Baltique et, pendant que les enfants couraient et jouaient, il entraîna Maximilienne à l'écart.

« Je ne te remercierai jamais assez, mon amour, pour les années de bonheur que tu m'as données. N'as-tu jamais regretté de m'avoir suivi ? »

Maximilienne regarda Pierre, stupéfaite.

« Le regretter, mon chéri, comment peux-tu dire une chose pareille ? Je n'ai jamais aimé que toi et je peux te le jurer, je n'aimerai jamais que toi.

— Maximilienne, je suis venu de Peterhof pour t'annoncer une grande nouvelle. Je répudie l'impératrice, je t'épouse et je proclame Floris tsarévitch.

— Mais Pierre..., murmura Maximilienne en devenant toute pâle, pourquoi cette décision subite après huit ans de bonheur ?

— Oui, ma chérie, je ne te remercierai jamais assez d'avoir accepté de me suivre et de m'avoir donné le plus bel enfant qui soit. »

Au loin Floris courait, ses boucles brunes s'agitaient sur son front et Maximilienne pensait, malgré elle :

« Qu'il serait un beau petit tsarévitch ! »

Puis l'image d'Alexis assassiné lui revint en mémoire. Maximilienne comprit que son bonheur ne s'accommoderait pas de cette couronne.

« Pierre, je ne te comprends pas, tu m'en as parlé autrefois après, après...

— Oui, ma chérie, après la mort d'Alexis, mais j'y avais renoncé car cela te bouleversait. Et puis je voulais d'abord découvrir l'assassin de mon fils. »

Maximilienne frissonna ; elle savait, elle avait toujours su qui avait fait tuer Alexis, bien qu'elle n'en eût jamais parlé à personne, sinon à... l'impératrice elle-même. Un jour où Elisa était sur le point de donner sa bouillie à Floris, elle avait eu la maladresse de la renverser. Un chien l'avait lapée et n'avait pas tardé à mourir dans un hurlement. Maximilienne assistait à la scène. Elle comprit qu'un de ses moujiks était à la solde de l'impératrice, puisque ses propres domestiques étaient hors de tout soupçon. Elle fit donc appeler Mentchikov, qui arriva fou de joie. Mais Maximilienne lui coupa net ses vains espoirs :

« Prince, je vous ai fait demander parce que je veux voir l'impératrice seule à seule et ici, chez moi. Dites-lui bien que je sais ce qui s'est passé à la forteresse Pierre-et-Paul. Allez, et qu'elle vienne vite, sinon le tsar sera prévenu. »

Mentchikov était reparti, pétrifié de voir cette femme si douce exiger que l'impératrice se dérange et le traiter, lui,

un prince, comme le dernier des valets. Il jura de se venger : un jour cette femme serait à lui. Catherine attendit que
Pierre fût parti en inspection pour quelques jours et, la rage
au cœur, se rendit un soir en simple berline chez Maximilienne. Froidement, Maximilienne lui proposa un accord :
« Je sais que vous avez fait tuer le tsarévitch Alexis ; il
me l'a dit avant de mourir. Je sais aussi que vous avez
essayé d'empoisonner mon fils. Ne tentez plus rien contre
mes enfants et je ne parlerai pas au tsar ; sinon je vous
dénonce. De mon côté je m'engage à ne pas favoriser votre
répudiation. »

Catherine avait dû accepter ce pacte-là. Elle était repar-
tie, ulcérée, pour Peterhof, mais n'avait plus rien tenté
depuis sept ans. A présent que Pierre lui-même voulait
répudier sa femme, Maximilienne ne savait plus quelle attitude prendre.

« Pierre, pourquoi cette brusque résolution ?

— J'étais comme toi, j'avais des remords à l'idée de répudier une femme qui m'a donné des filles adorables. Cela me
faisait de la peine, surtout pour Elisabeth. J'ai aussi accepté
que tu caches sa naissance à Floris, car tu aurais souffert
d'avoir un enfant bâtard.

— Mais Pierre..., interrompit Maximilienne, toute pâle.

— Non, tais-toi, ma chérie. Floris est officiellement le
fils du comte de Villeneuve-Caramey, et cela valait mieux
pour lui tant que je ne pouvais le reconnaître. Maintenant
tout est changé : je sais qui a fait tuer Alexis.

— Pierre !

— Oui, j'ai mis sept ans à savoir : c'est elle. Et l'homme
qui est entré à la forteresse est William Mons. Je les ai soupçonnés pendant longtemps, mais c'est mon fidèle Romo qui
a découvert la preuve du meurtre. J'ignore encore si Mentchikov était au courant, mais ma vengeance sera terrible !

— Pierre, tout cela me fait peur !

— Tu ne dois pas avoir peur, Maximilienne. J'ai déjà
fait un ukase qui me donne le droit de choisir mon héritier.
Ce sera Floris, et tu régneras à mes côtés. Il y a longtemps
que j'aurais dû prendre cette décision. A présent, je veux
aller très vite.

— Mais, Pierre, rien ne nous presse.

— Qui sait ? Je n'ai pas oublié la prédiction de la bohémienne qui était chez toi, en France.

— Que t'avait-elle dit ? Tu ne m'en as jamais parlé.

— Cette vieille folle m'avait reconnu. Elle avait prédit notre amour et elle m'avait aussi annoncé que je n'avais plus que huit ans à vivre. La huitième année commence, et sans y croire vraiment, je suis inquiet. Nous allons rentrer à Saint-Pétersbourg. Je veux que tu t'installes enfin au palais avec les enfants. Je t'y ai fait préparer un appartement. Dans huit jours je donnerai un grand bal en ton honneur, et je te présenterai officiellement à la cour. Tu seras impératrice, Alexis sera vengé, et Floris deviendra le nouveau tsarévitch. »

CHAPITRE XI

« C'est toi, cher William ?

— Oui, Majesté. »

Catherine fit un signe à ses caméristes qui s'éclipsèrent. Le beau William Mons entra, un sourire aux lèvres, mais Catherine n'y prêta guère attention ; Mons était redevenu son favori depuis quelque temps.

« Tu peux parler, nous sommes seuls.

— Catherine, vous vous préparez pour le bal ?

— Comme tu vois.

— Je suis inquiet. Depuis quelques jours on murmure à la cour que le tsar donne ce bal pour la Française.

— Bah ! je ne suis pas encore répudiée ! Cela fait sept ans qu'on en parle, et tu vois, j'ai toujours ma couronne sur la tête et ma tête sous la couronne.

— Je ne suis pas tranquille. J'ai rencontré le tsar et il m'a paru d'une humeur exécrable. Si jamais il apprenait...

— Quoi ? que tu es mon amant ? Il y a longtemps qu'il le sait.

— Non, il ne s'agit pas de cela... » William Mons baissa la voix. « Je veux parler du tsarévitch que nous avons...

— Tais-toi donc, imbécile, tu ne sais pas ce que tu dis. Tu veux donc tous nous faire décapiter. Tu n'as rien à craindre. Viens que je te console », dit Catherine en embrassant William.

Celui-ci se sentit un peu rassuré dans les bras de l'impératrice et se dit qu'elle avait raison. Pourquoi avoir cette peur sept ans après ?

Catherine le regarda et dit en ricanant :

« Bois un peu de vodka, cela te fera du bien. Viens, nous avons le temps. »

William Mons vida coup sur coup trois gobelets et se sentit mieux.

« Mais Catherine, vous n'y pensez pas ! Vous êtes en grande toilette.

— Justement, ce sera plus drôle, mais prends garde de ne rien abîmer », dit l'impératrice qui s'assit au bord du lit en relevant sa large robe.

Par un caprice de la nature, cette femme courte et rougeaude plaisait à William Mons. Alors que pour Mentchikov ces ébats étaient toujours une corvée qu'il remplissait par habitude, les goûts dépravés de Mons le portaient vers Catherine dont les sens n'étaient jamais rassasiés. Elle avait en ce domaine le génie de l'invention, allant jusqu'à inviter des filles publiques pour partager leur plaisir, ce qui amusait beaucoup Mons. Il lui arrivait aussi de faire venir un beau soldat qu'elle avait remarqué ; infatigable, elle passait alors la nuit entre les deux hommes. Le lendemain, menacé du knout s'il parlait, le soldat tenait sa langue et nul ne soupçonnait ces turpitudes impériales.

« J'espère que la peur ne te paralyse pas, William. »

Celui-ci, excité, ne répondit pas et se mit en devoir de prouver à Catherine qu'elle pouvait compter sur lui en toute occasion. La tsarine, à demi renversée sur le lit, attira William à elle. Elle tenait la tête bien droite pour ne pas abîmer sa coiffure, surmontée d'une couronne. Elle leva la main, tira sur un cordon et des glaces apparurent au plafond et sur les murs près du lit.

« Cela m'amuse de nous regarder, William. »

Elle était étendue, nue jusqu'à la taille et offrait dans la glace une image des plus impudiques. Ses grosses jambes pendaient sur le tapis et sa jupe lui recouvrait presque le visage. C'était elle qui donnait les ordres et disait à Mons ce qu'elle désirait. Celui-ci, servile, obéissait et sa veulerie y trouvait son compte. Elle lui cria :

« Assez maintenant, mets-toi à genoux devant moi. »

William Mons desserra son étreinte et glissa devant Catherine. Sous ses caresses très précises l'impératrice frémit de plaisir. Elle haletait en regardant dans les miroirs l'image qu'ils offraient tous les deux. Attrapant le flacon de vodka sur la table, elle s'en renversa sur le corps. Mons se mit à laper, tel un chien, le ventre offert de la tsarine. Celle-ci se tordait de rire. Mons, à demi enivré, lui dit :

« Je te plais, tu aimes ce que je fais, plus que les autres.

— Oui, ma beauté, tu es très habile. Mais continue. »

Mons, complètement soûl, se releva et se jeta sur Catherine. Celle-ci le repoussa :

« Imbécile, tu vas abîmer ma coiffure. Relève-toi. »

Mons, titubant à moitié, se redressa devant elle. Catherine à son tour se leva. S'accoudant à la balustrade du lit elle s'offrit debout à un Mons qui ahanait de plaisir. Ils se regardaient tous les deux dans les glaces et leur image décuplait leur jouissance. Ils n'étaient pourtant pas beaux à voir, ainsi accouplés, debout, telles des bêtes, elle, affreuse, rouge, bavant de joie et lui tout à sa veule lubricité.

Quand un spasme plus violent que les autres l'eut enfin traversée, la grosse Catherine, reprenant ses esprits, laissa retomber sa robe comme si de rien n'était.

« Allons, rajuste-toi, dit-elle à Mons, je suis contente, tu m'as donné du plaisir. Je te retrouverai devant tous ces imbéciles, dans une demi-heure au bal. Adieu. »

« Mme la comtesse de Villeneuve-Caramey ! » annonça le chambellan, très digne. Tous les courtisans se pressaient dans les salons de Peterhof : ainsi on la présentait enfin à la cour, cette femme que Pierre le Grand aimait depuis des années. Maximilienne était un peu pâle ; les événements, tout d'un coup, allaient trop vite. Pierre la regarda s'avancer vers lui et sourit.

« Dieu qu'elle est belle », pensa-t-il.

Maximilienne, depuis qu'elle vivait en Russie, n'en continuait pas moins de s'habiller à Paris et toutes les femmes qui se pressaient sur son passage étaient jalouses de son élégance. Sa toilette était à la dernière mode, avec de larges paniers et un petit manteau de cour brodé de fils d'or et d'argent, alors que le corsage et la jupe étaient de soie blanche brochée de soies multicolores. Romodanovski s'approcha de Maximilienne, lui prit la main, et s'inclina devant le tsar.

« Permettez-moi, Sire, de présenter à Votre Majesté Mme la comtesse de Villeneuve-Caramey. »

Maximilienne s'effondra dans une profonde révérence.

Pierre lui cligna de l'œil ; cette présentation officielle l'amusait beaucoup. Tous les courtisans assemblés sentirent qu'il se passait quelque chose de grave.

L'impératrice était-elle vraiment répudiée ?

Comme pour donner une réponse aux curieux, les portes s'ouvrirent et le chambellan annonça :

« Sa Majesté la tsarine. »

Toute l'assemblée se retourna pour voir Catherine. Celle-ci, apercevant Maximilienne, grimaça et devint blanche. Pierre attendit que la tsarine se fût approchée de lui pour lui dire en la regardant droit dans les yeux :

« Vous êtes venue à notre bal, madame. Nous en sommes ravis quoique vous n'y fussiez pas invitée. »

Catherine chancela sous l'outrage. Maximilienne, qui savait pourtant de quelles horreurs cette femme était capable, eut presque pitié d'elle.

« Mais je suis heureux que vous soyez là, madame, vous allez ainsi pouvoir apprendre une grande nouvelle. »

Catherine regarda autour d'elle, angoissée, cherchant un regard ami. Mais elle n'en trouva point et le ton très calme de Pierre lui fit plus peur qu'une crise de colère.

« Vous semblez chercher quelqu'un, madame, serait-ce votre cher William Mons ? »

Catherine balbutia une réponse incompréhensible. Pierre fit un signe et toute l'assemblée fit entendre un murmure de stupeur. L'impératrice pétrifiée vit entrer un soldat qui tenait à bout de bras un grand bocal d'esprit-de-vin, où se trouvait la tête encore chaude de William Mons. La tsarine ne pouvait détacher les yeux de l'abominable spectacle. La tête de celui qui l'embrassait un quart d'heure plus tôt ! Mort décapité ! Mais Catherine n'avait pas le loisir de s'attendrir sur la fin de son amant ; il lui fallait penser avec terreur à son propre sort. Tremblant de tous ses membres, elle semblait fascinée par cette hideuse tête qui avait gardé les yeux grands ouverts et semblait la regarder d'un air de reproche.

« Oui, Madame, continua Pierre, féroce, nous n'aimons pas beaucoup ceux de vos amis que l'on a trop vus rôder il y a sept ans autour de la forteresse Pierre-et-Paul ; ils seront tous châtiés de la même façon. »

Mentchikov sentit le froid de la hache qui passait au-dessus de sa tête. Il regarda Maximilienne, dont le beau visage semblait implorer la clémence de Pierre.

« Dire que je n'ai pas su me faire aimer de cette femme-là, et que je lui ai préféré cette grosse tsarine qu'on va répudier ! »

A ce moment, Catherine, terrorisée à l'idée d'entendre sa propre condamnation, trouva préférable de tomber évanouie sur le sol. Pierre lui jeta un regard méprisant, et appela deux moujiks :

— Ramenez-la dans ses appartements.

Pierre se retourna vers Maximilienne et déclara tout haut pour que chacun l'entendît :

« Nous sommes ravis, madame la comtesse, de vous accueillir à Peterhof, et nous espérons que vous y resterez longtemps. Toute une vie si vous le souhaitez. »

Les courtisans se regardèrent : plus de doute possible, c'était la future impératrice. Pierre continua, plus bas :

« Je t'adore, pardonne-moi de t'avoir fait assister à tout cela, mais c'était nécessaire pour qu'ils comprennent que tout va changer.

— Pierre, murmura Maximilienne, l'impératrice m'a fait pitié, ne sois pas trop dur.

— Non, je la renverrai en Pologne, et garderai mes filles Elisabeth et Anna auprès de nous. Tu n'as encore rien dit à Floris ?

— Non, Pierre, je préfère que tu le lui annonces toi-même. Déjà notre installation à Peterhof a été un grand bouleversement pour un si petit garçon ! »

Floris et Adrien étaient couchés dans un appartement de l'aile sud. Fédor et Li Kang montaient la garde devant leur porte et Elisa, au pied de leurs lits, chantait des berceuses. Floris jeta un coup d'œil à Adrien et tous les deux se comprirent. Ils bâillèrent et firent mine de s'endormir. Connaissant par cœur le répertoire de leur vieille bonne, ils estimaient qu'à leur âge Elisa les prenait encore pour des bébés.

« Adrien, chuchota Floris en se redressant, dès que la porte se fut refermée sur Elisa, tu n'as pas envie de voir le bal ?

— Si, et puis j'aimerais bien savoir si nous sommes dans le palais du tsar.

— Pourquoi crois-tu cela ? Maman nous l'aurait dit.

— Tu n'es qu'un bébé, Floris. Il se passe de drôles de choses depuis quelque temps.

— Ah, oui ! crois-tu que maman va se marier avec Petrouchka, dit Floris, vexé, pour montrer à son frère qu'il était au courant.

— Ça, je n'en sais rien, mais ils ont l'air de bien s'aimer.

— Tu crois que Petrouchka est au bal ?

— Bien sûr, quittons cette chambre et donne-moi la main, Floris ; je ne veux pas te perdre. »

Ils sortirent sans bruit de leur lit, et se dirigèrent vers la porte dans leurs longues chemises. Là, Floris mit un doigt sur ses lèvres, regarda par le trou de la serrure, et vit le dos de Li Kang.

« Adrien, il faut trouver une autre sortie. »

Adrien regarda autour de lui et prit la direction des opérations :

« On va sortir par la fenêtre », dit-il majestueusement. Mais ils eurent beau faire, ils ne purent ouvrir les hautes portes vitrées qui avaient deux épaisseurs et donnaient sur un balcon couvert de neige.

« Bon, j'ai une autre idée, dit Adrien. Puisque nous ne pouvons l'ouvrir, cassons-la.

— Cela fera trop de bruit, dit Floris. Rappelle-toi que nous faisons une opération secrète : nous cherchons à nous évader du donjon du Diable.

— Oh ! dit Adrien en claquant des dents, tu ne me fais pas peur.

— Très bien, continua Floris, satisfait du jeu qu'il venait d'inventer, nous allons donc faire un pacte avec Satan pour qu'il nous ouvre cette porte-fenêtre et que Li Kang ne voie rien. »

Adrien reprenait son sang-froid.

« Tu sais, pour faire un pacte avec le diable, il faut le signer de son sang.

— De son sang, tu es sûr ?

— Oui, sinon cela ne vaut rien. Et il faut que ce soit le sang du plus jeune », affirma Adrien avec effronterie.

Floris ne voulait pas le montrer, mais il commençait à avoir très peur et regrettait d'avoir parlé du diable. Il se demandait comment il pourrait se tirer de ce mauvais pas, sans révéler à son frère ses sentiments. De son côté, Adrien était très content de son invention, mais il cherchait un moyen d'en sortir sans faire couler le sang de Floris, car il adorait son petit frère et ne voulait pas pousser trop loin la plaisanterie. Soudain une rafale de vent ouvrit les fenêtres avec fracas. Floris et Adrien, apeurés, se jetèrent dans les bras l'un de l'autre, tandis que la neige collée aux carreaux tombait dans la pièce. Ils pensaient vraiment que c'était l'œuvre du diable, alors qu'ils avaient touché aux espagnolettes sans s'en rendre compte, facilitant ainsi l'ouverture des croisées. Dans le couloir, Li Kang et Fédor n'avaient rien entendu car la musique montait de la salle de bal. Adrien et Floris, grelottant de froid et de peur, n'osaient appeler Li Kang pour qu'il vînt à leur secours. Alors Floris, excité par le jeu, reprit ses esprits, s'inclina vers la lune qui brillait d'un éclat inaccoutumé, pour étonner Adrien.

« Merci, Diable, tu es venu à mon secours. Allons-y, Adrien. »

Adrien sourit, admirant que son petit frère jouât son rôle jusqu'au bout. Il courut prendre les bottes et les pelisses, car il avait l'esprit pratique. Ils enfilèrent leurs vêtements sur leurs chemises et sortirent sur le balcon. La nuit était très belle, très claire. Ils marchèrent pendant un bon moment puis arrivèrent sur une terrasse tout enneigée. Une haute fenêtre laissait passer des rais de lumière à travers de lourds rideaux. Des sanglots et des gémissements sortaient de la pièce. Curieux comme des chats, Adrien et Floris s'approchèrent et mirent un œil au carreau. Ce qu'ils virent les horrifia, mais ils demeurèrent fascinés, incapables de bouger.

CHAPITRE XII

L'impératrice gémissait, assise devant une table sur laquelle se trouvait le bocal contenant la tête de William Mons.

« Je te vengerai, je le jure. »

Elle avait aligné devant elle trois statuettes de cire. Elle prit la plus grande entre ses mains et y enfonça lentement une grande aiguille, en disant à mi-voix :

« Meurs le premier et sois maudit, tsar ! Ensuite ce sera le tour de la Française et de ce Floris que je hais. »

Elle entendit un cri, leva la tête et n'aperçut fugitivement que deux visages d'enfants.

« Bah ! ce seront des ramoneurs du palais. Mais il est plus sage d'arrêter pour ce soir ma magie. »

Floris et Adrien coururent sur la terrasse vers une petite porte qu'ils avaient aperçue, et qui servait aux moujiks à monter par des escaliers dérobés, pour balayer la neige des terrasses. Ils dévalèrent l'escalier en se tenant par la main et se trouvèrent dans un grand couloir éclairé par quelques torches. Ils n'osaient encore se parler. Floris était particulièrement bouleversé par le spectacle qu'il avait aperçu. Il avait bien entendu son nom, mais n'avait pas très bien compris en quoi cela le concernait. Adrien, par contre, sentait, sans pouvoir expliquer pourquoi, que sa mère et son petit frère couraient un grave danger. Au loin, la musique venait vers eux, par ondes irrégulières et Adrien décida de se diriger vers elle. Ils traversèrent des salles vides et arrivèrent enfin dans une loggia, qui formait une sorte de balcon rempli de plantes vertes, au-dessus de la salle de bal. Cette loggia se continuait par un couloir bordé d'une balustrade dorée qui courait tout autour de la salle. Floris et Adrien s'y glissèrent. Cachés derrière les plantes, ils pouvaient voir sans être vus. Ils avaient eu tellement peur qu'ils n'osaient se parler. Ils regardaient les salons, remplis de courtisans aux habits chamarrés, et aperçurent enfin leur mère, entourée comme une reine. La voir si belle et si souriante les rassura. Ils avaient moins peur et finirent par oublier ce qu'ils avaient vu par la fenêtre, avec l'inconscience des enfants.

« Regarde, Floris, le baron Mikhaïlof est à côté de maman, dit Adrien.

— Petrouchka et maman sont les plus beaux, déclara Floris.

— Je me demande où nous sommes, dit encore Adrien, poursuivant son idée. Est-ce que ce palais appartient à Petrouchka ou au tsar ? »

Floris ne s'en préoccupait guère ; il se contentait d'admirer de tous ses yeux les uniformes des généraux.

« Quand je serai grand, je veux être officier. »

Adrien lui mit la main devant la bouche.

« Regarde Petrouchka, Floris. »

Pierre était très gai et fit signe à l'orchestre de s'interrompre.

« Que l'on m'apporte des ciseaux. J'ai aperçu quelques barbes que je veux couper. »

Avec l'arrachage des dents, c'était en effet une des marottes de Pierre. Les rares boyards barbus frémirent et cherchèrent à se cacher derrière des courtisans imberbes, pour sauver ce qu'ils considéraient comme leur plus bel ornement. Pierre éclata de rire et agita les ciseaux que Romo venait de lui remettre. Il prit Maximilienne par le bras et lui dit à voix haute :

« Ce n'est pas une simple lubie de ma part. Je veux faire de la Russie un grand pays moderne, comme la France ou la Hollande. Je veux que tout le monde se conforme aux habitudes de l'Europe. »

Pierre s'approcha d'un grand boyard à longue barbe et à longue robe, lui empoigna son bouc et, d'un coup de ciseaux, le coupa net.

« Et ne reparais pas à Peterhof avec cette robe de femme, dit-il au malheureux. Vous m'entendez tous, je ne veux plus voir que des hommes rasés et en culotte. »

Le vieux boyard, qui se nommait Boutourline, tomba aux pieds de Pierre :

« Mais, Sire, les Russes ont toujours porté des barbes et des robes.

— Tu sais bien que je l'ai interdit depuis des années. Obéis-moi et je serai content de toi.

— A tes ordres, tsar bien-aimé. »

Et Boutourline s'inclina jusqu'à terre.

Floris et Adrien se regardèrent. Quelle soirée intéressante ! Ainsi, leur ami Petrouckha était le tsar ! Floris chuchota à "oreille d'Adrien :

« Pourquoi maman ne nous a-t-elle rien dit ? »

Adrien réfléchit.

« Elle ne le savait peut-être pas.

— Oui, mais maintenant elle le sait comme nous, et elle n'a pas l'air surprise.

— C'est vrai, nous le lui demanderons demain. »

Pierre continua imperturbablement de couper les barbes et s'approcha du dernier barbu qui se trouvait près des immenses portes-fenêtres donnant sur l'embouchure de la grande Néva. Mais Pierre ne le regarda même pas. Dehors on y voyait presque comme en plein jour ; la lune illuminait la mer et la glace scintillait. Le vent soufflait avec rage, ayant fait monter l'eau par-dessus les blocs de glace et un bateau, chargé d'une dizaine de pêcheurs, dansait en perdition.

« Mon Dieu, les pauvres gens », murmura Maximilienne.

Pierre appela aussitôt Romodanovski.

« Envoie des barques, avec des soldats, secourir ces malheureux. »

Romo jeta un coup d'œil sur la situation et répondit laconiquement :

« Bien, Sire. »

Floris et Adrien, voyant que tous les assistants se massaient aux fenêtres, décidèrent de quitter leur cachette et de ramper dans le petit couloir derrière l'étroite balustrade, pour voir eux aussi du haut des fenêtres ce qui se passait dehors. Aussitôt dit, aussitôt fait. Empêtrés dans leurs longues chemises de nuit, les deux aventuriers avancèrent précautionneusement. A ce moment, Pierre leva la tête et les aperçut. Floris et lui échangèrent un regard, et l'enfant mit un doigt sur ses lèvres, le suppliant des yeux de ne pas révéler leur présence. Pierre sourit et acquiesça d'une inclinaison de tête. Il regarda Maximilienne ; elle n'avait rien vu, tout occupée par le spectacle terrifiant de ce bateau, ballotté sur les flots déchaînés de la Néva. Pierre échangea un nouveau regard avec son fils et cligna de l'œil. Adrien se retourna, aperçut le manège et dit à Floris :

« Il est resté gentil, depuis qu'il est devenu tsar ! »

Mais Adrien se sentit un peu malheureux, en voyant que Pierre ne s'adressait qu'à Floris. Adrien avait déjà eu l'impression que leur cher Petrouchka l'aimait un peu moins que Floris.

« C'est normal, songea-t-il, Floris n'est encore qu'un bébé. »

Et il se remit en marche, suivi de son frère. Ils atteignirent enfin le haut des fenêtres et y collèrent le nez, en soufflant sur la vitre, pour faire fondre le givre. Dehors, les soldats essayaient sans grand enthousiasme de mettre des barques à l'eau ; elles se retournaient toutes. Au milieu du fleuve, les malheureux pêcheurs avaient complètement perdu la direction de leur bateau qui embarquait des paquets d'eau. Romo revint en courant vers le tsar.

« Sire, il n'y a pas moyen de mettre une embarcation à la mer. Les hommes ont peur.

— Ah ! s'écria Pierre, les bandes de lâches !, je vais leur montrer comment on fait, à ces empotés. »

Maximilienne, saisie d'un frisson, s'accrocha au tsar et lui dit tout bas :

« Je t'en conjure, n'y va pas.

— Tu voudrais que je laisse mourir ces malheureux ?

— Non, non, Pierre, mais envoie quelqu'un, pas toi, pas toi, n'y va pas. »

Pierre regarda Maximilienne, surpris par sa véhémence ; jamais elle ne l'avait retenu ainsi.

« N'aie pas peur, mon amour. Depuis ce soir, il ne peut rien m'arriver, je suis trop heureux », dit Pierre en baisant la main de Maximilienne. Puis il ajouta à voix haute :

« Madame la comtesse, je vous invite à regarder, ainsi que toute la cour, comment on met une embarcation à l'eau, un soir de bal. »

Pierre éclata de rire et sortit en jetant un petit coup d'œil à Floris et Adrien qui battaient des mains sur leur perchoir. Tous les princes, princesses et boyards enfilèrent à la hâte leurs pelisses et sortirent sur les terrasses gelées pour assister au spectacle. Maximilienne était figée par un horrible pressentiment. Elle vit Pierre qui accourait vers les soldats et poussait avec eux une embarcation à l'eau. Les hommes redoublèrent d'énergie, en voyant leur tsar qui entrait dans les flots glacés jusqu'au cou, pour maintenir la barque loin des remous que faisaient les vagues, en se brisant sur les galets.

« Ah ! Romo, dit Maximilienne les larmes aux yeux, en s'accrochant au bras de son fidèle ami, pourquoi s'expose-t-il ainsi pour des inconnus ? Pourquoi, pourquoi fait-il cela ?

— Parce qu'il est Pierre le Grand », répondit simplement Romo.

Dans l'eau glacée, Pierre éprouvait une sorte de joie à défier les éléments. Il ne s'était jamais senti si fort, si jeune. Il s'accrocha à la barque lancée et réussit à monter dedans, tendit la main à un soldat plus courageux que les autres et tous les deux se mirent à ramer avec force vers l'embarcation en détresse, qui commençait à couler. Pour la plupart, les malheureux naufragés ne savaient pas nager. Pierre plongea dans l'eau noire et en ramena deux qu'il tenait de chaque main, au-dessus des flots. Tel Neptune, il nageait la poitrine hors de l'eau et déposa les deux pauvres moujiks dans la barque, puis retourna vers les autres, qui s'accrochaient désespérément à l'épave. Deux par deux, il les sauva tous. La barque était pleine à craquer et Pierre eut peur, en y montant, de les faire tous chavirer.

« Rame avec l'un d'eux, hurla-t-il à son soldat, moi je vais vous suivre. »

Et Pierre s'accrocha à la barque. C'est alors seulement qu'il sentit un froid intense l'envahir ; une crampe le saisit, tandis qu'une violente douleur le prenait aux jambes.

« Ce n'est rien, se dit-il, je me suis baigné cent fois au mois de janvier. »

On approchait du bord, Pierre se dit encore :

« Je vais prendre un bain chaud, cela me remettra d'aplomb. »

La barque accosta, tirée par les soldats qui étaient restés près du bord. Pierre réussit à reprendre pied et à se mettre debout. Romo accourut avec une pelisse. Toute la cour était massée aux terrasses et sur les balcons. Les femmes ruisselantes de pierreries, mais transies, les pieds dans la neige, criaient leur admiration, plus fort encore que les boyards. Les « Vive le tsar ! » fusaient de toutes parts et les moujiks lançaient leurs chapskas en l'air, pour manifester leur enthousiasme. Dans ses appartements, Catherine entendit des cris de joie, sans en connaître la raison ; elle était trop occupée à passer sa rage sur une de ses malheureuses servantes, qu'elle battait comme plâtre.

Pierre passa sur ses épaules la pelisse que lui tendait Romo. Il regarda en l'air et vit les deux petites silhouettes de Floris et d'Adrien ; il leva les mains comme pour répondre aux acclamations, mais en réalité ce geste s'adressait aux enfants. Il aperçut Maximilienne qui courait vers lui, les épaules nues dans sa robe de bal.

« Tu vas prendre froid, mon amour », murmura-t-il.

Il vit le visage de Maximilienne, dont les larmes gelées faisaient des diamants sur ses joues. Il l'entendit qui lui disait :

« Tu es vivant, Pierre, j'ai eu si peur !

— Oui, oui, je suis vivant. »

Et Pierre sentit soudain la terre basculer sous ses pieds ; son cher palais de Peterhof tournoyait, Adrien et Floris avaient de grands visages sérieux et Pierre s'effondra aux pieds de Romo et de Maximilienne.

CHAPITRE XIII

Les églises étaient pleines : le tsar allait mourir. Au palais, Pierre luttait pour se réchauffer ; un froid mortel l'avait envahi, et il n'avait pas repris conscience. Catherine suait d'angoisse :

« Pourvu qu'il meure sans désigner d'héritier ! »

Enfermée avec Mentchikov, elle faisait le compte des régiments et des casernes.

« A tout hasard, fais-leur distribuer de la vodka et double leur solde en mon nom, Alexandre. »

Mentchikov s'inclina, gris de peur. Qui allait l'emporter ? Le tsar était-il réellement condamné ?

Maximilienne, seule auprès de ses enfants, attendait un signe de Pierre pour se rendre à ses côtés. Romo venait toutes les heures lui donner des nouvelles. Elle ne pensait pas à elle ni à son avenir, mais à celui de Floris et d'Adrien. Elle essayait de retrouver des prières oubliées pour sauver l'homme qu'elle aimait. Floris et Adrien se taisaient, conscients de vivre de très graves événements, et, pour la première fois de leur existence, ils étaient très sages. Leur équipée de la veille était passée inaperçue et, voyant leur mère pleurer, ils sentaient bien qu'il ne fallait pas lui poser de questions.

Romo revint en courant, des larmes dans les yeux :

« Maximilienne, les médecins sont formels, le tsar est mourant, il faut que vous prépariez vos affaires pour fuir. »

Pour fuir ? Maximilienne eut un regard surpris, égaré, Romo la secoua par le bras.

« Maximilienne, l'impératrice voudra se venger. Je vous en prie, écoutez-moi. On dirait que vous n'êtes pas sur terre.

— Oh ! Romo, je veux rester, si jamais il reprend conscience, je veux être là. Pour le moment tous les dignitaires sont auprès de lui. Mais je veux être là s'il me demande. »

Et Maximilienne regardait Romo avec cette expression têtue qu'il connaissait bien.

« Bon, je vous connais. Inutile d'essayer de vous faire changer d'idée, mais acceptez au moins de me laisser donner des ordres pour que l'on vous prépare des affaires. »

Maximilienne eut un geste d'indifférence. Romo appela Li Kang, Fédor et Grégoire :

« Faites habiller les enfants, dites aux femmes de préparer les malles — le moins possible. Emportez des provisions et cachez les bijoux et l'or. Gardez cette porte, que nul autre que moi ne puisse entrer.

— Que se passe-t-il, Prince Fidèle ? demanda Li Kang.

— Le tsar est mourant. La comtesse doit fuir la haine de l'impératrice, et surtout le petit », murmura Romo aveuglé par les larmes.

Fédor s'inclina et dit farouchement :

« Tu peux compter sur nous, prince.

— Nous les défendrons jusqu'à la mort », ajouta Grégoire.

Romo les regarda l'un après l'autre dans les yeux et dit :

« Oui, j'ai confiance en vous, mes braves. »

Et il repartit en courant vers la chambre impériale où Pierre s'accrochait à la vie. Les heures passaient et chacun attendait dans l'angoisse, quand Pierre, soudain, ouvrit les yeux ; voyant son cher Romo penché anxieusement sur lui, il murmura :

« Maximilienne... Floris...

— Oui, Sire, je vais les chercher.

— Non... non... pas le temps. Ecoute, Romo — et Pierre s'accrocha à la tunique du prince pour l'attirer près de lui afin que personne ne l'entendît —, je veux que Floris règne après moi... je vais signer l'ukase, fais-le apporter... »

Romo fit un signe à un moujik qui apporta une écritoire et se retira. Les forces de Pierre déclinaient, mais on pouvait lire encore tellement de volonté au fond de ses yeux.

« Ecoute, vite, vite, Romo... un trésor... pour Floris est caché... à Doubino dans les serres... près des orangers... une statue de Diane... tu tournes l'arc vers le sud et la statue se déplace laissant voir un escalier... »

Pierre haletait, sa voix n'était plus qu'un souffle :
« Au fond... trésor... tu jugeras de l'utilité... ce souter-
rain... passage secret... jusqu'à Peterhof. »
La sueur de l'agonie collait au front blême de Pierre.
Des cernes noirs marquaient ses orbites.
« Dis à Maximilienne... pardon... bohémienne... raison...
pour moi... mon fils... papier, papier, vite. »
Romo fit signe au comte Tolstoï et au comte Chérémétiev
de s'approcher pour soutenir le tsar et entendre ses dernières
volontés. Pierre haletait ; oppressé il n'avait pas peur de la
mort ; il l'avait vue de trop près sur les champs de bataille.
Il se revoyait à Poltava, face à Charles XII, et surtout à
Bakou, Bakou... la fleur noire... son duel avec le sultan
Oudémich... Floris... Maximilienne... sa rencontre avec elle,
tout lui revenait à une vitesse folle, des images tourbillonnaient, Maximilienne à Versailles... la rue Quincampoix...
son fils, le tsarévitch tué... l'impératrice qu'il n'avait pas eu
le temps de châtier. Il voulut parler, donner des ordres, mais
aucun son ne sortit de sa gorge. Romo lui avait glissé une
plume entre les doigts ; Pierre respirait déjà difficilement et
écrivit de sa grosse écriture enfantine :
« Rendez tout... à... F... »
Mais la plume lui tomba des mains. Tous les assistants
se regardèrent. Quel nom le tsar voulait-il écrire ? Romo
sanglotait.
« Parlez, Sire, dites à tous qui vous désirez mettre sur le
trône de Russie. »
Pierre regarda Romo, mais il ne voyait plus rien déjà.
Un sourire flottait sur ses lèvres ; il revit Floris caché derrière les plantes vertes. Il lui fit un clin d'œil et soudain ne
vit plus rien, c'était le noir. Tous les boyards tremblants se
jetèrent à genoux : « Le tsar est mort sans désigner son suc-
cesseur. » Romo regarda son tsar, son ami, une dernière
fois et lui ferma les yeux. Personne n'osait rien lui dire.
Dans les appartements impériaux, les lamentations commencèrent. Soudain Catherine, prévenue par ses espions, entra
avec Mentchikov dans la chambre, feignant la douleur.
Dehors, les soldats abreuvés de vodka et les poches alour-
dies de roubles criaient :
« Vive notre tsarine, c'est elle que nous voulons. »
Tous les dignitaires frémirent. Dans aucune monarchie
du monde on n'avait vu une femme succéder à son mari.

Quelqu'un osa bien parler de la tsarevna Elisabeth, la propre fille de Catherine et Pierre, mais l'impératrice eut un
petit rire :

« Ecoutez les régiments qui sont pour moi. Vous ne voulez pas vous faire massacrer ? »

Les boyards se taisaient, honteux de leur propre lâcheté.
L'un d'eux se leva courageusement et parla d'élire le fils
que Pierre aurait eu de la Française. Sur un geste de Catherine, le boyard fut arrêté et décapité sur-le-champ. Les autres,
apeurés, approuvèrent le choix de Catherine : le tour était
joué, l'impératrice avait gagné. La tsarine succédait à Pierre
le Grand, sous le nom de Catherine I⁰ (1) ; son amant
Mentchikov était à ses côtés.

Dans ses appartements, Maximilienne ne savait rien
encore ; elle attendait debout, sans une larme, toute pâle,
regardant sans la voir la neige qui tombait. Elisa et Martine
avaient habillé les enfants et avaient caché dans leurs robes
tous les bijoux et l'or qu'elles avaient pu trouver. Fédor
Tartacowsky attira Li Kang et Grégoire dans un coin :

« Il faut que l'un de vous deux aille prévenir l'hetman
Saratov du danger qui menace notre petit maître. »

Grégoire demanda, étonné, mais toujours très poli :

« Pourquoi ne partez-vous pas, Fédor, vous connaissez le
chemin et c'est très loin, il faut traverser la Russie et vous
supportez mieux le froid que nous.

— Je ne peux pas, j'ai juré à l'hetman de ne jamais quitter son filleul et de le défendre jusqu'à la mort. Je dois rester. Il faut que l'un de vous deux parte.

— Ce sera moi, déclara Li Kang.

— Et pourquoi pas moi ? demanda Grégoire vexé. Vous
ne me croyez pas capable de réussir, Li Kang ?

— Vieille Prudence, tu ne pourras pas atteindre l'hetman. Tu seras arrêté : ton accent te trahira. Moi, on ne me
croit pas chinois, on me prendra pour un Tatar ou un Mon-
gol, et puis, je suis jeune et souple, ajouta Li Kang avec un
grand sourire, et je sais mentir. »

Grégoire se détourna en grommelant ; il n'avait jamais pu
s'habituer à ce surnom de Vieille Prudence.

« Ne sois pas vexé, Vieille Prudence, continua impertur-

(1) Ne pas confondre avec la Grande Catherine, qui est Catherine **II**
et dont le règne vient trente-cinq ans plus tard.

bablement Li Kang, car ton expérience nous est précieuse et Sourire d'Eté et petit Maître auront besoin de toi. »

Grégoire se rasséréna.

« Sûr que Mme la comtesse aura besoin de moi, Seigneur, nous voilà dans un beau pétrin. »

Fédor se tourna vers Li Kang :

« Assez parlé, c'est donc décidé, c'est toi qui pars, Li Kang. Glisse-toi hors du palais, je ne sais pas comment, mais débrouille-toi.

— C'est mon affaire, dit silencieusement Li Kang avec un sourire, ne t'inquiète pas, Lame Aiguisée, je sortirai du palais, et après ? »

Fédor regarda Li Kang, ses yeux bridés, rieurs, intelligents. Oui, si quelqu'un pouvait réussir, c'était bien ce sacré Chinois.

« Tu sors de Pétersbourg par la porte sud, et tu t'arrêtes au dernier cabaret sur la droite, il s'appelle l'Epée d'Argent. Là tu demandes Marina la Boiteuse, c'est la patronne, et tu lui dis simplement " Ukraine et Romanov ". La Boiteuse te donnera un cheval, de la nourriture, et tu partiras. Prends la route de Tsarskoïe Selo, Novgorod la Grande, Tver, évite Moscou. Continue sur Toula et enfin ce sera Koursk et Kiev. Là tu seras en Ukraine, tu ne risqueras plus rien. Tu demandes où est le camp de l'hetman Saratov. A lui aussi il te suffira de dire : " Ukraine et Romanov ". Il comprendra que l'enfant est en danger. L'hetman saura ce qu'il faut faire. A chaque ville que tu rencontreras, dans le dernier cabaret sur la droite tu trouveras un cheval frais et des vivres. Il te suffira de donner le mot de passe au patron. Tu te souviens de tout, Li Kang ?

— Je n'ai rien oublié, Lame Aiguisée, juges-en toi-même. La porte du sud, Marina la Boiteuse, la route de Tsarskoïe Selo, Novgorod, Tver, je continue sur Toula en évitant Moscou, et enfin c'est Kiev. Je demande l'hetman, " Ukraine et Romanov ", tu vois, dit fièrement Li Kang.

— Eh bien, pars, ne t'arrête pas en route, ne dors pas, galope sans arrêt, mais parviens au but, Li Kang. »

Li Kang rit :

« A bientôt mes amis. »

Il enfonça sa chapska, mit sa pelisse, prit son long poignard et sortit silencieusement. Fédor et Grégoire coururent à la fenêtre pour voir s'il avait pu sortir du palais. Ils le virent se joindre au régiment et crier plus fort que les autres :

« Vive la bonne tsarine ! »

Il passa devant les gardes qui ne doutèrent pas de son dévouement à Catherine, et se perdit dans la foule qui s'amassait devant Peterhof. Fédor et Grégoire se regardèrent, soulagés.

« Maximilienne, soyez courageuse. »

Maximilienne regardait Romo, et son regard absent lui fit peur.

« Il est mort en murmurant votre nom, mais il n'a pu signer l'ukase. Je vais vous aider à fuir, mon amie. »

Maximilienne ne bougeait pas, paralysée par la douleur : Pierre ne pouvait pas mourir, il était trop fort, trop vivant. Elle semblait absente et ne comprenait rien de ce qu'on lui disait :

« Maximilienne, venez », dit Romo en la prenant par le bras.

Elle se laissa faire, insensible, presque morte, elle aussi. Floris s'approcha du prince :

« Romo, on ne nous a rien dit à Adrien et moi, que se passe-t-il ? »

Romo regarda Floris qui levait vers lui sa tête bouclée, ses yeux noirs aux reflets verts si semblables à ceux de Pierre, et le prince eut un sanglot ; jamais il n'avait été autant frappé par la ressemblance de Floris avec son père. Il faillit lui répondre :

« Ton papa est mort, prie pour lui », mais il se tut à temps en songeant que l'enfant ne savait rien.

« Votre ami, le baron Mikhaïlof est parti pour toujours, mes enfants.

— Pourquoi est-il parti ? » demanda Adrien.

Romo ne se sentait pas la force de répondre aux enfants.

« Il faut que vous partiez aussi et peut-être le retrouverez-vous », ajouta-t-il lâchement en baissant la voix.

Les enfants coururent vers leur mère.

« Venez, maman, nous allons chercher Petrouchka. »

Maximilienne les regardait de ses grands yeux morts. La

porte s'ouvrit et le prince Alexandre Mentchikov, d'un coup
d'œil, embrassa la scène.

« Je vois, madame la comtesse, que vous partiez en
voyage. »

Romo s'interposa :

« Mentchikov, c'est moi que cela regarde, je raccompa-
gne Madame à Doubino.

— C'est un peu trop facile, de raccompagner Madame à
Doubino », dit Mentchikov en ricanant. Puis, changeant de
ton, il ajouta, très sec :

« Prince Romodanovski, si vous voulez garder votre tête
sur vos épaules, il s'agit d'obéir. J'ai ordre de faire conduire
Mme la comtesse de Villeneuve-Caramey et toute son escorte
à la forteresse Pierre-et-Paul. »

Maximilienne semblait n'avoir pas entendu. Romo serrait
les poings et jeta un coup d'œil par-dessus l'épaule de Mentchikov. Dans le couloir, par la porte entrouverte, il vit des
soldats et comprit que pour le moment toute résistance était
vaine. Il jeta un coup d'œil à Fédor qui déjà sortait son épée,
pour lui intimer l'ordre de ne pas bouger et dit aimablement
à Mentchikov :

« Je ne connaissais pas la décision de notre bien-aimée
souveraine et je m'en voudrais de la mécontenter le moins du
monde. Je vous laisse faire, mon cher prince. »

Et Romo sortit en souriant à Mentchikov que cette volte-
face laissa pantois.

Deux traîneaux, volets baissés, attendaient les prisonniers
devant une porte dérobée du palais. Ils y prirent place.
Mentchikov monta au côté de Maximilienne dans le premier
et fit signe aux soldats d'entasser les autres dans le second.

« Vous voyez, madame, tout change. Aujourd'hui je
doute que vous me parliez sur le ton de jadis. »

Maximilienne, glacée, n'entendait même pas ce que Mentchikov lui disait. Elle était insensible, n'ayant compris qu'une
chose : Pierre... Pierre était mort.

Mentchikov lui jeta un bref coup d'œil.

« Inutile de jouer les mijaurées avec moi. J'ai tout pouvoir
sur l'impératrice, elle m'a donné l'ordre de vous arrêter, et
l'on va certainement vous tuer ainsi que votre fils. Mais... si
vous êtes compréhensive, j'arriverai peut-être à obtenir
votre bannissement... »

Mentchikov la regarda. Il éprouvait depuis toujours du

désir pour cette femme. La sentir là à sa merci le comblait d'aise.

« Soyez à moi, murmura-t-il. Le tsar est mort, bien mort, et nous pouvons nous payer du bon temps tous les deux. La grosse n'en saura rien et moi, je vous le répète, je m'arrangerai pour vous sauver. »

Maximilienne sembla émerger de son mortel silence.

« Qu'avez-vous dit ? » souffla-t-elle.

Mentchikov prit cela pour une avance, il se rapprocha d'elle et lui dit en riant :

« Je vous propose d'être ma maîtresse et... tout pourra s'arranger. »

Maximilienne comprit enfin. Cet être méprisable lui demandait d'être sa maîtresse et il lui disait que Pierre était mort.

« Non, non, hurla-t-elle, je vous hais. Pierre n'est pas mort ! » Et elle se jeta sur Mentchikov, le griffant d'une grande estafilade de l'œil à la lèvre. Mentchikov lui attrapa les mains et l'immobilisa.

« Petite peste, dit-il entre ses dents, sur mon ordre vous pouviez être sauvée, mais on va au contraire vous enchaîner dans un cachot. Vous serez décapitée et votre rejeton sera étranglé. »

Maximilienne lui cracha au visage et s'évanouit avec cette image horrible : Floris étranglé.

CHAPITRE XIV

« Bas les mains, cloportes ! cria Elisa aux gardiens chargés de mettre aux prisonniers des fers et des chaînes.

— Taisez-vous, femme, dit tout bas Fédor, cela ne sert à rien de crier. »

Floris chuchota :

« Où est maman ?

— Je ne sais pas, mon trésor, on nous a séparés, mais n'aie pas peur, ta vieille Elisa est là. »

Floris releva la tête.

« Je n'ai pas peur, et Adrien non plus ; mais que nous veulent toutes ces méchantes gens qui nous ont enchaînés ? »

Elisa ne put répondre. Sur un signe du capitaine Bourline chargé de la garder, on emmena la petite troupe vers le cachot qui lui était destiné. Martine et Blaisois pleuraient dans les bras l'un de l'autre en jurant de se marier s'ils revoyaient un jour leur belle campagne aux environs de Senlis, et le château de Mortefontaine. Grégoire copiait l'attitude de Fédor, et tous deux opposaient un silence farouche aux ricanements des soldats à la solde de la nouvelle impératrice. Seule Elisa vitupérait sans retenue. Bien qu'elle s'exprimât en français, les gardiens comprenaient fort bien qu'elle les injuriait.

« Bande de sales Russes qui ne parlez pas français, je l'ai toujours dit que vous n'étiez que des sauvages ! Enchaîner de braves gens comme nous, nous mettre aux fers comme des malfaiteurs ! Si c'est pas honteux ! »

La lourde porte du cachot se referma sur les cris de la brave gouvernante et les malheureux se regardèrent, tout ahuris. Les événements s'étaient succédé avec une telle rapidité, qu'ils ne comprenaient pas très bien ce qui leur arrivait. En arrivant à la forteresse, ils espéraient retrouver Maximilienne. Sa présence les eût réconfortés ; mais ils ne l'avaient même pas aperçue. Le forgeron Nadov et ses aides leur avaient mis des fers, reliés entre eux par une grosse chaîne. Nadov, qui était au fond un brave homme, avait eu un instant d'hésitation en regardant les deux enfants, mais les ordres du capitaine Bourline étaient formels. Les deux enfants l'avaient regardé faire sans un mot, sans une larme, et les gardiens avaient détourné les yeux. Ces hommes rudes, habitués à vivre dans la forteresse où les tortures étaient chose courante, n'osaient regarder en face ces deux petits garçons, les fers aux poignets.

Le cachot était assez grand, fort sombre, et suintant d'humidité. Un ballot de paille était le seul confort qu'on pût y trouver. Chacun se laissa tomber à terre, découragé. Seul Fédor fit le tour du cachot en tapant sur les murs pour en écouter le son. Floris et Adrien le suivaient pas à pas, très intéressés, bien que la raison de cette auscultation leur parût inexplicable.

« Pas d'erreur, dit Fédor, ce sont des murs de huit pieds d'épaisseur. Aucun espoir de ce côté.

— Tu voudrais que nous fassions un trou pour aller rejoindre maman ? demanda Floris.

— Ce serait une bonne idée », ajouta Adrien en jetant un regard courroucé à Elisa qui psalmodiait : "Hélas ! Ah ! Seigneur, Jésus, Marie, Joseph, j'ai toujours été bonne chrétienne, Vierge Marie, priez pour nous et faites quelque chose pour... ". »

Floris haussa les épaules, impatienté : on parlait entre hommes de choses intéressantes.

« Elisa, tu ferais mieux de réfléchir au lieu de gémir. Il faut que nous allions retrouver maman. Mais pourquoi ne peut-on pas prévenir Petrouchka que nous sommes en prison, il viendrait nous sauver.

— C'est vrai, dit Adrien, on nous a dit que le tsar était en voyage, mais qu'il reviendrait pour nous. Qu'en dis-tu, Fédor ? »

Fédor et Grégoire échangèrent des regards surpris : les enfants savaient donc que Petrouchka et le tsar n'étaient qu'une seule et même personne, mais ils ignoraient manifestement sa mort. Martine et Blaisois, stupéfaits, en avaient cessé leurs lamentations. Floris et Adrien sentirent, sans la comprendre, l'importance qu'ils prenaient tout à coup aux yeux de tous ces braves gens dévoués, mais désemparés d'être ainsi livrés à eux-mêmes. Jusqu'ici, la vie de Floris et Adrien s'était déroulée sans histoire entre Maximilienne, Petrouchka et Romo. Ils étaient gais, rieurs, bagarreurs, mais soudain, loin de Maximilienne, ils se sentaient chargés d'importance, et ne pleuraient pas, comme il eût été normal de le faire pour des enfants de leur âge. Ils étaient les maîtres, il leur fallait donner des ordres pour retrouver leur mère, et sortir de cet horrible endroit ; et puis après... on verrait. Cette journée devait les marquer pour leur vie entière. Une meurtrière munie de deux barreaux éclairait le cachot d'un jour blême. Floris leva la tête et dit à son frère, sans s'occuper des domestiques qui les écoutaient respectueusement :

« Il faudrait aller voir ce qu'il y a là-haut. »

Adrien hocha la tête. La situation le ravissait et il trouvait que son frère se conduisait très bien malgré son jeune âge.

« Fédor, dit Adrien sur un ton de commandement, peux-tu me prendre sur tes épaules pour que je monte voir ce qu'il y a là-haut ?

— Ah ! non, s'écria Floris, c'est mon idée, c'est à moi d'y aller.

— Bon, d'accord », dit Adrien avec un indulgent sourire.

Fédor prit Floris sur ses épaules ; celui-ci grimpa comme un petit singe et s'accrocha aux barreaux. Floris chuchota :

« C'est drôle, il y a une grande église au milieu de la prison. »

La forteresse se composait de six bastions entourés d'énormes fossés. Comble d'ironie, Floris et ses compagnons se trouvaient dans le « bastion du tsar ». Celui qui était à gauche de l'entrée. La meurtrière ne donnait pas sur les fossés, mais sur la cour intérieure de l'énorme forteresse, au centre de laquelle se dressait en effet la basilique Pierre-et-Paul, d'un curieux style hollandais. Lorsque le tsar avait fait construire la forteresse, celle-ci n'était pas destinée à devenir une prison ; elle devait seulement servir pour défendre la ville. Fédor hocha la tête :

« Oui, j'ai entendu parler de cette basilique ; le tsar doit y être enterré demain. »

Fédor se mordit la langue ; il avait trop parlé. Adrien le regarda :

« Veux-tu dire que le tsar est mort, Fédor ?

— Mon petit barine... je ne sais pas... je... »

Floris, de son perchoir, demanda :

« Qu'est-ce que cela veut dire, mort ? »

Elisa et les autres se taisaient, laissant Fédor s'embarrasser dans ses explications.

« Mort, euh, petit barine... cela veut dire qu'il dort pour très longtemps.

— Non, Floris, dit Adrien gravement, cela veut dire que nous ne reverrons jamais Petrouchka. Tu te souviens de ton petit chien Michka ? Il est mort, nous l'avons enterré et il n'est jamais revenu. »

Floris, accroché aux barreaux, se mit à sangloter ; il ne reverrait jamais Petrouchka. Puis il lui sembla entendre la belle voix du tsar :

« Si je vais plus vite, tu vas avoir peur, Floris.

— Je n'ai jamais peur, Petrouchka, je suis comme vous. »

Floris releva la tête, sécha ses larmes et dit à Fédor, stupéfait du courage de l'enfant :

« Continue, Fédor, que doit-il se passer dans cette église ?

— Eh bien, petit barine, j'ai entendu dire par les soldats que demain on enterrera le tsar dans la basilique, et que sur son ordre, les autres Romanov y auront aussi des tombeaux de marbre blanc, ornés d'aigles dorés et surmontés d'une croix d'or. »

Elisa se releva, impatientée.

« Vous n'avez pas fini, Fédor ! Ce ne sont pas des conversations pour des enfants. Quant à vos aigles en or, ce ne sont pas eux qui nous délivreront. »

A ce moment Floris, qui avait tout écouté, mais continuait de regarder à travers les barreaux, cria :

« Taisez-vous tous ! je vois Romo qui traverse la cour ; il m'a jeté un coup d'œil, et je suis sûr qu'il m'a vu. »

En effet, le prince Romodanovski, entouré de boyards, était arrivé à la basilique pour régler la cérémonie du lendemain. Romo était très ému car il supposait que les prisonniers étaient dans la forteresse. Mais il ne s'attendait pas à voir les boucles brunes de Floris derrière des barreaux. Il réfléchit rapidement.

« On a dû les enfermer tous ensemble. Pourvu que Floris
ne soit pas tout seul ! » Il laissa les notables entrer dans la
basilique et griffonna quelques lignes sur ses tablettes. Puis,
après s'être assuré que personne ne le voyait, il mit un cail-
lou à l'intérieur du papier et en fit une boule qu'il jeta à
Floris. Celui-ci, très excité, attrapa le papier au vol, et redes-
cendit à terre. Fier de lui, il regardait les domestiques et son
frère avec condescendance. Tout le monde l'entoura impatiemment. Floris, avec une lenteur calculée, déplia le papier
et le regarda ; mais il avait oublié qu'il savait à peine lire.
Il essaya de déchiffrer le billet, et dut s'en remettre aux soins
d'Adrien :

« J'ai très bien compris, mais j'aimerais mieux que tu le
lises tout haut », dit-il.

Adrien, satisfait de retrouver son importance, jeta un coup
d'œil sévère autour de lui :

« Lis vite, petit barine, dit Fédor.

— En somme, comme Li Kang n'est pas là, je suis le seul
à être capable de lire, dit-il très content de lui.

— Oh ! mon trésor, dit Elisa, Grégoire sait lire en français.

— Mais pas toi, ni Martine, ni Blaisois, maman vous
avait demandé à tous d'apprendre avec Li Kang. Vous n'avez
pas honte ! Et toi, Fédor, qui ne sais même pas lire en
russe ! Pour Floris, c'est normal, il est petit », continua
Adrien, imperturbable.

Tous baissèrent la tête, et Adrien, ravi de son effet, lut
enfin :

« Cette nuit, quand les chants s'élèveront de la basilique,
vous serez sauvés. »

CHAPITRE XV

La nuit tombe. Pour la dernière fois le tsar descend la grande Néva. Son cercueil est à la proue du navire ornée de tentures noir et or. Un cortège de bateaux, où ont pris place les dignitaires, suit le convoi funèbre. L'impératrice et Mentchikov sont absents ; ils ont fait dire qu'ils viendraient à la cérémonie du lendemain. Par contre, l'ami de toujours, le fidèle prince Romodanovski à qui Pierre avait décerné le titre de Prince César, a pris place dans une embarcation, entouré de ses gardes personnels, comme son rang lui en donne le droit. Le peuple se groupe en silence sur les berges gelées ; on n'entend que les cloches qui sonnent le glas et le martèlement des rames qui semblent scander une marche funèbre. A la forteresse, les torches flambent par centaines. Les soldats font une haie pour recevoir la dépouille de leur tsar. Dans la basilique, les popes prient. Ils vont chanter toute la nuit et c'est le lendemain seulement qu'on descendra le cercueil dans la crypte, en présence de l'impératrice et des grands dignitaires. Cette nuit le corps du tsar appartient au peuple qui va défiler devant lui.

Dans son cachot, Maximilienne n'a plus la notion du temps. On l'a enchaînée dès son arrivée dans la forteresse et le capitaine Bourline l'a fait jeter dans un cul-de-basse-fosse du bastion Mentchikov. Pierre le Grand a eu la faiblesse de lui conserver sa faveur, n'osant croire à la complicité de son ancien ami dans la mort du tsarévitch. Maximilienne se tape la tête sur les murs humides de son cachot, répétant le nom de Pierre dans ses sanglots. Puis une sorte d'abattement la saisit et elle finit par s'allonger à même la terre battue, morne et indifférente. Le sort de ses enfants cependant la torture. Elle ne sent même pas les fers qui enserrent ses poignets et qui lui entrent dans les chairs. Sa grande robe de cour est déchirée par endroits, et maculée de taches. Ses cheveux sont défaits. Les épaules nues, elle grelotte sans s'en rendre compte. La clef tourne soudain dans la serrure, la lourde porte s'ouvre et le capitaine Bourline paraît, encadré par quatre soldats.

« Suivez-nous », dit-il.

Maximilienne se lève et songe :

« Ils vont me tuer. Peu importe, mais, mon Dieu, sauvez mes fils, mes enfants. »

Les couloirs sont à peine éclairés par des torches et Maximilienne avance, enchaînée, entourée de soldats, comme une criminelle. Le capitaine Bourline ne peut s'empêcher d'être ému par la beauté de cette femme si touchante dans sa pâleur. A deux reprises il lui fait signe de baisser la tête pour passer sous des voûtes. Dans un escalier, Maximilienne trébuche et Bourline la rattrape par le bras en lui murmurant :

« Le prince Romo pense à vous. »

Maximilienne essaie de voir le visage du capitaine dans la pénombre et chuchote :

« Mais qui êtes-vous ? »

« Ayez confiance, madame. Gagnez du temps et retenez Mentchikov le plus longtemps possible pour que le prince Romo ait les mains libres à la cérémonie. Surtout que Mentchikov reste auprès de vous quand vous entendrez les chants dans la basilique. »

Puis il crie :

« Allez, vous autres, aidez la prisonnière ! »

L'escalier monté, on suit d'autres couloirs sombres, mais un peu moins humides. Bourline frappe à une énorme porte ; un guichet s'ouvre :

« Ordre du prince Mentchikov. »

Il tend un pli cacheté à l'homme qui se trouve derrière le guichet. Celui-ci, dès qu'il a vu le pli, fait tourner les verrous et ouvre. Maximilienne se trouve alors dans une grande cour éclairée comme le reste de la forteresse par des centaines de torches, et reconnaît aussitôt l'endroit. Elle y est venue sept ans plus tôt... Au milieu de la cour, se trouve ce que l'on appelle la Maison des Ingénieurs ; à gauche le pavillon de la garde, et, devant elle, Maximilienne découvre avec horreur une estrade sur laquelle on a posé un billot et une hache. Maximilienne devient encore plus pâle. Bourline ricane :

« Elle est pas fière la comtesse, ah ! ah ! »

Les soldats se tordent de rire, tandis que Bourline murmure à l'oreille de Maximilienne :

« Pardon, madame, mais il le fallait. »

Puis, d'une voix forte, il ajoute :

« Allez, cela suffit. Assez ri, en route. »

Maximilienne traverse la cour et se dit :

« Il ne faut plus que je regarde. Pour qui me prennent-ils ? Une petite-fille de Croisé ne s'évanouit pas devant une hache. S'ils ne me tuent pas maintenant, Romo nous sauvera. »

A partir de ce moment, Maximilienne refait comme dans un rêve le chemin qu'elle a parcouru autrefois. Elle pénètre dans le bastion impérial du sud-est et reconnaît les escaliers qu'elle a gravis pour aller voir le pauvre Alexis. Des soldats montent la garde et ce côté de la forteresse n'a plus rien de commun avec la sinistre prison que la petite troupe vient de quitter. Le bastion impérial, tout en gardant un air militaire, est clair et confortable, car il sert au commandant de la place. Bourline s'arrête devant une porte et frappe. Maximilienne entend : « Entrez ! »

Et sans savoir comment, elle se retrouve seule devant Mentchikov. Celui-ci la regarde à la façon d'un chat qui s'apprête à jouer avec une souris. Mentchikov s'incline ironiquement :

« Je vous baise les mains, madame la comtesse. Avez-vous passé une bonne nuit ? Etes-vous dans de meilleures dispositions à mon égard ? »

Maximilienne entend à peine ce qu'il dit ; elle regarde autour d'elle et murmure :

« L'appartement d'Alexis, mon Dieu !

— Eh oui, vous êtes en pays de connaissance ! C'est ici que le pauvre tsarévitch s'est suicidé.

— Taisez-vous, il a été assassiné.

— Eh là, madame. Voilà des appréciations qui ne plairaient guère à l'impératrice. »

Maximilienne a retrouvé son calme. Elle a compris que le prince la hait parce qu'elle s'est refusée à lui en lui montrant son mépris. Veule comme il est, Mentchikov n'est pas homme à oublier. Maximilienne rencontre soudain son image dans une glace : une femme hagarde, le visage maculé, les bras enchaînés, la robe déchirée. Mentchikov suit son regard.

« Eh oui, qui voudrait aujourd'hui de la belle comtesse française dont l'élégance faisait pâlir les femmes d'envie ? Et les hommes seraient moins jaloux du tsar, à présent, n'est-ce pas ? »

« Pourquoi m'a-t-il fait monter ici ? se demande Maximilienne. Il veut sans doute abuser de la situation ; mais il faut que je gagne du temps, m'a dit le capitaine, pour que Romo puisse organiser quelque chose et délivrer mes enfants. Moi, qu'ils me gardent et me tuent, peu importe, mais je dois sauver Floris et Adrien. »

Maximilienne, avec l'énergie qui sommeille chez les femmes les plus douces, se tourne vers Mentchikov et le regarde droit dans les yeux. Puis elle lui fait une révérence de cour.

« Monseigneur, dit-elle en souriant, je vous admire, car vous allez gouverner la Russie. L'impératrice ne pourra qu'obéir à un prince tel que vous, et vous allez être l'homme le plus fort d'Europe. Je serais heureuse si vous vouliez bien souper avec moi. »

Mentchikov veut répondre, mais il reste muet de saisissement. Fils de moujik, Mentchikov a dû son ascension extraordinaire à Pierre qui admirait en lui le soldat. Avec l'impératrice Catherine qui est de naissance roturière, Mentchikov se sent d'égal à égal, mais Maximilienne lui en a toujours imposé avec sa classe et son allure de reine. Maximilienne devine ce qui se passe dans l'esprit du prince et veut profiter de la situation. Comme si elle se trouvait dans son palais de la Moïka, elle s'assied tranquillement en songeant :

« Il ne faut pas qu'il voie que j'aie peur, sinon nous sommes perdus. »

Elle lui désigne un fauteuil en face du sien. Ses chaînes et les fers tintent, mais elle poursuit aimablement :

« Asseyez-vous, prince, et causons. »

Mentchikov s'assied, l'esprit embué, pétrifié devant cette femme qui retourne la situation. Il avait l'intention de l'humilier, de la violer, de lui faire couper la tête le lendemain pour l'offrir à la tsarine, et le voici qui se retrouve assis, en train de mener une conversation mondaine.

« Auriez-vous quelque chose à m'offrir à boire, prince ? » dit suavement Maximilienne.

Mentchikov se lève, fait tinter des flacons et revient avec deux verres. Il en tend un à Maximilienne et lui dit méchamment, en la regardant dans les yeux :

« Buvons à l'enterrement du tsar ! »

Maximilienne croit s'évanouir de désespoir, mais soutient le regard de Mentchikov en pensant à ses enfants. Elle éclate de rire :

« Ah, prince ! Si je n'étais pas prisonnière, je vous proposerais de trinquer à la mort du tsar.

— Que voulez-vous dire ?

— Que j'en avais assez de Pierre le Grand. Depuis longtemps j'avais distingué un homme à qui je n'osais dire mes sentiments et à qui je montrais de l'antipathie pour mieux les cacher. »

Mentchikov se laisse tomber aux genoux de la jeune femme.

« Maximilienne, que voulez-vous dire ? Hier encore, dans la voiture, vous m'avez griffé.

— Hier, les soldats nous épiaient, prince. Si je m'étais laissée aller, l'impératrice aurait été au courant tout de suite, dit Maximilienne, en improvisant une explication.

— Ah ! oui, oui », dit le prince, dont les idées commencent à s'embrouiller.

Il ne voit plus que Maximilienne, abandonnée dans le fauteuil, les cheveux épars. Elle le regarde, les lèvres humides et il se sent fasciné par sa beauté. Il la relève et d'un geste soudain, la prend dans ses bras, l'enlève et la jette sur le lit. Le lit où est mort Alexis. Mentchikov balbutie, égaré par la passion, affolé ; il cherche à dévêtir Maximilienne qui se redresse pour échapper à son étreinte.

« Ah ! c'était de la comédie, catin ! »

L'ignoble soudard reparaît en Mentchikov. Maximilienne, à demi étouffée, se débat et tombe à terre. En une seconde il est sur elle, la saisit par les cheveux et lui tire la tête en arrière.

« Tu voulais encore prendre tes grands airs avec moi, mais tu n'es plus rien du tout. Regarde, je peux faire de toi ce que je veux. Tu es enchaînée et si cela m'amuse, je t'offrirai à la garnison, pour que les soldats s'amusent de toi. »

Maximilienne n'a plus guère le choix.

« Cet homme est un demi-fou, pense-t-elle. Si je lui résiste, son désir n'en deviendra que plus violent et nous serons tous perdus. »

Elle le regarde et se force à sourire.

« Alexandre, vous êtes beau. Il y a longtemps que vous me plaisez », dit-elle.

Les mensonges viennent facilement sur ses lèvres ; il lui suffit de penser à ses fils. Elle n'a qu'une idée : gagner du temps. Mentchikov se calme soudain, surpris.

« Vous vous décidez enfin à être aimable ?

— Oui, prince, je suis à vous, mais voudrais l'être comme j'en ai rêvé. »

Maximilienne, profitant de l'ébahissement de Mentchikov, se redresse et s'assied. Le prince se relève à son tour, très rouge. La tête lui tourne.

« Prince, dit Maximilienne en souriant, alors que son cœur bat de peur et d'énervement, je serai à vous cette nuit, mais auparavant soupons, voulez-vous ? »

Mentchikov se rapproche d'elle.

« Vous serez à moi cette nuit de votre plein gré ?

— Oui, Alexandre, mais auparavant, j'aimerais changer de robe et me faire très belle pour vous. »

Mentchikov est à demi convaincu, quoiqu'un doute persiste dans son esprit. Il attire Maximilienne à lui et brusquement lui relève le menton en ricanant.

« Elle a peur de crever, la petite comtesse, hein, pour en être réduite à me faire les yeux doux, à moi le soudard, qu'on méprisait ! »

Tout d'un coup, Mentchikov devine le danger. Il a toujours trop pensé à cette femme. Il la lâche et se dirige vers la porte en disant :

« Je vais réfléchir à vos belles paroles que j'ai failli croire, madame, et reviendrai peut-être... avec de mauvaises intentions », ajoute-t-il avec un rire gras.

Maximilienne frémit : il va sortir. Tout est perdu. C'est alors qu'elle tend l'oreille et entend les chants qui s'élèvent dans la basilique... Mentchikov, qui a déjà la main sur la poignée de la porte, se retourne.

« Eh oui, ma belle ! Ton tsar est arrivé. Il est temps que j'aille à la basilique veiller le corps du grand homme. »

En une seconde Maximilienne considère la situation désespérée dans laquelle elle se trouve. Il faut retenir Mentchikov coûte que coûte. Il lui faut trouver quelque chose pour donner du temps à Romo, mais quoi ?... quoi ?... Alors Maximilienne, sans un mot, commence à délacer lentement sa robe. Tranquillement, elle laisse tomber ses jupons un à un autour d'elle. Mentchikov, médusé, la regarde faire. Il avance d'un pas.

« N'approchez pas, crie Maximilienne, en saisissant un des pistolets que le prince a bien imprudemment laissés sur la cheminée. N'approchez pas ou je vous tue. A genoux, prince, allons, à genoux ! »

Mentchikov se laisse glisser à terre, les yeux agrandis par la peur. Maximilienne, tout en le tenant en respect, continue de se déshabiller avec une lenteur calculée. Ses chaînes la gênent, mais elle réussit à faire tomber son corsage, laissant apparaître son buste parfait, sa poitrine blanche et ronde. Ses jupes glissent à terre et Maximilienne offre son corps aux regards de Mentchikov. C'est un spectacle étonnant que cet homme en uniforme chamarré d'or à genoux devant cette femme enchaînée, vêtue seulement de ses longs cheveux et qui pointe vers lui un pistolet. Mentchikov halète, en proie à une joie suprême. Jamais aucune femme ne l'a traité ainsi, et, en cet instant, Maximilienne peut faire de lui ce qu'elle voudra.

« Maximilienne, vous me rendez fou ! Vous montrer ainsi à moi, nue, sans que je puisse vous toucher. Je veux vous prendre dans mes bras, vous... »

Maximilienne rit nerveusement.

« Prince, vous m'avez humiliée quand je suis entrée dans cette pièce, demandez-moi pardon. »

Rien ne peut émouvoir plus Mentchikov qui s'écrie :

« Oui, oui, je te demande pardon ! Depuis des années je te désire. J'en rêvais la nuit... Ah ! ton corps est encore plus beau que je ne l'avais imaginé !... Laisse-moi te toucher, Maximilienne, supplie le prince, tentant d'avancer.

— Non, mon cher, ne bougez pas ou je vous fracasse la tête, j'en fais le serment. »

Mentchikov frissonne de bonheur. Quelle femme ! Il sent qu'avec elle il atteindra des jouissances inconnues, que ne laissait pas prévoir ce visage pur aux grands yeux étonnés et nostalgiques. Il regarde ces seins, ce ventre que Pierre le Grand a aimés et rugit de bonheur en songeant que ces trésors vont être à lui et qu'il est bien vivant, alors que le tsar va pourrir dans la terre. Maximilienne frissonne de honte à être ainsi offerte au regard bestial de cet homme qui la détaille avec des yeux exorbités. Les minutes passent et Maximilienne compte le temps précieux qu'elle gagne. Les chants s'élèvent de plus en plus fort. Le pistolet tremble dans sa main et elle songe :

« Si je tire je vais ameuter toute la garnison. Que faire, mon Dieu, que Romo se dépêche ! »

Soudain, rapide comme l'éclair, Mentchikov se relève et se jette sur Maximilienne avant qu'elle ait pu faire un geste pour se défendre. Il lui arrache le pistolet des mains, la renverse dans ses bras et la jette sur le lit. Maximilienne se débat, mais Mentchikov est comme fou. Il lui attrape les bras, les tire en arrière et passe les chaînes qui enserrent les poignets de Maximilienne sur une des colonnes du lit. La jeune femme se trouve attachée, les bras autour de la tête, à la merci de Mentchikov. Essoufflée, elle cesse de se débattre et contemple le visage cramoisi de l'homme debout au-dessus d'elle. Tout doucement, il est monté sur le lit et il lui met une botte sur le corps, en s'amusant à faire rouler son éperon sur son ventre. Maximilienne ferme les yeux sous la douleur et crie. Mentchikov soupire d'aise ; il adore faire crier les femmes et ce que lui a infligé celle-ci mérite sa récompense. Maximilienne, bouleversée de honte, essaie à nouveau de lui envoyer des coups de pied. Alors il descend posément du lit, s'approche des fenêtres et détache les cordons des rideaux. Puis il revient avec lenteur vers Maximilienne dont il attrape un pied au passage, lui enroule le cordon autour de la cheville et l'attache prestement à une des colonnes du lit. Maximilienne comprend l'inutilité de ses efforts, mais continue de lancer des coups avec son pied libre. Mentchikov s'en saisit et l'attache également, et Maximilienne se trouve écartelée sur le lit. Le prince sort alors son épée et Maximilienne se dit :

« Mon heure est venue, il va me tuer. »

Mais du plat de son épée, il s'amuse seulement à suivre les courbes du corps de Maximilienne, et celle-ci frissonne de froid. Mentchikov la regarde avec une ironie mêlée de sensualité.

« Tu t'es bien moquée de moi, hein, depuis sept ans et ce soir encore... Tu croyais pouvoir faire ce que tu voulais de moi avec un pistolet. Pourtant, ton tsar ne t'a jamais traitée ainsi, hein ? »

En disant cela, il passe ses mains sur le corps de Maximilienne, sur son ventre, ses seins, ses cuisses. Elle tremble de honte et de rage, de se voir ainsi livrée de façon aussi impudique à l'homme qu'elle méprise le plus. Elle entend les chants, et ses larmes se mettent à couler. Elle regarde Mentchikov et le supplie :

« Je vous en prie, détachez-moi, je ferai ce que vous voudrez, mais coupez mes liens. »

Mentchikov ricane :

« Ah non ! tu es trop belle ! Et puis vraiment c'est la première fois que je peux profiter d'une femme ainsi. Tu vas voir, dit-il en se rapprochant d'elle, on va s'amuser. »

Il se penche sur sa bouche et se met à l'embrasser goulûment.

Maximilienne en profite pour lui attraper la lèvre et la mordre, avant de lui cracher à la figure. Mentchikov, furieux, entreprend de la gifler, puis se saisit de sa cravache et la cingle avec fureur. Son désir en est décuplé. Comme fou, il frappe sauvagement Maximilienne qui gémit de douleur. Sur ses seins et son ventre apparaissent des zébrures. Soudain Mentchikov s'arrête, incapable de se contenir plus longtemps, et se jette sur Maximilienne à demi évanouie de douleur. Il l'écrase sous lui, et ses épaulettes ainsi que ses brandebourgs d'or s'enfoncent dans les chairs de la malheureuse. Elle voit au-dessus d'elle ce visage hideux, déformé par le désir. Elle tente encore de le repousser en lui criant sa haine.

Soudain, Maximilienne croit devenir folle : elle voit la cheminée bouger et tourner sans un bruit sur elle-même. Un homme masqué, vêtu comme les gardes de la forteresse, apparaît. Il aperçoit Maximilienne prête à crier et met un doigt sur ses lèvres. S'approchant du lit à pas de loup, il lève un pistolet qu'il laisse retomber de toute sa force sur la tête de Mentchikov. Maximilienne entend encore un bruit sec et se trouve couverte en une seconde d'un flot de sang. L'homme masqué prend alors un poignard à sa ceinture et

Maximilienne croit qu'il le lève sur elle. C'est à peine si elle a le temps de penser, avant de s'évanouir :

« Merci, mon Dieu, je vais mourir et rejoindre Pierre, avant que Mentchikov ait pu accomplir son forfait. »

CHAPITRE XVI

C'était peu avant ces terribles événements que le prince Romo avait gagné la basilique. Le corps du tsar reposait au centre du chœur et l'église était remplie des princes et boyards de Pierre. Romo se sentait très calme. Il regarda autour de lui et ne vit pas Mentchikov.

« C'est bien, pensa-t-il, il est sans doute auprès de Maximilienne et celle-ci doit le retenir. Dépêchons-nous. »

Très ostensiblement, Romo se dirigea vers la sacristie, à l'intérieur de laquelle l'attendait, dans une pièce dérobée, le capitaine Bourline, un vieux pope et un soldat qui portait l'uniforme des gardes de Romo. Celui-ci se dirigea vers le garde, le prit dans ses bras et lui murmura :

« Tu sais ce que tu risques, Serge, il est encore temps de refuser.

— J'ai accepté, Romo, et j'irai jusqu'au bout pour toi et notre tsar bien-aimé. »

Bourline et le vieux pope se signèrent.

« Merci. Dépêche-toi, prends mon costume, Serge. »

Romo se déshabilla rapidement et donna ses habits chamarrés à Serge, son frère de lait. Les deux enfants avaient été élevés ensemble et, bien que n'ayant aucune parenté, ils se ressemblaient beaucoup physiquement. Romo avait fait de Serge son régisseur et celui-ci vivait loin de la cour, dans les immenses domaines de Romo. Au cours d'une chasse au loup, le tsar avait sauvé la vie de Serge, qui allait être égorgé par une louve féroce et Serge, depuis ce jour, avait voué une grande dévotion au tsar. Lorsque Serge fut habillé, la ressemblance était parfaite.

« Retourne à ma place, Serge, au milieu de mes gardes et reste à la basilique jusqu'au petit matin. Ensuite, si nous n'avons pas été découverts, regagne mon palais de l'île de Basile et attends-moi. En cas de réussite, je t'y rejoindrai à l'aube. Sinon, nous serons tous décapités. Va, Serge, et que Dieu nous garde. »

Très ému, Serge prit la main de Romo, la baisa et sortit, suivi du vieux pope qui revint peu après en disant :

« Tout va bien, mon fils, personne ne s'est aperçu de la substitution. J'ai éteint quelques chandelles trop indiscrètes et tout le monde jurera que le prince Romodanovski a passé la nuit de veille à la basilique. »

Et le vieux pope se mit à rire en se frottant les mains. Romo avait passé l'uniforme des gardes de la forteresse, que lui avait apporté Bourline. Ainsi, il allait pouvoir circuler dans la prison, aux côtés du capitaine, sans attirer l'attention. Romo ramassa le costume de Serge et dit au pope :

« Brûle-le, Père, il ne faut pas que l'on trouve ici l'habit d'un de mes gardes. On se douterait tout de suite que j'ai introduit quelqu'un dans la forteresse. »

Le vieux pope acquiesça :

« Va, mon fils, et que Dieu te protège. Je t'attendrai tout à l'heure à l'endroit convenu. »

Romo et le capitaine Bourline se glissèrent hors de la sacristie et se retrouvèrent dans une cour située derrière la basilique. Bourline marchait devant Romo, qui le suivait au pas, comme un soldat qui escorte son chef. Entre ses dents, Romo marmonna :

« Tout s'est passé comme prévu ?

— Oui, Mentchikov est arrivé et a demandé à être conduit au cachot de la prisonnière. Mais, Monseigneur, comment saviez-vous qu'il voudrait voir la comtesse avant d'entrer à la basilique ? demanda Bourline, sans tourner la tête, en continuant de marcher d'un air martial.

— Parce que je le connais, dit Romo en serrant les mâchoires, mais que me dis-tu, il est descendu au cachot ?

— Non, non, rassurez-vous, j'ai fait tout ce que vous m'aviez ordonné. J'ai raconté à Mentchikov qu'une hache et un billot étaient disposés dans la cour des Ingénieurs et qu'il serait amusant d'y faire passer la prisonnière. Mentchikov était ravi et se frottait les mains. Je lui ai ensuite suggéré de s'installer dans les anciens appartements du tsarévitch, dont les fenêtres donnent sur la cour des Ingénieurs, afin de mieux jouir du spectacle.

— Le lâche, l'infâme, il le paiera ! Mais as-tu réussi à prévenir la comtesse de le retenir ? Car il serait bien capable de découvrir Serge sous mes habits.

— Oui, j'ai pu le lui glisser dans l'oreille ; il me semble qu'elle a compris. »

Jadis sauvé du déshonneur et de la dégradation militaire par Romo, le capitaine Bourline n'avait même pas songé à lui refuser le dangereux service qu'il lui demandait : faire évader huit personnes de la forteresse la mieux gardée du monde.

Romo avait compté sur un atout majeur : l'agitation qui régnait ce soir-là autour de la basilique. Certes, les soldats gardaient les prisonniers, mais leurs effectifs avaient été réduits. Après avoir traversé l'immense cour, Romo et Bourline s'approchèrent du bastion du Tsar. Les soldats qui en gardaient l'entrée se mirent au garde-à-vous. Bourline leur dit :

« Ordre du prince Mentchikov de ne laisser entrer personne. Vous m'avez compris ? »

Les soldats hochèrent la tête, en signe d'approbation.

« Moi, continua Bourline, je vais vérifier les chaînes des prisonniers. Allons, suis-moi, idiot », dit-il rudement à Romo. Un jeune lieutenant s'approcha de Bourline et lui dit :

« Mon capitaine, vous n'emmenez qu'un soldat ? Ce n'est pas prudent, ils sont nombreux dans leur cachot. »

Bourline et Romo frémirent. Refuser aurait éveillé l'attention, car on savait que le capitaine emmenait toujours avec lui plusieurs gardes. Bourline hocha la tête :

« Tu as raison, viens avec moi et toi aussi », ajouta-t-il en désignant un soldat.

Tous les quatre entrèrent dans le bastion. Derrière la lourde porte, un guichetier leur ouvrit la grille et ils suivirent de longs couloirs. Le bastion du Tsar était un véritable labyrinthe, car il fallait d'abord descendre dans les caves qui se trouvaient au-dessous du niveau de la Néva, pour remonter ensuite par un escalier tortueux. A chaque détour des couloirs se trouvait une sentinelle et Romo se sentait gagné par le découragement, à l'idée qu'il faudrait refaire tout ce chemin en sens inverse, pour gagner les caves et assommer les gardes sans éveiller l'attention. La petite troupe parvint enfin à l'étage du bastion où se trouvaient Floris et Adrien. Il n'y avait qu'un geôlier derrière sa grille. Bourline lui dit :

« Ouvre-moi, ordre du prince Mentchikov de vérifier les chaînes des prisonniers. »

L'homme marqua une hésitation et osa :

« Mais, mon capitaine, ils sont au secret, il faut un ordre écrit. »

Romo se sentit inondé de sueur.

« Triple imbécile, hurla Bourline, il faut un ordre pour les faire sortir, pas pour que moi j'entre.

— Ah, oui ! C'est juste. Excusez-moi, mon capitaine. »

L'homme prit une clef à sa ceinture, ouvrit et referma la grille derrière les quatre hommes. Le guichetier, muni d'une torche, s'engagea ensuite dans le sombre couloir. Il s'arrêta quelques mètres plus loin devant une porte basse, fourragea de nouveau dans son trousseau et ouvrit la porte dans un grand bruit de ferraille. Bourline entra le premier, suivi de son lieutenant, du soldat et de Romo. Le guichetier lui dit :

« Je vous attends dehors, mon capitaine.

— Non, répondit Bourline, viens avec nous. »

Dans le cachot, Floris et Adrien dormaient l'un contre l'autre avec l'insouciance de la jeunesse. Le bruit des clefs les réveilla en sursaut. Fédor et ses compagnons ne dormaient point ; les chants venant de la basilique les avaient tenus éveillés. Au bruit, ils se redressèrent, pleins d'espoir, mais en voyant entrer Bourline et ses soldats, ils se laissèrent retomber à terre avec découragement. Bourline, d'un ton rude, leur cria :

« Montrez vos chaînes à mes soldats ! »

Bourline restait près de la porte à côté du geôlier. Le lieutenant se dirigea vers les femmes, le soldat vers Fédor qui roulait un œil furieux. Romo s'approcha de Floris et Adrien et leur dit :

« Allons, sales gosses, montrez vos chaînes. »

Floris et Adrien ne sursautèrent même pas. Il leur semblait tout naturel que Romo fût là, puisqu'il l'avait promis. Romo, caché par son bonnet, se pencha vers eux en clignant de l'œil. Les enfants ne bougèrent pas, guettant un signal. Fédor, Grégoire et les autres avaient également reconnu la voix de Romo et reprenaient espoir. Alors, Romo se retourna et cria en riant à Bourline :

« N'ayez crainte, mon capitaine, rien ne pourra délivrer les prisonniers, sauf les chants de la basilique. »

Les autres soldats éclatèrent de rire, prenant cela pour une boutade. C'était le signal. En une seconde Bourline attrapa le guichetier au collet. Romo se jeta sur le lieutenant et l'assomma en prenant soin de ne pas le tuer et Fédor, d'un coup de chaîne, ouvrit proprement en deux la tête du malheureux soldat, qui n'eut même pas le temps de comprendre ce qui lui arrivait. Tous les prisonniers entourèrent Romo et Bourline en les remerciant. Romo se pencha et prit les enfants contre lui.

« Vous n'avez pas eu peur ? »

Floris et Adrien se redressèrent, vexés.

« Non, Romo, nous avons promis à Petrouchka d'être comme lui et de n'avoir jamais peur. »

Romo releva la tête, ému, et dit très vite :

« Ecoutez-moi, mes amis, le plus dur reste à faire. Nous allons d'abord bâillonner ces deux hommes, car le troisième, je crois que tu l'as proprement arrangé, Fédor. »

Celui-ci sourit d'une grimace modeste.

« Nous allons les enfermer dans ce cachot et fuir par les caves. Le capitaine Bourline connaît un chemin. »

Ils regardaient tous le capitaine avec inquiétude, car c'était lui qui leur avait fait mettre les fers.

« Romo, tu es sûr que c'est un ami ? dit Floris.

— Oui. Et il sera même obligé de fuir avec vous tous, mais, poursuivit Romo, avant d'atteindre les caves, il nous faut assommer quelques sentinelles.

— Je m'en charge, dit Fédor.

— Hum ! si tu veux, mais avec un peu moins d'enthousiasme. »

Pour ne pas éveiller les soupçons, s'ils rencontraient une patrouille, Bourline marchait devant et Romo fermait la marche. Après avoir pris les clefs du guichetier évanoui, ils refermèrent le cachot, ouvrirent la grille sans difficulté et s'engagèrent dans l'escalier. Les enfants, ravis de l'aventure, restaient auprès de Romo. Elisa et Grégoire avançaient ensemble. Blaisois, pâle comme la mort, soutenait Martine, dont les jambes se dérobaient sous elle. Seul, Fédor semblait confiant. L'inaction de la prison lui avait pesé, et s'il fallait mourir, au moins pourrait-on en découdre. On arriva au détour du couloir où se trouvait la première sentinelle. Romo fit un signe à Bourline qui s'approcha de lui.

« Il faut attirer ce soldat dans ce recoin obscur, pour qu'il n'ait pas le temps de tirer.

— J'y vais, prince. »

Bourline s'approcha du soldat qui ne se méfia pas, en voyant le capitaine.

« Viens ici, j'ai besoin de toi. »

Le soldat suivit Bourline dans le coin sombre et avant qu'il ait pu pousser un cri, il reçut sur la tête un terrible coup de poing de Fédor, de quoi l'endormir pour plusieurs heures. Romo s'agenouilla, ligota l'homme et le bâillonna avec des liens et des chiffons, qu'il avait pris soin d'emporter. Floris et Adrien observaient la scène avec un vif intérêt, tout en regrettant de ne pouvoir y participer.

« C'est dommage, songeait Floris, que Romo nous prenne encore pour des enfants. »

La voie était libre, les fugitifs se remirent en route. La technique de Romo se révéla efficace : Bourline partait en éclaireur et expédiait les sentinelles à Fédor qui les assommait proprement. Cela en devenait d'une facilité fastidieuse. Romo était inquiet, car ils étaient encore loin des caves. Quand ils parvinrent enfin à l'escalier dérobé qui menait directement à la crypte où le vieux pope les attendait, un bruit de bottes retentit. C'était la ronde, on allait les surprendre, si près du but. La ronde découvrirait les sentinelles assommées et donnerait l'alarme. Romo chuchota :

« Ils sont combien, Bourline ?

— Quatre soldats, un lieutenant, plus la sentinelle. »

Romo compta :

« Nous sommes trois hommes, un vieillard et un idiot, dit-il en regardant Blaisois. Il faut les prendre par surprise. Ecoutez-moi, Floris et Adrien, vous allez pleurer comme si vous étiez malades. Vous autres restez cachés et lorsque je dirai « Dieu soit loué », vous leur tomberez dessus. Il ne faut aucun coup de feu, c'est notre seule chance. »

Tous se turent, haletants. Romo prit Floris dans ses bras et fit signe à Bourline d'en faire autant avec Adrien.

« Allez, pleurez, maintenant. »

Romo et Bourline tournèrent le coin du couloir et se dirigèrent vers la sentinelle qui s'y trouvait. Floris et Adrien, ravis de jouer un rôle, hurlaient à qui mieux mieux. La ronde, au spectacle bizarre d'un officier et d'un soldat tenant dans leurs bras des enfants, se rapprocha d'eux. Le lieutenant salua.

« Qu'y a-t-il, mon capitaine ?

— Ces jeunes prisonniers vont très mal, ils sont malades et le prince Mentchikov veut les interroger avant qu'ils ne meurent. »

Les soldats hochèrent la tête et regardèrent avec une vague pitié Floris et Adrien qui geignaient de façon lamentable. Romo s'adressa à un soldat de la ronde :

« Dis-moi, camarade, veux-tu porter le mien un instant, que je vous donne l'ordre du prince Mentchikov. »

Bourline comprit.

« Tenez, lieutenant, à la réflexion, c'est vous qui conduirez les prisonniers. »

Le lieutenant prit Adrien, tout en jetant un regard soupçonneux à Romo, qui faisait semblant de chercher quelque chose dans ses poches.

« Mon capitaine, vous n'avez pas vos gardes habituels, dit le lieutenant.

— Non, répondit Romo à la place de Bourline, mais nous vous avons rencontrés... Dieu soit loué. »

A peine avait-il prononcé ces mots que le soldat qui tenait Floris s'écroula, assommé, tandis que Bourline faisait subir le même sort au lieutenant. Fédor, jaillissant de sa cachette, avait bondi sur la sentinelle, sans lui laisser le temps de tirer. Grégoire et Blaisois, de leur côté, s'étaient jetés sur un soldat, Elisa et Martine sur un autre. Un seul en réchappa, qui tenta de s'enfuir pour donner l'alarme. Mais Floris et Adrien se lancèrent à sa poursuite et le firent trébucher d'un croc-en-jambe adroit. Romo, voyant la situation, courut au secours des deux enfants et envoya l'homme au pays des rêves, d'un coup de poing. Fédor, après avoir « endormi » sa sentinelle, s'était jeté sur le soldat qu'Elisa et Martine maintenaient avec l'énergie du désespoir. Quant à Bourline, il avait achevé le travail de Grégoire et Blaisois, qui n'en revenait pas lui-même de son courage. La scène n'avait pas duré plus d'une minute. La petite troupe se précipita vers la crypte, portant et traînant les soldats évanouis, car il était trop dangereux de les laisser au milieu du couloir. Romo referma la porte à clef derrière eux. Dans la crypte silencieuse, la petite ombre du vieux pope veillait près des tombeaux de marbre blanc, surmontés d'une croix, et dont les angles étaient ornés d'aigles en bronze doré. L'une des tombes était ouverte, déjà toute prête. Juste au-dessus, dans la basilique, les chants s'élevaient de plus en plus fort. Les femmes se signèrent. Romo s'approcha du pope :

« Tu vois, mon Père, nous avons réussi, grâce au courage de ces braves gens et à celui de ces enfants. Où pouvons-nous cacher les soldats ? »

« Mets-les dans un coin, mon fils, on les trouvera demain matin. Mais vous les avez bien arrangés ! », ajouta le vieux pope en riant.

« Mon Père, vite, indique-nous le chemin pour gagner la Néva où le bateau nous attend.

— Ici, dit le pope en désignant le tombeau ouvert, où sera couché demain, pour toujours, Pierre le Grand. »

Et le vieil homme fit tourner la croix sur elle-même. Le fond du tombeau s'ouvrit, laissant apparaître un escalier.

« Mon Père, murmura Romo en regardant Floris, c'est affreux, c'est affreux, tu ne peux pas comprendre... Nous enfuir par le tombeau du tsar !

— Mais si, mon fils, je comprends très bien — et le pope mit sa main sur la tête bouclée de Floris — le tsar n'a jamais abandonné ceux qui étaient chers à son cœur. Au-delà de la mort il vous sauve tous, et surtout toi, mon bel enfant », ajouta-t-il pour lui-même.

Tous s'engagèrent dans l'étroit escalier, tandis que la tombe se refermait derrière eux. Le pope tenait une torche et les éclairait. A un moment donné le boyau se sépara en deux.

« Tu vois, prince, dit le pope, voici le côté du souterrain qui monte aux anciens appartements du tsarévitch. »

Romo était stupéfait.

« Lorsque tu m'as demandé de venir avec Bourline, pour nous parler de ta découverte, je ne voulais pas le croire. Mais le tsar a su tout de suite que tu disais la vérité.

— L'assassin du tsarévitch a-t-il été châtié ?

— Oui, il a eu la tête tranchée.

— Bravo, bravo, très bien, déclara le vieux pope avec satisfaction. Malheureusement, celle qui a tout fait règne sur la Russie. Ah ! si seulement j'avais découvert ce souterrain plus tôt... ainsi que ce billet jauni, tombé de la poche du meurtrier avec ses mots : « Le poignard, William... pas le poison. » Et signé Catherine. Preuve de l'horrible infamie... »

Le souterrain devenait de plus en plus humide. On entendait au loin un clapotis. L'immense Néva était à leurs pieds, noire et maléfique. Malgré lui Floris serra un peu plus fort la main de Romo. Le passage se terminait par un étroit goulet. Les fugitifs se tassèrent instinctivement les uns contre les autres, impressionnés par ce décor lugubre. Ils avaient les pieds dans l'eau glacée, car le fleuve avait monté et charriait des glaçons. Romo sortit un sifflet de sa poche et modula trois sons auxquels répondit au loin le hululement de la chouette.

« C'est bien, dit Romo, mes hommes vont arriver. »

Un de ces bateaux plats qui remontent les rivières chargés de bois sembla jaillir de la nuit et glissa silencieusement vers le petit groupe. Romo fit monter tout le monde et installa ses passagers dans une sorte de réduit, au bout du bateau. Puis, s'adressant à Bourline :

« Si je ne suis pas revenu dans une demi-heure, partez sans m'attendre, ce serait trop dangereux. »

Floris et Adrien s'accrochèrent au bras de Romo :

« Tu vas chercher maman, Romo. Nous ne voulons pas partir sans elle.

— Oui, dit Romo, je vous promets de vous la ramener. »

Le pope suivit Romo à l'entrée du souterrain et lui dit :

« Adieu, mon fils, je regagne la crypte et de là je me faufilerai dans la basilique. N'oublie pas, pour ouvrir le passage, tu dois appuyer sur la troisième roche rouge. »

Romo prit congé du vieil homme avec émotion et remonta le souterrain, muni d'une torche. Il se trouva devant un mur et vit en effet trois petites roches rouges. Derrière ce mur il entendit des cris, des gémissements et frémit. Il avait sauvé les fils grâce à la mère, mais Romo se doutait bien du genre de traitement que Mentchikov pouvait faire subir à Maximilienne. Il prit un masque dans sa poche et s'en couvrit le visage, pour que Mentchikov ne puisse le reconnaître. Puis, il fit fonctionner le mécanisme secret et le mur tourna. Son pistolet à la main, il embrassa d'un coup d'œil la situation : Maximilienne attachée et Mentchikov essayant de la violer.

En une seconde, il se jeta sur cet être qu'il détestait et d'un coup de crosse lui ouvrit la tête. Puis il sortit son

poignard et coupa les liens qui attachaient les pieds de Maximilienne.

« Le lâche, la brute ! »

Romo s'aperçut alors seulement que Maximilienne était
évanouie.

« Pauvre petite », murmura-t-il.

Il saisit la cape de fourrure de Mentchikov, y enroula
Maximilienne et la prit dans ses bras pour s'enfuir vers le souterrain.

CHAPITRE XVII

« Mes enfants, mes fils chéris. »

Maximilienne ouvrit les yeux ; elle était allongée au milieu de tous ses amis sur le bateau. Mais elle ne voyait que les deux petits visages graves au-dessus d'elle. Elle prit ses fils dans ses bras en les couvrant de baisers passionnés.

« J'ai cru mourir d'être séparée de vous. »

Adrien et Floris, très heureux de retrouver leur mère, ne comprenaient pas très bien cette explosion de joie. Ils n'avaient jamais douté de la revoir.

« Calmez-vous, mère chérie, dit Adrien.

— Nous sommes ensemble maintenant et c'est nous qui vous défendrons », ajouta Floris d'un air décidé.

Maximilienne ne pouvait arrêter ses larmes. Elle leva les yeux et vit Romo et ses fidèles domestiques penchés sur elle avec inquiétude.

« Mon ami, mon frère. »

Et Maximilienne se laissa tomber dans les bras de Romo.

« Chut ! chut ! calmez-vous, Maximilienne.

— Romo, vous ne comprenez pas par où je suis passée.

— Si, mon petit, j'ai très bien compris, mais soyez heureuse. C'est grâce à vous que j'ai pu délivrer vos fils et vos amis. Je suis arrivé à temps pour assommer Mentchikov. »

Maximilienne frémit.

« Est-il mort ?

— Pensez-vous, il lui faut plus qu'un mauvais coup sur !a tête à cette vermine. »

Maximilienne se calmait un peu. Elle tendit les mains à tous ces braves gens.

« Merci, mes amis, d'avoir pris soin de mes petits.
— Ah ! madame la comtesse, dit Elisa, c'est plutôt eux qui se sont occupés de nous.
— Barinia ! nos petits barines sont courageux comme des lions.
— Rien ne leur fait peur, madame la comtesse », ajouta Grégoire.
Quant à Martine et Blaisois, ils ne savaient que dire.
« Ah ! madame la comtesse, quelle histoire, quelle aventure, la prison. »
Romo prit un flacon de vodka et dit à Maximilienne :
« Buvez, cela vous fera du bien. Et voici des habits de moujik : passez-les sous votre cape. »
Le liquide brûlant réchauffa Maximilienne. Elle se redressa plus fermement, voulut se lever, mais s'aperçut que l'on ne pouvait se tenir debout dans le réduit où ils étaient tassés les uns contre les autres. Romo ajouta :
« Moi aussi, il faut que je me change, car un marinier portant l'uniforme des gardes risquerait d'éveiller l'attention. »
Elisa demanda :
« Madame la comtesse, vos chaînes doivent vous gêner, voulez-vous que je vous aide ? »
Maximilienne sourit tristement.
« Merci, ma bonne Elisa, mais ce n'est pas une toilette de bal que je passe. »
En quelques minutes, Maximilienne et Romo furent prêts.
Maximilienne, les cheveux relevés sous sa chapska, avait l'air d'un jeune moujik. Elle était plus calme à présent, et Romo admira le courage de cette jeune femme qui avait bravé le pire des sorts pour sauver ses enfants. Soudain Maximilienne s'exclama :
« Mais où est Li Kang ? »
— Ne vous inquiétez pas, Maximilienne, dit Romo, je m'occuperai de le retrouver. Pour le moment, nous profitons de la nuit et nous allons gagner le port où j'ai frété une goélette rapide. Le patron a ordre de vous conduire en France à Boulogne. »
Soudain, des coups de canon retentirent. Bourline se tourna vers le prince en pâlissant.
« Votre Seigneurie, que veut dire cela ? »
Romo se prit la tête dans les mains.
« Ah ! malédiction, j'aurais dû tuer Mentchikov ! Il a

sans doute repris conscience et nous aura dénoncés. Ou bien
on aura trouvé les sentinelles. Ces coups de canon signifient
que l'état d'urgence est déclaré. On ferme le port. Nous sommes pris dans une souricière. »

Floris avait tout écouté d'un air sérieux. Il se leva et dit :
« Romo, nous n'avons qu'à aller retrouver mon parrain,
l'hetman Saratov. Fédor m'a dit qu'il était très fort et que
Li Kang était parti le prévenir que la méchante impératrice
voulait du mal à maman. »

Romo releva la tête et sourit à l'enfant.

« Tu as raison, Floris, il ne faut pas se laisser abattre.
Vous fuirez par la terre. »

En dépit de ces paroles optimistes, Romo était mortellement inquiet. Il regardait Maximilienne si pâle, si frêle, les
enfants, Elisa, Grégoire, tous. Il ne voyait que Fédor et
Bourline capables de traverser la Russie glacée jusqu'à
l'Ukraine. Romo donna un ordre et le bateau, virant de bord,
se mit à remonter la Néva vers Tsarskoïe Selo. Il fut décidé
que l'on dépasserait la porte sud, qui pouvait être gardée.
Les fugitifs avaient plus de chances de passer en bateau sur
la grande Néva. Puis Romo enverrait un marin en éclaireur
au cabaret de l'Epée d'Argent, pour demander à Marina la
Boiteuse si elle avait vu passer Li Kang et si elle pouvait
les cacher, le temps d'organiser la fuite. Soudain tous sursautèrent. On venait de tirer des coups de mousquet et
une voix autoritaire criait :

« On ne passe pas, qui va là ? »

Romo se jeta sur la chandelle pour l'éteindre et chuchota :

« Ils ont déjà lancé des gardes à notre poursuite. Vite,
allongez-vous et pas un mot. »

Romo déplia une bâche sur les fugitifs. Elisa, suivant sa
bonne habitude, poussait des soupirs :

« Ah ! Jésus, Marie, Joseph ! »

Floris lui dit tout bas :

« Tu as entendu ce qu'a dit Romo. Il faut se taire. »

Adrien tenait la main de son frère. Ils étaient tous allongés,
n'osant respirer, à peine cachés par cette mauvaise toile. Ils
entendirent Romo qui jouait au marinier et répondait au chef
des gardes :

« Nous ne sommes que de pauvres marins, noble officier.
Nous remontons vers Tsarskoïe Selo.

— Avez-vous vu un bateau ?

— Nous en avons vu plusieurs, Votre Seigneurie.

— Où se dirigeaient-ils ?

— Vers le port, Monseigneur.

— Nous cherchons de dangereux prisonniers qui se sont évadés. »

Floris avait réussi à se glisser vers le bout de la bâche qu'il avait légèrement relevée et il regardait la scène entre deux planches mal jointes du réduit où ils se trouvaient coincés. Romo tenait son bonnet de moujik à la main et baissait la tête, dans l'attitude humble des hommes du peuple devant les soldats. Le capitaine Bourline feignait de diriger l'embarcation. Les quatre rameurs et le vrai patron du bateau, hommes tout dévoués à Romo, attendaient obséquieusement tout en jetant des coups d'œil vers lui pour savoir quelles étaient ses intentions. Tout en répondant au chef des gardes, Romo, cependant, évaluait la situation.

« Voyons, ils sont huit plus le chef et ils ont une barque plus rapide que la nôtre. Nous sommes six. Certes, il y a aussi Fédor, mais il est enchaîné, comme Grégoire et Blaisois qui, de toute façon, avec ou sans chaînes, ne comptent guère. D'autre part, je ne sais pas s'ils sont les seuls sur la Néva. »

Les soldats étaient montés sur le bateau des fugitifs et furetaient partout. Romo avait remarqué qu'ils avaient tous des pistolets et qu'un seul portait son mousquet. Soudain, l'un des soldats avisa le réduit et cria à son chef :

« Capitaine, on n'a pas regardé ce qu'il y a là-dedans. »

Romo frémit, mais répondit d'une voix aussi calme que possible :

« Bah ! ce ne sont que des vieux outils et des chiffons sans intérêt, Votre Seigneurie. »

Floris avait sursauté en voyant le soldat s'approcher. Se glissant sous la bâche, il dit dans un souffle à Fédor :

« Passe-moi un pistolet et donnes-en un à Adrien. »

Fédor, à qui Romo avait pris soin de confier des armes, hésita une seconde puis passa à Floris le pistolet demandé. Adrien suivit Floris, et tous deux, cachés par la bâche, s'embusquèrent derrière les planches disjointes du réduit. Le capitaine des gardes hésitait. Quelque chose dans le ton de Romo l'inquiétait ; peut-être sa trop grande politesse. Il observait ces mariniers et leur trouvait un air martial un peu suspect.

« Bah ! j'ai huit hommes, nous aurons vite fait d'en venir

à bout si ce sont les complices des prisonniers que nous recherchons. »

Le capitaine cria au soldat :

« Fouille ce réduit, imbécile. »

Le soldat ouvrit la porte, se baissa, mais ne vit rien car il y faisait très noir. Il se tourna vers un autre garde et lui cria :

« Eh ! Ivan ! viens ici avec ta torche ! »

Romo cligna de l'œil à ses marins, qui laissèrent doucement glisser leurs rames et se mirent à fouiller dans leurs poches de l'air le plus naturel du monde. Le dénommé Ivan s'approcha de son compagnon. Ils allaient soulever la bâche où se trouvaient les fugitifs. Floris et Adrien, encore cachés par la toile, ajustèrent les soldats à travers les planches. Floris souffla à Adrien :

« Tu prends lequel ?

— Moi Ivan, toi l'autre. »

Et ensemble ils tirèrent sur les deux soldats qui tombèrent raides. En une seconde ce fut la bagarre générale. Romo s'était jeté sur le chef des gardes, le capitaine Bourline et les quatre marins avaient sorti leurs pistolets. Fédor Tartacovsky, dans un rugissement, rejeta la bâche, après avoir donné des pistolets à Grégoire et Blaisois qui tremblaient comme des feuilles. Armé seulement de ses lourdes chaînes, il se rua dans la bataille et ne tarda pas à jeter deux soldats dans la Néva, sans se soucier des balles qui sifflaient autour de lui. Floris et Adrien, toujours embusqués, virent Romo en difficulté. Le chef se battait avec lui à l'épée, et un soldat le menaçait par-derrière. Ensemble, les deux frères tirèrent, tuant le chef et le soldat. Il ne restait plus que trois soldats sur les huit. Celui qui tenait le mousquet s'était caché derrière le réduit et tirait de côté. Il avait déjà blessé deux hommes de Romo, et le capitaine Bourline saignait du bras droit. Floris et Adrien se glissèrent à l'autre bout du réduit et tirèrent à travers les planches, presque à bout portant, sur l'homme au mousquet qui s'effondra. Les deux survivants préférèrent se jeter à l'eau. Romo cria :

« Fédor, vise-les, il ne faut pas qu'ils atteignent la rive. »

Romo se précipita dans le réduit.

« Vous n'êtes pas blessés ?

— Non, personne », dit Maximilienne très pâle.

Floris et Adrien regardaient fièrement Romo.

« Je vous félicite tous les deux, vous avez tiré au bon

moment. Allez, vite, aux rames, et les blessés à l'intérieur. »
Les deux marins et Bourline étaient assez sérieusement
touchés. Maximilienne, ainsi qu'Elisa et Martine, leur
firent des pansements de fortune en taillant des lanières dans
leurs jupons. Soudain Maximilienne sentit quelque chose de
dur dans la doublure du jupon d'Elisa.

« Mais c'est de l'or et des bijoux !

— Dame oui, madame la comtesse, et Martine en a autant
dans ses jupes ; ils ne nous ont pas fouillées, les imbéciles de
la prison. M'est avis, madame la comtesse, que nous partons
pour un drôle de voyage et que l'or pourrait nous servir. »

Pour la première fois depuis la mort de Pierre, Maximilienne rit de voir qu'Elisa ne perdait jamais son solide bon
sens de paysanne, fût-ce dans la pire des situations.

Romo, Fédor et les deux marins valides souquaient ferme.
Romo était très inquiet ; il scrutait les berges, craignant que
les coups de feu n'y aient attiré toutes les garnisons de Saint-
Pétersbourg. Mais les huit soldats qui les avaient arrêtés
avaient dû être envoyés là par hasard. Les recherches se pour-
suivaient au port. Enfin on aborda. Les hommes cachèrent
l'embarcation sous des branchages enneigés, si bien que le
bateau se confondait avec le paysage. Un marin partit en
direction de l'Epée d'Argent qui devait se trouver à deux
verstes vers le sud. Tous se tassèrent dans le réduit, le cœur
plein d'angoisse.

« J'ai faim, déclara Floris.

— Et moi aussi », renchérit Adrien.

Romo les regarda avec tendresse, et Floris se méprit sur
ce regard.

« Mais s'il n'y a rien à manger, ce n'est pas grave, nous
pouvons attendre, n'est-ce pas, Adrien ? ajouta Floris très
poliment.

— Nous avons heureusement quelques provisions, mon
gars, dit Romo en riant, et ma foi, tu as raison, nous n'avons
rien d'autre à faire qu'à attendre et ces petites émotions creu-
sent. »

Tous se jetèrent sur la nourriture, se passant les bouteilles
où l'on buvait au goulot.

« Ce n'est pas possible, se disait Maximilienne, Pierre est
mort, et j'ai faim. »

L'attente se prolongeait et le froid se faisait de plus en plus
vif, à cette heure de la nuit, tandis que la Néva charriait

d'énormes blocs de glace. Floris et Adrien s'étaient endormis. Tout le monde se taisait, guettant le moindre bruit. Soudain Romo se redressa : il lui semblait entendre le signal. Trois fois le hululement de la chouette retentit. Romo se précipita sur la berge et vit son marin qui revenait, conduisant un mauvais traîneau. Romo poussa un soupir de soulagement.

« Alors, Youri, quelles nouvelles ?

— Marina la Boiteuse a vu passer le Chinois, Votre Seigneurie. Elle vous attend à l'Epée d'Argent et elle accepte de cacher tout le monde quelques jours. »

Romo réfléchit une seconde, puis se tourna vers Maximilienne qui était venue le rejoindre :

« Maximilienne, je pense qu'il est indispensable de vous cacher un certain temps. Lorsque le port et la ville auront été fouillés en vain, Mentchikov et l'impératrice enverront des patrouilles sur toutes les routes et pendant ce temps-là vous attendrez. »

Maximilienne acquiesça. Romo renvoya le bateau avec les fidèles marins, y compris les deux hommes atteints par les balles des soldats. Ils avaient pour consigne de dire qu'ils s'étaient blessés en déchargeant des troncs d'arbres. La petite troupe se mit en route, grelottant de froid. Les femmes, Floris, Adrien et le vieux Grégoire s'installèrent dans le traîneau ; les hommes marchaient à côté. Ils prirent soin de passer à travers bois, en évitant les isbas. Romo regardait autour de lui, inquiet des traces qu'ils laissaient derrière eux. Au loin, des loups hurlaient à la lune qui éclairait ce paysage lugubre. Floris prit la main de sa mère :

« N'ayez pas peur, Mamouchka. »

Soudain un nuage noir vint cacher la lune ; la neige se mit à tomber doucement d'abord, puis avec violence. Une vraie bourrasque s'éleva, effaçant leurs traces.

« Dieu est avec nous, murmura Romo. Il veut sauver le fils de Pierre le Grand. »

CHAPITRE XVIII

Floris regardait avec étonnement Marina la Boiteuse qui agitait l'énorme masse de ses deux cent cinquante livres. La Boiteuse avait caché les fugitifs dans une cave pleine de victuailles, disant à Maximilienne :

« Ne t'inquiète pas, barinia, avant que les soldats de cette putain de Polonaise te trouvent, toi et les tiens, il faudra d'abord qu'ils me passent sur le corps. »

Floris était enchanté, le langage de Marina le ravissait. Maximilienne sourit de ce beau sourire qui lui ralliait les cœurs.

« Je vous remercie, madame, de tout ce que vous faites pour nous. »

La Boiteuse en resta clouée sur place : c'était la première fois de sa vie qu'on l'appelait madame. Fille de l'Ukraine, comme notre ami Fédor, Marina s'était battue aussi bien qu'un homme dans les rangs des cosaques. Elle avait été blessée à une jambe devant Poltava et boitait depuis lors. Avec la petite fortune qu'elle s'était amassée, elle avait acheté le cabaret de l'Epée d'Argent, aux portes de Pétersbourg, et y régnait en maître. Terrorisant les soldats ivres, battant les servantes qui la volaient, jurant comme un soudard et buvant comme un Polonais, la Boiteuse était adorée de tous car elle avait le meilleur cœur qui fût au monde. Floris et Adrien s'étaient institués d'emblée ses chevaliers servants. Ils la suivaient pas à pas dans la cave comme deux petits chiens, à la grande rage d'Elisa, toujours très jalouse de ses chéris. La Boiteuse avait pu faire pénétrer les fugitifs dans l'auberge par une porte dérobée, sans éveiller l'attention des buveurs. De son côté Romo avait réussi à regagner son palais de l'île Basile et envoyait des messages rassurants par un de ses hommes. A la basilique, personne ne s'était aperçu du stratagème. Serge, le frère de lait de Romo, était reparti pour la campagne sans ennuis. Romo avait été convoqué au palais par l'impératrice qui étouffait de rage en hurlant ordres et contrordres pour retrouver les prisonniers. Mentchikov restait muet, mais le pansement qu'il avait sur la tête et sa mine fort sombre parlaient pour lui. Seul Bourline avait été reconnu complice des fugitifs et sa tête était mise à prix ainsi que celle de Maximilienne et de Floris. Des patrouilles parties dans toutes les directions revenaient bredouilles.

Pour les fugitifs, les jours s'écoulaient lentement. L'inaction leur pesait. Floris et Adrien en particulier auraient bien voulu courir dehors, mais c'était trop dangereux. Romo n'était pas revenu au cabaret, de crainte d'être suivi ; mais il n'en préparait pas moins leur fuite, de loin. Pendant un temps il avait encore espéré leur faire prendre un bateau, mais le port était toujours gardé et il dut abandonner cette idée. Il fit donc parvenir à Marina la Boiteuse des provisions et des traîneaux démontés que Fédor et Bourline remontèrent. La fuite s'organisait. Une nuit, Marina la Boiteuse amena un forgeron finlandais.

« Voici mon bougre de cousin Erik, je suis sûre de lui », dit-elle en riant.

Il était temps de leur retirer leurs fers, car Maximilienne et Floris avaient de vilaines blessures aux poignets. Le forgeron voulut commencer par Floris et Adrien dont la beauté et la jeunesse l'avaient ému. Mais les enfants s'étaient redressés fièrement.

« Ah ! non ! nous sommes des hommes, commencez par les femmes. »

Avec une triste fierté, Maximilienne soupira :

« Floris, mon petit prince, Adrien, l'héritier des comtes de Villeneuve... Mon Dieu, ne suis-je pas coupable envers eux ? Je dois les ramener en France, mais reverrons-nous jamais Mortefontaine ? Pierre, mon amour, étends ta grande ombre du paradis et protège-nous ! »

Par une nuit sans lune, un mois jour pour jour après la mort du tsar, les fugitifs quittèrent Pétersbourg, en compagnie de Romo.

« C'est une folie, Romo, lui dit Maximilienne inquiète, l'impératrice s'apercevra de votre absence et se vengera.

— Maximilienne, je ne vous quitterai que lorsque vos fils et vous serez en sûreté. »

Romo avait choisi trois traîneaux sibériens très rapides tirés chacun par quatre chevaux. Le prince s'était muni de sauf-conduits fabriqués par le vieux pope qui ajoutait à ses talents celui d'un faussaire fort habile. Ils étaient établis au nom du comte Tchercovsky, de ses deux filles, de son secrétaire Michel Ivanov, et de ses domestiques. On avait habillé Floris et Adrien en filles, ce qui les vexa fort. Maximilienne avait eu beau leur expliquer qu'elle-même devait se travestir en homme, les deux garçons étaient furieux. Des filles ! Quelle déchéance !

Romo espérait qu'on ne s'apercevrait pas tout de suite de sa disparition et qu'il faudrait quelques jours à l'impératrice pour faire le rapprochement entre sa fuite et celle des prisonniers. Chaque heure gagnée comptait.

Fédor, Grégoire et Marina la Boiteuse avaient pris place dans le premier traîneau. Au dernier moment, celle-ci n'avait pu se décider à quitter Floris pour qui elle s'était prise d'une véritable passion. Elle avait laissé la garde de son cabaret à son cousin Erik, déclarant à Maximilienne qu'elle profitait de l'occasion pour revoir l'Ukraine. Dans le deuxième traîneau se trouvaient Romo, Maximilienne et les deux garçons qui boudaient toujours. Dans le troisième, Elisa, Martine et Blaisois étaient conduits par Bourline. Romo aurait préféré prendre quatre traîneaux, mais ces équipages sibériens demandaient à être conduits d'une main de fer. Romo, Fédor et Bourline en étaient seuls capables. C'était la fin du mois de février ; un froid terrible sévissait. Dans les traîneaux, le silence régnait. On marchait bon train et on couvrit rapidement les trente verstes qui séparent Pétersbourg de Tsarskoïe Selo. Maximilienne et Romo se retournaient fréquemment, craignant d'apercevoir toutes les garnisons de Pétersbourg à leur poursuite. Mais il semblait que l'on ne se fût pas aperçu de leur départ.

En arrivant aux portes de Tsarskoïe Selo, Romo envoya Fédor en éclaireur, tandis que les fugitifs cachaient les traîneaux dans les bois. Le village appartenait à Mentchikov, qui possédait là un palais. Tout semblait calme dans la bourgade, située sur une éminence. Le château était fermé ;

aucune lumière n'y brillait. A la sortie du village se trouvait
une pauvre isba un peu à l'écart de la route. Fédor y frappa
trois coups, la porte s'ouvrit et une tête se glissa dans l'entre-
bâillement.

« Ukraine et Romanov, chuchota Fédor.

— C'est bien, entrez.

— Je reviens tout de suite, préparez des chevaux frais. »

Et Fédor partit chercher ses compagnons. Il semblait que
la région avait été désertée par les soldats de Catherine et
les fugitifs commençaient à respirer. Si les relais étaient partout aussi bien préparés, on pourrait couvrir cent verstes
par jour. En quittant l'auberge, Maximilienne voulut donner cinquante roubles à l'homme pour le remercier, mais
celui-ci refusa :

« Barinia, j'appartiens à l'hetman Saratov et je lui obéis
aveuglément. Permets-moi seulement de baiser la main de
cet enfant que nous voulons tous sauver. »

Maximilienne, émue, acquiesça du regard, et l'homme
tomba aux pieds de Floris, très étonné. Mais il savait se
conduire en toute occasion et tendit gracieusement sa petite
main à l'homme, après avoir jeté sur Adrien un regard teinté
de vanité. Le sentiment de son importance le pénétrait, car
il sentait que c'était surtout lui que l'on voulait sauver. Ce
n'était pas une sensation désagréable, et, ma foi, depuis un
certain temps, il s'amusait bien. C'était beaucoup plus drôle
qu'au palais de la Moïka, ou même qu'à Doubino. Seul
Petrouchka lui manquait.

« Comme on aurait ri avec lui », soupira Floris.

Mais dès qu'il fut monté en traîneau, il s'endormit dans les
bras de son frère.

Un petit jour blême se levait sur la campagne. Maximilienne se retourna pour jeter un coup d'œil au palais de
Mentchikov qui disparaissait dans le lointain. Son immense
façade prétentieuse était bien à l'image de son propriétaire.
Maximilienne frissonna, et Romo se pencha vers elle :

« Non, mon amie, ne pensez plus jamais à cela.

— Vous avez raison, Romo, je ne dois plus me tourner
que vers l'avenir, pour mes fils. »

Quand il fit complètement jour, les chevaux frais semblaient avaler la route. La température était soudain tombée
avec une promptitude rare pour la région. Romo essaya de
mieux tirer la capote de cuir qui les protégeait. Malgré leurs

vêtements en fourrure et en peau de renne, qui protègent fort bien du froid, les fugitifs se mirent à grelotter. Maximilienne était pâle. Romo se sentait le cœur serré. La jeune femme et ses enfants avaient toujours voyagé dans de confortables berlines. Maximilienne dit, en grelottant :

« C'est la première fois, Romo, que je vois le froid tomber si vite.

— Cela me rappelle la steppe sibérienne, Maximilienne, où l'on sent son cœur se geler. »

Le corps des chevaux était comme enduit d'une carapace de glace. L'écume de leurs bouches gelait. Les oiseaux tombaient du ciel, foudroyés. Au loin des loups hurlaient de faim et de fureur. Floris et Adrien s'étaient enfoncé leurs chapskas de fourrure jusqu'au nez. Romo se pencha pour prendre une gourde de vodka et leur en faire boire, mais la laissa retomber : l'alcool avait gelé. Chacun avait les pieds recroquevillés de froid dans ses bottes. Les paroles semblaient s'arrêter sur les lèvres gercées qui ne pouvaient remuer. Maximilienne parvint tout de même à dire :

« Ce froid va nous retarder.

— Au contraire, Maximilienne, les lacs vont devenir assez solides pour qu'on les traverse, les rivières vont durcir, nous n'aurons plus aucun obstacle. L'hiver est l'ami du Russe et notre vitesse va peut-être nous sauver. Si nous faisons cent verstes par jour, nous aurons trop d'avance pour qu'on nous rattrape. »

En disant cela, Romo fouetta les chevaux qui firent un bond en avant. On galopa pendant des heures sans laisser souffler les malheureuses bêtes. Lorsqu'on arrivait aux relais, les pauvres animaux se laissaient tomber : certains y mouraient de fatigue. Romo, impitoyable, crevait bêtes et gens. En fin de journée on se trouva à quatre-vingts verstes de Novgorod la Grande. Les fugitifs étaient ivres d'épuisement et leur visage profondément gercé. La route devenait dangereuse car, au relais, un homme de l'hetman signala qu'il avait vu des soldats dont il ne connaissait pas les intentions. On décida de gagner Novgorod en passant par la rivière Volkhov dont on suivrait le lit gelé. On passerait ensuite sur le lac Illmen et l'on pourrait ainsi éviter Novgorod et atteindre le relais sans avoir à traverser la ville. La nuit tombait et Maximilienne dit à Romo :

« Nous devrions peut-être nous arrêter quelque part pour les enfants, regardez-les.

— Non, Maximilienne, il faut mettre le plus de verstes possible entre l'impératrice et vous. Nous devons continuer. »

Le lit de la rivière était aussi dur que du rocher, mais les traîneaux avançaient plus lentement car on n'y voyait plus guère. Dans le traîneau où se trouvaient Elisa, Martine et Blaisois, la consternation régnait. Elisa gémissait :

« Ah ! j'aime mieux les flammes de l'enfer, c'est sûr, Seigneur Jésus, Marie, Joseph ! »

Depuis longtemps Blaisois et Martine ne parlaient plus. L'hiver russe avait eu raison d'eux. Bourline souffrait aussi car sa blessure était à peine refermée, mais, stoïquement, il faisait avancer les chevaux. Seuls, dans le premier traîneau, Fédor et Marina ne semblaient pas atteints par cette effroyable chute de température. Ils évoquaient leurs souvenirs de l'armée en patois ukrainien, et Fédor semblait subjugué par Marina. Le malheureux Grégoire gémissait :

« Un pays où l'alcool gèle ce n'est pas un pays chrétien, pour sûr ! »

Maximilienne, Floris et Adrien étonnaient Romo par leur résistance digne de soldats endurcis. Tout doucement, quelques flocons de neige se mirent à tomber.

« Il va faire moins froid, Maximilienne, voici la neige. »

Mais l'espoir qu'avait fait naître les paroles de Romo fut de courte durée. Le terrible vent de Finlande se mit à souffler, tandis que la neige tombait de plus en plus fort. Des tourbillons affolaient les chevaux. La neige entrait partout, cinglant les visages, brûlant les yeux. Soudain Floris aperçut au loin, sur les berges de la rivière, des ombres qui sautaient les unes derrière les autres. Il chuchota :

« Regarde, Adrien. »

Mais les bourrasques de neige les gênaient. Romo et Maximilienne ne s'étaient aperçus de rien. Floris jeta un coup d'œil à son frère et cria entre deux coups de vent :

« Romo, je crois qu'on nous suit ! »

Romo regarda attentivement :

« Non, ce ne sont que des loups. Pour le moment ils ne sont pas dangereux. »

Et Romo hurla aux deux autres traîneaux en désignant la rive :

« Attention, les loups, il faut avancer ! »

Les chevaux étaient de plus en plus nerveux. Eux aussi avaient senti des ennemis sur la rive. Ils se cabraient de frayeur. Romo fit signe à Fédor et Bourline, et tous trois descendirent des traîneaux. Ils se mirent entre les deux chevaux de tête et leur parlèrent pour les rassurer. Les ombres inquiétantes se multipliaient sur la rive droite de la Volkhov et semblaient se rapprocher. Romo songea qu'il aurait fallu trouver un endroit pour la nuit, mais la région était désertique. Les chevaux hennissaient de terreur. La nuit achevait de tomber et la tempête de neige redoublait de violence. Le vent empêchait d'allumer des torches, qui auraient fait fuir les fauves. Sur la rive droite, des yeux flamboyants observaient les fugitifs. Romo et Fédor se regardèrent, inquiets. Ils avaient cru n'apercevoir que des bêtes isolées, mais les loups se pressaient par centaines. Certains commencèrent à hurler, et d'autres leur répondirent sur la rive opposée. Romo se retourna : ils étaient aussi nombreux de l'autre côté. Si la tempête continuait, les chevaux n'avanceraient pas et les loups se rapprocheraient tout doucement. Romo cria aux occupants des traîneaux :

« Prenez des armes, un poignard d'une main et de l'autre un pistolet. »

A l'intérieur des sièges se trouvait en effet un véritable arsenal. Floris et Adrien prirent ce que Romo avait demandé. Dans le troisième traîneau Elisa s'était emparée d'un pistolet et le braquait dans tous les sens alors que Blaisois et Martine roulaient des yeux effarés en claquant des dents. Les hurlements se faisaient de plus en plus forts et couvraient presque par moments le mugissement de la bourrasque. Romo, Fédor et Bourline avaient de plus en plus de mal à faire avancer les malheureux chevaux terrorisés. Tout doucement, les hordes de fauves s'approchaient, les plus courageux étaient même descendus des berges et avançaient sur la glace. Romo cria :

« On va sacrifier un attelage : la Boiteuse va monter dans le premier traîneau et Grégoire dans le deuxième. »

Maximilienne se cacha la tête dans les mains.

« Quelle horreur ! Les pauvres chevaux ! »

Marina et Grégoire abandonnèrent leur traîneau en

emportant tout ce qu'il contenait, armes et provisions, et s'installèrent aux places qui leur avaient été assignées.

« Prince ! cria la Boiteuse, j'ai un bougre de cousin qui a une isba à environ huit verstes d'ici. Si nous pouvions l'atteindre, nous serions sauvés. »

Romo hurla :

« Il faudrait que la tempête s'arrête et que les chevaux galopent. Les loups approchent et nous n'avançons pas. Ils nous gagnent de vitesse. »

En effet, les loups se rapprochaient d'eux. La tempête semblait redoubler de violence. Bourline et Fédor tenaient les chevaux de l'attelage où se trouvaient Martine et Blaisois, Romo maintenait seul celui de Maximilienne et de Floris. Soudain on entendit au loin les hennissements de terreur des chevaux du traîneau abandonné. Les loups les attaquaient, se désintéressant pour un moment des deux autres attelages. Floris se boucha les oreilles pour ne pas entendre les cris affreux des fauves affamés qui se jetaient sur les malheureuses bêtes. Des larmes qui gelaient aussitôt coulaient des yeux de Floris. Il prit la main de son frère et lui dit tout bas :

« J'ai peur, Adrien. »

Adrien serra son petit frère contre lui, mais il tremblait aussi et pas seulement de froid. Romo, Maximilienne et tous les autres s'étaient immobilisés, frappés eux aussi par la peur horrible, affreuse, ancestrale, de cet abominable ennemi.

Romo cria :

« Attention, il va bientôt falloir combattre ! »

Mais il songeait, découragé :

« Combattre, à quoi bon ? Ils sont trop nombreux. Quelle horreur ! Nous allons tous mourir ici, dévorés par les loups. »

Fédor leva vers le ciel son visage balafré et hurla :

« Dieu aussi nous abandonne. »

Alors Floris murmura tout bas :

« Petrouchka, viens à notre secours ! »

CHAPITRE XIX

Ce fut soudain comme l'éclair ; un grand mâle, plus affamé que les autres, attaqua. Maximilienne, Floris et Adrien se retournèrent, virent le danger et déchargèrent leur pistolet sur le loup qui s'enfuit en hurlant. Ce fut le signal du carnage. Les autres fauves, rendus fous par l'odeur du sang des chevaux, se jetèrent à l'assaut des voyageurs. A pied devant les chevaux, Romo, Bourline et Fédor repoussaient les assaillants en essayant de défendre leur attelage qui seul pouvait les sauver si la tempête se calmait. Les bêtes hennissaient et se cabraient de peur. Les trois hommes plongeaient d'une main leur poignard dans tous les pelages gris qui passaient à leur portée, et de l'autre déchargeaient de terribles coups de feu, fracassant les mâchoires et faisant sauter les cervelles. Romo et Fédor avaient retrouvé leur sang-froid dès le début de la bataille. Fédor était effrayant à voir avec son visage balafré couvert du sang des fauves. Il avait jeté son pistolet pour sortir son sabre, qui sifflait dans l'air, faisant des moulinets et tranchant les bêtes en deux.

« Combien de temps pourrons-nous tenir ? » se demandait Romo tout en faisant lui aussi un carnage de titan.

De leur côté, Floris et Adrien, avec leur dextérité habituelle, faisaient mouche à tout coup. A tour de rôle, ils rechargeaient le pistolet de celui qui tirait. Floris n'avait plus peur. Soudain une femelle, rendue furieuse par la mort de ses petits, attrapa au passage le bras d'Adrien, essayant de traîner le petit garçon hors du traîneau pour le dévorer à son aise sur la glace. Floris entendit le cri de son frère et, voyant l'horrible danger qui le menaçait, abandonna le pistolet qui n'avait plus de poudre et plongea sans réfléchir son poignard dans le ventre de la bête. Celle-ci poussa un hurlement et s'effondra. Aussitôt les fauves se ruèrent sur elle, se partageant sa dépouille toute chaude. Adrien perdait son sang. Maximilienne, qui s'était retournée au cri de son fils, tira à son tour sur quatre fauves gris qui se jetaient à l'assaut de Floris, puis, profitant d'une seconde de répit, elle noua en sanglotant un foulard autour du bras d'Adrien. Un autre danger menaçait les fugitifs : la poudre qui leur restait était mouillée par la neige. On ne pouvait plus se défendre qu'au poignard. Qui aurait reconnu dans ce jeune homme couvert de sang, celle qui passait un mois plus tôt pour la reine de Pétersbourg !

Marina la Boiteuse poussait des cris qui suffisaient presque à effrayer les fauves. Elle tenait un poignard dans chaque main et les plongeait parfois ensemble dans le corps des bêtes palpitantes.

Dans le second traîneau, Grégoire avait trouvé un fouet et s'en servait comme d'une massue. Devant le danger, Blaisois et Martine avaient renoncé à leurs gémissements et se défendaient comme les autres, d'abord au pistolet, puis au poignard ; l'instinct de conservation provoque des miracles.

Quant à Elisa, elle injuriait les fauves en tirant des coups de pistolet qui n'atteignaient pas souvent leur cible, mais suffisaient à effrayer les assaillants. Elle aussi, du reste, se trouva contrainte d'abandonner son pistolet, pour se servir de son poignard. Le nombre des loups semblait augmenter et leurs attaques se faisaient de plus en plus violentes. Ils sentaient la fatigue qui s'emparait des fugitifs. Soudain, un loup se jeta sur l'attelage que défendait Romo. Mordu au flanc, le cheval se cabra sous la douleur et donna des coups de sabot à ses camarades qui se cabrèrent à leur tour. Avant que Romo ait pu faire un geste, les chevaux renversèrent le traîneau en se bousculant. Maximilienne, Marina et les deux garçons se trouvèrent brusquement jetés sur la glace. En une seconde, les loups les entourèrent. Une énorme bête au pelage presque blanc se jeta sur Floris en ouvrant la gueule. Elle allait le saisir et l'emporter. Adrien, voyant le danger qui menaçait son frère, se saisit de la banquette du traîneau, pour en frapper le loup blanc, qui avait attrapé Floris dans sa gueule. Ses yeux brillaient dans la nuit comme deux braises. Mais un changement soudain se produisit dans les rangs des bêtes ; une hésitation sembla s'emparer d'eux, puis, silencieusement, ils s'éloignèrent et se perdirent dans la nuit. Le grand loup blanc se retourna, tenant toujours Floris dans sa gueule ; Adrien sentit cette hésitation et en profita pour lui donner sur la tête un grand coup. Pris de peur, le loup lâcha Floris et s'enfuit le dernier. Les fugitifs se regardèrent hébétés, stupéfaits par ce miracle, lorsqu'ils se rendirent compte qu'une lumière les éclairait. Pendant la bataille, ils ne s'étaient même pas aperçus que la tempête avait cessé et que trois hommes qui portaient des torches se tenaient devant eux. Par leur seule présence, ils avaient mis en déroute la bande des loups, car ces bêtes n'attaquent point au jour et fuient à la moindre lumière. Romo et Fédor s'approchèrent avec méfiance du traîneau de leurs sauveteurs. N'était-ce pas un nouveau danger qui s'annonçait ? C'est alors que Marina cria :

« Ah ! On peut dire que pour une fois tu tombes bien, le Polonais ! »

Et la Boiteuse ajouta tranquillement :

« C'est mon cousin. »

Le Polonais était un petit homme aussi large que haut. Il était accompagné de ses deux fils qui étaient aussi longs que leur père était court. Marina la Boiteuse tenait son cousin serré contre son cœur. Romo arrêta ces effusions en remerciant le Polonais de les avoir sauvés d'une mort horrible. Puis il ajouta, inquiet :

« Qui vous a donné l'idée de venir par ici, en pleine tempête ?

— Ah ! par saint Stanislas ! s'écria le Polonais, j'habite à trois verstes d'ici, j'ai entendu des coups de feu et les hurlements des loups. J'ai pensé que des voyageurs étaient en difficulté. J'ai attendu la fin de la tempête de neige, car par ici elles sont toujours très violentes, mais courtes.

— Cependant, dit Romo, vous n'êtes peut-être pas les seuls à nous avoir entendus.

— Rassurez-vous, dit le Polonais qui comprenait tout à demi-mot, il n'y a que mon isba à trente verstes à la ronde. Venez chez moi. »

On fit alors le compte des dégâts. Sur douze chevaux, il n'en restait que quatre vivants. Les fugitifs perdaient leur sang, car ils avaient tous été cruellement mordus par les loups. On monta dans les deux traîneaux et l'on attacha deux chevaux à chaque attelage. Les fils du Polonais devaient venir chercher le lendemain matin le troisième traîneau qui avait été fort endommagé. Sans un mot, la petite troupe fit le trajet qui conduisait à l'isba. L'homme invita ses hôtes à entrer dans sa petite maison recouverte de neige. Ils grelottaient tous, de froid, de faim, de douleur, mais Maximilienne, pâle et tachée de sang, s'avança soudain vers le Polonais, en tenant ses deux fils.

« Monsieur, il faut que vous sachiez que nous sommes proscrits, c'est dangereux pour vous de nous cacher. »

Marina la Boiteuse s'écria :

« Ah ! barinia, ce sacripant de bougre nous logera, ou je lui f... mon pied dans le c... »

Floris songea que Marina savait parler aux hommes. Le petit homme s'inclina vers Maximilienne.

« Bien que vos habits soient ceux d'un jeune seigneur, noble dame, je n'ai besoin de rien savoir. Du moment que vous êtes avec Marina la Boiteuse, ma demeure vous appartient. »

Maximilienne ne put s'empêcher de sourire, le monde avait basculé : la grande dame, le prince, les petits seigneurs étaient sauvés grâce aux relations d'une cantinière, qui avait bourlingué sur tous les champs de bataille d'Europe.

« C'est bien ainsi », songea Maximilienne et elle se tourna vers ses fils.

« N'oubliez jamais, mes enfants, ce que vous devez à ces nobles cœurs, qui risquent la mort pour nous sauver. Non, n'oubliez jamais que notre Petrouchka était un homme comme eux, grand par la générosité, le courage et la noblesse de l'âme. »

Après avoir soigné leurs blessures et dévoré un bortsch fumant qu'avait préparé le Polonais, les fugitifs s'endormirent, tassés les uns contre les autres, dans l'unique pièce de l'isba.

On ne put repartir que tard dans la matinée. Il avait fallu réparer le troisième traîneau et le Polonais n'avait trouvé que deux autres chevaux. Romo pestait intérieurement, car on risquait de prendre du retard. Il fallait arriver au relais de Novgorod la Grande avant que les soldats aient donné l'alarme. Ainsi, on aurait de nouveau quatre chevaux frais par attelage. Les adieux entre la Boiteuse et le Polonais furent touchants et Floris dit à son frère :

« Tu vois, Adrien, Marina aime autant son cousin que nous nous aimons tous les deux. »

Romo ne put s'empêcher de sourire, car il avait quelques doutes sur les liens de parenté qui existaient entre Marina et ses prétendus cousins. Certains bruits, au cours de la nuit, lui avaient laissé penser que la Boiteuse poussait très loin l'amour de la famille. Floris et Adrien sautèrent en riant au cou du Polonais ; ce fut leur remerciement spontané. Et Romo songea :

« Quel charme ensorcelant possèdent-ils tous les trois, pour susciter de pareils dévouements ? »

Le brave Romo oubliait que lui-même risquait sa vie, son titre et ses terres pour sauver ces trois êtres.

Malgré le retard pris, les fugitifs couvrirent dans la journée les soixante-dix verstes qui les séparaient de Novgorod. Ils n'avaient pas repris la route et glissaient sur le fleuve gelé. Le temps était clair, mais la température n'était pas remontée et ce froid affreux faisait cruellement souffrir bêtes et gens. On était obligé de s'arrêter toutes les quinze verstes, pour laisser souffler les pauvres chevaux. En fin de journée, les fugitifs aperçurent sur la rive gauche du lac Illmen, sur lequel ils se trouvaient maintenant, les remparts en brique rouge de Novgorod. Au loin, la tour Blanche semblait les regarder passer, si petits sur le lac gelé. Ils dépassèrent la ville, puis voulurent remonter sur les berges du lac ; mais il fallut descendre des traîneaux pour aider les chevaux à gravir ces monticules, dont la pente était raide. Maximilienne, en poussant le traîneau, regardait ses fils qui ne semblaient pas fatigués.

« Ils sont d'une force peu commune pour des enfants de cet âge ; on dirait que Pierre les a entraînés à Doubino, en prévision de ce qui nous arrive. »

La nuit tombait sur Novgorod et les fugitifs se trouvaient de nouveau sur la route, mais ils ne s'étaient pas suffisamment écartés de la ville ; une patrouille les aperçut de la porte Saint-Nicolas. Romo cria aux deux autres traîneaux :

« Impossible de fuir, les chevaux sont trop fatigués. Demi-tour et laissez-moi parler. »

Romo dirigea son attelage vers les gardes qui s'apprêtaient à enfourcher leurs chevaux, pour poursuivre ces trois

traîneaux suspects. Les fugitifs étaient peut-être signalés,
mais il était aussi normal qu'il y eût un octroi à l'entrée et à
la sortie de Novgorod la Grande qui, avec Kiev et Moscou,
était l'une des trois grandes villes de la Moscovie après Saint-
Pétersbourg. Romo jurait intérieurement et se tourna vers
Floris et Adrien.

« N'oubliez pas que vous êtes des petites filles et que
vous vous appelez Natacha et Sophie. »

Floris regarda Romo avec supériorité :

« Il nous prend vraiment pour des bébés. »

Mais il leva les yeux vers sa mère et la vit si pâle qu'il murmura :

« N'ayez crainte, Mamouchka, nous sommes là. »

Un sous-lieutenant venait au-devant de l'attelage. Romo
s'écria :

« Je ne savais pas, lieutenant, qu'il y avait un octroi à
Novgorod. Ma famille et moi, nous nous rendons à Moscou. »

Le soldat grogna, attrapa les laissez-passer que Romo lui
tendait et entra dans le poste de l'octroi, pour présenter ces
papiers à son capitaine. Maximilienne sentait son cœur battre
avec violence. Le capitaine revint vers les fugitifs ; c'était un
gros homme au visage rubicond.

« D'où venez-vous ? demanda-t-il à Romo.

— Ma famille et moi-même, capitaine, venons de Pologne où je possède quelques terres et nous nous rendons à
Moscou la Sainte.

— Vous choisissez un curieux temps pour voyager.

— C'est que, capitaine, ma femme y est très malade et je
lui amène nos deux filles. »

Le gros capitaine tripotait les papiers des fugitifs dans
tous les sens, il les tournait et les retournait, mais le vieux
pope s'était surpassé : les laissez-passer semblaient plus
vrais que des vrais. Romo regardait le capitaine avec un bon
sourire franc.

Ce dernier s'approcha de Floris et d'Adrien :

« Comment t'appelles-tu ? demanda-t-il à Floris.

— Moi c'est Natacha et ma sœur Sophie.

— Et pourquoi vous rendez-vous à Moscou ? »

Romo et Maximilienne frémirent. Visiblement le capitaine
se méfiait et interrogeait les enfants pour voir s'ils se trou-
bleraient et se tromperaient. Le sort des fugitifs reposait sur

les réponses de Floris et Adrien. Romo inquiet interrompit :
« Je vous l'ai dit, capitaine, nous allons à Moscou pour...
— Suffit, je veux entendre ces petites filles. »
Cela allait mal, un simple capitaine n'aurait jamais parlé
ainsi à un comte Tchercovsky en voyage, s'il ne pensait
avoir affaire à des prisonniers évadés.

Floris était enchanté. Il fit son plus beau sourire au capitaine, et répondit avec un air mutin de petite fille modèle :
« Mon papa vous l'a dit, monsieur le capitaine, nous nous
rendons à Moscou auprès de notre maman qui est très
malade. Ma sœur et moi sommes très malheureuses et vou-
drions arriver vite. »

Le capitaine se tourna vers Adrien et lui dit en désignant
Maximilienne :
« Qui est ce jeune homme ? »

Adrien, très calmement, regarda sa mère et dit :
« Mais c'est le secrétaire de papa, Michel Ivanov, il est
très gentil. »

Le gros capitaine réfléchit profondément. Il ne devait
pas en avoir l'habitude ; sous l'effort de la réflexion, son
visage devint violet. Il fit un geste et plusieurs soldats sortirent du poste de garde. Maximilienne appuya ses mains sur
son cœur et regarda Romo.

« C'en est fait de nous », songea-t-elle.

Romo réfléchissait : se battre ? Oui, bien sûr, on pouvait,
mais la garnison de Novgorod comptait des centaines de soldats. Fuir ? Ils auraient pu le tenter, mais seraient vite rat-
trapés. Les soldats s'étaient groupés autour de leur chef et le
capitaine s'écria :
« Bande d'imbéciles, prenez le cheval de tête et retournez
les traîneaux de Sa Seigneurie le comte Tchercovsky en
direction de Moscou. »

Romo était trop interloqué pour répondre. Le capitaine
prit son silence pour du mécontentement.

« Je prie Votre Seigneurie d'excuser ces malotrus, dit-il
en désignant les pauvres soldats qui n'y comprenaient rien.
Il faut vous dire, monsieur le comte, qu'un messager, il y a
une vingtaine de jours, nous a signalé de dangereux prisonniers évadés, dont la tête est mise à prix dix mille roubles,
mais, n'ayant pas d'autres nouvelles, je pense qu'on les a
arrêtés à Pétersbourg.

— Capitaine, répondit Romo, olympien, je signalerai votre dévouement à l'impératrice, quand je la reverrai.

— Ah ! monsieur le comte, vous feriez cela ? dit le capitaine, en joignant ses gros doigts boudinés. Remarquez que j'avais tout de suite vu à qui j'avais affaire, car à moi, on ne me la fait pas. »

Romo regarda le capitaine avec bonté.

« Votre sagacité est remarquable, capitaine. Ma famille et moi-même sommes fiers que Novgorod soit commandée par un homme dont le flair égale l'intuition. »

Maximilienne pensait :

« Romo exagère, ce gros idiot va se rendre compte qu'il se moque de lui. »

Mais le capitaine se rengorgeait. Il minauda encore :

« J'espère que ces charmantes demoiselles ne me tiendront pas rigueur de mon interrogatoire. »

Les « demoiselles » sourirent poliment au gros capitaine, mais avec un rien de condescendance. Et les traîneaux s'ébranlèrent alors que le capitaine saluait ce bon comte Tchercovsky et sa suite qu'il avait injustement soupçonnés. Il rentra, entouré de ses gardes dans le poste de l'octroi et s'adressa à ses hommes :

« Prenez-en de la graine, bande d'idiots. Voilà comment on fait son chemin dans la vie, en sachant reconnaître des prisonniers évadés de nobles seigneurs. »

Dans les traîneaux, les fugitifs laissaient éclater leur joie. Pour la première fois, ils se sentaient détendus. Elisa joignait les mains en remerciant le ciel et Fédor plissait son unique œil :

« Ah ! par saint Georges ! Nos petits barines sont des diables. »

Maximilienne était émue et fière, Romo regardait les enfants en songeant :

« Que ne feront-ils pas si Dieu et Pierre le Grand leur permettent de vivre ! »

Au relais, on changea les chevaux. Le temps était clair, la lune brillait et Romo décida qu'il fallait galoper toute la nuit, pour gagner Tver. Ainsi, on ne serait plus qu'à cent soixante-dix verstes de Moscou.

« Mais, Romo, demanda Maximilienne, si nous sommes encore attaqués par des loups ?

— Non, cette nuit, barinia, le Polonais m'a dit qu'il n'y

aurait pas de tempête. Nous n'avons rien à craindre »,
déclara la Boiteuse.

Romo était inquiet.

« Il faut avancer, Maximilienne, car cet idiot de capitaine
va recevoir un autre messager de Pétersbourg, demain peut-
être. Il se rendra compte qu'il a été joué et enverra toute la
garnison de Novgorod à nos trousses. »

En soupirant, les fugitifs remontèrent dans les traîneaux ; ils avaient eu à peine le temps de se restaurer et de
se réchauffer un peu. On galopa toute la nuit et toute la
journée sans incident. Les relais étaient disposés toutes les
trente ou quarante verstes et on marchait à un train d'enfer.
Dans les traîneaux, les malheureux voyageurs ne sentaient
même plus leur épuisement. Les couvertures de fourrure
réchauffaient à peine leurs jambes et leurs pieds à demi gelés.
Leurs mains se couvraient d'horribles crevasses, malgré les
gants fourrés.

Le lendemain soir, on parvint en vue de Tver. Les fugitifs
se trouvaient sur le plateau de Valdaï. A l'ouest se trouvaient les sources de la Volga. Plusieurs routes s'offraient
à eux. Ils pouvaient descendre le fleuve gelé depuis sa naissance, mais la Volga faisait en cet endroit un immense coude
et ils auraient été obligés de traverser le lac Ovseloug. La
nuit tombait, les chevaux étaient fatigués. Romo pensa aux
loups qui risquaient de les attaquer de nuit sur le lac. Il fut
décidé que l'on gagnerait le relais de Tver. Romo fouetta les
chevaux et les trois traîneaux prirent la direction de la ville.
Soudain, un corbeau solitaire, venant de la droite, traversa le
chemin devant les attelages. Fédor, Marina et Bourline
se signèrent. En Ukraine, un corbeau seul qui vous coupe
le chemin est le signe d'un malheur prochain. Romo leur
cria :

« Etes-vous assez idiots pour croire à des ragots pareils !

— Oh ! Votre Seigneurie, protesta Fédor, c'est un mauvais présage.

— Le corbeau est passé juste au-dessus de moi, murmura
sombrement Bourline et il ajouta :

« Il n'y a rien à faire. On ne peut pas échapper à son
destin. »

CHAPITRE XX

L'incident avait impressionné les fugitifs. Maximilienne tenait ses fils serrés contre elle. Dans Tver, tout semblait calme. Les habitants étaient déjà rentrés, au chaud dans leurs maisons. A la porte des fortifications, il n'y avait ni soldats ni gardes. Au lieu d'être rassurés par ce calme, les fugitifs se sentaient au contraire angoissés. Floris se pencha vers son frère et lui souffla :

« Adrien, j'ai l'impression que l'on nous regarde. »

Romo entendit la réflexion de l'enfant et songea :

« Nous aurions dû descendre la Volga ; ce calme m'inquiète. »

Les trois traîneaux traversèrent la ville qui était surtout composée de petites maisons en bois. On arriva enfin devant la dernière isba sur la droite, un méchant cabaret à l'enseigne pompeuse « Au Soleil de Tver ». Romo fit un signe à Bourline qui sauta de traîneau et frappa trois fois, selon le signe convenu. Un homme au visage grêlé, le regard fuyant, ouvrit la porte. Bourline murmura :

« Ukraine et Romanov. »

L'homme s'inclina fort bas et leur fit signe d'entrer. Le cabaret était vide.

« Dépêche-toi, Nina, d'aider ces nobles voyageurs », cria l'homme.

Romo s'approcha de lui, méfiant. Ces manières obséquieuses ne lui disaient rien qui vaille.

« Quel est ton nom ?

— Arachev pour vous servir, votre honneur.

— Fais-nous préparer des chevaux, quatre par traîneau.

Nous allons nous restaurer, dormir quelques heures chez toi et nous repartirons au milieu de la nuit.

— Votre Seigneurie, tout est prêt, dit Arachev. Je suis un ancien cosaque attaché à l'hetman Saratov et vous pouvez avoir confiance en moi », ajouta l'homme avec un vif accent de sincérité.

Romo regretta son attitude et se dit :

« C'est idiot, je deviens nerveux comme une femme et je vois des ennemis partout. C'est la faute de Bourline et de Fédor, avec leurs mauvais présages. »

Floris et Adrien étaient si fatigués qu'ils s'endormirent tout de suite, sans dîner. Maximilienne les regarda tendrement un instant, puis s'en fut avaler une écuelle de bortsch fumant avec ses compagnons.

L'isba d'Arachev étant fort petite, les voyageurs s'allongèrent sur les couvertures de fourrure des traîneaux et s'endormirent par terre serrés les uns contre les autres. Tout était calme et la petite troupe se reposait depuis deux heures, lorsque Floris fut réveillé par la faim. Il jeta un coup d'œil à son frère qui dormait, hésita, et décida finalement qu'il était trop triste de manger seul. Il tapa sur l'épaule d'Adrien qui ouvrit les yeux en sursaut.

« J'ai faim », dit Floris simplement.

Adrien soupira ; il avait sommeil.

« J'ai faim », répéta Floris, avec impatience.

Sans un mot, Adrien se leva, car il ne savait rien refuser à Floris. Ils se dirigèrent tous les deux vers un réduit où ils avaient remarqué que l'on rangeait des provisions. La petite pièce n'était éclairée que par le clair de lune, mais Floris voyait dans la nuit comme un jeune chat. Ils se mirent alors en devoir de trouver quelque nourriture. Floris, à son grand ravissement, découvrit des koulbats, sorte de petits pâtés qu'il adorait, faits avec du riz, de la viande pilée, des choux rouges et des jaunes d'œufs. De son côté, Adrien trouva sur une étagère un samovar dans lequel restait de l'eau chaude, ainsi qu'une écuelle remplie de pogatchas, délicieux gâteaux à la graisse de mouton et au miel. Les deux frères s'assirent par terre et commencèrent leur festin. Adrien était maintenant ravi d'avoir été réveillé par Floris. Ils festoyaient en silence. Soudain, un chuchotement venant du dehors leur parvint :

« Ils ronflent tous à cause de la potion que j'ai mise

dans le bortsch ; c'est le moment », disait une sinistre voix d'homme, qu'ils reconnurent pour celle d'Arachev.

« Tu n'as pas peur ? répondit une femme. Si l'hetman l'apprend, il nous tuera.

— Tu n'es qu'une idiote, femme, il y a dix mille roubles de récompense. Tais-toi, voici le lieutenant. »

Floris et Adrien entendirent alors une troisième voix ;

« Vous êtes sûrs qu'ils dorment ?

— Ah ! ça oui, lieutenant.

— Bien, nous allons donc les surprendre sans combattre et les égorger dans leur sommeil ; nous ne garderons que la femme et l'enfant.

— Et... lieutenant, ajouta Arachev, pour la récompense...

— Rassure-toi, tu l'auras quand ils seront pris. Tu as bien fait de les dénoncer, et tu toucheras l'argent qui t'est dû. »

Floris et Adrien n'attendirent pas le reste : à pas de loup ils se glissèrent dans la salle, enjambèrent les corps des dormeurs, s'approchèrent de Romo et le secouèrent. Maximilienne rêvait, elle galopait dans la campagne avec Pierre, soudain un corbeau traversait leur route, Pierre lui criait :

« Attention à Floris, attention à Floris ! »

Maximilienne ouvrit les yeux. Romo la secouait. Tous les fugitifs étaient debout, hagards, et Romo leur soufflait :

« Prenez vos armes, il va falloir combattre, on nous a trahis. »

Sans un mot, conscients du danger, ils prirent les armes qu'ils avaient eu la précaution de conserver avec eux et se mirent silencieusement en embuscade derrière les portes et les fenêtres de l'isba. L'attente était presque insoutenable. Soudain la porte s'ouvrit tout doucement et Arachev parut, suivi de trois soldats. La plus profonde obscurité régnait mais les fugitifs devinaient leurs assaillants alors que ceux-ci ne se méfiaient de rien, les croyant endormis. Romo espérait pouvoir les prendre par surprise. Une seule défense, le poignard. Arachev referma la porte sur les soldats. Rapide comme l'éclair, Romo plongea son poignard dans le cœur de l'un d'eux, tandis que Fédor égorgeait l'autre et que Bourline blessait le traître Arachev. Seul Grégoire, qui répugnait à se servir d'un poignard, serrait son homme à la gorge. Avant que Romo ait pu lui donner un coup fatal, le soldat lui échappa et courut vers la porte en criant :

« Aux armes ! »

Romo et Maximilienne avaient espéré fuir par une porte de derrière, mais les soldats, aux cris de leur camarade, encerclèrent l'isba.

Romo hurla :

« Abritez-vous derrière les fenêtres, laissez-les approcher, ne faites feu qu'à coup sûr, nous ne savons pas combien ils sont ! »

L'isba avait quatre petites fenêtres. Romo se mit à l'une avec Maximilienne. Bourline et Grégoire à une autre. Marina la Boiteuse et Fédor renversèrent la lourde table et la jetèrent devant la porte qu'ils laissèrent ouverte, pour tirer à leur aise et à l'abri. Blaisois et Martine s'embusquèrent à la troisième fenêtre, Floris et Adrien à la quatrième. Maximilienne voulut les suivre mais Romo l'en empêcha :

« Laissez-les, Maximilienne, ils tireront mieux si vous n'êtes pas là. Et nous avons besoin d'eux », ajouta-t-il sombrement.

Un certain flottement s'était produit dans les rangs des soldats qui s'étaient cachés derrière les arbres autour de l'isba. Ils attendaient des ordres qu'ils ne pouvaient recevoir, leur lieutenant se trouvant proprement égorgé dans l'isba par les soins de Fédor. Romo reprit espoir : sans chef on allait les mettre en déroute. A ce moment, une galopade se fit entendre au loin. Elle se rapprocha et les fugitifs reconnurent, atterrés, la garnison de Novgorod la Grande.

Trois heures après leur départ, le gros capitaine avait reçu un messager. Comprenant qu'il avait été joué, il s'était lancé aussitôt à la poursuite des prisonniers, avec une centaine de cavaliers.

« Ils sont très nombreux, murmura Maximilienne et nous sommes dix, dont deux enfants... »

Romo soupira. Cette fois-ci ils étaient bien perdus, mais au moins mourraient-ils les armes à la main.

Maximilienne se pencha vers Romo :

« Jurez-moi, mon ami, de ne pas nous laisser prendre vivants mes fils et moi.

— Maximilienne, dit Romo en frissonnant...

— Jurez, mon frère, jurez de nous tuer plutôt que de nous laisser emmener. »

Romo regarda Floris. Etait-ce dans ce but que Pierre lui avait confié les êtres qu'il aimait ? Romo baissa la tête.

« Je vous le jure, Maximilienne, ma sœur, vous ne tomberez pas vivants entre leurs mains. »

Comme pour ponctuer ses paroles, un coup de mousquet retentit. Maximilienne n'eut que le temps de se mettre à l'abri. Et la fusillade commença.

Le gros capitaine de Novgorod avait mis pied à terre et disposé ses hommes autour de l'isba. Le combat était acharné. Les fugitifs luttaient avec le courage du désespoir. Soudain un cri retentit, Bourline avait reçu une décharge de mousquet en pleine poitrine. Maximilienne abandonna son poste et se précipita vers lui pour essayer de lui porter secours. Bourline souffrait horriblement ; un peu de mousse rose monta à ses lèvres. Il se laissa tomber dans une mare de sang à côté des deux soldats égorgés et du traître Arachev qui geignait de douleur. Maximilienne comprit que le pauvre Bourline allait mourir. Elle sanglota.

« Pardon, pardon, mon brave Bourline, c'est à cause de nous, pour nous sauver. »

Bourline essaya de se redresser et murmura :

« Non, barinia... c'est le destin, nul ne peut lutter contre le sort.

— Cher Bourline, je veux que vous viviez ou que nous mourions tous ensemble.

— Vous vivrez, barinia, les petits seigneurs aussi, écoutez au loin... ils arrivent... ils arrivent pour vous sauver. »

Et le pauvre capitaine Bourline retomba, mort. Maximilienne releva la tête, hagarde, et vit ses fils qui tiraient comme de vrais hommes. Elle songea :

« Nos vies ne valent pas le sacrifice de celles des autres. »

La situation des fugitifs était critique. Les soldats, sentant une faiblesse du côté de Blaisois et de Martine, se rapprochaient de leur fenêtre. Bourline était mort. Marina la Boiteuse venait d'être blessée au bras droit et devait se borner à recharger le pistolet de Fédor. Maximilienne prit sa place et visa les soldats avec rage. Mais ceux qui tombaient étaient tout de suite remplacés par leurs camarades. Les assaillants ne se trouvaient plus qu'à cinquante pieds de l'isba. Floris et Adrien faisaient mouche à chaque coup. Un soldat qui s'était approché en rampant de l'isba se dressa soudain devant la fenêtre où se trouvaient les deux frères.

Adrien n'eut que le temps de voir l'homme qui braquait son pistolet fumant sur Floris. Il tira presque à bout

portant sur le soldat, sauvant son frère. Floris lui adressa un petit coup d'œil de remerciement et d'orgueil. L'un près de l'autre, ils se sentaient invincibles.

Le gros capitaine de Novgorod, furieux de voir ses hommes décimés pour un si maigre avantage, fit avancer une charrette chargée de paille. Il y fit mettre le feu et des soldats la poussèrent à l'abri des balles en direction de l'isba. Romo comprit le danger.

« Ils veulent nous contraindre à sortir en incendiant la maison. Prenez les couvertures pour essayer d'éteindre les flammes. »

Les soldats jetèrent la charrette contre l'isba, du côté de Floris et Adrien. Aussitôt, la paille commença à grésiller. Romo cria :

« Abandonnez votre fenêtre, venez tirer par ici. Blaisois, Martine, Elisa, essayez d'éteindre le feu. »

Romo hurlait des ordres, son regard croisa celui de Maximilienne et son cœur se fendit. Ils étaient perdus : Maximilienne l'avait compris. Ils continuaient de tirer, gênant l'avance des assaillants, mais le feu gagnait d'autant plus rapidement que la résine l'attisait. Elisa était brûlée au visage. Blaisois et Martine avaient réussi à trouver quelques seaux d'eau qu'ils avaient jetés sur les flammes, mais cela ne pouvait que retarder l'instant fatal où il leur faudrait abandonner ce refuge. Romo serrait les dents, bien décidé à se défendre jusqu'au bout. La promesse que lui avait arrachée Maximilienne le torturait. Un tourbillon se forma : la toiture prenait feu et des braises incandescentes tombaient sur les fugitifs. Bientôt la fumée les étouffa, les faisant tousser et leur brûlant les yeux.

Maximilienne était encore à la fenêtre où Floris et Adrien l'avaient rejointe. Elle cria :

« Nous sommes perdus. Romo, pensez à votre promesse ! »

Les assaillants s'approchaient du brasier. Le traître Arachev se tordait par terre en hurlant :

« Ne me laissez pas griller. Sauvez-moi. »

Romo se retourna :

« Infâme scélérat, puisses-tu mourir dans les flammes ! Et ce n'est qu'un avant-goût de l'enfer qui t'attend ! »

Le gros capitaine de Novgorod hurlait à ses soldats :

« Laissez-les sortir, je les veux vivants. »

Une atmosphère de panique régnait à l'intérieur de l'isba.

Les femmes avaient rejeté leur jupe sur leur tête pour se
protéger des flammes. Sombrement, Romo arma son pistolet
et s'approcha de Maximilienne. Floris et Adrien le regardaient sans comprendre. Romo sanglota :

« Pardon... pardon... je n'ai pas su vous protéger. »

Fédor, dans un rugissement de désespoir, était sorti et
repoussait à lui tout seul les assaillants de son sabre. Maximilienne prit ses fils contre elle et leur murmura :

« Nous allons mourir. Prions, mes fils. »

Elle s'agenouilla à terre et baissa la tête, prête à recevoir
le coup. Romo, en sanglotant, leva le bras et arma son
pistolet. Il allait presser la détente lorsque éclata dehors
un terrible cri de guerre :

« Ai, ai, ai, alla verdi. »

Ce qui signifie : « Dieu l'a donné. »

Une galopade d'Apocalypse couvrit le bruit de l'incendie.
Des trompettes sonnaient une charge qu'ils connaissaient
bien. Romo laissa retomber son bras et courut dehors en
hurlant comme un dément, suivi de Marina la Boiteuse
qui avait reconnu le terrible cri « Alla verdi ». Maximilienne semblait frappée de paralysie. Floris et Adrien, voyant
les poutres enflammées qui tombaient, se jetèrent sur leur
mère et la tirèrent hors de la pièce. Grégoire entraînait Elisa
tandis que Blaisois portait Martine à moitié asphyxiée. Ils
coururent tous, ne sachant plus vers quel danger ils se
jetaient. Le traître Arachev avait réussi à ramper dehors.
Il était à peine sorti de l'isba que tout s'effondrait dans un
grondement infernal.

Au-dehors on se battait. Les assaillants étaient à leur tour
encerclés. Les hommes du capitaine de Novgorod essayaient
de fuir. Fédor mit son bonnet au bout de son sabre et
répondit au cri de guerre qui retentissait. Des cavaliers passaient au triple galop, tenant de longues lances à la main
avec lesquelles ils pourchassaient les soldats de l'impératrice.
Le gros capitaine enfourcha un cheval et s'enfuit. Romo
souleva Floris de terre en riant.

« Les cosaques ! cria-t-il, nous sommes sauvés grâce à
toi ! »

Floris sentait le feu de la poudre et l'odeur de la victoire.
Adrien hurlait à sa mère :

« Sauvés, sauvés, Mamouchka !, les cosaques, les
cosaques ! »

Maximilienne songeait :

« Ils sont tous devenus fous. »

Elle ne comprenait pas ce qui se passait. Un homme s'arrêta devant elle, sauta de cheval et s'inclina en souriant.

« Je te salue, Sourire d'Eté. »

CHAPITRE XXI

Li Kang Yuin, car c'était lui, se tenait très calmement devant Maximilienne comme s'il était parti la veille. Floris et Adrien se jetèrent à son cou. Fédor et ses camarades l'entourèrent avec des vivats que Li Kang accueillait avec un sourire modeste. Une troupe de cavaliers approcha. Sur le champ de bataille proprement nettoyé, apparut l'hetman Saratov qui descendit noblement de cheval. Sans regarder personne, il se dirigea vers Floris et lui dit :

« Tu sais qui je suis ?

— Oui, répondit Floris, vous êtes mon parrain, l'hetman Saratov, et je savais bien que vous viendriez nous sauver. »

Le farouche hetman se pencha et posa sa main sur les boucles brunes de l'enfant.

« Je t'ai tout de suite reconnu, Floris ; tu es digne d'être le filleul de l'Ukraine. »

Alors seulement l'hetman consentit à se tourner vers Romo.

« Prince, je suis désormais ton ami pour la vie, car tu les as sauvés. »

Romo s'inclina, ému. Il savait que l'hetman n'accordait pas souvent son amitié.

« Noble dame, dit l'hetman en se tournant vers Maximilienne, tu es sous ma protection. Au petit jour, nous repartirons pour l'Ukraine. »

Li Kang Yuin avait quitté Pétersbourg alors que le tsar se mourait. Il avait donc pu passer avant les messagers de l'impératrice. Galopant de jour et de nuit, sans dormir ni manger, ou presque, l'infatigable petit Chinois avait rejoint en dix-huit jours le camp de l'hetman, qui se trouvait à environ deux mille verstes de Pétersbourg. Il avait fallu le descendre de son cheval et le porter devant l'hetman, car ses jambes se dérobaient sous lui. En apprenant le danger que courait son filleul, l'hetman était entré dans une colère terrible. Il avait juré protection au fils de son ami Pierre le Grand et pour le général des cosaques, une promesse était sacrée. Il s'était aussitôt mis en route, à la tête de cinq cents cosaques, montés sur ces petits chevaux de la steppe, capables, comme leurs cavaliers, de galoper pendant des heures, d'endurer le froid et de rester plusieurs jours sans nourriture.

Le gros des troupes de l'hetman avait ordre de quitter l'Ukraine et de gagner Moscou à marche forcée. Les moujiks regardaient ces cavaliers de l'Apocalypse qui traversaient leurs villages, et les femmes se signaient sur leur passage car le cosaque a toujours inspiré crainte et respect. L'hetman voulait se présenter à la cour pour obliger la tsarine à rendre les prisonniers, sous la menace du soulèvement de l'Ukraine et du Don.

Depuis des jours, à la tête de ses cinq cents hommes, l'hetman galopait vers Pétersbourg, lorsqu'en arrivant aux alentours de Tver, il avait entendu des coups de mousquet et aperçu la lueur d'un incendie. L'hetman savait qu'un de ses hommes tenait un relais par là et donna l'ordre à ses cosaques de charger pour le sauver. Ils piquèrent leurs bêtes fourbues et l'apparition de cette troupe hurlante, lance au poing, avait semé la terreur parmi les soldats de l'impératrice qui avaient pris la fuite sans faire mine de résister. L'hetman décida que l'on camperait quelques heures. Rapidement les tentes furent dressées. Pendant que les malheureux fugitifs soignaient leurs brûlures et tentaient de prendre quelque repos, l'hetman se mit en devoir de rédiger un message à la tsarine. Romo tenait la plume, car l'hetman avait négligé d'apprendre à écrire.

« Tsarine, dictait Saratov, mon filleul bien-aimé et sa famille ont été jetés en prison, poursuivis et attaqués par tes soldats. Pierre le Grand, notre maître, me faisait l'honneur d'être mon ami. Il m'avait confié les êtres qu'il aimait. Mes cosaques sont aux portes de Moscou. Si tu lances tes armées contre nous, l'Ukraine, le Don et mon frère l'ataman, commandant les cosaques de Sibérie, se révolteront. J'ai fait enlever le prince Romodanovski que nous gardons en otage. Je suis sûr, tsarine, que tu comprendras la situation et désireras comme moi la paix dans nos provinces. Par Jésus-Christ et le tsar, je te salue, Hetman Saratov. »

Romo éclata de rire.

« Par saint André, hetman, tu es rusé comme un renard d'avoir inventé mon enlèvement. »

L'hetman se rengorgea.

« Ainsi prince, quand tu désireras rentrer à Pétersbourg, tu le pourras, même si cette chienne de Polonaise ne croit pas un mot de ce que je lui écris. Elle n'aura aucune preuve contre toi et elle aura peur.

— Par Dieu, hetman, buvons à la vie ! »

Et ces hommes de fer se versèrent une rasade de vodka à tuer tout autre mortel.

Les traîneaux sibériens des fugitifs avaient brûlé dans l'incendie. L'hetman envoya une dizaine de cosaques à la recherche d'un moyen de locomotion pour ses protégés. Ses hommes revinrent rapidement avec deux troïkas. La troïka est le traîneau des Moscovites ; il a l'avantage sur le traîneau sibérien d'être plus confortable, mais l'inconvénient d'être un peu moins rapide, car il n'est tiré que par trois chevaux, dont l'un précède légèrement les deux autres.

Le jour se levait sur les restes fumants de l'isba. Maximilienne, qui avait à peine dormi, vint s'agenouiller devant les cendres avec Floris et Adrien qu'elle avait réveillés. Romo s'approcha d'eux.

« Souvenez-vous, dit Maximilienne, qu'ici est mort le capitaine Bourline, un homme généreux qui a donné sa vie pour nous sauver, mes enfants. Ne l'oubliez pas dans vos prières. »

Romo se pencha.

« Relevez-vous, Maximilienne, ce pauvre Bourline est mort heureux ; il avait commis une malhonnêteté dont je lui avais épargné le châtiment. Il voulait se racheter et mourir en héros. »

Floris et Adrien refoulaient leurs larmes. Jusque-là le combat les avait ravis, mais ils comprenaient à présent que l'on y perd des amis. L'hetman Saratov, qui avait tout entendu, se rapprocha du groupe et saisit Floris qu'il mit en croupe derrière lui, ajoutant d'une voix tonnante :

« Il vaut mieux mourir dans l'honneur que de vivre dans le déshonneur. »

Et son regard bleu foncé se porta vers un arbre auquel on avait attaché le traître Arachev et sa femme. Ils étaient dans un état lamentable car le malheureux avait été blessé à l'épaule par Bourline, et sa femme était à demi morte de froid. L'hetman fit signe à ses hommes.

« Ligotez-les sur des chevaux. Ils périront en Ukraine. »

Et la petite armée de l'hetman prit le chemin du retour. Floris et Adrien étaient montés sur de jeunes chevaux dont l'ardeur égalait la leur. L'hetman Saratov, qui n'avait pas de fils, regardait caracoler Floris avec fierté. Fédor et Li Kang suivaient eux aussi à cheval leurs petits maîtres. Les deux hommes étaient heureux de se retrouver. Une certaine fierté naturelle les avait empêchés de se le dire mais ils s'étaient compris sans paroles. Elisa était tombée d'émotion dans les bras de Li Kang, qui, toujours aussi cérémonieux, lui avait dit :

« Sagesse Ordonnée me semble avoir des brûlures. J'ai justement une pommade miraculeuse pour elle et pour toi, Vieille Prudence, ajouta-t-il, se tournant vers Grégoire. »

Quant à Martine et Blaisois, ils étaient inconscients depuis la fin du combat. Li Kang silencieusement les regardait, alors que deux cosaques les transportaient dans une troïka et dit à Fédor :

« Je crois, Lame Aiguisée, que nos amis vont dormir jusqu'en Ukraine... Si Bouddha nous permet d'aller jusque-là. »

A ce moment, Marina la Boiteuse, entourée d'une foule de cousins retrouvés, monta dans la troïka de Maximilienne. Li Kang se pencha vers Fédor et lui dit :

« Lame Aiguisée, qui est cette femme Vodka de Feu ? »

Fédor répondit laconiquement :

« C'est ma cousine. »

On mit deux jours pleins pour parcourir les cent soixante-dix verstes qui séparent Tver de Moscou. Une armée de vingt mille cosaques campait devant la ville depuis la veille. Moscou avait fermé ses portes. L'affolement gagnait la cité. Que voulaient les cosaques ? Retranchés derrière la « sadovaïa », le rempart de la ville, formé d'un fossé, d'un retranchement, d'une palissade et de tours de bois, les bourgeois observaient les cosaques. Moscou se sentait abandonnée, mal commandée, car les princes et les boyards étaient à la cour de Pétersbourg.

L'hetman avait rejoint ses troupes qui campaient bien tranquillement devant la ville. Maximilienne regarda une dernière fois au sud-est de Moscou, son cher quartier de Sloboda. Un déchirement la saisit ; elle aurait voulu revoir sa maison de brique rose. Elle attira ses fils.

« Voici Moscou, Floris et Adrien, Moscou la Sainte, regardez-la bien. »

Floris sentait le chagrin qui pesait sur sa mère depuis la mort de Petrouchka.

« Mais Mamouchka, dit-il, nous reviendrons en Russie ; n'est-ce pas, Adrien ?

— Oui, mère, c'est notre pays comme la France et nous y reviendrons quand nous serons grands. »

Le lendemain matin, les bourgeois éberlués virent que les cosaques avaient levé le camp dans la nuit et qu'ils étaient partis sans bruit, comme ils étaient venus. A la cour, Catherine avait reçu le messager de l'hetman. En lisant la lettre, son visage devint gris de fureur.

« Alexandre, hurla-t-elle à Mentchikov, envoie une armée à leur poursuite, déclare la guerre à l'Ukraine, nous les materons. Je raserai leurs maisons, je tuerai leurs femmes et tout d'abord je vais faire décapiter le messager », dit-elle en grimaçant.

Mentchikov l'attira dans un coin. Depuis la nuit dans la forteresse, quelque chose avait changé en lui, un ressort s'était brisé. Curieusement, il était heureux de n'avoir pu violer Maximilienne et qu'elle se fût échappée.

« Catherine, tu te donnes en spectacle, tu es ridicule. Ecoute-moi, ajouta-t-il, car elle voulait l'interrompre, tu as pris le pouvoir d'une façon illégale et tu le sais. S'il y a une révolte des cosaques, les princes ne te suivront peut-être pas. N'assouvis pas ta vengeance personnelle, laisse l'hetman Saratov regagner l'Ukraine. Ecris-lui même une lettre aimable. »

Catherine se redressa pour protester, mais Mentchikov l'arrêta d'un geste de la main car toute la cour les observait.

« Oui, écris-lui et demande-lui de te renvoyer le prince Romodanovski en échange de ta mansuétude.

— Ce traître, s'il revient, je le ferai décapiter lui aussi.

— Tu aurais tort. Je ne l'aime pas, mais n'oublie pas

que c'était l'ami de Pierre. Si tu le fais tuer, tu auras une partie de la noblesse contre toi. »

Mentchikov parlait et ne se reconnaissait pas lui-même. Pour la première fois de sa vie, il voulait réparer un forfait. Une voix harmonieuse lui murmurait :

« Je vous aime, Alexandre. »

C'était celle de Maximilienne dans la forteresse. Il ne lui en voulait pas d'avoir cherché à se jouer de lui. Il soupira. Maximilienne n'avait pas compris, elle était la seule femme que Mentchikov eût aimée. Catherine le regarda, étonnée de le voir si songeur, mais la semonce de Mentchikov l'avait calmée. Elle ajouta cependant, comme si elle lisait dans ses pensées :

« Tu avais un faible pour cette gueuse. »

Mentchikov frémit, mais répondit impassible :

« Tu te trompes, je ne fais que de la politique pour t'aider à gouverner. Suis mon conseil, sois aimable avec l'hetman. »

Et Catherine se résigna. Elle écrivit un message ainsi rédigé :

« A sa Grandeur l'hetman Saratov, général des cosaques d'Ukraine.

« Nous sommes heureuse, hetman Saratov, que vous ayez pu retrouver les amis de notre époux bien-aimé, Pierre le Grand.

« Les soldats qui les ont injustement arrêtés et poursuivis seront châtiés.

« Notre grande estime pour le prince Romodanovski nous incite à vous demander de ne pas nous priver plus longtemps de sa présence à la cour.

« Nous espérons que vous accepterez de la tsarine une amitié aussi sincère que celle du tsar. »

Et Catherine écrivit en dessous la formule sacramentelle des tsars : « Byt po sémou », ce qui signifie : « Ainsi soit-il », et elle signa : « Catherine. »

Elle tendit sa lettre au cosaque ; elle tremblait, encore blanche de rage.

C'est à Toula que le messager rattrapa l'hetman et son armée. La troupe marchait beaucoup moins vite. Elle n'avait pu couvrir que cent quatre-vingts verstes en cinq jours Le dégel commençait, rendant les routes dangereuses et glissantes pour les chevaux et la descente des fleuves impossible, car la glace commençait à se briser, provoquant la débâcle. Romo se chargea de lire le message à l'hetman Saratov qui rit en caressant sa barbe soyeuse.

« Prince, nous avons maté la Polonaise. Montrons le message à la noble dame, dit-il en désignant Maximilienne qui se promenait dans le camp.

— Non, hetman, c'est inutile, son cœur est à vif, elle souffre. Rassurons-la simplement. »

Romo s'approcha de Maximilienne.

« Mon amie, tout va bien maintenant. L'hetman Saratov a reçu un message, on ne nous poursuivra pas, il n'y aura pas de bataille. Je sais que cela vous torturait, rassurez-vous.

— Merci, Romo, en effet, j'avais peur que le sang ne coule encore pour nous.

— Maximilienne, dit Romo en hésitant, vous êtes en sécurité maintenant, ainsi que Floris et Adrien. Il va falloir que je songe à vous quitter. »

Maximilienne regarda Romo sans comprendre.

« A nous quitter ?

— Oui, Maximilienne, je m'étais fixé comme mission de vous sauver. A présent, je dois rentrer à Pétersbourg.

— Mais c'est très dangereux, l'impératrice vous hait.

— Quelque chose me dit cependant qu'elle ne tentera rien contre moi. »

Maximilienne se sentit désemparée à l'idée de perdre aussi Romo, comme si son propre frère soudain la quittait. Son premier mouvement fut de s'accrocher à lui.

« Non, Romo, non, ne partez pas maintenant, quand nous serons en Ukraine nous verrons, mais ne nous laissez pas, non, non, pas maintenant. »

Romo pâlit, Maximilienne, sans faire attention, était contre lui.

Floris, monté sur un petit cheval ukrainien noir, galopa vers eux et cria :

« Romo, regarde ! Je sais passer sous le ventre de mon cheval au galop. »

Maximilienne eut un sursaut :

« Mais c'est beaucoup trop dangereux. »

Romo la regarda doucement.

« Maximilienne, votre inconscience m'étonnera toujours.

Vos fils, comme vous, se sont battus dans des combats à mort et vous avez peur qu'il ne passe sous le ventre de son cheval au galop comme le font tous les cosaques. »

Maximilienne, les yeux humides, ne répondit pas à la réflexion de Romo mais insista :

« Ne partez pas, ne partez pas, Romo.

— C'est juré. Je reste... jusqu'en Ukraine. »

Et le prince la regarda, chaviré.

Plus on s'éloignait du cœur de la Russie, plus les voyageurs se sentaient l'âme légère, à l'exception de Maximilienne, qui avait l'impression que chaque verste l'éloignait de Pierre. Brusquement, après Orel, ce fut le printemps, un printemps soyeux et inattendu après tant de souffrances. On changea les troïkas pour des tarantass, voitures à quatre roues écartées de huit à neuf pieds à l'extrémité de chaque essieu. Un grand garde-boue protégeait les voyageurs et une capote en cuir pouvait se baisser. On abandonna les pelisses et les fourrures dans la steppe sauvage, qui commence autour de Koursk. Floris et Adrien ne quittaient plus leurs chevaux et galopaient, pressés d'arriver. L'hetman Saratov les gardait toujours auprès de lui et leur enseignait à voir ce qui est invisible.

« Vois-tu ce point à l'horizon, Floris ?

— Oui, mon parrain, qu'est-ce donc ?

— Un point d'eau, mon fils.

— Et là-bas, mon parrain, ces hautes herbes, nous pouvons y aller ?

— Garde-t'en bien, ce sont des marais pestilentiels, on ne peut s'y aventurer qu'en hiver quand la glace les recouvre, endormant les reptiles et les insectes. »

L'hetman avait un grand respect pour Maximilienne. A chaque étape, cet homme rude venait prendre de ses nouvelles et lui demander ce dont elle avait besoin. Il avait surpris devant Moscou son regard désemparé et semblait depuis lors avoir encore plus de considération pour elle. On ne s'attarda pas à Koursk et l'on fit encore quatre-vingts verstes. L'hetman chevauchait avec Floris et Adrien, à côté du tarantass de Maximilienne. Soudain il leva le bras et la longue colonne de son armée s'immobilisa.

« Regarde, Floris, regarde, petite mère, dit-il à Maximilienne, lui donnant pour la première fois ce nom, qui indique chez le Russe à la fois respect et familiarité Voici l'Ukraine. Respirez cette douceur de vivre, cet air tiède, voyez ces forêts, ces blés. Ici le soleil est plus brillant et la terre meilleure, les pluies sont plus douces et le cœur des cosaques plus fier. »

L'hetman alors se tourna vers Floris.

« L'Ukraine, fils, ne te décevra pas, mais toi ne la déçois jamais. »

Quelques jours plus tard, on arriva en vue de Kiev, la capitale de l'Ukraine. Les habitants s'étaient massés sur le passage des cosaques pour les acclamer. Une légende se formait déjà autour de Floris et d'Adrien. On admirait leur beauté. Les cosaques parlaient de leur courage et de leur vaillance ; on exagérait même leurs exploits. La sollicitude des habitants gênait aussi Maximilienne car on s'inclinait sur son passage et chacun bénissait la « petite mère » sans s'étonner de ses habits masculins. L'hetman renvoya une grande partie de ses cosaques dans leur stanitsa, sorte de village militaire appelé aussi « Ukraine des bourgs ». Là les hommes vivaient sous les armes mais avec femme et enfants.

Maximilienne se rendait compte que l'Ukraine était en somme une province armée, prête à défendre le tsar de toute attaque sur ses frontières, mais prête aussi à se défendre contre lui si le tsar ne respectait pas ses libertés. Maximilienne commençait à comprendre le respect et l'amitié de Pierre pour l'hetman Saratov.

Celui-ci avait installé son camp en face de Kiev, sur la rive gauche du fleuve, large de presque une verste à cet endroit. Cette rive orientale était plate, située à la limite de la forêt et de la steppe boisée. Le camp contenait deux mille cosaques que l'hetman gardait toujours autour de lui. Un pavillon spécial, rouge et blanc avec ces mots : « Alla verdi » — Dieu l'a donné — surplombait sa tente qui était au centre du camp et dominait toutes les autres. Autour de lui, l'hetman avait fait disposer des tentes aussi confortables et belles que la sienne mais moins hautes, pour ses hôtes. Le prince Romodanovski en avait une pour lui tout seul, Maximilienne en occupait une autre avec Floris et Adrien, Li Kang Yuin, Fédor, Grégoire et Blaisois étaient tous les quatre ensemble, alors qu'Elisa, Martine et Marina la Boiteuse se trouvaient sous une quatrième. Il faut dire qu'Elisa et Martine avaient beaucoup de place et qu'en fait elles se partageaient cette tente à elles deux ; ayant retrouvé beaucoup de « cousins », Marina la Boiteuse était occupée ailleurs de jour comme de nuit. Li Kang Yuin, il faut l'avouer, avait même récemment conquis le droit de l'appeler comme Fédor : « ma cousine ».

Maximilienne aurait pu habiter une maison dans Kiev, mais elle préférait demeurer au camp de l'hetman où elle se sentait plus en sécurité. Peu à peu, elle se rassurait et retrouvait son calme. Elle n'avait pas encore osé parler de l'avenir à l'hetman qui se comportait comme si Floris devait lui succéder. Bien que la troupe fût installée à Kiev depuis quelques jours, Romo ne parlait pas de son départ. C'était le début de l'été. Maximilienne avait repris des forces, se laissait un peu vivre et remettait chaque jour au lendemain le soin de parler à l'hetman et à Romo.

Une nuit que Maximilienne se reposait sous sa tente avec ses fils, Adrien, incommodé par la température, avait du mal à trouver le sommeil. Il se tournait et se retournait dans son étroite couche tout en se posant des questions. Pourquoi sa mère ne leur parlait-elle jamais de leur père le comte de Villeneuve ? Pourquoi fuyaient-ils la haine de l'impératrice ? Adrien devinait un secret qu'il aurait voulu percer. Floris, par contre, dormait profondément, rêvant à la légende de Kiev que son parrain lui avait racontée dans l'après-midi. Un sourire entrouvrait ses lèvres et un peu de sueur collait ses boucles noires sur son front. Il entendait la voix de l'hetman :

« Il y avait une fois deux frères...
— Comme Adrien et moi, parrain ?
— Oui, le premier s'appelait Kij, le second Horiv et leur sœur Lybed.
— Ça c'est ennuyeux car nous n'avons pas de sœur.
— Kij, poursuivait l'hetman, s'installa sur une montagne qu'il appela " la Montagne de la Sagesse de Dieu ". Horiv dans une vallée qu'il baptisa " la Vallée du Courage de l'Ange ".
— Et la petite sœur, parrain ?
— Lybed vint habiter sur les bords d'une rivière qu'elle appela " la Lice de la Pureté ". Tous les trois fondèrent Kiev. Ils bâtirent d'abord la " Porte d'Or ". Ne pouvaient y passer pour entrer dans la ville que les hommes dont

le cœur était pur. Les autres étaient transpercés sur place par une flèche de diamant qui leur emportait l'âme. »

Floris tremblait. Dans son rêve, il arrivait avec Adrien devant la Porte d'Or. Il répétait :

« Mon cœur est pur, mon cœur est pur. »

Il aurait bien voulu que leur petite sœur Lybed fût avec eux, mais il n'arrivait pas à la voir. Enfin ils arrivèrent devant la Porte d'Or. Floris fut ébloui tant elle brillait.

« Laissez-moi entrer, mon cœur est pur, mon cœur est pur. »

Soudain il gémit. Une pointe s'enfonçait dans sa gorge, un sanglot lui échappa.

« La flèche de diamant m'emporte l'âme. »

Il entendit une voix qui murmurait :

« Tais-toi, sale gosse, ou je t'égorge. »

Floris ouvrit les yeux et se réveilla tout à fait. Un homme, dont il ne pouvait pas voir le visage, lui mettait la pointe de son poignard sur le cou. Floris poussa un soupir de soulagement : ce n'était pas la flèche de diamant.

L'homme grogna :

« Pas un cri, pas un mot. »

En un tour de main, l'homme ligota et bâillonna Floris, puis il le jeta sur son épaule, se glissa hors de la tente et s'enfuit dans la nuit.

CHAPITRE XXII

« Avance, sale gosse », grommela l'homme en levant un gourdin. Floris était épuisé. Depuis trois jours, son ravisseur l'obligeait à marcher dans la chaleur suffocante et nauséabonde des marécages de la Vinita. Le visage du pauvre Floris était rouge et boursouflé. Des milliers d'insectes s'abattaient sur eux, leur criblant la figure, le cou, les mains de points rouges qui enflaient et devenaient douloureux. De venimeux reptiles rampaient à leurs pieds mais l'homme ne faisait attention à rien. Il entraînait Floris dans une marche infernale, le rouant de coups s'il ne marchait pas. Floris ne disait rien et serrait les dents pour que l'homme ne le .vît pas pleurer, mais il sentait monter en lui une fureur mêlée de haine. Il se plaisait à imaginer tous les supplices que Petrouchka aurait fait endurer à son ravisseur.

« M'as-tu entendu, vermine ? Marche. »

Et le gourdin s'abattit sur les mollets de Floris qui pâlit de douleur. L'enfant sentit des larmes lui monter, mais il les ravala sous ses longs cils à demi baissés, il observa le visage grêlé, le regard bas et fuyant du traître Arachev, qui le dévisageait en ricanant.

« Il est orgueilleux, le petit barine, il ne pleure pas, ah ! ah ! ah ! tu finiras tout de même en larmes, tu demanderas pardon à genoux, chacal !... »

Floris releva la tête et lui cria :

« Vous pouvez me tuer mais je ne pleurerai pas. »

Une grêle de coups s'abattit sur Floris qui en éprouvait bizarrement une sorte de volupté, car elle ranimait soudain son désir de vengeance.

Dans la nuit, au camp de l'hetman, Arachev avait réussi à se défaire de ses liens et à déjouer la surveillance des sentinelles. Il aurait pu s'enfuir, mais l'idée lui était venue d'enlever Floris pour se venger. Le traître, se doutant qu'on allait le poursuivre dès que l'on constaterait la disparition de l'enfant, avait décidé de ne pas traverser l'Ukraine en direction de Moscou, les cosaques l'auraient trop facilement rattrapé, dans la plaine. Il s'était jeté, entraînant Floris à sa suite, dans les marécages de la Vinita, en direction de la mer Noire, qui était aux mains des Turcs. Floris grelottait de fièvre. Il s'était laissé tomber à même la terre visqueuse et putride du marécage. Arachev, après lui avoir solidement attaché les chevilles et les poignets, était parti à la recherche de quelque nourriture.

« Je le hais, songeait Floris, mais qu'aurait fait Petrouchka ? »

Malgré la faim et la fatigue, Floris n'avait pas peur et n'était pas abattu. Un serpent le frôla ; il n'y prêta pas attention. Le premier jour, dans le marais, il sursautait en voyant les ignobles reptiles qui rampaient entre les hautes herbes ; à présent, c'était à peine s'il les regardait. Son visage boursouflé lui faisait mal et il sentit des larmes lui monter aux yeux, car il pensait à son frère et à sa mère. Il avait soif, mais l'eau qui miroitait à côté de lui était verte et dégageait une odeur qui soulevait le cœur.

« Floris, Floris, je suis là ! »

Floris se redressa sur son coude, le cœur battant.

« Floris, Floris... »

Floris se frotta les yeux et vit les hautes herbes remuer. Adrien apparut avec un visage aussi boursouflé et cramoisi que le sien. Il courut vers son frère, sortit un couteau de sa poche et commença de couper les liens qui le ligotaient.

« Adrien... Te voilà... Je le savais bien, murmura Floris en extase devant son frère.

— Je ne dormais pas, j'ai vu Arachev t'enlever, j'ai eu peur de crier à cause du poignard qu'il t'enfonçait dans la gorge, alors je vous ai suivis en me cachant, déclara simplement Adrien.

— Je n'ai pas eu le temps de prévenir personne, car je ne voulais pas perdre ta trace. Allez, viens vite ! »

Libéré, Floris sauta sur ses pieds, prêt à fuir. Une voix ironique retentit, clouant les deux enfants sur place :

« C'est très aimable d'être venu nous rejoindre. » Et Arachev parut entre les roseaux. Il tenait un pistolet volé au camp et ricanait méchamment.

« Ainsi tu es venu tout seul chercher ton frère, petite peste. »

Adrien se redressa.

« L'hetman Saratov a lancé tous ses cosaques à votre poursuite et vous serez repris et tué par eux. »

Arachev se tordait de rire.

« J'ai entendu ce que tu disais à ton frère, petit imbécile. Je sais que tu n'as prévenu personne, ah ! ah ! ah ! Ils doivent chercher sur la route de Moscou, mais Arachev n'est pas bête, ah ! ah ! » L'homme riait d'un rire de fou. Floris le regardait se moquer d'eux et une colère soudaine jaillit en lui. Il se sentit trembler de rage. La fureur le dévastait. Il voyait des points lumineux et avait l'impression que son cœur s'arrêtait de battre. Floris se jeta soudain sur Arachev, lui attrapa une main au passage et le mordit cruellement jusqu'au sang. Surpris par cette attaque, Arachev poussa un hurlement. Il ne se méfiait pas de ces deux enfants qui lui semblaient à bout de forces, et la vivacité de Floris le laissa une seconde sans réaction. Floris enfonça ses dents et sentit le sang de son ennemi couler dans sa bouche. Un désir de meurtre s'était emparé de lui. Arachev, fou de rage, hurla des injures et repoussa Floris d'un coup de crosse sur la tête. Adrien, voyant le sang de Floris qui coulait, se précipita à son secours. Floris gisait à terre, à demi évanoui. Adrien se pencha vers lui et murmura :

« Laisse, nous trouverons une autre occasion de nous échapper. »

L'homme les regardait, haineux, car sa main le faisait souffrir.

« Vermine, vous me le paierez cher tous les deux. Si vous faites un geste pour vous enfuir, je vous abats comme des chiens. »

Arachev les attacha tous les deux ensemble, et la marche reprit, épuisante, infernale. Ils approchaient du centre des marécages et les reptiles pullulaient. D'énormes diptères, des taons, des cousins, se jetaient sur eux, leur infligeant des piqûres horribles et douloureuses. Mais Floris n'avait plus mal ; son frère était à côté de lui, rien ne pouvait plus lui arriver.

Le traître Arachev était bien embarrassé. La venue d'Adrien ne l'arrangeait pas. Il avait fait front, mais l'enfant avait-il dit la vérité ? N'étaient-ils pas poursuivis par les cosaques ? Certes, les chiens ne pouvaient pas retrouver leurs traces dans les marécages, mais il fallait se hâter ; et puis il était plus difficile de surveiller deux démons qu'un seul. D'un autre côté, la vente serait meilleure... Arachev regarda Floris et Adrien pour évaluer leur valeur marchande, s'ils survivaient. Ils avaient piètre allure pour le moment, le visage gonflé et déformé, les habits déchirés et maculés par la boue fangeuse du marécage. Bah ! une fois lavés et bien nourris, ils reprendraient meilleure apparence. Les deux garçons ne savaient pas quel sinistre dessein nourrissait le traître à leur égard. Ils avaient continuellement l'œil aux aguets, prêts à s'enfuir ou à l'attaquer. On aurait dit deux petits léopards sur le point de bondir à la moindre occasion. Mais Arachev les ligotait solidement la nuit et dans la journée les obligeait à marcher devant lui sous la menace de son pistolet. Floris et Adrien n'avaient plus la notion du temps. Depuis combien de jours étaient-ils dans les marécages ?

« L'hetman doit avoir retrouvé nos traces, maintenant », chuchota Adrien en français ; il voulait réconforter son frère mais ses paroles manquaient de conviction. Il avait des remords :

« J'aurais dû prévenir Romo et maman, avant de suivre Floris ; j'ai agi bêtement.

— Avancez, vermine, et parlez en russe ou je vous tue », cria l'ignoble Arachev, avec un geste menaçant.

Floris et Adrien échangèrent un regard complice et meurtrier. Ils ne savaient pas comment, mais ils avaient la certitude qu'ils se vengeraient de lui à eux deux.

Les garçons avaient beaucoup changé en quelques mois. Cette fuite à travers la Russie les avait mûris. A Pétersbourg, ils n'étaient encore que deux petits princes choyés, gâtés par la vie, leur mère et Petrouchka.

Adrien chuchota :

« Floris, te souviens-tu ? Tout a changé depuis le bal. »

Floris ne répondit pas, de lourdes larmes coulèrent le long de ses joues. Jamais il ne reverrait Petrouchka.

« Allons, sale gosse, ne pleurniche pas », cria en ricanant Arachev.

Et Floris supplia tout bas :

« Petrouchka, il faut nous aider, puisque vous êtes au ciel. Délivrez-nous de ce sale bonhomme et faites-le mourir dans les tortures. »

Des pensées aussi peu chrétiennes ravirent Floris ; il chuchota à Adrien :

« Ne t'inquiète pas, Petrouchka va nous aider. »

Ils marchèrent encore deux longues journées sous un soleil implacable. Arachev pensait les avoir domptés car les enfants avançaient sans murmurer. Pour aller plus vite, il les avait détachés. C'était la fin de l'après-midi. Les insectes redoublaient de férocité. Il était difficile de se frayer un chemin car les hautes herbes devenaient de plus en plus touffues et cachaient les pièges du marécage. Floris marchait le premier et soudain Adrien ne le vit plus. Il crut que Floris voulait profiter d'un moment d'inattention d'Arachev pour fuir. Il allait le suivre lorsqu'il entendit des cris étouffés. Adrien, suivi d'Arachev, se précipita vers l'endroit d'où provenaient les gémissements. Floris était tombé dans une sorte de fondrière, qui était en fait un trou de boue pestilentielle. Floris y enfonçait jusqu'à la taille et lentement la boue commençait à l'engloutir. Adrien sentit ses cheveux se dresser sur sa tête. Il se souvint avec horreur que Petrouchka leur avait raconté que des cavaliers s'étaient enlisés avec leurs montures dans des sables noirs et mouvants, pendant la guerre contre les Suédois. Petrouchka en avait sauvé quelques-uns en s'allongeant à plat ventre sur un morceau de bois ; son corps offrait ainsi plus de résistance et ne s'enfonçait pas dans la boue. Adrien jeta aussitôt un coup d'œil autour de lui. Il ne vit pas de planches mais aperçut des roseaux. Il cria à son frère :

« Tiens bon, j'arrive. »

Arachev hurla :

« Ah ! non. Je ne veux pas vous perdre tous les deux, partons. »

Adrien se retourna et vit l'homme qui voulait l'entraîner en abandonnant Floris. Fou d'angoisse, il se baissa, ramassa vivement une lourde pierre et avant qu'Arachev ait pu faire un mouvement, la lui jeta avec une force décuplée par la terreur. La pierre atteignit Arachev et lui ouvrit le front. En une seconde, l'homme fut aveuglé de sang et se mit à pousser des hurlements.

« Je te tuerai, démon, je te tuerai. »

Mais l'homme, titubant de douleur, perdit l'équilibre et tomba à son tour dans la boue puante. Il hurlait en se débattant :

« Au secours, à moi, sauve-moi d'abord, je serai bon avec toi, je te le promets ! »

Sans s'occuper de ses cris, Adrien coupa des gros roseaux, les disposa sur la boue et s'allongea doucement sur eux en prenant garde de ne pas lâcher la terre ferme du pied. Floris avait de la boue jusqu'à la poitrine ; il était à moitié étouffé par cette marée visqueuse. Seuls ses yeux parlaient. Adrien sentit que les roseaux étaient assez solides sous son poids et qu'il n'enfonçait pas trop. Il tendit les bras à Floris qui réussit à lui attraper les mains. Adrien se mit à tirer tout doucement pour ne pas s'enfoncer lui-même. Pouce par pouce, il gagna du terrain, reculant à mesure pour assurer ses jambes sur la terre ferme. A côté, le traître Arachev continuait à se débattre et à hurler.

« A moi, à l'aide ! Laisse tomber le gosse ! Sors-moi de là ! Je te donnerai ce que tu voudras ! »

Adrien commençait d'enfoncer à son tour. Il dut lâcher les mains de Floris et couper d'autres roseaux pour recommencer l'opération. C'était exténuant. La boue semblait résister comme si elle voulait garder son prisonnier. Enfin tout le buste de Floris fut hors de la masse visqueuse. Adrien ayant réussi à prendre un meilleur appui sur la terre, Floris put s'allonger à son tour sur les roseaux et sortir enfin les jambes de la vase. Les deux frères se laissèrent tomber sur la rive, exténués, haletants, incapables de bouger. Quand ils reprirent un peu conscience, le traître Arachev hurlait toujours :

« Sauvez-moi, ne m'abandonnez pas si vous croyez en Dieu. Délivrez-moi, je ne suis pas méchant, je vous en prie ! »

Adrien se retourna et lui cria :

« Crève et va en enfer ! »

Floris ne pouvait détacher les yeux de cet homme qu'il vouait à mille tortures quelques minutes plus tôt. Il revoyait Petrouchka abandonnant le bal pour sauver sur les flots déchaînés les pauvres moujiks qui se noyaient. Arachev gémissait lamentablement en s'enfonçant inexorablement dans la vase qui se resserrait autour de lui. Adrien se tourna vers Floris :

« Cela va mieux ? Allons, viens maintenant, essayons de sortir de ces marécages. »

Floris ne bougea pas. Il regardait Arachev. Adrien le secoua :

« Viens, Floris. »

Arachev hurla :

« Ne m'abandonnez pas, petits barines, pardon, pardon, sauvez-moi, je vous en prie. »

Floris hésita encore, regarda Adrien et cria :

« Courage, nous allons vous aider ! »

Adrien hurla :

« Tu es fou, cet homme est un traître. Il nous a dénoncés et il t'a enlevé. Dieu sait ce qu'il veut faire de nous ! Qu'il meure. »

— Oh ! Adrien, je t'en prie, aide-moi, supplia Floris en coupant des roseaux, dans quelques minutes il sera trop tard. Secourons ce malheureux, nous ne pouvons le laisser mourir ainsi. »

Adrien bougonna :

« Tant pis pour lui, il l'a bien cherché. Ah ! et puis tu m'agaces ! »

Mais, tout en marmonnant, il entreprit d'aider Floris. Les deux garçons, allongés sur les roseaux, essayèrent de tirer l'homme, mais celui-ci était beaucoup plus lourd que Floris et ils peinèrent terriblement pour arracher le traître à cette mort horrible. Enfin, après des minutes d'efforts, Arachev commença de se dégager tout doucement. Les garçons s'arrêtaient souvent pour couper d'autres roseaux, qu'ils disposaient sur la boue. Leur poids léger les servait, et enfin, au bout d'une heure, Arachev fut sauvé. Ils se laissèrent tomber tous les trois sur le sol qui entourait la fondrière. La nuit tombait ; Floris et Adrien ne virent pas le méchant regard qu'Arachev leur lança. Epuisés, affamés, grelottants, car le froid était assez vif dès le coucher du soleil, les deux enfants s'endormirent à même la terre. Au petit matin, ils se réveillèrent ligotés de nouveau. Arachev hurlait :

« Debout, on repart. Voilà un serpent mort, mangez-en si vous avez faim, mais dépêchez-vous, démons. »

Adrien regarda Floris.

« Tu vois, j'avais raison, on aurait dû le laisser mourir dans la vase. »

Des coups de gourdin s'abattirent sur ses épaules. Floris se pencha vers son frère en lui tendant avec dégoût un bout du serpent mort. Il en mangea mais cela lui soulevait le cœur.

Il chuchota :

« Je te demande pardon, Adrien, c'est de ma faute tout cela, mais maintenant que nous l'avons sauvé, nous découvrirons bien un moyen de nous débarrasser de lui. »

Adrien ne trouva rien à répondre à la logique étrange de ce raisonnement ; il lui semblait seulement qu'il était inutile de s'être donné tant de mal. Floris, par contre, sentait qu'il avait bien agi et que Petrouchka l'aurait félicité. On ne tue un ennemi qu'en combat loyal.

La marche harassante reprit, mais Floris eut bientôt l'impression qu'il y avait moins d'insectes et que l'air devenait plus doux. Soudain, ils entendirent un oiseau. Peu à peu le marais parut s'assécher, les herbes firent place à de petits arbustes. C'étaient les limites des marécages de la Vinita. Ils en étaient sortis. Au loin, un fleuve magnifique roulait ses flots bleus. Floris et Adrien, attachés l'un à l'autre, coururent : ils allaient enfin boire une eau propre et nettoyer cette boue ignoble. Arachev les suivit. Oubliant le danger qu'ils couraient, les deux garçons s'ébattaient en riant. Arachev aperçut une petite isba en bois et s'en approcha ; quelques chèvres très maigres paissaient aux alentours. Un vieux Juif à la barbe sale apparut à la porte. Il portait une lévite noire toute rapiécée.

« Que veux-tu, l'ami ?

— Pourrais-tu nous donner à manger, à mes fils et à moi », dit Arachev qui ne craignait pas de mentir effrontément.

Le vieux Juif s'inclina.

« La pauvre demeure d'Eléazar t'est ouverte, ami, pour toi et tes fils. Vous partagerez ma maigre pitance. »

Eléazar les servit sans mot dire, appliquant les règles de l'hospitalité due à tout voyageur fatigué. Avant d'entrer dans l'isba, Arachev avait détaché les enfants qui maintenant dévoraient, affamés. Si leurs mines fatiguées et le regard cruel dont le traître couvrait ses « fils » lui semblèrent étranges, le vieil Eléazar n'en laissa rien voir. De leur côté, un peu rassasiés, Floris et Adrien hésitaient à demander l'aide du Juif, mais celui-ci leur sembla trop vieux et fatigué. D'un coup d'œil, les deux frères se comprirent et décidèrent de remettre leur fuite à plus tard.

« Dis-moi, vieux père, demanda Arachev en lapant son écuelle de brouet d'avoine, quel est le plus court chemin pour Hadji-Bey ? »

Le vieux ne parut pas s'étonner.

« Tu veux aller chez les Turcs, ami ? Tu n'as qu'à marcher environ huit lunes le long du Dniestr et descendre son cours jusqu'à la mer Noire. Là tu verras la forteresse turque d'Hadji-Bey. »

Eléazar regarda Arachev et ses « enfants » s'éloigner. Il attendit qu'ils fussent hors de sa vue et, remontant un peu sa robe noire, il se mit à courir dans la direction opposée aussi vite que le lui permettaient ses vieilles jambes fatiguées.

Arachev avait rattaché Floris et Adrien. Il ricanait en se frottant les mains :

« J'ai gagné. Nous avons traversé le marais et je vous tiens tous les deux. »

Floris lui dit fièrement :

« Nous vous avons sauvé la vie, et vous, qu'allez-vous faire de nous ? »

Arachev éclata de rire.

« Moi, mes garçons, je vais bien vous soigner, vous dorloter, pour que vous soyez beaux et gras et bien portants. »

Floris et Adrien se regardèrent sans comprendre. Arachev redoubla de rire. Visiblement, la situation le ravissait.

« Ah ! ah ! mes jolis, vous ne comprenez pas ? »

Il s'étranglait de joie. Enfin il se calma et leur jeta :

« Je vais vous vendre à Sélim Pacha qui fera de vous de charmants petits eunuques pour son harem. »

Floris et Adrien respirèrent. Tout cela ne semblait pas bien grave, Floris osa demander :

« Qu'est-ce que c'est des eunuques et un harem ? »

Arachev étouffa de rire.

CHAPITRE XXIII

Hadji-Bey avait été construite sur les ruines d'un ancien village grec. Une petite ville hétéroclite entourait l'énorme forteresse ; les Ukrainiens l'appelaient Odessa, « la Perle de la mer Noire ». Toutes les races se côtoyaient dans cette enclave turque : le marchand juif faisait du commerce avec l'Arménien, le Grec interpellait le Moldave, le Tzigane buvait avec le Turc, le Circassien avec le Maltais. Une atmosphère de chaleur et de gaieté se dégageait de cette foule cosmopolite qui vivait en bonne intelligence. Floris et Adrien furent très amusés par le spectacle du marché. Ils n'avaient jamais vu cela dans les brumes du Nord. Les femmes au visage voilé les étonnaient beaucoup. Tous s'interpellaient, riaient, criaient, tandis que des bateaux dansaient au loin sur la mer. Le soleil brillait sur le sable d'or. Des soldats turcs hurlaient de rire en voyant une esclave circassienne danser nue sur une estrade. Un enfant noir criait et appelait sa mère ; personne n'y faisait attention : c'était une chose courante à Hadji-Bey.

Arachev avisa un janissaire et lui dit en mauvais turc :

« Conduis-moi à l'émir Sélim Pacha. Je lui apporte une marchandise qui l'intéressera. »

Le Turc baissa les yeux et regarda d'un air méprisant ces deux enfants en guenilles, couverts de coups de soleil.

« C'est cela ta marchandise ? Que veux-tu que Sélim Pacha fasse de deux morveux ? »

Floris était furieux qu'on le traitât de morveux et de marchandise. Arachev ricana, très sûr de lui :

« Si tu me conduis à ton maître, ta fortune est faite et la mienne aussi. »

Le janissaire hésita puis, avec un geste fataliste, leur fit signe de le suivre.

Sélim Pacha examina Arachev et les deux enfants d'un petit œil perçant. C'était un énorme Oriental au visage bouffi de graisse jaune. Son ventre retombait sur ses petites cuisses courtes. Il était assis en tailleur sur un sofa très bas et fumait un narguilé. A côté de lui se trouvaient deux janissaires au visage féroce, et Floris n'était pas très rassuré. Pour se donner une contenance il observa la salle dans laquelle il se trouvait. C'était une grande pièce blanche avec des colonnades, des draperies turquoise et rouge brodées d'or qui tombaient le long des murs. Le bruit de la ville montait, assourdi vers cette salle du palais blanc, qui se trouvait au centre de la forteresse d'Hadji-Bey.

« Qui es-tu et que veux-tu ? » demanda Sélim Pacha en russe d'une voix doucereuse et légèrement zézayante.

Floris remarqua irrévérencieusement que tout le corps de l'émir se mettait à trembler quand il parlait. Adrien regarda les petits yeux de Sélim Pacha et eut l'impression qu'ils riaient.

« Je ne vois pas ce que nous avons de drôle », songea Adrien vexé.

« Je suis un ancien cosaque ukrainien, et j'ai toujours vécu en bons rapports avec les glorieux soldats du sultan, noble vizir. »

Sélim Pacha fit un geste de main pour montrer que tout ce que lui racontait Arachev ne l'intéressait pas. Arachev se courba en deux et continua :

« Je t'ai amené ces deux enfants russes en pensant qu'ils t'intéresseraient comme esclaves, glorieux émir.

— Hum ! zozota Sélim Pacha, ils n'ont pas l'air en très bon état.

— Oh ! protesta Arachev, je les ai soignés comme mes propres fils, mais je ne suis qu'un pauvre homme, et si je songe à m'en défaire, c'est uniquement pour ton plaisir, seigneur. »

Floris était exaspéré. Le gros pacha l'assommait ; quant à Arachev, il aurait voulu le tuer pour le punir de ses mensonges. Sélim Pacha sourit, humecta ses grosses lèvres d'un peu d'eau de rose, puis demanda :

« Et qui sont ces enfants ? »

Adrien et Floris se redressèrent et dirent en français, pour le plaisir de rendre furieux Arachev :

« Je suis Floris de Villeneuve-Caramey, et cet homme est un menteur, il nous a enlevés.

— Et moi je suis Adrien de Villeneuve-Caramey, mon frère a raison, cet homme est un traître.

— Oh ! dit Sélim Pacha tranquillement, mais mon bon ami tu m'as trompé, ce sont des Français.

— Noble Sélim Pacha, écoute-moi. »

Arachev baissa la voix et s'approcha du coussin sur lequel était assis Sélim Pacha.

« L'un de ces enfants est intéressant pour toi car il est le fils de... »

Adrien avait entendu vaguement le début de la phrase, mais n'avait pas réussi à comprendre la suite. Sélim Pacha toussota, prit un loukoum dans une vasque d'or, le mâcha tranquillement, rota consciencieusement, et s'en fourra deux autres dans la bouche. Arachev était gêné, embarrassé, quelque chose n'allait pas selon son désir. Il regarda les enfants d'un air furibond et marmonna entre ses dents :

« Tâchez de bien vous tenir, ou je vous tuerai. »

Floris avec rage lui cria :

« Crève, chien puant ! »

L'émir, en entendant cela, s'étrangla de rire et devint violet, le loukoum ne passait plus. Enfin le calme revint sur la face graisseuse de l'émir qui zézaya :

« Ces enfants sont mal élevés, mon ami, je ne sais pas si je puis les acheter. »

Arachev protesta :

« Oh ! noble émir, tu sais qui est l'un d'eux et tu vois le bénéfice que tu peux en tirer. Je t'assure qu'ils sont doux comme des agneaux. »

Sélim Pacha fit signe à Floris et à Adrien d'avancer. Les deux « agneaux » se concertèrent d'un coup d'œil et s'approchèrent de l'émir. Puis, posément, ils crachèrent sur ses babouches dorées. Arachev pâlit. Il avait enlevé deux démons, jamais il n'arriverait à les vendre. L'émir, au grand étonnement du traître, fut repris de fou rire. Il hoquetait littéralement, et des larmes coulaient de ses yeux. Floris regarda Adrien sans comprendre : ils avaient agi ainsi pour gêner les tractations d'Arachev, et les réactions de l'émir les déconcer-

taient. Enfin, quand il se fut calmé, il frappa dans ses mains. Une sorte de colosse de sept pieds de haut entra.
« Mustapha, emmène ces deux chenapans et qu'ils soient punis comme il convient. »
L'émir se renversa dans ses coussins et rit de plus belle. Arachev, inquiet, demanda :
« Tu me donneras bien mille roupies, noble vizir ?
— Ah ! hoqueta Sélim Pacha, je te donnerai beaucoup plus, mon bon ami, beaucoup plus, mon ami... »
Floris et Adrien considéraient avec inquiétude la montagne qui se trouvait devant eux. Mustapha grogna quelque chose, se baissa et ramassa Floris et Adrien comme de vulgaires paquets qu'il prit sous chaque bras. Floris regardait Adrien avec anxiété, quel châtiment allaient-ils recevoir ? Cette promenade dans les jardins de Sélim Pacha était humiliante pour les deux garçons. Ils traversèrent des cours blanches, rafraîchies par des jets d'eau, où des femmes, allongées sur des parterres fleuris, riaient en voyant passer Floris et Adrien ballottés par l'énorme pachyderme. Ils avaient bien essayé de se débattre et de mordre, mais Mustapha semblait ne rien sentir, tout en poursuivant calmement sa promenade. Au fond d'un patio gardé par des janissaires, Mustapha poussa un rideau de perles et déposa les deux garçons dans une grande pièce au péristyle de marbre blanc. Des divans jonchés de coussins de soie multicolore garnissaient la pièce. Devant un balcon donnant sur la mer qu'éclairait le soleil couchant, se tenait un jeune homme. A l'entrée de Mustapha, il se retourna. C'était Maximilienne. Sans un mot, les yeux brillants de larmes, elle tendit les bras à ses fils. Ils restèrent longtemps embrassés tous les trois. Mustapha se dandinait d'un pied sur l'autre et regardait la scène en essuyant ses gros yeux globuleux. Enfin Maximilienne se dégagea et appela :
« Li Kang, Elisa, Fédor, venez tous. »
En un instant la pièce fut remplie de tous les fidèles serviteurs qui se jetèrent sur Floris et Adrien, les étouffant de leurs baisers. Les deux garçons étaient trop ahuris pour poser des questions. Même Marina la Boiteuse était là. Soudain Floris releva la tête et demanda :
« Mamouchka, où sont Romo et mon parrain ?
— Ils sont avec Sélim Pacha, ils étaient cachés derrière lui pour confondre le traître Arachev.

— Oh, maman, dit Adrien en rougissant, ils ont assisté à la scène ?

—. Oui, Sélim Pacha le voulait ainsi. »

Floris et Adrien se regardèrent, un peu gênés ; ils commençaient à comprendre le fou rire de l'émir.

« Maman, dit Adrien toujours curieux, expliquez-nous comment vous êtes arrivée ici. »

Maximilienne allait répondre lorsque Sélim Pacha entra, accompagné de l'hetman Saratov et de Romo. Floris et Adrien poussèrent un cri de joie et se jetèrent dans leurs bras. Sélim Pacha s'avança vers Maximilienne.

« La noble dame est-elle satisfaite ? »

Maximilienne, les yeux encore embués, saisit la main de l'émir.

« Comment vous remercier, Sélim Pacha, de tout ce que vous avez fait pour nous. »

L'émir turc rougit ; il n'était pas habitué aux manières des chrétiennes. Il en avait bien eu quelques-unes comme esclaves dans son harem, mais ce n'étaient pas de grandes dames, et celle-ci l'intimidait avec son air de noblesse et son costume masculin. Sélim Pacha retira doucement sa main de celle de Maximilienne et zozota :

« Le traître Arachev est arrêté, je pense le faire empaler. »

Maximilienne pâlit, mais l'hetman Saratov s'approcha :

« Mon frère Sélim Pacha a été grand et généreux, mais je lui demande de me laisser le soin de châtier un traître. »

Les petits yeux de Sélim Pacha brillèrent : il était curieux de connaître le supplice que l'hetman allait infliger à son ancien cosaque, mais il était trop poli pour le demander. L'hetman comprit l'interrogation muette de son regard et sourit cruellement.

« Mon frère Sélim Pacha sera satisfait. »

Romo tenait Floris et Adrien contre lui ; le fidèle ami était étouffé de bonheur. Il avait eu tellement peur de faillir à sa mission, alors qu'il touchait au port !

Au petit matin, lorsque Maximilienne s'était aperçue de la disparition de ses fils, un sombre désespoir l'avait envahie. Romo avait cru qu'elle allait perdre la raison. L'hetman Saratov avait lancé ses cosaques à la poursuite d'Arachev, mais personne ne pouvait donner d'indications. On eut recours aux chiens, mais ceux-ci perdirent la piste. La consternation régnait au camp de l'hetman lorsque, au bout de dix jours de recherches infructueuses, on vit arriver un vieil homme, couvert de boue séchée. Son cheval s'abattit sous lui lorsqu'il sauta à terre avec une souplesse incroyable pour un homme de son âge. Il s'inclina devant l'hetman.

« Ne cherches-tu pas deux enfants, hetman ? »

Maximilienne frémit.

« Qui êtes-vous, noble vieillard ? Si vous avez vu mes enfants, parlez, au nom du ciel. »

Le vieux considéra attentivement Maximilienne.

« Oui, ce sont tes fils que j'ai vus, femme, ils te ressemblent. Un homme les traînait et se disait leur père, mais le vieil Eléazar n'en a rien cru. »

L'hetman se méfiait encore.

« Pourquoi es-tu venu me prévenir, et comment as-tu su que nous les recherchions ? »

Le vieux rit.

« Mon métier d'usurier, hetman, m'oblige à savoir tout ce qui se passe à trois cents verstes à la ronde.

— Ah, Juif ! jeta Romo avec mépris, combien veux-tu de roubles ? »

Le vieux se redressa.

« Je ne veux rien que t'aider, Russe orgueilleux. »

L'hetman, d'un geste, calma Romo et s'approcha du vieux.

« Il me semble te reconnaître.

— Oui, tu te souviens de moi, hetman, je suis venu payer une dette. Il y a dix ans tu es arrivé à la tête de tes cosaques, alors que les Tatars mettaient le feu à ma maison et entraînaient ma fille Rebecca. Tu nous as sauvés. Je viens donc t'aider. »

L'hetman caressa sa barbe et sourit.

« Je me souviens de toi. Parle, mon ami, où sont les enfants ?

— L'homme leur a fait traverser les marécages de la Vinita.

— Impossible, s'exclama l'hetman, personne n'y survit. »

Eléazar sourit.

« Eux, hetman, ont survécu, car ces enfants sont des lions.

— Où sont-ils maintenant ?

— L'homme les emmenait vers Hadji-Bey. Je suis sûr

qu'il veut les vendre à Sélim Pacha. Ils sont à pied et dans quatre lunes ils arriveront. »

Maximilienne s'effondra.

« Mes fils chez les Turcs, quelle horreur ! »

L'hetman Saratov s'exclama :

« Quatre lunes, en galopant de jour et de nuit, nous y serons avant eux. Rassure-toi, noble dame, Sélim Pacha est un ami.

— Mais, hetman Saratov, s'exclama Maximilienne, les Turcs haïssent les Russes, comment Sélim Pacha peut-il être votre ami ? »

L'hetman Saratov sourit.

« Tu viens du Nord, noble dame. Ici, au soleil de l'Ukraine, on comprend mieux que l'on puisse se battre et être amis. Un jour je raserai peut-être Hadji-Bey pour en faire une vraie ville russe, mais mon cœur n'aura qu'amitié pour Sélim Pacha, et si un jour je suis tué au combat par lui, je sais qu'il en pleurera. »

Sélim Pacha les avait accueillis comme seuls les Orientaux savent le faire.

« Ma demeure est à toi, mon frère, et tes amis sont les bienvenus puisqu'ils sont avec toi. »

Romo songeait :

« Cet homme nous ferait aussi bien couper la tête, et avec autant de politesse, si l'hetman n'était pas là. »

En effet, les Turcs gardaient la mer Noire, et tout chrétien arrêté devenait esclave à Constantinople, toute femme, servante de harem. Sélim Pacha n'avait mis qu'une condition : il voulait bien dresser un guet-apens pour arrêter le traître, mais il désirait voir les enfants avant tout le monde. Il avait simplement accepté que Romo et l'hetman se cachent derrière les tentures dorées qui entouraient son sofa.

Sur un geste de leur mère, Floris et Adrien s'approchèrent.

« Excusez-nous, Sélim Pacha, d'avoir euh... enfin, nous ne savions pas, hum... vous avez été très... très... »

Sélim Pacha les regardait s'empêtrer lamentablement dans leurs explications. Il soupira :

« Ah ! quelle tristesse que vous soyez chrétiens ! Par Allah ! femme, dit-il en se tournant vers Maximilienne, ne peux-tu abjurer ta religion et prendre celle de Mahomet ?

Vous resteriez à Hadji-Bey et je ferais de ces garçons des
vizirs. »
Maximilienne fut un peu prise de court : elle n'avait pas
rêvé d'un avenir turc pour ses fils. Elle réfléchit une seconde,
pour trouver une réponse qui ne vexerait pas l'émir.

« Noble Sélim Pacha, mes fils doivent avoir la religion de
leurs ancêtres comme vous avez celle des vôtres, et je dois les
ramener en France. Mais un peu de notre cœur, grâce à
vous, restera à Hadji-Bey. »

Sélim Pacha soupira :
« On dit les Françaises futiles, mais je crois le contraire
maintenant. Tu es une femme courageuse qui n'a pas hésité à
risquer sa vie pour ses enfants. Sélim Pacha est ton ami. »

Et l'émir quitta la pièce avec une noblesse dont on n'aurait pas cru capable ce petit homme obèse.

Le lendemain matin, Floris et Adrien furent réveillés par
un roulement de tambour. Ils se précipitèrent à leur balcon,
mais ne virent rien car celui-ci donnait sur la mer. Ils coururent alors vers le patio. Une jolie petite fille aux longs cheveux noirs et aux yeux de braise venait en sens inverse. Floris, dans sa précipitation, la renversa.

« Tu ne peux pas faire attention, chien de chrétien ? »
cria la gamine en mauvais russe.

Floris était outré.

« Vous n'êtes pas polie pour une petite fille, mais excusez-moi quand même de vous avoir renversée », répondit-il
en turc avec la grande facilité que Floris et Adrien avaient à
changer de langue grâce à l'éducation de Li Kang.

La petite regarda Floris avec plus d'intérêt. Elle changea
brusquement d'attitude et sourit en montrant de petites dents
pointues.

« Je ne t'en veux pas. Je pourrais te faire fouetter jusqu'au
sang pour m'avoir renversée, mais je ne dirai rien, viens.

— Où allons-nous, demanda Floris ?

— Mais tais-toi donc et suis-moi, je vais te montrer quelque chose de très drôle. »

Adrien était ulcéré par le toupet infernal de cette fille
stupide qui ne lui adressait même pas la parole et parlait à
son frère avec tant d'autorité. La rage le prit de voir Floris
subjugué par cette mauviette, et qui la suivait comme un
petit chien. Il semblait avoir oublié son frère. Adrien hésita,
puis se décida, malgré lui, à se joindre à eux. La petite fille

les conduisit vers un balcon qui donnait sur la place d'Odessa au pied de la forteresse d'Hadji-Bey. Une foule bariolée s'y pressait pour assister au spectacle. On avait dressé à la hâte une estrade, sur laquelle avaient pris place Sélim Pacha, l'hetman Saratov et Romo. Floris remarqua que sa mère et ses domestiques français n'étaient pas là. Par contre, Li Kang Yuin, Fédor et Marina la Boiteuse étaient au premier rang. Les tambours battaient. Les janissaires de Sélim Pacha entouraient l'estrade. Leurs habits jaunes et leurs turbans rouges garnis de plumes blanches chatoyaient au soleil. Leurs drapeaux se déployaient au vent et Adrien s'aperçut avec étonnement qu'ils représentaient une marmite. A l'autre bout de la place attendaient dix cosaques. Ils avaient revêtu leurs tcherkeskas bleues de drap fin à galons d'or. Leurs chapskas étaient enfoncées sur le front et ils portaient au côté leur sabre de combat, court et légèrement recourbé. La population grondait d'impatience. Floris se pencha vers la petite fille et lui dit :

« Comment vous appelez-vous ?

— Yasmina, et je suis la fille de Sélim Pacha, mais, chut ! tais-toi, regarde. »

Quatre janissaires s'avancèrent sur la place. Ils entouraient un homme ligoté. Le silence se fit dans la foule. Le prisonnier hurlait :

« Grâce ! grâce ! à moi ! au secours ! »

Floris et Adrien pâlirent : c'était le traître Arachev.

CHAPITRE XXIV

« Tu vas mourir, traître, dit Sélim Pacha avec mépris. »
Les janissaires jetèrent Arachev à genoux devant l'estrade. Romo détourna la tête ; il n'avait jamais aimé ce genre de spectacles.

« Ce prisonnier est à toi, mon frère », ajouta Sélim Pacha en se penchant vers l'hetman.

Celui-ci s'inclina, en signe de remerciement, et se leva, criant d'une voix haute :

« Arachev, l'Ukraine te renie pour l'un de ses fils. Tu vas subir le châtiment des cosaques. »

Le traître Arachev n'avait plus la force de crier. Ses yeux se révulsaient de peur. La foule, sentant qu'elle allait assister à un spectacle de choix, se mit à crier. Sélim Pacha fit un signe et les janissaires traînèrent Arachev au centre de la place. Un trou y avait été creusé, de la hauteur d'un homme. Arachev semblait avoir compris le supplice qui allait lui être infligé, car il se remit à hurler :

« Non, non, pas ça, pas ça, au secours ! »

Floris et Adrien se bouchèrent les oreilles pour ne pas entendre. La petite Yasmina avait les yeux brillants et les lèvres humides.

« Mais écoutez, regardez donc », dit-elle, avec excitation.

Les janissaires jetèrent Arachev dans le trou. La foule s'agitait et riait, chacun commentant cette façon de faire. Les Turcs avaient pourtant beaucoup de supplices à leur répertoire, mais celui-ci leur était inconnu. Les janissaires, sans prêter attention aux cris du traître, remplirent calmement le trou de terre. Bientôt celle-ci arriva au cou d'Arachev. Alors, avec mille précautions, les janissaires tapotèrent le sol autour de la tête du traître. Lorsqu'ils eurent terminé leur travail, ils se retirèrent vers l'estrade. C'était un spectacle effrayant à voir que cette place remplie d'une foule aux turbans chamarrés, regardant avec excitation cette tête qui sortait de terre, et semblait jaillie de l'enfer. L'hetman Saratov fit un geste de la main. A l'autre bout de la place, les dix cosaques qui n'attendaient que le signal, firent jaillir leurs sabres tous ensemble en criant : « Allah Verdi. »

Les cheveux d'Arachev se dressèrent d'horreur sur sa tête. Bien qu'à moitié étouffé par la terre, il avait encore la force de hurler son épouvante. Les tambours battirent une nouvelle fois. L'hetman fit un autre geste et un cosaque piqua son cheval qui bondit en avant et se jeta au galop sur la tête d'Arachev. Le cosaque tenait son sabre à la main. La foule était haletante. Elle avait compris que le cosaque allait essayer de trancher la tête du condamné. Mais la foule fit entendre un murmure de désappointement, le sabre était passé à un pouce du cou d'Arachev. Un autre cosaque se détacha du groupe ; il galopait encore plus vite que son camarade. En passant à la hauteur de la tête, il fit entendre un hurlement et effleura le cou du malheureux. Le sang se mit à couler rouge, brillant sur la terre ocre d'Hadji-Bey. Une femme hurla ; son cri avait quelque chose de si vibrant que la foule se mit à son tour à hurler encore plus fort. Un troisième cavalier galopa. Le « jeu » pour les cosaques consistait à ne pas se préparer avant d'être à hauteur de la tête, et de viser seulement alors, en se baissant de sa selle le plus possible. Le traître Arachev était à peine blessé. Une sorte de résignation fataliste s'était emparée de lui. Il savait qu'il allait mourir d'une mort horrible, mais il ne regrettait rien de ses actes. La foule délirait d'une joie malsaine. Le quatrième cosaque avait ouvert le front du traître, qui vivait toujours. Un cinquième lui fit sauter un œil qui roula à dix pieds ; un homme se précipita et, au milieu des rires, le mit dans sa bouche. L'excitation populaire atteignait son comble. L'hetman Saratov regardait la scène, impassible. Sélim Pacha s'amusait visiblement beaucoup et se frottait les mains. Il se pencha vers l'hetman.

« Je remercie mon frère pour cet amusant spectacle. »

Romo était pâle. Il avait l'habitude de tuer sur les champs

de bataille, mais il répugnait à ces supplices. Mêlés à la foule,
Li Kang et Fédor regardaient l'horrible scène en hommes
calmes, habitués à des spectacles de ce genre. Marina la
Boiteuse hurlait :

« Crève, chien puant et va griller en enfer ! »

Un autre coup de sabre atteignit la tête du traître, lui
ouvrant la figure en deux. On ne savait plus s'il vivait
encore. Son unique œil restait ouvert, exorbité, affreux. Enfin
un cosaque l'atteignit au cou, lui sectionnant la trachée. Un
jet de sang noir s'en échappa. Floris et Adrien, de leur perchoir, ne pouvaient plus respirer ; ils étaient pâles et mouillés
de sueur, mais regardaient le spectacle, fascinés d'horreur. La
petite princesse Yasmina leur jetait des coups d'œil moqueurs.
Les cosaques passaient au galop devant ce qui restait de la
tête du traître, faisant au passage un grondement infernal.
Enfin, l'un d'eux détacha d'un coup de sabre la tête d'Arachev qui alla rouler à vingt pieds du corps, enseveli dans
la terre. Le vainqueur galopa, passa sous le ventre de son
cheval, piqua la tête de son sabre, se rassit sur sa selle et fit
le tour de la place plusieurs fois en hurlant de joie, l'horrible tête grinçante au bout de sa lame. Du sang dégouttait
sur lui et arrosait les spectateurs des premiers rangs qui
criaient frénétiquement. Le cosaque s'arrêta devant l'estrade,
sauta de sa monture et s'inclina devant l'hetman, Sélim
Pacha et Romo.

Sélim Pacha sourit.

« Tu es habile, cosaque, je te félicite. Quant à cette tête,
donne-la aux chiens, ainsi que le corps. »

Floris et Adrien se reculèrent à l'ombre du patio, hébétés d'horreur par le spectacle qu'ils venaient de regarder.
Ils avaient des haut-le-cœur et ils se mirent à vomir lamentablement, sous l'œil narquois de Yasmina qui riait aux éclats.

« Vous n'êtes pas drôles, les chrétiens, rien ne vous
amuse. »

Maximilienne, qui cherchait ses fils depuis un moment,
entra dans le patio. Elle jeta un coup d'œil au bas de la forteresse, vit la foule qui se dispersait lentement et comprit
en une seconde le spectacle auquel ses fils venaient d'assister. Elle frémit en apercevant l'horrible tête qui ballottait
encore au bout du sabre du cosaque. Maximilienne pressa
ses fils contre elle et ils se laissèrent faire, pantelants, à
la fois humiliés d'être traités en bébés devant Yasmina

et rassurés de sentir la chaleur de leur mère. Maximilienne
leur caressa les cheveux et leur murmura des mots apai-
sants. Elle songeait en même temps :

« Il faut partir, vite, rentrer en France, nous n'avons plus
rien à faire dans ce pays. »

Quelques jours plus tard, Maximilienne, Floris et Adrien
s'installaient, ainsi que leurs fidèles compagnons, à bord
d'une galère portugaise qui faisait du commerce dans la
Méditerranée. Les Turcs laissaient rarement passer les navi-
res chrétiens, mais les Portugais ont toujours été des marins
hardis et des commerçants avertis. Le capitaine du *Sao-
Enrique* avait su se faire bien voir du sultan de Stamboul,
qui lui permettait de passer le Bosphore et de venir jusqu'en
mer Noire.

Les adieux avec Sélim Pacha furent touchants ; c'était lui
qui avait trouvé ce bateau, qui devait rallier Marseille avec
une cargaison de cuir, de liège, de sucre et de bois
d'Ukraine. Marina la Boiteuse avait hésité à partir pour la
France, son cœur balançait entre Floris et Mustapha. Ce fut
Mustapha qui l'emporta. Elle comptait ouvrir un cabaret à
Odessa, au pied d'Hadji-Bey.

« Tu comprends, dit-elle à Maximilienne, j'en ai assez
de tous mes cousins, et un Turc, après tout, c'est un homme
comme les autres.

— Mais, répondit Maximilienne, faites attention, Marina,
les Turcs ont plusieurs femmes. »

L'œil de la Boiteuse étincela, elle regarda Mustapha qui la
dépassait de deux têtes et souriait béatement.

« S'il fait cela, barinia, je le rosserai. »

L'hetman Saratov avait encore essayé de fléchir Maximilienne.

« Reste, noble dame, reviens avec nous à Kiev. Le tsar
désire que son fils reste en Russie. »

Maximilienne avait soupiré, les larmes aux yeux :

« Hetman Saratov, soyez béni pour tout ce que vous avez
fait, mais il faut que nous partions. Mes fils ne seront en
sûreté qu'en France, et vous le savez bien. Aidez-nous à partir, je vous en prie ; il faut qu'ils grandissent heureux et quelque chose me dit qu'un peu de leur cœur restera en Russie.
Vous reverrez Floris, j'en suis sûre, si Dieu et Pierre le
veulent. »

L'hetman réfléchit un moment, puis se rendit à ces raisons :

« Tu as raison, noble dame, mais au moins emmène Fédor pour qu'il continue de garder mon filleul. »
Sur le pont de la galère régnait l'agitation du départ. Le capitaine portugais, de sa dunette, criait des ordres pour la manœuvre :

« Hissez la voile de l'arbre de mestre ! »
Les bannières claquaient déjà au vent.

« Mettez en vogue les postes de chiourme ! »
Les galériens, dans un mouvement scandé par des coups de gong, sortirent les rames.

Maximilienne, Floris et Adrien se trouvaient sur le château arrière, d'où ils ne pouvaient gêner la manœuvre. Dans les cabines mises à la disposition des voyageurs, Elisa et Martine, aidées de Grégoire et Blaisois, s'affairaient à déballer les malles. Tous les quatre éclataient de bonheur. « On allait enfin rentrer en France. » Sur le pont avant, Li Kang et Fédor regardaient mélancoliquement le marché d'Odessa. Au loin, une prostituée turque leur envoyait des baisers. Romo, qui avait tenu à accompagner ses amis à bord, s'approcha de Maximilienne.

« Il est temps que je regagne la terre. »
Maximilienne regarda Romo, suppliante.

« Pourquoi nous quittez-vous, Romo, venez avec nous en France. »
Romo sourit tristement et dit avec reproche :

« Ce n'est pas moi qui pars, Maximilienne, c'est vous qui nous quittez.

— Mais, Romo, vous savez bien que cette terre est dangereuse pour mes fils.

— Oui, mon amie, il faut que vous partiez, vous avez raison, mais comprenez-moi : je suis prince moscovite et j'essaierai de poursuivre de toutes mes forces l'œuvre de Pierre le Grand. Ma place est ici sur la terre de notre Sainte Russie. Maintenant, écoutez-moi bien, car je sens que nous ne nous reverrons jamais. »
Romo attira Maximilienne tremblante d'émotion dans un coin.

« Pierre est mort en me révélant un secret, il avait caché un trésor pour Floris dans les caves de Doubino... » Et

Romo répéta les paroles du tsar agonisant. Il redit son adieu à Maximilienne et à son fils.

« Vous vous souviendrez, Maximilienne, quand le moment sera venu ?

— Oui, Romo, je le jure, je le jure. »

Et Maximilienne s'abattit en sanglotant dans les bras de son fidèle ami, Romo se mit à trembler et Maximilienne, relevant la tête, vit dans ses yeux le secret qu'elle n'avait jamais deviné. Ce noble cœur, depuis toujours, étouffait dans son âme l'amour qu'il portait à Maximilienne. Il le torturait depuis qu'il l'avait vue attachée, dénudée, à la forteresse. Se sentant découvert, Romo voulut se dégager, mais Maximilienne le retint et lui murmura :

« Non, mon ami, mon frère, je vous aime encore plus et je vous garderai toujours une place dans mon cœur », puis, d'un mouvement prompt, elle lui donna sur les lèvres un chaste baiser.

Romo, heureux et déchiré par le geste de Maximilienne, sortit du château arrière et s'approcha de Floris et Adrien qui regardaient avec intérêt la manœuvre. La gorge serrée, il les prit dans ses bras et murmura en regardant Floris :

« Il est cruel pour un enfant de perdre l'appui d'un père, mais qu'il est beau d'hériter de la gloire paternelle ! »

Romo sauta à bord d'un canot dans lequel l'attendaient quatre marins pour le ramener à terre.

« Au revoir, Romo, au revoir ! » crièrent Floris et Adrien, tristes de quitter leur ami, mais un peu inconscients comme des enfants de leur âge.

Romo ne les regardait plus : il voyait la fine silhouette de Maximilienne qui se profilait sur le château arrière et murmura :

« Mon tsar, je t'ai été fidèle jusqu'au bout, ma mission est accomplie. Pierre le Grand peut être fier de son ami. »

Le capitaine cria :

« Larguez les amarres ! »

Vingt-six avirons s'abattirent de chaque côté de la galère. mais une petite voix cria :

« Floris ! Floris ! »

Une luxueuse felouque de l'émir s'approcha du bateau portugais. Elle avait à son bord Marina la Boiteuse, Mustapha, douze marins turcs qui souquaient ferme et la petite princesse Yasmina. C'était elle qui était allongée sous un

dais et appelait Floris. Le capitaine s'arracha la perruque
de rage. La manœuvre était à recommencer, mais il fallait
bien avoir des égards pour la fille de l'émir Sélim Pacha.
Floris se pencha sur le bastingage. La petite princesse lui
cria :

« J'ai voulu te dire au revoir. Tiens, je t'ai apporté un
cadeau ! »

On hissa à bord un petit singe qui poussait des cris affreux.
Floris était ravi.

« Tu es gentille, Yasmina.

— Tu sais, Floris, je penserai toujours à toi, garde bien
mon petit Ali. Adieu ! Adieu ! »

Yasmina agita sa petite main. Floris était assez flatté de
l'intérêt que semblait lui porter la petite princesse. Il jeta
un coup d'œil conquérant à Adrien. La felouque de l'émir
s'éloigna. Marina la Boiteuse sanglotait :

« Au revoir, petit barine, au revoir. »

Le gros Mustapha, sans savoir pourquoi au juste, imita
son « épouse ». Yasmina cria encore, en riant :

« Au revoir, chien de chrétien ! »

Floris leva le bras, en signe d'adieu. Adrien s'approcha de
sa mère, lui serra doucement la main et la baisa avec tendresse. La galère lentement tourna sur elle-même, les voiles
se gonflèrent.

« Cap au sud, monsieur Cruz ! », cria le capitaine à son
second.

Le gong résonna de nouveau, les énormes rames tombèrent dans l'eau. On prenait le chemin de la haute mer. Maximilienne regarda ses fils. Floris se promenait, très à l'aise,
tenant en laisse le petit singe qui semblait l'avoir aussitôt
adopté.

« Ali, ce n'est pas un joli nom, dit Floris à Adrien, je
vais l'appeler... Georges-Albert. »

Adrien éclata de rire. Floris, fou de joie, se mit à courir
sur le pont, suivi de Georges-Albert, en criant :

« Quand je serai grand, je serai marin. »

Maximilienne soupira. La forteresse blanche d'Hadji-
Bey brillait au soleil du matin. Les bruits du marché d'Odessa
s'estompaient. La silhouette de Romo se découpait sur la
plage. Bientôt, elle ne fut plus qu'un petit point à l'horizon.
Floris, soudain, s'arrêta de jouer avec Georges-Albert,
regarda la terre au loin et des larmes jaillirent de ses yeux.

Une douleur inexplicable lui emplit le cœur. Adrien était à côté de lui, tout pâle.

« Adieu, Russie, Russie cruelle et tendre », murmura Maximilienne.

Le capitaine s'approcha de Floris :

« Allons, mon garçon, es-tu content de partir pour la France ?

— Je ne sais pas, monsieur, bredouilla Floris, les yeux encore brillants. Oui, je crois, et puis, sourit-il, je suis surtout bien content d'être sur un bateau.

— Dans combien de temps arriverons-nous ? demanda Adrien toujours pratique.

— Ah ! ça, mon gars, si les vents nous sont favorables et si les Barbaresques nous laissent tranquilles, nous arriverons à Marseille dans quatre-vingt-dix jours. »

Maximilienne avait entendu.

« Que dites-vous, capitaine, les Barbaresques ?

— Rassurez-vous, madame, l'hiver va bientôt commencer. Ces chiens d'infidèles n'aiment pas sortir à la mauvaise saison et le *Sao-Enrique* est la meilleure galère qui soit en Méditerranée, foi de capitaine Ortega, madame la comtesse. Je vous déposerai sains et saufs à Marseille, vos fils et vous. »

Le capitaine avait raison, on vit bien quelques voiles menaçantes à l'horizon, mais à chaque fois le vent sauva le *Sao-Enrique* d'une attaque, permettant au capitaine portugais de s'éclipser dans le brouillard ou la tempête. Quelques mois plus tard, on arriva en vue de Marseille. Floris et Adrien clignaient des yeux, éblouis par l'agitation du port. Elisa et Grégoire disaient des actions de grâces, pour remercier le ciel de les avoir conduits à bon port. Blaisois et Martine, qui s'étaient mariés sur le bateau, faisaient des projets d'avenir. Maximilienne souriait à la France et à ses fils.

« Rien ne peut plus nous arriver », songeait-elle.

Soudain elle sursauta. Sur le quai, un homme la regardait d'un œil perçant, ainsi que Floris et Adrien. Elle pâlit, passa sa main sur son front et murmura :

« Je suis folle, c'est impossible. »

Li Kang et Fédor s'approchèrent.

« Nous débarquons, barinia.

— Je... Je ne sais pas.

— Sourire d'Eté a-t-elle vu quelque chose ?

— Oui... Un fantôme. »

CHAPITRE XXV

« Madame la comtesse, un homme désire parler à Votre Seigneurie. »

L'aubergiste tenait son bonnet à la main. L'arrivée de Maximilienne et de son escorte dans son auberge l'avait bien un peu surpris, mais à Marseille, on ne s'étonnait jamais de rien. Cette dame était descendue chez lui en vêtements masculins, un marchand à la toilette était venu la veille lui apporter des robes, qu'elle avait payées en pièces d'or. La dame avait aussi fait habiller ses domestiques et ses deux jolis petits garçons. Elle avait même commandé une culotte pour le singe ! Oui, de drôles de gens, se dit l'homme en songeant au Chinois et au colosse balafré qui veillaient sur les enfants comme leur ombre.

« Un homme ? répondit Maximilienne qui se reposait, ah ! oui, ce doit être le cocher de la berline que j'ai commandée.

— Peuchère, j'en sais trop rien, je connais tous les cochers de Marseille, Votre Seigneurie, et celui-là m'a l'air d'autre chose.

— C'est bon, dit Maximilienne agacée par la curiosité qu'elle sentait percer chez l'aubergiste, faites-le monter. »

Li Kang à ce moment passa sa tête en souriant.

« Maîtresse, Fleur de Mai et Bonheur du Jour voudraient aller revoir les bateaux, avant de partir pour ton château, pouvons-nous les emmener avec Lame Aiguisée ?

— Bien sûr, Li Kang, et emmenez aussi Georges-Albert qui crie tout le temps. »

L'aubergiste descendit l'escalier en clignant ses yeux et en marmonnant :

« Ça, foi de Notre-Dame, même à Marseille, je n'ai jamais vu ça ! Le Chinois tutoie la comtesse, donne de drôles de noms à tout le monde et ils ont tous l'air de trouver cela normal. »

Dans la grande salle de l'auberge, l'homme attendait patiemment. Il était pauvrement vêtu et semblait harassé.

« Vite, Li Kang, dépêche-toi. »

Floris et Adrien dévalèrent l'escalier sans accorder un regard à l'homme qui se leva, très pâle.

« Vous pouvez monter au premier, madame la comtesse accepte de vous recevoir. C'est la première porte à droite. »

L'homme dévorait les deux enfants de ses yeux bleu pâle. Il semblait pétrifié.

« Vous pouvez monter », répéta l'aubergiste.

Sans un mot, l'homme commença de grimper l'escalier. Il sentit un choc sur son épaule.

« Oh ! monsieur, s'écria Adrien en riant, excusez Georges-Albert, c'est le singe de mon frère. Il est très mal élevé.

— Comment t'appelles-tu, mon enfant ? » demanda l'homme d'une voix blanche.

Adrien hésita une seconde, devant cet homme mal vêtu. Il était devenu méfiant depuis leur fuite, mais Floris grimpa à son tour pour récupérer Georges-Albert.

« Mon frère s'appelle Adrien et moi Floris de Villeneuve-Caramey. Nous arrivons de Russie et nous rentrons chez nous, au château de Mortefontaine, monsieur. »

Adrien était agacé, son frère parlait trop. En entendant Floris, l'homme était devenu encore plus blême. Sans un mot, il se retourna en ricanant et continua de monter l'escalier. L'homme s'approcha de la porte indiquée par l'aubergiste. Il hésita encore une seconde, puis entra fermement sans frapper. Par la fenêtre, Maximilienne regardait ses fils qui s'en allaient gaiement vers le port. Elle se retourna, étonnée d'entendre la porte s'ouvrir. L'homme la regardait avec une sorte de dureté. Elle fit un pas vers lui, chancela et tomba étourdie dans une bergère, en murmurant :

« Amédée... Mon Dieu ! Vous ! »

Les deux époux se regardèrent longuement.

« Je vous croyais mort, balbutia Maximilienne

— Je l'étais, madame »

Maximilienne lui jeta un coup d'œil égaré. Le malheureux était-il devenu fou ? Amédée de Villeneuve sembla lire les pensées de Maximilienne. Il sourit ironiquement. « Non, madame, je ne suis pas fou... J'ai beaucoup changé, voilà tout... Je n'en dirai pas autant de vous, ajouta-t-il. Je vous fais mon compliment, vous êtes toujours aussi belle. »

Maximilienne regarda longuement son mari. Elle avait l'impression de rêver éveillée. Quelque chose dans le regard du bel Amédée de Villeneuve avait changé. Il semblait plus perçant, plus dangereux, moins veule. On devinait un homme aux abois.

« C'était vous que j'ai aperçu, n'est-ce pas, sur le quai, à l'arrivée du bateau ? demanda Maximilienne.

— Oui, c'était moi, je vous ai reconnue. Et vous voyant avec deux garçons, j'ai bien pensé que l'un d'eux était mon fils et l'autre celui du tsar. »

Maximilienne ne savait que répondre : cet homme ressemblait physiquement à Amédée, mais il ne parlait pas comme celui qu'elle avait connu.

« Ecoutez-moi, Maximilienne, dit Amédée en s'asseyant, je ne suis pas venu en ennemi... Le comte de Villeneuve-Caramey est mort un jour rue Quincampoix. »

Maximilienne étouffa un sanglot.

« Je vous demande pardon, Amédée, j'ai eu souvent des remords en Russie, mais je vous croyais vraiment mort.

— Regrettez-vous de me voir vivant ?

— Je suis trop chrétienne, monsieur, pour souhaiter votre mort. Non, je remercie le ciel de vous avoir sauvé. »

Amédée ricana :

« Je vous arrête, madame, ce n'est pas le ciel qui m'a sauvé, c'est... Cartouche. »

Maximilienne resta une seconde interloquée. Cartouche... comme tout cela était loin !

« Maintenant, écoutez-moi, Maximilienne, il faut que vous sachiez tout, car vous seule pouvez me sauver et moi seul peux sauver votre fils de la bâtardise. »

Maximilienne voulut protester. D'un geste, Amédée de Villeneuve l'arrêta.

« Vous vous êtes enfuie avec le tsar et mon fils, madame, et vous revenez en France huit ans plus tard avec deux enfants. Ne croyez pas que la bonne société acceptera ce deuxième enfant. On chuchotera partout que c'est un bâtard. Il n'y aura aucune place pour lui. »

Maximilienne baissa la tête, car elle avait souvent songé à ce que lui disait Amédée.

« Ah ! Pierre, mon amour, soupira-t-elle tout bas, que tu es loin. »

« Mais, monsieur, dit-elle en se reprenant, comment pouviez-vous savoir que nous arrivions à Marseille ?

— Je n'en savais rien, madame, je cherchais un bateau pour m'embarquer avec ma fille.

— Votre... fille ? balbutia Maximilienne.

— Eh oui, madame. Vous avez bien eu un fils sans moi, je peux bien avoir une fille sans vous. »

Les idées de Maximilienne s'embrouillaient dans sa tête. Amédée de Villeneuve éclata de rire.

« Quel ménage que le nôtre, ma chère ! Nous sommes mariés depuis douze ans et nous avons dû vivre à peine deux mois l'un près de l'autre. Nous avons eu un fils ensemble et maintenant nous avons un enfant chacun de notre côté. »

Maximilienne était crucifiée ; Amédée avait une façon de dire les choses...

« Ne faites pas cette tête-là, madame. Encore une fois, je ne vous en veux pas d'avoir suivi le tsar. J'en ai même, si bizarre que cela paraisse, une certaine admiration pour vous. Je ne vivais plus que dans une compagnie de débauchés et d'ivrognes. J'avais dilapidé une grande partie de votre fortune et je vous haïssais sans savoir pourquoi, peut-être parce que vous étiez si parfaite. Je vous ai encore plus détestée d'être aimée du tsar. J'ai voulu vous voler et l'assassiner. C'est alors que j'ai été blessé et laissé pour mort rue Quincampoix, attaqué par le comte de Horn, à ce qu'on m'a dit. Je suis resté plusieurs mois entre la vie et la mort, soigné par Cartouche et sa sœur. Lorsque je suis revenu à la vie, j'ai appris que vous étiez partie en Russie. J'aurais pu aller à la cour et retrouver ma place auprès de Philippe d'Orléans. Pourtant, je n'en ai plus eu envie. Déguisé, j'ai appris ma propre mort rue Quincampoix, de la bouche de M. Chabout, notre régisseur à Mortefontaine. Moi qui n'avais vécu qu'avec des momies à la cour, j'étais devenu l'ami de Cartouche et de ses lieutenants. De plus j'étais tombé amoureux de sa sœur et par amour pour elle, pour ne pas la quitter, je suis resté dans la bande de Cartouche et suis devenu un bandit.

— Vous, Amédée ! dit Maximilienne avec douleur, vous, un comte de Villeneuve-Caramey, être tombé si bas ! »

Le comte jeta un rapide coup d'œil à Maximilienne et lui dit fielleusement :

« Et vous, madame, qui êtes partie sur les routes à la suite de votre amant..., comment avez-vous fui la Russie, après la mort du tsar ? Je ne pense pas que l'impératrice vous ait remis un sauf-conduit. Allons, ma chère, nous sommes à égalité. »

Maximilienne baissa la tête et murmura :

« Vous avez raison, monsieur, j'ai fui comme une pauvresse et souvent je me sens coupable vis-à-vis de mes fils et de vous. Que me proposez-vous ?

— Ce que j'admire en vous, c'est votre honnêteté, madame. Cela m'exaspérait autrefois, mais c'est du passé. Voici pourquoi je suis à Marseille : je fuis la police du roi. »

Maximilienne eut un geste effrayé.

« La police ?

— Oui, je vous l'ai dit, j'ai fait partie de la bande de Cartouche. Pendant des années, nous avons pillé et volé. Vrai, ma chère, je me suis amusé comme jamais de ma vie à la cour. La femme que j'aimais était à mes côtés, faisant le coup de feu comme un homme. Malheureusement quelqu'un a vendu Cartouche et on l'a roué en place de Grève. Nous nous sommes tous cachés. La sœur de Cartouche attendait un enfant de moi. Elle est morte en couches, il y a un an. J'ai réussi à quitter Paris et je voulais m'embarquer au loin avec cette enfant que je me suis pris à aimer. »

Maximilienne resta songeuse : Amédée aimait quelqu'un... La vie l'avait bien changé ! Sans laisser deviner ses pensées, elle lui demanda :

« Mais pourquoi n'êtes-vous pas allé voir le Régent, Amédée ? Vous lui auriez tout expliqué et il vous aurait accordé sa grâce. »

Amédée de Villeneuve la regarda, ébahi :

« Mais, ma chère, d'où sortez-vous ? Le Régent est mort. Ne le saviez-vous pas ? C'est le jeune roi Louis XV qui gouverne. Il vient même de se marier avec une pauvre princesse polonaise nommée Marie Leczinska. »

Maximilienne hocha la tête.

« Vous avez raison, monsieur, je viens de très loin. »

Amédée de Villeneuve ricana :

« Vous voyez, sans notre rencontre fortuite, vous auriez été incapable de vous en sortir en ce beau royaume de France. Donc, je reprends. Je vous propose de regagner votre château de Mortefontaine, en racontant à qui voudra l'entendre que votre cher mari a bien été blessé rue Quincampoix comme on l'a dit, mais que vous l'avez sauvé et qu'il est parti en Russie avec vous, où vous avez mis au monde deux enfants de lui, un garçon et une fille. Nous avons vécu là-bas quelques années de bonheur en famille, puis nous sommes rentrés en France. Là, malheureusement, votre mari, le cher comte Amédée de Villeneuve, est mort des fièvres sur le bateau qui vous ramenait. Pour prouver vos dires, vous pourrez montrer un testament écrit de ma main, où je vous laisserai, ma chère, à défaut de la fortune que j'ai mangée, l'assurance de ma tendresse et la garde de nos trois chers enfants : Adrien, euh... comment s'apelle le vôtre... ah ! oui, Floris et Baptistine... oui, c'est ma fille, celle que j'ai eue de la sœur de Cartouche. »

Amédée de Villeneuve se tordait de rire.

« Quel bon tour nous allons jouer à la société ! »

Maximilienne réfléchissait. Une foule de sentiments divers se bousculaient en elle ; elle n'arrivait plus à mettre en ordre le puzzle compliqué qu'Amédée lui proposait.

« Mais encore une fois, monsieur, on a recherché les complices de Cartouche, pas le comte de Villeneuve-Caramey.

— On connaît mon visage à Paris. Et puis, voyez-vous, Maximilienne, j'éprouve surtout un dégoût de tout. Du reste, si je reparaissais dans la société, nous voyez-vous vivre ensemble à nouveau, ma chère ? »

Maximilienne eut un geste d'effroi.

« Non, n'est-ce pas ? » Amédée sourit. « Croyez-moi, acceptez mon petit roman et vous pourrez ainsi rentrer la tête haute. Le fils du tsar et la nièce de Cartouche seront des aristocrates français. Je vous demande d'être bonne avec Baptistine ; traitez-la comme votre fille. Débrouillez-vous pour que vos fils l'acceptent comme leur sœur. Oh ! à propos, je vous félicite pour notre seul enfant commun, Adrien. Il me plaît beaucoup. Et puis il a au moins dans les veines le sang des deux autres. »

Maximilienne avait vraiment la tête qui tournait ; elle mélangeait tout et protesta :

« Mais Floris et votre... votre fille aussi sont frère et sœur. »

Amédée de Villeneuve se laissa aller au fou rire.

« Ah ! ma chère, regardez-vous dans un miroir, vous me faites mourir. Réfléchissez un peu. Adrien est mon fils et le vôtre, bien. Floris est votre fils et celui du tsar, donc rien à voir avec moi. Vous êtes d'accord ? Parfait. Et Baptistine est ma fille et sa mère était la sœur d'un brigand. Donc rien à voir avec vous. Je vous l'ai dit, Adrien seul est le demi-frère des deux autres. Floris et Baptistine ne sont rien l'un pour l'autre. Mais j'ai votre parole, vous élèverez la fille comme les garçons. Oui, j'ai confiance en vous. C'est étrange, mais vous êtes même la seule personne au monde en qui j'ai confiance. »

Maximilienne réfléchit encore à la bizarre proposition de son mari.

« Et vous, qu'allez-vous faire, monsieur ?

— Ah ! je n'en attendais pas moins de vous. Après tout ce que je vous ai fait, vous vous souciez encore de savoir ce que je vais devenir. Eh bien, je l'ignore, madame. J'ai l'intention de m'embarquer et de partir au loin, pour tuer à jamais le comte de Villeneuve-Caramey. »

Maximilienne se sentit émue malgré elle. Par quels chemins tortueux était-elle conduite !

« Mon Dieu, pardonnez-moi », songea-t-elle, puis elle pensa que ce n'était pas le moment de prier.

« Ah ! madame, donnez-moi de quoi écrire et je vais vous fignoler mes dernières volontés. »

Maximilienne poussa une écritoire vers Amédée et celui-ci commença d'écrire :

« Moi, Amédée, quatorzième comte de Villeneuve-Cara-mey, vais mourir de la fièvre putride, rappelé au ciel par la grâce de Dieu. Je meurs en possession de mes facultés et après avoir reçu les sacrements de l'Eglise. Je remercie ma chère épouse des soins qu'elle m'a prodigués, de la douleur qu'elle témoigne et des années de bonheur que nous avons vécues ensemble, tant en France qu'en Russie. Je confie à ma tendre femme, la comtesse Maximilienne, nos trois enfants, Adrien, Floris et Baptistine. Je sais qu'elle les élè-vera dans le souvenir de leur père. Je demande pardon à Dieu des fautes que j'ai pu commettre et je bénis mes trois enfants. Au large de la Sicile en l'an de grâce mille sept cent vingt-cinq.

« Amédée, comte de Villeneuve-Caramey. »

Amédée releva la tête et tendit son testament à Maximilienne.

« Ma chère, ce papier est un chef-d'œuvre. »

Maximilienne avait les larmes aux yeux.

« Je suis heureuse, monsieur, que nous ne soyons plus ennemis. Mon cœur répugne un peu à ce mensonge, mais pour le bonheur de nos... enfin, de ces enfants, je crois que vous avez raison. »

Amédée se leva, s'inclina comme autrefois à la cour de Versailles. Ses vieux vêtements sales ne semblaient pas le gêner le moins du monde.

« Adieu, nous ne nous reverrons jamais. Ce soir on vous amènera ma fille. »

Maximilienne hésita :

« Monsieur, j'ai encore un peu d'or et des bijoux, puis-je vous... »

Amédée se reprit à ricaner. Maximilienne eut la désagréable impression d'avoir été jouée.

« Ma foi, madame, j'accepte, car je vous avouerai que je suis fort démuni. »

Maximilienne tendit au comte une bourse d'or et quelques bagues, de celles qu'Elisa et Martine avaient cachées dans leurs jupons. Amédée les empocha sans aucune gêne.

« L'or et les bijoux du tsar auront sauvé le mari de sa maîtresse. »

Maximilienne rougit.

« Allons, adieu, madame », reprit Amédée.

Maximilienne secoua les mauvaises pensées qui l'assaillaient et murmura :

« Adieu, monsieur, et que Dieu vous garde. »

La porte se referma sur Amédée et Maximilienne s'écroula dans un fauteuil, perplexe et angoissée. Avait-elle eu raison d'accepter ? Amédée avait-il changé ? Aimait-il vraiment cette enfant ? S'il l'aimait, pourquoi s'en séparait-il ? La nuit tombait. Maximilienne resta longtemps perdue dans ses pensées. Floris et Adrien entrèrent dans la chambre de leur mère en courant, Georges-Albert sur leurs talons. Maximilienne n'eut que le temps de cacher le « testament » dans son corsage. Ses fils lui racontèrent tout ce qu'ils avaient vu sur le port. Maximilienne n'entendait rien et sursautait à chaque bruit. Soudain, on frappa à la porte et l'aubergiste entra en roulant des yeux effarés. Il portait un grand panier fermé d'un couvercle d'osier, d'où s'échappait un gazouillis.

« Madame la comtesse, un mendiant m'a remis ceci, en disant que vous saviez de quoi il s'agissait. »

Maximilienne pâlit, attendit que l'homme fût sorti de la pièce, ouvrit le panier et dit calmement à Floris et Adrien :

« Mes enfants, je vous présente votre petite sœur. »

Les deux garçons s'approchèrent avec méfiance. Dans le panier, Baptistine souriait en agitant sa tête blonde. Adrien regarda la toute petite fille d'un air buté et furieux. Quelle était cette histoire ?

« Mais, maman, demanda-t-il soupçonneux, c'est donc votre fille et celle de mon père le comte de Villeneuve ? »

Maximilienne rougit et répondit doucement :

« Je te l'ai dit, mon chéri, c'est votre sœur. C'est le Bon Dieu qui nous l'a donnée. »

Soudain, Floris sembla comprendre et se mit à hurler en exécutant une sorte de danse autour du panier.

« Une sœur, une petite sœur, Adrien, tu te rends compte, nous deux et une sœur comme dans la légende de Kiev, oh ! je suis heureux, je suis heureux ! »

Floris s'arrêta, essoufflé, et courut vers sa mère. Adrien s'était déridé, devant l'explosion de joie de son frère. Baptistine, qui le regardait de ses grands yeux bleus, semblait lui dire :

« Accepte-moi, mon frère. »

Adrien se pencha sur elle, et dit négligemment en se relevant :

« Elle est très jolie, notre sœur ! »

Maximilienne poussa un soupir de soulagement, ses fils venaient d'accepter Baptistine. Elle s'approcha du panier et murmura :

« Oui, je t'aimerai comme ma fille, pauvre enfant, car grâce à toi, Floris ne sera pas un bâtard. »

TROISIÈME PARTIE

L'INCONNU DU PONT-NEUF

CHAPITRE XXVI

« Si tu m'éclabousses encore, je te jette à l'eau tout habillée. »

Le jeune homme qui venait de prononcer ces paroles d'un air furieux que démentaient ses yeux rieurs, s'essuya la figure de sa manche de chemise. Sur le bord de la rivière, une petite fille aux immenses yeux bleus et aux longs cheveux blonds s'amusait à remuer ses pieds dans l'eau pour asperger le jeune homme. L'enfant éclata de rire ; elle avait une dizaine d'années et narguait visiblement l'adolescent pour attirer son attention. Sous un grand cèdre du Liban, à l'abri du soleil, toute une bande de jeunes gens avaient ouvert des paniers remplis de victuailles et pique-niquaient, mollement allongés sur l'herbe. Les jeunes filles portaient de jolies robes à l'indienne de cotonnades fleuries et les garçons avaient abandonné leurs justaucorps, ne gardant que leurs chemises à jabot de dentelle. Le jeune homme, qui était au milieu du courant, avait relevé le bas de sa culotte et s'obstinait à chercher quelque chose dans l'eau. Il avait environ quinze ans et dépassait ses compagnons d'une tête. Il devait mesurer au moins six pieds trois pouces. Il ne portait pas de perruque ; de lourdes boucles brunes retombaient sur son front. Son teint était mat et ses yeux noirs avaient parfois des lueurs vertes. Il ne semblait pas conscient de sa beauté et paraissait beaucoup s'amuser. Il s'écria :

« Vous n'avez pas honte de vous reposer, paresseux ? Si vous m'aidiez, nous trouverions beaucoup d'écrevisses. »

Un autre éclat de rire lui répondit :

« Il fait trop chaud, Floris. Venez vous asseoir avec nous. »

La jeune fille brune qui venait de parler tendait son bras vers Floris, pour l'inviter à s'installer près d'elle. Sa large robe était étendue en corolle autour d'elle et la belle créature, entourée de trois autres jeunes filles, offrait au jeune homme un spectacle ravissant, mis en scène avec une certaine coquetterie. Floris hésita une seconde ; il semblait en extase devant la jeune fille. Puis il planta là ses nasses et ses écrevisses et sortit de l'eau. A peine avait-il pris pied sur la berge qu'il reçut une véritable douche administrée par la petite fille.

« Cette fois, ma petite peste chérie, tu l'auras voulu. »

L'enfant voulut s'enfuir, mais en deux enjambées elle fut rattrapée par Floris qui la prit dans ses bras et courut au milieu de la rivière.

« Non, Floris, non, hurlait la petite en riant, ne me jette pas. »

Sur la rive, tous les jeunes gens s'étaient redressés et criaient :

« A l'eau, jetez-la à l'eau ! »

Floris poussait des rugissements terribles :

« Tu as osé mouiller le puissant personnage que je suis, tu seras punie, esclave, tu vas mourir dans l'eau que tu as jetée sur le dieu ! »

Floris lançait la petite fille en l'air, faisant mine de la laisser tomber et la rattrapait au dernier moment. Elle se débattait en criant, mais semblait ravie. Tous deux, du reste, paraissaient beaucoup s'amuser ; ils avaient sans doute l'habitude de jouer souvent ainsi.

« Ah ! traîtresse, dit Floris d'une voix lugubre, tu n'étais pas digne de construire une ville au bord de la rivière, désormais je ne la construirai qu'avec mon frère.

— Oh ! non, Floris, gémit la petite, partagée entre le rire et les larmes, ce n'est pas de jeu, tu me fais peur !

— Pauvre petit insecte, continua Floris, secoué par le rire, tu aurais voulu passer la Porte d'Or, mais tu ne le pourras jamais, l'épée de diamant s'enfoncera dans ton cœur. Allez, hop ! assez joué, mademoiselle, à l'eau maintenant. »

Et Floris jeta la petite fille encore plus haut. Elle se mit à crier :

« Au secours ! Adrien ! Au secours ! Viens me sauver ! »

Un jeune homme de taille moyenne se détacha en riant du groupe des jeunes filles. Il donnait une impression de grande vivacité et lui non plus ne portait pas de perruque. Ses cheveux étaient dorés et son visage couvert de taches de rousseur était éclairé par des yeux pétillant d'esprit. La belle jeune fille brune, qui semblait exaspérée par ces jeux enfantins, lui dit au passage :

« Mon cher, votre sœur est une gamine insupportable, elle ennuie Floris. »

Adrien s'inclina vers la jeune fille.

« Ma chère Pauline, mon frère et moi nous ne savons rien refuser à Baptistine, nous avons toutes les faiblesses pour elle. Mais ne craignez rien, je vais délivrer Floris et vous l'envoyer. »

La belle personne, qui répondait au prénom de Pauline, rosit un peu et prit son éventail pour se donner une contenance. Floris et Adrien, par cette chaude journée d'été, recevaient quelques amis. La vie était douce à Mortefontaine. Le soleil brillait haut dans le ciel. Les oiseaux chantaient autour de la rivière. Les pelouses s'étendaient au loin jusqu'au château qui resplendissait dans la lumière, rien ne semblait changé. On trouvait bien des mauvaises herbes dans les allées et des liserons dans les parterres de fleurs, mais qu'importait ? ces jeunes gens se sentaient heureux de vivre avec l'insouciance et la gaieté de leurs vingt ans.

Au détour d'une allée, Maximilienne parut, accompagnée du marquis de Mailly-Bresle. Ils regardaient la scène en souriant. Maximilienne était toujours belle ; elle avait à peine quelques petites rides aux coins des yeux. L'immense douleur que lui avait causée la mort de Pierre s'était atténuée avec les années, faisant place à une sorte de sérénité. Maximilienne ne vivait que pour ses fils et Baptistine qu'elle aimait autant que si elle eût été sa propre fille. Le marquis Louis de Mailly-Bresle s'était par contre beaucoup transformé. L'élégant jeune homme était devenu un père de famille nombreuse assez ventripotent et qui ne changeait plus d'habit qu'une fois par jour.

« Chère amie, soupira le marquis en regardant les jeunes gens, quel grand bonheur pour vous d'avoir des fils ! Songez à moi qui suis affligé de cinq filles à marier ! Quelle désolation ! »

Maximilienne sourit. C'était le désespoir de Mailly-Bresle, il fallait trouver cinq dots !

« Je viens de réussir à marier Louise, l'aînée, à un mien cousin d'une branche éloignée des Mailly. Elle est à la cour en ce moment, dame du palais de la reine. Ah ! c'est dur d'être sans fortune pour porter un grand nom ! Songez, chère, que les Mailly-Bresle ont la prérogative de monter dans les carrosses des souverains qui se rendent en Picardie, et que nous sommes princes d'Orange. C'est vous dire, ma toute bonne, la grandeur de ma maison. Ah ! répéta le marquis, oui, oui, les temps sont durs pour nos familles. Regardez, mais regardez donc, très chère, j'ai encore quatre filles sur les bras ! Si Adrien ou Floris voulaient se marier... Villeneuve-Caramey est un nom ancien, et je n'y serais pas opposé. »

Un grand chapeau de mousseline blanche abritait Maximilienne des rayons du soleil, et sa robe volante de même tissu tombait en plis autour d'elle. Maximilienne éclata de rire :

« Mes fils sont trop jeunes, Louis, et qui plus est, nous n'avons plus guère de fortune, à peine dix mille livres de rente. Depuis huit ans nous vivons simplement. Vous vous rendez bien compte que le train de Mortefontaine a beaucoup changé. Mais je ne me plains pas, j'ai réussi à élever mes enfants et à en faire de vrais gentilshommes, grâce aux fidèles amis qui ne m'ont pas quittée. »

En disant ces mots, le regard de Maximilienne se porta au loin sur Grégoire, Fédor et Li Kang. Ces deux derniers s'étaient bien faits à la vie de Mortefontaine. Parfois ils se racontaient avec des larmes dans les yeux leur fuite de Russie. L'odeur de la poudre leur manquait, et Grégoire lui-même en avait la nostalgie. Mais pour le moment ils disputaient, à l'ombre d'un bosquet, une partie de lansquenet enragée, sous l'œil noir d'Elisa qui s'affairait pour préparer une collation.

Blaisois et Martine avaient quitté le service de Maximilienne qui leur avait fait don d'une petite maison dans le village. Blaisois occupait l'honorable fonction de bedeau à l'église, situation qui lui allait fort bien. Quant à Martine, elle élevait les nombreux enfants que Blaisois, par la grâce de Dieu, lui avait déjà donnés.

« Vos amis, ma chère, reprit le marquis suffoqué, vos

amis ? Ces laquais, ce Chinois, ce cosaque et ce vieux Français ? Ah ! vous me ferez mourir !

— Oui, mes amis. Je ne peux dire domestiques, ils m'ont montré trop d'attachement. Si cela peut calmer votre susceptibilité, je dirai compagnons, ou précepteurs, car n'ayant plus les moyens d'en payer un, ce sont Li Kang et Fédor qui ont instruit mes fils et Baptistine. »

Le marquis eut une moue dédaigneuse.

« Vrai, ma chère, vous surprendriez un saint lui-même.

— Je reconnais, Louis, dit malicieusement Maximilienne, que mes enfants ont été curieusement élevés, mais ils en savent certainement plus que beaucoup de jeunes marquis. Allons, mon ami, changeons de conversation et regardez plutôt vos filles qui s'amusent.

— Ah ! ma chère, les regarder ne me fait aucun plaisir, Dieu du ciel, où vais-je trouver quatre maris ? »

Et le malheureux Mailly-Bresle jeta un regard accablé sur Pauline, Hortense, Diane et Marie-Anne qui organisaient avec Floris et Adrien une partie de colin-maillard, jeu qui était fort à la mode. Pour le moment c'était Marie-Anne, la plus jeune des Mailly-Bresle, qui avait le bandeau sur les yeux. Tous les jeunes gens couraient autour d'elle et s'amusaient à crier pour qu'elle se trompe de direction. La rivière miroitait au soleil. L'herbe était un peu haute et légèrement jaunie par le soleil. Baptistine courait au loin avec un filet à papillons. Marie-Anne se dirigea à tâtons vers la rivière. Adrien se précipita et se fit attraper par elle. Elle passa les mains sur la figure du jeune homme et s'écria :

« C'est Adrien, je l'ai reconnu tout de suite. »

Adrien la regardait, un peu ému, le cœur battant : qu'elle était jolie Marie-Anne et comme tout paraissait beau par cet après-midi serein.

Baptistine avait jeté son filet à papillons. A l'écart, elle regardait les joueurs d'un œil furieux et buté. Les jeunes filles crièrent :

« A Floris maintenant, allez Pauline, mets-lui le bandeau. »

Pauline dut se mettre sur la pointe des pieds pour nouer le foulard autour des yeux de Floris. Floris sentait ses doigts qui s'attardaient sur ses tempes et frémit. Pauline le fit tourner plusieurs fois sur lui-même et Floris, en riant, essaya d'attraper tous ceux qui passaient à portée de sa main.

« Qu'y a-t-il, ma chérie, dit Maximilienne en s'approchant de Baptistine, tu ne t'amuses pas avec les autres ?

— Ils ne s'occupent pas de moi, maman, ils me trouvent trop petite.

— Mais, mon trésor, j'ai vu Floris qui jouait avec toi dans la rivière.

— Oui, mais je voudrais que cela dure toujours et que nous ne soyons que tous les trois à construire notre ville. »

Et soudain Baptistine, qui refoulait ses larmes, se jeta en sanglotant contre sa mère.

« Ils sont bêtes tous les deux. Surtout Floris qui joue avec ces grandes idiotes. »

Mailly-Bresle prit un air pincé. Charmante enfant qui traitait ses filles de grandes idiotes ! Pour calmer Baptistine, Maximilienne lui murmura des paroles apaisantes tout en caressant ses beaux cheveux blonds.

« Cette enfant est nerveuse et trop attachée à ses frères », se dit-elle, avec un rien d'anxiété.

Mailly-Bresle regardait Baptistine.

« Chère Maximilienne, votre fille est tout votre portrait. »

Maximilienne sourit.

« N'est-ce pas, mon cher ? »

— Et aussi, reprit Mailly-Bresle, le portrait de ce pauvre Villeneuve. Quand je songe à lui, malheureux ami, ah ! Dieu du ciel ! quelle tristesse de mourir en rentrant en France et de vous laisser veuve, pauvre chère ! Quel courage il vous a fallu ! Mais, grâce à Dieu, nous nous sommes retrouvés. La marquise, mon épouse, vous aime beaucoup ; elle est toujours ravie de me voir venir ici avec mes filles. Elle n'est pas jalouse de vous, Dieu merci ! Du reste, je l'ai toujours dit, ne sommes-nous pas quelque peu cousins ? »

Maximilienne soupira. Dieu du ciel, il allait falloir écouter ce bavardage jusqu'au soir. Décidément Mailly-Bresle avait pris du ventre, mais son esprit restait toujours aussi mince.

« Vous souvenez-vous de votre retour en France, ma très chère ? Savez-vous ce qu'on a murmuré, non ?... Eh bien ! heureusement que j'étais là pour rétablir la vérité, on a prétendu que Floris et... — Mailly-Bresle baissa la voix — Baptistine étaient des bâtards !... on a même parlé du tsar ! Rendez-vous compte ! Je n'ai pas voulu vous en parler à l'époque, mais croyez-moi, j'ai rétabli la vérité. Ah ! que ce testament de notre pauvre Villeneuve était beau ! je le sais par cœur, et l'ai récité partout. Je dois dire que j'ai eu dans les salons un franc succès ! »

Maximilienne réprimait une forte envie de rire. Son regard se porta sur ses fils et elle se redressa avec fierté : que Floris était beau ! On aurait dit un jeune archange, parfois un peu maléfique. Les quatre jeunes filles semblaient toutes éperdument amoureuses de lui, surtout Pauline, la plus âgée. Maximilienne était simplement étonnée que Mailly-Bresle ne remarquât pas la ressemblance de Floris avec Pierre. Mais Mailly-Bresle heureusement ne remarquait jamais rien. Très différent de son frère, Adrien était moins beau, mais son esprit et sa finesse le rendaient aussi attirant que Floris.

« Viens, ma chérie, nous allons rentrer au château. »

Baptistine mit sa petite main dans celle de Maximilienne et s'éloigna à regret de la partie de colin-maillard. Les quatre demoiselles de Mailly-Bresle poussaient de petits cris et se donnaient beaucoup de mal pour se laisser attraper par Floris. Elles chantonnaient avec de petits rires énervés la dernière romance à la mode :

> *Les portes Dondères sont-elles ouvertes ?*
> *a-t-elle sa robe verte ?*
> *non, elle est cachée*
> *la tant éplorée*
> *comme la rose effeuillée,*
> *elle sera bientôt*
> *comme la prune secouée,*
> *elle sera mangée*
> *par le ravousio.*
> *La pauvre infortunée*
> *elle sera fanée*
> *comme la fleur de coquerico,*
> *qui teint les roulées.*

Floris riait : la tête lui tournait. Toutes les jeunes filles couraient autour de lui. Soudain il en attrapa une. Tout de suite il sut qu'il tenait Pauline contre lui, mais Floris décida de profiter traîtreusement de l'occasion et tout en la tenant par la taille, il promena ses mains sur son corsage, son cou, son visage et ses cheveux. Il cria :

« J'ai trouvé, c'est Hortense ! »

— Non », hurlèrent les autres en riant.

Floris fit mine de réfléchir profondément et reprit son examen. Que la taille de Pauline lui semblait mince, il mourait d'envie de s'attarder sur sa gorge, mais n'osait pas trop. Il se perdit dans la longue chevelure brune qu'il prenait plaisir à décoiffer. Il passa un doigt sur le nez et les lèvres de Pauline. Il la sentit haleter et ne savait si c'était l'essoufflement du jeu ou l'émotion d'être contre lui.

« C'est Diane ! cria Floris.

— Non ! » hurlèrent les autres.

« Je n'ai plus que Marie-Anne à dire, songeait Floris, et après je serai bien obligé de la lâcher. » Il aurait voulu que cette situation durât toujours. Floris avait maintenant l'intuition que Pauline se prêtait au jeu et qu'elle savait parfaitement qu'il l'avait reconnue.

« Ah ! je ne sais vraiment pas, je ne trouve pas », marmonnait-il pour gagner du temps.

L'une de ses mains descendit le long du bras ferme et rond de Pauline et prit la main de la jeune fille. Leurs paumes étaient moites, et Floris se mordit les lèvres pour ne pas se jeter sur elle et l'embrasser. De son autre main, Floris caressa l'oreille de Pauline et sa joue douce comme une pêche. Floris à regret allait dire : « Marie-Anne », lorsqu'il sentit sur son front de larges gouttes de pluie chaude. Pendant le jeu, le ciel s'était assombri. Les jeunes filles relevèrent le bas de leurs robes et partirent vers le château en poussant de petits cris. Floris arracha son bandeau, ramassa son justaucorps et le jeta sur les épaules de Pauline. Il lui prit la main, et tous deux se mirent aussi à courir. Floris avait les tempes battantes. Tout au long de la journée, il avait remarqué l'attitude de la jeune fille à son égard, et il se perdait en conjectures. Pauline avait vingt ans et il lui semblait curieux qu'elle s'intéressât à un garçon de quinze ans. Les autres couraient devant et Floris n'arrivait pas à décider de la conduite à tenir. Il aurait voulu demander conseil à Adrien, mais il le vit qui tenait Marie-Anne par la main et s'enfuyait vers les ruines d'une vieille maison. Pauline jeta un coup d'œil moqueur à Floris qui s'en aperçut, et rougit, à sa grande rage.

« Il faut que je trouve quelque chose, c'est idiot. Nous n'allons pas rentrer au château : il faut que je sois seul avec elle. »

La pluie tombait maintenant dru et collait le corsage de Pauline. Floris la regarda et se sentit prêt à défaillir. « Je compte jusqu'à trois et je lui dis : je vous aime. Non, ce n'est pas le moment ? Ah ! je tombe à ses pieds en lui criant : je veux mourir pour vous ! »

Floris se voyait, l'épée à la main, tuant de misérables bandits, délivrant Pauline, mais au dernier moment il recevait lâchement un coup de pistolet et s'effondrait mort devant elle.

« Je lui dis : voulez-vous m'épouser ? Je consacrerai ma vie à votre bonheur et nous vieillirons tous les deux devant une cheminée. Mais, au fait, est-ce que je veux l'épouser ? »

Floris en était là de ses réflexions tumultueuses et n'arrivait à aucune décision lorsqu'ils passèrent devant la grange qui se trouvait au bout du parc, celle-là même où s'étaient arrêtés des bohémiens, bien des années auparavant. Pauline eut pitié de Floris et trébucha en poussant un cri.

« Mon Dieu ! Pauline, vous êtes-vous fait mal ? Entrez vous reposer », dit traîtreusement Floris, en faisant bien attention de refermer la porte de la grange. Pauline se laissa tomber en gémissant sur un tas de paille.

« Quelle course, Dieu du ciel, comme dirait papa ! »

Floris éclata de rire nerveusement, il restait bêtement debout et ne savait pas trop comment s'asseoir à côté de la jeune fille. La conversation menaçait de languir. Floris songea qu'il lui fallait absolument dire quelque chose. Il humecta ses lèvres et murmura :

« Je suis très heureux de vous avoir revue, Pauline, car la dernière fois nous n'étions que des enfants. »

Pauline sourit et se renversa sur la paille en soupirant :

« Ah ! j'ai mal à la cheville, je suis sûre qu'elle est enflée.

— Attendez, Pauline, je vais retirer votre soulier si vous le permettez, cela vous soulagera. »

Floris, heureux d'avoir enfin trouvé un prétexte. s'agenouilla aux pieds de Pauline. Avec délicatesse il fit glisser la petite chaussure, et tint entre ses mains la fine cheville qui ne semblait pas du tout enflée. Des étoiles lui passaient devant les yeux, la tête lui tournait. Il caressa doucement le petit pied, mais une angoisse lui montait à la gorge, et des larmes de rage aux yeux. Comment s'y prend-on avec une femme ? Il songea soudain que Fédor et Li Kang ne lui

avaient appris qu'à se battre à l'épée, au sabre, à lancer
à vingt pieds un poignard, à tirer au pistolet, à parler toutes
les langues, mais pas à faire la cour aux femmes. Il continuait à pétrir doucement la cheville de Pauline, n'osant
regarder sa jambe qui sortait un peu de sous les longues
jupes. Sa main s'aventura jusqu'au genou, Pauline était renversée en arrière et entre ses cils à demi baissés contemplait Floris dont la sombre beauté la faisait tressaillir. Leurs
regards se rencontrèrent, et le cœur de Floris se mit à battre
encore plus vite. Il lui semblait que Pauline devait l'entendre tant il tapait fort dans sa poitrine. Pauline murmura :
    « La paille me pique.
    — Attendez, je vais arranger cela. »
    Floris abandonna la jolie jambe pour se glisser vers Pau-
line. Il se mit à tapoter la paille autour d'elle et à disposer
son justaucorps sous le buste de la jeune fille. Il sentait son
parfum monter vers ses narines et sa gorge se serra d'une
douleur merveilleuse. Lentement Floris se rapprocha de Pauline jusqu'à toucher son corps. Mais il n'osait remuer
de peur de rompre le charme. Pauline leva le bras, effleu-
rant le dos de Floris qui frémit à ce contact.
    « Vous êtes trempé, Floris. »
    Floris pouvait à peine respirer. Il approcha sa main du
corsage de Pauline et murmura faiblement :
    « Vous aussi vous êtes toute mouillée, Pauline. »
    Il sentait sous la robe le sein de la jeune fille, la soie col-
lait à sa peau et laissait deviner ses formes charmantes. Floris
se sentait lamentablement maladroit. Il avait bien embrassé
au cours de fêtes villageoises deux ou trois petites paysannes, mais n'avait jamais été plus avant, et ses chastes baisers ne lui avaient pas appris grand-chose. Son ignorance
l'exaspérait, et en même temps il aurait voulu que cette situation se prolongeât éternellement. Pauline, toujours immobile, se tendit imperceptiblement vers Floris. Enivré par
cette acceptation muette, Floris glissa doucement sa main
dans le corsage de la jeune fille et se mit à caresser ses seins
nus sous la petite chemise de batiste. Il était étonné de
sa propre audace, un long frisson de bonheur le parcourut.
Il regarda le joli visage levé vers lui. Pauline souriait, ses yeux
pers étaient à demi entrouverts. Elle attira Floris à elle et
leurs lèvres se joignirent. C'était le premier vrai baiser que
Floris donnait ou plutôt recevait. Son corps découvrait avec

émerveillement les prémices de l'amour. Pauline lui apprenait à écarter les lèvres et à rendre les baisers. Il s'aperçut soudain que Pauline le déshabillait. Elle fit glisser sa chemise et se mit à embrasser et mordiller le torse du jeune homme. Floris soudain se redressa orgueilleusement au-dessus de Pauline. Il se sentait un homme, voir cette femme abandonnée lui donna le vertige. Toute crainte ou timidité l'abandonna. Avec autorité il se pencha vers la jeune femme et fit jaillir de son corsage ses deux seins. A son tour il se mit à les couvrir de baisers et de petites morsures. Pauline gémissait tout doucement. Elle prit la tête de Floris et le regardant dans les yeux lui murmura :

« Floris, Floris, mon amour, mon bel amour, je suis à toi. »

Pauline était abandonnée, offerte. Le temps s'arrêta pour les amants. La grange tournoya autour de Floris. Il eut conscience d'avoir pris possession de cette femme sans savoir très bien comment et un plaisir fulgurant le traversa. Ils restèrent longtemps enlacés. Floris était éperdument amoureux de Pauline et reconnaissant du bonheur qu'elle lui avait procuré. Pauline se redressa et essaya de remettre un peu d'ordre dans sa toilette. Floris la regardait avec la fierté d'un jeune mâle. Soudain une chose noire tomba d'une poutre du plafond sur Pauline, lui arracha le ruban de ses cheveux et s'enfuit derrière le tas de foin. Pauline poussa un hurlement de terreur. Floris éclata de rire :

« Pardon, Pauline, c'est Georges-Albert.

— Ah ! votre horrible singe ! »

Floris prit un air contrit.

« M'en voulez-vous, Pauline ? Il avait dû se cacher ici à l'abri de la pluie. Georges-Albert est très intelligent, je vous en prie, pardonnez-lui. »

Pauline sourit.

« C'est à vous que je pardonne, Floris, parce que nous avons été très heureux. »

Floris rougit un peu. Tout cela était trop nouveau pour lui, il avait du mal à en parler. Il appela :

« Georges-Albert, viens ici, tout de suite. Ta plaisanterie n'était pas drôle, rapporte le ruban à Pauline, et excuse-toi, s'il te plaît. »

Georges-Albert sortit sa petite tête et rit en montrant

ses dents à Floris. Il s'était mis le ruban autour du cou et battait des mains en regardant Pauline. Floris supplia :

« Dites-lui que vous lui pardonnez, Pauline. »

Pauline éclata de rire.

« Quel enfant vous faites, bon, je vous pardonne, Georges-Albert, mais mon ami, acceptez de me rendre mon ruban, ou je vais rentrer au château toute décoiffée. »

Georges-Albert se mit à exécuter une danse et à faire des galipettes pour se faire admirer par Pauline qui ne put s'empêcher de sourire. Le petit singe, enivré par son succès, sauta du haut d'une botte de paille pour faire un saut périlleux, il prit mal son élan, et tomba bêtement au coin du mur et de la porte de la grange.

« Allons, viens ici, Georges-Albert, gronda Floris, tu as assez fait l'idiot. »

Mais Georges-Albert n'écoutait pas son maître : il semblait fort intéressé par une fente qui se trouvait au bas du mur. Il glissa sa petite main et la ramena tenant triomphalement quelque chose que Floris et Pauline distinguaient mal. Georges-Albert poussait des cris de joie et sauta sur les genoux de Pauline, lui offrant d'une main son ruban et de l'autre une chaîne d'un métal grossier au bout de laquelle pendait une médaille de fer très sale.

« Qu'as-tu trouvé ? » s'exclama Floris.

Pauline essaya de nettoyer la médaille avec de la paille. Des signes étranges apparurent que les deux jeunes gens ne comprirent pas. Pauline prit la médaille et la passa en riant autour du cou de Floris.

« Je te nomme mon chevalier d'amour, Floris, tu la garderas toujours, mon petit chevalier, en souvenir d'aujourd'hui. »

Floris prit la main de Pauline et la couvrit de baisers.

« Jure, mon chevalier, jure sur ton âme.

— Pauline, je vous le jure, je vous le promets, en souvenir de cette journée je garderai toujours cette médaille. »

Floris se redressa et murmura de nouveau :

« Je vous aime, Pauline, voulez-vous m'épouser ? »

La jeune fille éclata de rire. Interloqué, Floris la regarda avec fureur, ses yeux noirs jetèrent d'inquiétantes lueurs vertes. Pauline comprit qu'elle l'avait blessé. Elle se pelotonna contre lui et soupira :

« Floris, mon beau Floris, mon amour, tu es un jeune

fauve qui ne connaît pas encore son pouvoir. Tu es fait
pour être libre comme un tigre. Tu n'as pas pris conscience
de la force de tes griffes. Mais rassure-toi, mon bel amour,
tu seras toujours le préféré.

— Que voulez-vous dire, Pauline ?

— Ne t'inquiète pas, rappelle-toi mes paroles : tu seras
toujours le préféré.

— Mais vous n'avez pas répondu à ma question : voulez-
vous être ma femme ? »

Pauline sourit, attira Floris contre elle et lui donna un
long baiser. Un vertige reprit le jeune homme et il chercha
à renverser la jeune femme. Mais celle-ci se dégagea en
riant.

« Georges-Albert, mon cher, venez rappeler à votre maître
l'heure qu'il doit être. »

Georges-Albert hocha la tête en signe d'approbation.

« Tu vois, Floris, il faut rentrer, je suis sûre que l'on
nous cherche déjà partout. »

Floris soupira et aida Pauline à se rajuster. Il en profita
pour piqueter dans le cou de la jeune fille ou sur ses seins
un baiser. Celle-ci riait et protestait :

« Floris, vous prétendez m'aider et vous défaites tout
ce que j'arrange. Tiens, essaie de me relacer mon corsage. »

Mais Floris, avec son ardeur toute fraîche, arracha les
cordons du corset et glissa ses mains sous le bustier de la
robe. Il tenait les deux seins de Pauline et en caressait les
pointes, fiévreusement. Il embrassa la nuque de la jeune
fille qui se débattait de plus en plus faiblement.

« Lâche-moi, Floris, lâche-moi, lâche-moi, il faut rentrer.

— Non, Pauline, ma toute belle, tu es à moi, je te veux
encore, et toi aussi tu le désires.

Floris devenait de plus en plus audacieux. L'adolescent
timide qui était entré dans la grange n'existait plus. Les
jeunes amants roulèrent de nouveau dans la paille et Floris
retroussa avec une sorte de brutalité les jupes de la jeune
femme.

« Je te veux à moi, encore une fois », gronda Floris, et
il la prit violemment. Leurs souffles se mêlaient, haletants,
une sorte de folie les gagna tous les deux. L'idée qu'on les
attendait les excitait peut-être encore davantage. Floris
découvrait mieux toutes les sources du plaisir. L'ascension
vers la volupté lui sembla ne jamais devoir s'arrêter. Pauline,

abandonnée, ivre de plaisir, regardait Floris qui s'était relevé et passait sa chemise. Il lui tendit la main en souriant et aida sa jeune maîtresse à se remettre sur ses jambes.

« Floris, comme tu aimes la vie ! Quelle fougue terrible ! Prends garde, mon amour, la vie est dure pour ceux qui l'attaquent. »

Floris attrapa Pauline par la taille et la fit tournoyer en s'écriant dans un rire :

« Ma belle chérie, je ne comprends rien à ce que vous me racontez, et vous non plus. Tout ce que je sais c'est que je vous aime. »

Les jeunes gens sortirent de la grange avec les joues en feu, mais ils avaient miraculeusement réussi à remettre un certain ordre dans leurs habits. Georges-Albert les suivait en sautillant. Ils se dirigèrent vers le château. Au détour d'une allée, ils rencontrèrent Adrien et Marie-Anne qui se tenaient par la main et se regardaient avec des yeux brillants. Dans le salon d'été, Li Kang et Fédor servaient la collation. Les quatre jeunes gens y pénétrèrent avec un peu d'inquiétude, mais personne ne fit attention à eux car Baptistine était tombée et chacun s'affairait autour d'elle. Floris avait envie de crier son bonheur. Il se pencha distraitement sur Baptistine pour la consoler de sa chute. La petite fille s'accrocha à lui.

« Oh ! Floris, j'ai mal au genou. Non, Floris, ne me quitte pas. »

Tout en prenant Baptistine dans ses bras, Floris toucha machinalement la médaille qu'il portait maintenant autour du cou. Il ne pouvait savoir que c'était le talisman que la vieille bohémienne destinait à sa mère, seize ans plus tôt. Floris regarda Pauline et décida que c'était la femme de sa vie.

CHAPITRE XXVII

Le soleil était à peine levé le lendemain matin lorsque Floris et Adrien se réveillèrent. La journée s'annonçait encore torride. Floris et Adrien coururent à la rivière pour se baigner. Baptistine, qui s'était échappée des mains d'Elisa, ne tarda pas à les rejoindre. La petite fille, les cheveux emmêlés, avait l'air d'une vraie sauvageonne. Un vent moite donnait aux jeunes gens une fraîcheur illusoire. Les deux frères jouèrent un moment avec Baptistine, puis ils prirent leurs épées et s'amusèrent à se donner l'assaut sous l'œil intéressé de leur sœur et de Georges-Albert qui battait des mains. Ils étaient devenus tellement maîtres d'eux-mêmes qu'ils avaient depuis longtemps abandonné les fleurets mouchetés : ils se battaient de bon cœur avec leurs lames nues. Cela épouvantait toujours Maximilienne mais ravissait Baptistine. Ils se faisaient parfois des égratignures, ce dont le vaincu s'amusait autant que le vainqueur. Mais ce jour-là l'escarmouche ne dura pas longtemps. Baptistine essaya en vain d'entraîner Floris dans un de leurs jeux habituels. Au bout de quelques minutes, il abandonna la petite fille et s'allongea sous le cèdre à l'endroit où Pauline se trouvait la veille. Adrien ne tarda pas à le rejoindre. Fédor et Li Kang, qui posaient des collets non loin de là, se regardèrent et se comprirent à demi-mot. Les jeunes barines s'ennuyaient. Les deux frères, malgré leur légère différence d'âge, vivaient comme des jumeaux. Ils partageaient la même chambre, les mêmes jeux et les mêmes sentiments. Une sorte de cordon invisible les liait, que rien ne pouvait entamer.

« Si nous partions, Adrien, s'exclama soudain Floris, nous

nous engagerions dans l'armée ou dans la marine et nous enlèverions Pauline et Marie-Anne.

— Et que ferions-nous de Dieu du ciel ? » dit Adrien, pouffant à la seule pensée du marquis de Mailly-Bresle.

— Bah ! on le pourfendrait en lui faisant la botte secrète dont nous n'avons pas le secret.

— Tiens, c'est vrai, dit Adrien en se redressant, Fédor ! Fédor !

— Qu'y a-t-il, barine ?

— Tu dois toujours nous apprendre la botte secrète de Petrouchka.

— Je vous l'apprendrai à tous les deux, barines, quand il sera temps, répondit Fédor.

— Mais quand sera-t-il temps ? demanda Floris impatient.

— Bientôt, petit barine, bientôt, le temps approche. » Fédor baissa la tête et se remit à son ouvrage. Son unique œil riait. Li Kang chuchota :

« Fleur de Mai et Bonheur du Jour deviennent des hommes, ils vont bientôt partir vers leur destin.

— Oui, Li Kang, et notre barinia ne s'en rend pas compte, le petit a le sang qui bout comme celui de notre tsar. Ah ! que pouvons-nous faire ?

— Tu l'as dit, Lame Aiguisée, attendre, il faut attendre que les louveteaux deviennent des loups, que les lionceaux sortent de leurs tanières, que les aiglons s'élancent du repaire, et alors nous les aiderons à devenir des léopards. » Floris s'était mollement rallongé dans l'herbe et riait :

« Il est drôle, Fédor, avec ses : " bientôt, petit barine ", je suis aussi grand que lui, et même plus grand. C'est agaçant d'être toujours traité en enfant ! Tu sais, Adrien, reprit Floris en s'étirant, la vie est merveilleuse, il fait beau et nous aimons tous les deux les plus belles femmes du royaume.

— Et surtout ce qui est admirable, reprit Adrien toujours logique, c'est qu'elles nous aiment. » Floris sauta soudain sur ses pieds et se mit à secouer son frère.

« Tu as raison, mais tu as raison, j'ai une idée, allons les rejoindre. Après tout, nous ne sommes qu'à dix lieues du château de Mailly. »

Adrien se redressa, l'œil brillant, et prit Floris dans ses bras.

« Mon frère, ton idée est géniale, je te fais duc, prince
du Royaume et maréchal de France. »

Les deux jeunes gens coururent s'habiller et seller leurs
chevaux. Quelques minutes après, ils passèrent devant Maximilienne et Baptistine qui se mit à pousser des cris de rage
en se voyant ainsi abandonnée. Maximilienne sourit, Li Kang
et Fédor se trompaient, elle se rendait très bien compte
du changement survenu chez ses fils. Son intuition mater-
nelle lui avait fait deviner en partie ce qui s'était passé la
veille. L'avenir de ses fils la torturait. Comme elle l'avait
dit à Mailly-Bresle, il ne restait presque plus rien de sa belle
fortune. Il faudrait que Floris et Adrien fassent de riches
mariages ou qu'ils entrent dans l'armée, mais sans argent
ils ne pourraient acheter un régiment comme c'était d'usage
dans leur état. Maximilienne sourit à ces deux jeunes cavaliers qui agitaient leur tricorne pour lui dire au revoir.
Ils poussèrent un hourra et franchirent au galop la poterne
du château. Ils traversèrent à fond de train le village de
Mortefontaine. Sur le pas du presbytère, Blaisois, en tenue
de bedeau, écoutait respectueusement le vieux curé qui cria
aux jeunes gens :

« Où allez-vous comme ça ?

— On ne peut pas vous le dire, monsieur le curé »,
répondit en riant Adrien. Floris agita son bras en poussant
un cri de guerre qui fit pâlir Blaisois. Le vieux curé sourit.

« Ah ! Blaisois, nos jeunes seigneurs sont de rudes gaillards.

— Pour sûr, monsieur le curé, mais moi je n'aime pas
toutes ces chevauchées, cela me rappelle de trop mauvais
souvenirs, brrr ! » dit Blaisois en frissonnant.

Floris et Adrien soulevaient sur leur passage des nuages
de poussière. Ils allaient comme le vent.

« J'arriverai le premier, mon frère », hurla Floris en
enfonçant ses éperons dans les flancs de son pauvre cheval.

L'impatience des cavaliers et la canicule rendaient les
bêtes nerveuses ; elles allaient si vite qu'on aurait pu les
croire emballées. Il fallait être aussi bons cavaliers que Floris
et Adrien pour maintenir les montures. Au bout de deux
lieues, il fallut s'arrêter pour faire souffler et boire les chevaux. Floris trépignait d'impatience :

« Ces animaux sont stupides. Avons-nous besoin de nous
reposer, nous autres ?

— C'est qu'eux ne vont rejoindre personne », répondit Adrien.

Les jeunes gens s'étaient allongés dans une prairie et Floris mâchonnait un brin d'herbe.

« Que vont-elles dire en nous voyant ? dit Adrien.

— Elles vont être ravies, bien sûr, déclara Floris, olympien.

— Voyons, qu'allons-nous donner comme prétexte à notre visite ? dit encore Adrien, qui ne laissait jamais rien au hasard.

— Aucun prétexte, nous descendons de cheval et nous tombons à leurs pieds en leur disant que nous mourrons d'amour pour elles », répondit Floris qui se fiait toujours à l'inspiration du moment.

Les jeunes gens se remirent en selle, mais ils étaient obligés de ménager davantage leurs montures, afin que les pauvres bêtes puissent parvenir au but.

« Elle est si belle, s'écria Floris, que seul le roi et moi en sommes dignes. »

Adrien éclata de rire :

« Le roi et toi, Floris ? Tu pourrais dire, mon frère, toi le noble et grand Floris de Villeneuve-Caramey et seulement après le roi.

— Ah ! le roi, soupira Floris dont les idées changeaient avec facilité, le roi, le voir, le servir, mourir pour lui. »

Adrien sourit. Floris voulait toujours mourir pour quelqu'un. Adrien se baissa sur l'encolure de son cheval pour éviter une branche.

« Dis-moi, Floris, demanda-t-il en changeant de sujet, ces bois et cette chaleur ne te rappellent-ils pas Doubino ? Il est vrai que tu étais peut-être trop petit...

— Non, Adrien, je n'ai rien oublié, je vois encore le parc, les étés si chauds, les hivers glacés, répondit Floris soudain grave. Souvent, tu sais, la nuit, je rêve de Petrouchka. Parfois, je voudrais retourner en Russie et glisser de nouveau en traîneau.

— Oui, je te comprends. Moi aussi, il m'arrive de revoir en rêve notre fuite, certaines nuits, mais je ne distingue jamais le visage de Petrouchka. C'est curieux, j'aperçois toujours un homme, presque un mendiant, mais je ne sais plus si je l'ai rencontré dans la vie ou s'il n'appartient qu'à mes rêves. »

Les deux frères se sentirent soudain oppressés. Adrien
faillit dire à Floris :

« Rentrons, n'allons pas à Mailly. Au fond, nous n'avons
rien à y faire. »

Mais il eut peur de briser l'enthousiasme de Floris. De
son côté, Floris, sans savoir pourquoi, se sentait saisi d'une
sorte de tristesse. Pour secouer cette inquiétude passagère,
ils piquèrent leurs bêtes qui bondirent en avant et galopèrent un bon moment. Le paysage avait changé : il devenait plat et les blés dorés se balançaient doucement sous
une brise chaude. Ils entraient en basse Picardie. Enfin,
ils aperçurent le château de Mailly, construit sous le roi
Louis XII par un ancêtre du marquis. C'était une belle
demeure, vue de loin, car de plus près la toiture semblait
mal en point et les murs quelque peu lézardés. Le château
gardait néanmoins un certain air de grandeur qui convenait
à Mailly-Bresle. Ne voyant personne, Floris et Adrien se
dirigèrent vers les écuries où un jeune paysan qui faisait
office de palefrenier prit leurs montures.

« Bouchonne nos bêtes, mon garçon, et donne-leur une
bonne ration d'avoine, dit Adrien, qui prenait la tête de
l'opération. Tiens, ajouta-t-il, voici pour toi », et il mit
royalement dans la main du jeune garçon un sol qui traînait
par bonheur dans sa poche. Le paysan, qui ne semblait
pas habitué à de pareilles largesses, se confondit en remerciements.

« Dis-moi, où sont tes maîtres ?

— Ah ! dame ! Ils sont tous derrière chu la grande
pelouse, avec les damoiselles et les biaux seigneurs. »

Adrien toussota en regardant Floris.

« Veux-tu dire que M. le marquis et Mme la marquise
reçoivent des voisins ?

— Ah ! moi, ça, dame, j'en sais rien de rien si c'est
des voisins, j' sais ben seulement qu'ils sont tous chu la
grande pelouse. »

Adrien attira Floris dans un coin.

« Il faudrait que quelqu'un aille prévenir Pauline et Marie-
Anne de notre venue car je ne voudrais pas tomber dans
une réunion, mais je ne sais pas si cet idiot en sera capable. »

Floris redressa fièrement son tricorne, épousseta son justaucorps, souffla sur ses bottes, puis tapa sur l'épaule de
son frère.

« Adrien, nous sommes venus pour voir les femmes que nous aimons, ce ne sont pas quelques malheureux voisins qui nous feront reculer. Allons-y, mon frère ! »

Adrien tenta encore de défendre sa tactique :

« Ecoute-moi, Floris, faisons-leur parvenir plutôt un mot. »

Mais Floris, sans écouter son frère, s'engagea d'un pas décidé dans l'allée conduisant à la pelouse. Adrien eut un geste fataliste, un petit rire et suivit Floris qui marchait devant lui, superbe et magnifique. Des éclats de rire leur parvinrent et Floris crut reconnaître celui de Pauline ; il dut se maîtriser pour ne pas courir. Les deux jeunes gens contournèrent le château et débouchèrent sur la pelouse au détour de l'allée. Au loin, les demoiselles de Mailly-Bresle faisaient cercle et jouaient à la « pucelle » en compagnie de respectables seigneurs aux perruques poudrées. C'était une sorte de mimodrame fort à la mode à l'époque. Pauline interprétait le rôle de la « pucelle », et ses sœurs la couvraient de châles et de tabliers auxquels leurs deux partenaires, un peu ventripotents et assez cramoisis, ajoutaient avec ravissement leurs justaucorps. Cette pyramide vivante était défendue par les jeunes filles qui couraient autour d'elle et la défendaient en chantant à leurs partenaires :

« Les portes dondaire sont-elles ouvertes, a-t-elle sa robe verte ? »

A quoi les assaillants répondaient :

« Non, elle est cachée, la tant éplorée, nous la voulons épouser par mariage.

— Non, non, criaient les demoiselles, non, non, mariée vous la battrez avec rage. »

Le marquis et la marquise de Mailly-Bresle regardaient la scène d'un œil attendri. L'arrivée de Floris et d'Adrien, aussitôt remarquée, interrompit le jeu. Les jeunes gens durent traverser la pelouse sous les regards surpris des quatre jeunes filles, de leurs parents et des deux prétendants. Floris commençait à regretter de n'avoir pas suivi le conseil d'Adrien. Il jeta un coup d'œil à son frère et s'aperçut que celui-ci le regardait gaiement. On avait déjà dû les reconnaître, il fallait avancer : c'était une marche au sacrifice. Floris sentait ses jambes se dérober sous lui. Quand ils furent à portée de voix, la marquise de Mailly-Bresle s'écria :

« Quelle surprise, les frères de Villeneuve-Caramey ! Il n'est rien arrivé à la comtesse, j'espère ?

— Non, madame la marquise, dit Adrien en s'inclinant avec élégance, notre mère se porte à merveille.

— Ah ! bien, bien. Elle vous a sans doute chargés d'une commission urgente ?

— Euh ! dit Floris en s'inclinant à son tour au comble de l'égarement, elle nous a chargés de vous transmettre, madame la marquise, toutes, euh !... tous... ses remercie ments.

— Ses remerciements, et pourquoi donc, le savez-vous, mon ami ? » dit la marquise en se tournant vers le marquis de Mailly-Bresle.

Le marquis sursauta. Il vivait dans la peur perpétuelle de sa terrible épouse, forte créature qui conservait cependant un assez beau visage en forme de poire.

« Moi ? Mais non, ma toute bonne, comment le saurais-je ?

— Vous étiez pourtant à Mortefontaine hier, vous avez vu la comtesse.

— Oui, oui, oui, mais laissez plutôt parler ces jeunes gens, ils vous diront pourquoi la comtesse Maximilienne les envoie, ma très chère. »

La redoutable marquise se tourna vers les jeunes gens, avec un regard interrogateur. Floris vit que Pauline le regardait aussi et que l'idiot qui se trouvait à côté d'elle était un affreux vieillard d'au moins quarante ans. Cela lui rendit courage. Il s'inclina de nouveau et commença de mentir avec effronterie :

« Notre mère, madame la marquise, nous envoie vous faire ses remerciements pour votre visite d'hier. Elle a été si heureuse de revoir ses amis.

— Ma visite d'hier, mais je n'y étais pas, coupa sèchement la marquise.

— Justement... justement... notre mère, madame la marquise, l'a regretté vivement et c'est pourquoi elle nous a chargés, avec ses remerciements, de vous transmettre une invitation. »

Floris jeta vers son frère un regard de détresse, il se

sentait brusquement à court d'invention. Adrien comprit qu'il était temps de le relayer.

« C'est une invitation, madame la marquise, à vous bien vouloir joindre dorénavant à M. le Marquis de Mailly-Bresle et à mesdemoiselles vos filles, quand ceux-ci nous font l'honneur de s'arrêter à Mortefontaine.

— C'est fort délicat de la part de cette chère Maximilienne. Et vous avez parcouru dix lieues pour venir nous dire cela ? demanda la marquise, plutôt surprise.

— Notre mère, reprit Adrien, était si contrariée de n'avoir pu vous recevoir, madame, qu'elle n'a souffert aucun délai pour que nous venions vous présenter ses amitiés, ses remerciements, ses regrets de ne vous avoir point vue et, et, et...

— Son invitation, reprit gracieusement Floris en souriant.

— Je suis charmée, vraiment charmée, gloussa Mme de Mailly-Bresle. Vous allez rester dîner avec nous, n'est-ce pas, mes jeunes amis ? »

Floris et Adrien s'inclinèrent jusqu'à terre en prétendant mollement qu'ils ne voulaient déranger personne et qu'ils allaient rentrer sur-le-champ à Mortefontaine. Mais la marquise leur coupa la parole avec son autorité naturelle :

« C'est dit, n'en parlons plus : vous restez. Allez saluer mes filles et vous, Louis, remuez-vous donc un peu. »

Le pauvre marquis sursauta.

« Présentez ces jeunes gens au marquis de La Tournelle et à M. de Vintimille. »

Floris apprit ainsi qui étaient les acteurs de ce tableau vivant ridicule. Une rage le saisit contre Pauline. Avait-on idée de jouer à de pareils jeux avec des malheureux qui avaient déjà un pied dans la tombe ! En s'inclinant devant elle, Floris put lui chuchoter :

« Il faut que je vous parle.

— Tout à l'heure. »

La journée parut interminablement longue à Floris et Adrien. La marquise les avait fait asseoir à côté d'elle, près de Diane et de la grosse Hortense. Floris ne décolérait pas car Pauline était assise dans l'herbe au loin avec l'horrible Vintimille. De son côté, Adrien contemplait avec dépit Marie-Anne qui se promenait au bras de l'abominable La Tournelle.

« Et savez-vous, messieurs, ce que me dit Sa Majesté ?
— Comment, madame ? sursauta Adrien qui ne suivait
pas très bien la conversation.
— Mais non, dit la marquise surprise, Sa Majesté ne
m'a pas dit " Comment madame ? ", Sa Majesté m'a regardée
droit dans les yeux et m'a dit : " Mademoiselle de La Porte
Mazarini (j'étais alors jeune fille), vos yeux sont des char-
bons ardents : qui les regarde s'y brûle. " Voilà ce que m'a
dit le roi, qui était encore fort beau à l'époque, et je peux
vous assurer que Mme de Maintenon avait l'air des plus
inquiètes. »

Floris et Adrien pâlissaient car la marquise avait entre-
pris de leur raconter toute sa jeunesse à la cour de
Louis XIV. Ce fut un cauchemar, la chaleur devenant de
plus en plus étouffante. Enfin, vers deux heures de l'après-
midi, on rentra au château pour le dîner. En se dirigeant
vers la salle à manger d'été, Floris essaya de parler à Pauline, mais celle-ci mit un doigt sur ses lèvres et lui glissa
vivement un billet dans la main. Pour Floris, coincé entre
Diane et la grosse Hortense, ce repas dura une éternité.
Adrien, assis entre la marquise et le marquis, ne s'amusa
guère non plus. Les plats se succédaient lentement, car si
la fortune des Mailly-Bresle était fort ébréchée, la ferme
du château leur permettait encore d'y faire bonne chère.
En d'autres temps, après une pareille chevauchée, les deux
frères auraient fait honneur au repas, mais le spectacle de
Pauline roucoulant aux fadaises de M. de Vintimille coupait
l'appétit de Floris, qu'une rage froide envahissait. Quant
à son frère, il avait bien du mal à suivre le bavardage
de la marquise qui continuait de lui raconter toutes les
phrases que le feu roi lui avait adressées, ainsi qu'à tous
les membres de sa nombreuse famille. Floris essayait désespérément de lire le billet de Pauline, sans y parvenir car
Diane et Hortense l'accablaient de prévenances. Quand on
passa enfin au salon pour prendre des rafraîchissements,
Floris s'approcha d'une fenêtre en faisant mine d'admirer
la vue du parc. Il déplia prestement le billet et lut :

« Il ne fallait pas venir, Floris. Je veux épouser M. de
Vintimille. Votre présence compromet tout. Partez, nous
nous reverrons plus tard. Pauline. »

Les lettres dansaient devant ses yeux. Il se retourna
et vit Pauline qui le regardait. Pour qu'elle n'ait pas le

plaisir de contempler son malheur, il affecta de rire des plaisanteries d'Hortense. Floris chercha Adrien des yeux et s'aperçut qu'il parlait à Diane avec animation. Il en déduisit que lui n'avait pas reçu de billet. Les deux jeunes gens prirent bientôt congé de leurs hôtes. Floris, la rage au cœur, s'inclina devant M. de Vintimille. Adrien, par contre, semblait au mieux avec La Tournelle qui l'invita à lui venir rendre visite sur ses terres.

« Je vous montrerai ma jument noire, mon cher, un vrai démon, un vrai démon. »

« Revenez nous voir, mes jeunes amis, dit la marquise sur le perron, je sais encore beaucoup d'histoires sur le feu roi, et puisque cela vous amuse je vous les raconterai. »

Floris et Adrien galopèrent longtemps sans un mot. Ce fut Adrien qui rompit le silence le premier en éclatant de rire :

« Floris, te souviens-tu que, ce matin même, nous disions qu'elles nous aimaient ?

— Je ne vois pas ce qu'il y a de drôle, dit Floris sombrement, tiens, lis le billet que j'ai reçu. »

Adrien le parcourut avec intérêt et se reprit à rire de plus belle.

« Tiens, dit-il en fouillant dans son gilet, lis à ton tour ce que j'ai reçu. »

« Il ne fallait pas venir, Adrien. Je veux épouser M. de La Tournelle. Votre présence compromet tout. Nous nous reverrons plus tard. Signé : Marie-Anne. »

La gaieté d'Adrien était communicative, Floris se mit à sourire.

« Les mêmes billets ! Elles les ont donc écrits ensemble. Adrien, nous sommes de vrais idiots, nous aurons fait vingt lieues pour rien.

— Pas pour rien, mon frère, car nous savons tout sur le Grand Roi », dit Adrien en se tordant.

Le fou rire d'Adrien gagna bientôt Floris.

« Nous en faisions des têtes en débarquant sur la pelouse, sous l'œil de la terrible marquise !

— Ah ! et toi qui n'arrivais pas à te sortir de ta phrase avec tes remerciements et ton invitation.

— Adrien, dit Floris en hoquetant de rire, nous avons été parfaits tous les deux, avec les affreux fiancés de ces demoiselles.

— Oui, tu as raison, Floris.

— Mais heureusement que tu étais là.

— Pourquoi cela ? dit Adrien.

— Quand nous sommes tous les deux ensemble, rien ne peut nous arriver, tandis que si j'avais été tout seul, je crois que je me serais enfui.

— Toi, Floris, toi qui fonces toujours tête baissée et ne réfléchis qu'après ?

— Oui, car vois-tu, Adrien, j'étais malheureux et je crois que je le suis encore un tout petit peu. »

Adrien se dressa sur ses étriers et tapa sur l'épaule de Floris.

« Non, pas de ça, non ! Nous ne serons jamais malheureux pour des femmes. »

Floris se dressa à son tour et bourra son frère de coups de poing, puis il se laissa enfin aller à un vrai rire.

« C'est nous qui les rendrons malheureuses et qui les quitterons dès qu'elles nous aimeront. Adrien, tu as raison, il faut vivre ! Vivre, aimer, entrer au service du roi, aller à la cour et faire la guerre. »

Adrien cria :

« Jurons de ne jamais nous quitter, de toujours nous suivre et de nous aimer. Quand l'un de nous sera en danger, l'autre le défendra. A nous deux, Floris, nous serons invincibles. Jurons-le, mon frère. »

Les jeunes gens, soudain graves, mirent pied à terre et, levant la main, répétèrent l'un après l'autre :

« Je jure devant Dieu et devant les hommes de défendre mon frère, de l'aider et de le suivre partout. Ses ennemis seront mes ennemis, ses amis seront mes amis et son destin sera le mien. »

Pour se dissimuler leur émotion mutuelle, ils sautèrent en selle et galopèrent à bride abattue vers Mortefontaine. La nuit tombait ; une chouette hulula. Saisis d'un sinistre pressentiment, Floris et Adrien frissonnèrent.

CHAPITRE XXVIII

« Floris, mon amour, je vais mourir. »

Maximilienne essaya de se redresser pour caresser les boucles noires de son fils. Un sanglot étouffé lui répondit.

« Maman, maman chérie, gémit Floris, nous avons besoin de vous, ne nous quittez pas. »

Maximilienne sourit doucement. Son beau visage était exsangue, crispé par la douleur effroyable qui lui tenaillait la poitrine. Des cernes noirs entouraient ses grands yeux qui semblaient enfoncés dans ses orbites. Ses longs cheveux châtains, parsemés de fils blancs, se répandaient sur l'oreiller. Maximilienne tourna la tête et vit Adrien qui était agenouillé de l'autre côté du lit. Il était abîmé dans un désespoir sans fond.

« Mon fils, tu es l'aîné, l'héritier des comtes de Villeneuve-Caramey, je te confie Floris et Baptistine. »

La respiration de Maximilienne se fit sifflante ; elle haletait. Des gouttelettes de sueur glacée perlaient à son front.

« Calmez-vous, madame la comtesse, gémit Elisa, le docteur vous a dit de ne pas parler, cela vous fatigue. »

Maximilienne eut dans ses yeux cette lueur impertinente et obstinée que Pierre avait tant aimée.

Ne pas parler, quelle bêtise ! Elle avait tant de choses à dire et elle sentait que les heures lui étaient comptées. Depuis dix jours, Maximilienne luttait contre la mort et ses fils se relayaient nuit et jour à son chevet, entourés de leurs fidèles compagnons. Le brave docteur Tellier n'avait laissé que peu d'espoir :

« Notre science est impuissante : on dirait que son cœur n'a plus envie de battre. »

Les jeunes gens étaient déchirés par les remords. Maximilienne avait été prise de malaise alors qu'ils galopaient vers le château de Mailly. Lorsqu'ils étaient rentrés à Mortefontaine, Grégoire les attendait à la poterne du parc.

« Ah ! monsieur Adrien, monsieur Floris, vous voilà enfin ! Mme la comtesse vous a réclamés en revenant à elle, vite, vite ! »

Mais le docteur avait raison, c'était une bataille inégale, car Maximilienne n'avait plus envie de vivre. Un espoir s'était emparé d'elle : la certitude de retrouver Pierre. Elle regarda Floris de ses yeux pâlis par la souffrance, puis elle passa ses doigts transparents sur le visage du jeune homme, comme si elle avait voulu en garder la forme pour toujours.

« Mon amour, comme tu ressembles à ton père. »

Floris et Adrien se regardèrent avec étonnement. Jamais leur mère ne parlait du comte Amédée de Villeneuve-Caramey. Ils avaient toujours senti qu'un mystère entourait la mort de leur père et la naissance de Baptistine. Mais, par déférence, ils n'avaient jamais posé de questions à Maximilienne. Soudain une douleur plus forte que les autres arracha un gémissement à Maximilienne, un éblouissement la saisit et ses yeux se révulsèrent. Elle suffoqua, manquant d'air. Floris et Adrien se précipitèrent pour soulever ce corps si léger dont la vie se retirait. Des sanglots éclatèrent dans le fond de la chambre. Le colosse Fédor pleurait comme un enfant.

« Ah ! barinia, gémit-il, tu étais notre soleil. »

Li Kang, sans un mot, sortit une petite fiole de sa poche et vint la faire respirer à Maximilienne, dont le visage était si pâle qu'on aurait pu la croire déjà morte. Tout doucement, sa poitrine se souleva, un peu de couleur reparut sur ses joues et ses yeux qui n'y voyaient déjà plus retrouvèrent la vue. Maximilienne comprit qu'il lui restait moins de temps qu'elle ne l'avait cru. Il fallait qu'elle parle :

« Mes amis, approchez-vous, car je vous vois mal. »

Sa voix n'était plus qu'un souffle haletant, mais une volonté de fer se lisait dans son regard.

« Il faut que je vous dise adieu, mais ne me pleurez pas car je resterai toujours auprès de vous pour vous protéger.

— Oh ! barinia, ne t'en va pas. Nous serons perdus sans toi.

— Mon bon Fédor, dit Maximilienne avec un faible sourire, comme j'aimais ta force et ta bonté. Comme j'aimais ton visage et tes cicatrices, car tu étais mon ami. Et toi, mon fidèle Li Kang, tu m'as sauvé la vie et tu as sauvé mon enfant ; mon existence n'aura pas été assez longue pour te remercier. »

Le petit Chinois se laissa tomber à côté de son ami Fédor, il ne pleurait pas, mais ses yeux bridés laissaient paraître un profond désespoir.

« Puisse Bouddha prendre la vie de Li Kang Yuin et ne pas t'emmener dans ses jardins parfumés, Sourire d'Eté, car grâce à toi le pauvre esclave a une famille.

— Madame la comtesse, oh ! madame la comtesse ! gémirent Elisa et Grégoire, il faut lutter.

— Je ne peux plus, mes amis, merci. Merci Elisa, merci Grégoire, votre amitié m'a soutenue et fait vivre. Je vous demande à tous de garder à mes fils et... et à ma fille, la même fidélité.

— Oh ! barinia, nous te le jurons, dirent Fédor et Li Kang en sanglotant.

— Madame la comtesse, nous ne les quitterons jamais.

— Merci, mes amis, ajouta Maximilienne, je vous dis adieu... maintenant, laissez-moi seule avec Adrien. »

Floris se redressa :

« Maman, maman, et moi ? »

Maximilienne parlait de plus en plus faiblement. Elle leva le bras pour caresser une fois encore la tête chérie de son fils, mais n'en eut pas la force.

« Il faut que tu me laisses seule avec ton frère. Je te bénis, mon enfant très chéri. Adieu, adieu, mon petit prince. »

Fédor et Li Kang s'approchèrent de Floris qui ne pouvait se relever.

« Va, va Floris, il faut que tu t'occupes de Baptistine, embrasse-la pour moi... elle est trop petite pour me voir... Dis-lui, dis-lui, plus tard que, que... que je l'aimais. »

Floris sortit de la pièce en titubant de douleur. Il ne pouvait comprendre ce qui arrivait. Il lui semblait vivre un abominable cauchemar, mais il voulait espérer malgré tout. Lorsque la porte se fut refermée, Maximilienne prit la main d'Adrien, l'attira près d'elle et se redressa avec un reste d'énergie dont son fils ne l'aurait pas crue capable.

« Adrien, mon fils, écoute-moi bien, car tu seras la dernière personne à qui je vais parler.

— Mère, mère, protesta Adrien, nous allons vous guérir.

— Non, mon fils, j'ai déjà eu des crises dont je n'ai parlé à personne. Je sens depuis quelques années la vie qui se retire de moi, mais je voulais vivre pour vous mener à l'âge d'homme. Maintenant, c'est fait, il faut que vous quittiez le nid.

— Je vous écoute, mère.

— Avant de mourir, je dois te révéler, Adrien, de terribles secrets. Tu es le comte de Villeneuve-Caramey et toi seul dois le savoir. Je sais que tu protégeras toujours ton frère et ta sœur, alors écoute-moi bien. J'ai péché contre ton père Amédée de Villeneuve... »

Et Maximilienne raconta toute son histoire à son fils aîné. Comment elle avait aimé le tsar. Comment elle avait cru Amédée mort rue Quincampoix, la naissance de Floris à Bakou, la haine de l'impératrice, la mort de Pierre, leur fuite. Comment elle avait retrouvé Amédée vivant, à Marseille et la supercherie qui s'ensuivit pour faire accepter Baptistine et Floris. Maximilienne avoua tout. Adrien était blême.

« Mon fils, je suis bien coupable. M'en veux-tu ?

— Non, mère, je vous aime toujours autant ; c'est la fatalité qu'il faut accuser. Ainsi Floris n'est que mon demi-frère et Baptistine ma demi-sœur. Ils ne sont rien l'un pour l'autre, et mon père est peut-être encore vivant. Mon père, mon père, répéta le jeune homme rêveur. Non, rassurez-vous, maman : en Russie, déjà, quand je n'étais qu'un enfant, je me doutais au fond de quelque chose. Je sentais un secret autour de nous. Cela ne change rien pour moi que Floris soit le fils du tsar et Baptistine la nièce d'un bandit, je les aime autant. »

Maximilienne se fatiguait beaucoup, mais on sentait dans son regard la volonté d'aller jusqu'au bout.

« Je sais, mon fils, que tu protégeras toujours Floris. Cependant il m'inquiète, car il tient tant de Pierre : il en a l'énergie, mais aussi les fureurs. Tu me promets de l'aider toujours ? »

Adrien acquiesça des yeux.

« Ecoute-moi encore, je n'ai pas fini, ajouta Maximilienne en haletant car elle avait de plus en plus de mal à parler, un trésor a été caché par Pierre dans les caves de Doubino. Cet or est à Floris, c'est toi qui décideras du moment où tu devras parler.

— Mais, ma mère, pourquoi ne le dites-vous pas à Floris ?

— Non, Adrien, il est encore trop jeune et il s'emballe facilement, c'est toi le seul dépositaire. » Et Maximilienne expliqua à Adrien comment parvenir aux caves de Doubino par la statue de Diane. Maximilienne se renversa en arrière, brûlée par une terrible douleur. Adrien se précipita pour lui faire respirer un peu d'esprit-de-vin. Encore une fois Maximilienne revint à elle, mais elle n'avait plus qu'un souffle de vie. Elle s'accrocha à son fils et murmura :

« Prends le coffret, ouvre-le, tu vois une lettre dans le fond, je l'ai préparée depuis longtemps... tu iras la porter toi-même avec Floris. As-tu compris, Adrien ? »

Le jeune homme regardait la lettre avec effarement.

« Mais ma mère, jamais, jamais nous ne pourrons l'approcher.

— Si... si... j'espère qu'il se souviendra... oui... peut-être... ah !... Adrien, mon fils, serre-moi dans tes bras. »

Adrien se précipita vers sa mère. Maximilienne regardait au loin, ses yeux ne voyaient plus son fils. Son visage était souriant, illuminé de bonheur. Adrien comprit que Maximilienne était déjà dans l'au-delà.

« C'est beau cette musique... Adrien, qui sont tous ces gens dans la pièce, ils me sourient et me tendent les bras. »

Adrien eut un sanglot et sut que c'était la fin. Il hésita une seconde à appeler Floris, puis, ayant peur que Maximilienne ne parlât dans son délire, il décida de rester seul avec sa mère. Il la serra contre lui comme pour lui insuffler de la vie et lui couvrit le front de baisers. Soudain Maximilienne poussa un cri de bonheur, se souleva et tendit ses mains.

« Pierre, Pierre, te voilà, mon amour, tu viens me chercher, enfin, enfin, je suis à toi... Pierre. » Et Maximilienne retomba entre les bras tremblants d'Adrien qui allongea doucement sa mère, caressa ses longs cheveux et ferma pour jamais ses beaux yeux violets.

Le chagrin d'Adrien était un peu moins violent, car il

avait vu sa mère si heureuse qu'il lui semblait vraiment que le grand amour de sa vie était venu la chercher pour l'emmener au Paradis. Adrien se releva et se dirigea vers la porte, puis se ravisa pour aller chercher sur le guéridon la lettre que sa mère avait préparée. Il la considéra attentivement, puis l'enfouit dans une poche de son justaucorps et enfin il alla ouvrir. Dans la pièce voisine, tous attendaient anxieusement et lurent sans peine le regard désespéré d'Adrien. Le curé, qui avait déjà administré les derniers sacrements à Maximilienne, se leva et commença de réciter la prière des morts. Floris se jeta dans les bras de son frère.

Deux jours plus tard, les trois orphelins suivirent le convoi funèbre de leur mère. Tous les paysans des environs se tenaient sur le passage du cercueil. Ces braves gens sanglotaient, car Maximilienne avait toujours eu pour eux un mot affectueux, un geste simple et touchant. Lorsqu'elle apprenait qu'une famille était dans le malheur, on la voyait toujours arriver sans tapage pour réconforter les malheureux. Floris et Adrien tenaient Baptistine par la main et les trois jeunes gens ne sentaient même pas leur chagrin ; une sorte d'apathie s'était emparée d'eux. Pendant la messe Floris eut l'impression de se dédoubler. Ces chants lui rappelaient quelque chose : son regard croisa celui d'Adrien et ils se comprirent. Jadis, ils avaient entendu une autre messe des morts à la forteresse Pierre-et-Paul. Les chants n'étaient pas les mêmes, mais là encore on enterrait quelqu'un qu'ils aimaient. Floris tomba à genoux sur le prie-Dieu. Il apprenait bien jeune le poids d'une grande douleur. Le cortège repartit vers le cimetière. Floris et Adrien, abîmés dans leur douleur, ne remarquèrent pas une berline tirée par quatre chevaux fourbus et poussiéreux, qui fit le tour de l'église et s'arrêta sur la place. Un grand homme vêtu de noir en descendit. On ne distinguait pas bien son visage, mais on devinait du premier coup d'œil qu'il avait l'habitude du commandement. Plusieurs paysans se retournèrent, étonnés de voir cet inconnu qui suivait le cortège. Le caveau de la famille de Villeneuve-Caramey était déjà ouvert. Le curé bénit une dernière fois le cercueil de Maximilienne et quatre hommes le descendirent à l'aide de cordes.

« Ah ! mes enfants, mes pauvres enfants ! Une si bonne amie ! Quelle tristesse de la voir nous quitter si tôt ! »

L'air hébété, Floris regardait la marquise de Mailly-

Bresle qui se tenait devant eux, entourée de sa famille au grand complet.

« Dieu du ciel, quelle horreur ! Dire qu'il y a deux semaines nous parlions encore ensemble ! »

Le brave Mailly essuyait ses yeux tout rouges. Floris ne sentit même pas les mains de Pauline qui s'emparaient des siennes ; tout cela lui semblait lointain, comme irréel. Puis, après quelques autres familles nobles des environs, les paysans se mirent à défiler devant les jeunes gens.

« Pour sûr qu'on la regrettera, Mme la comtesse. »

Le cimetière se vida peu à peu, et les trois orphelins se retrouvèrent seuls, agenouillés devant la tombe de leur mère, incapables de s'en détacher. L'homme en noir, qui s'était accoudé à une petite chapelle, les observait attentivement tout en se dissimulant derrière une colonne. Soudain Grégoire se leva, et, doucement, s'approcha des jeunes gens :

« Monsieur le comte, monsieur le chevalier, il est temps de rentrer au château, Mlle Baptistine est jeune et fatiguée, venez. »

Floris et Adrien se redressèrent, étonnés. Jamais leurs compagnons ne leur avaient donné ces titres auxquels pourtant ils avaient droit. Tous les serviteurs attendaient respectueusement leurs ordres. Les deux jeunes gens comprirent : ils étaient maintenant les maîtres et personne ne prendrait plus de décisions pour eux. Leur avenir commençait à la porte du cimetière où la comtesse Maximilienne reposait à jamais. En silence ils reprirent le chemin du château.

L'homme en noir leur emboîta le pas, puis sembla se raviser et murmura :

« Allons, j'en ai assez vu. »

Il sauta légèrement dans la berline qu'il avait laissée sur la place de l'Eglise et cria au cocher :

« Chez Frérot, vite. »

Puis il jeta un dernier regard en direction du groupe silencieux et bâilla :

« Triste journée ! Enfin, quelque chose me dit que nous nous reverrons, messieurs de Villeneuve-Caramey. »

CHAPITRE XXIX

Par une matinée de septembre encore très estivale, cinq cavaliers entrèrent dans Paris par le faubourg Saint-Antoine. La petite troupe s'engagea ensuite dans la rue Saint-Denis où son passage attira les quolibets des commères, car le plus jeune cavalier portait un singe sur son épaule.

« Eh ! vise la drôle de bête !

— Lequel est la bête ?

— Ah ! ah ! riaient les bonnes femmes, dis donc, joli gosse, tu viens nous lutiner un peu ?

— Eh ! Arrêtez la mère Toublanc, c'est l'animal qui va venir », cria une grosse matrone.

Avec une grande dignité, les cavaliers poursuivirent leur chemin comme si de rien n'était, mais on pouvait voir à la rougeur des oreilles du plus jeune que l'accueil de Paris le surprenait un peu. Les cinq compagnons traversèrent la place Royale, empruntèrent la rue de la Ferronnerie et la rue Saint-Honoré, et débouchèrent devant le Pont-Neuf. Le carillon de la Samaritaine, vieil édifice qui fournissait encore en eau les Parisiens, sonna les douze coups de midi et le jeune homme mit pied à terre, enchanté par le spectacle de ce pont célèbre dans toute l'Europe. Ses quatre compagnons l'imitèrent aussitôt, confiant la bride de leurs chevaux à un garnement d'une dizaine d'années, au visage malin et rieur, qui promit de garder leurs montures moyennant deux sols. Il ajouta, avec ce clignement d'œil propre aux gamins de Paris :

« Je vois à votre air que vous venez probablement de pro-

vince, messeigneurs. Si vous n'avez pas d'auberge, je puis
vous en indiquer une très bonne et pas chère. »

Traité de provincial, le jeune cavalier rougit à nouveau
sous l'affront et gronda :

« De quoi te mêles-tu, garnement ? Veux-tu que je
t'étrille ? »

Un éclat de rire se fit entendre.

« Laisse-le, Floris, son auberge peut nous rendre service.
Après tout ce garçon a raison, nous sommes des provinciaux. »

C'étaient en effet Floris et Adrien qui venaient de faire
leur entrée dans Paris, suivis de leurs fidèles compagnons
Fédor, Li Kang et Grégoire. Floris était trop habitué à
vivre avec eux pour comprendre l'étonnement des Parisiens
devant leur étrange équipage. Il faut cependant reconnaître
que l'apparition de ces deux jeunes seigneurs, vêtus de pour-
points élégants mais quelque peu démodés, et suivis d'un
colosse au visage balafré, d'un petit Chinois aux yeux bridés
et du noble Grégoire à qui les années donnaient un air de
notaire en retraite, était un spectacle qui avait de quoi surprendre les badauds ! C'était surtout Georges-Albert, per-
ché sur l'épaule de Floris, qui attirait les regards, à moins
que ce ne fût la beauté du jeune homme. Une beauté dont il
n'avait d'ailleurs absolument pas conscience. Tout à la joie
de découvrir enfin Paris, Floris n'en était pas moins un peu
dérouté par une animation à laquelle la vie calme de Mortefontaine ne l'avait guère préparé. Adrien, d'une nature moins
entière, s'adaptait mieux que son frère.

« Et où est ton auberge, mon garçon ? demanda-t-il en
glissant un sol supplémentaire dans la main plus ou moins
propre du galopin.

— C'est l'auberge du Grand-Charlemagne, rue Férou.
Elle est tout près d'ici, Monseigneur.

— Eh bien, tu nous y conduiras tout à l'heure. »

L'attention des jeunes gens fut attirée par les hurlements
que poussaient des cochers de grande maison, incapables de
faire avancer ou reculer leurs carrosses. Un inextricable
encombrement s'était formé, mais nul ne s'en préoccupait
car c'était un incident quotidien tout à fait banal. Floris
leva la tête et vit la statue équestre d'Henri IV qui se dressait
au milieu de la place. Le Vert Galant semblait jeter un
regard narquois et débonnaire sur l'agitation qui régnait à

ses pieds. Floris enleva son tricorne et salua la statue, imité aussitôt par Adrien. Les deux frères éclatèrent de rire.

« Ah ! mon frère, dit Floris, nous sommes à Paris et le bon roi Henri nous a donné sa bénédiction. »

Les jeunes gens s'amusaient beaucoup, légèrement étourdis par ce bruit et le mouvement inhabituels. Sur le pas de leurs échoppes construites sur le pont, les boutiquiers interpellaient les passants pour essayer de leur vendre toutes sortes d'objets hétéroclites.

« Oh ! Messeigneurs, entrez je vous en prie et regardez mes oiseaux, vous avez déjà un singe, je vois que vous aimez les animaux. »

« Venez goûter mon pain d'épice, c'est le meilleur de la ville. »

« Achetez mes dragées. »

« Eh ! les jeunes gens, j'ai des gaufres au fromage. »

Floris et Adrien allaient d'une échoppe à l'autre, ravis par ce qu'ils voyaient. Les jeunes gens arrivèrent ainsi devant une estrade sur laquelle un malheureux se faisait arracher une dent par un célèbre barbier, dont le tablier couvert de sang faisait plutôt penser à celui d'un boucher. Son aide, une sorte de rouquin au front bas, tapait de toutes ses forces sur un tambour pour couvrir les hurlements du patient, alors qu'une foule de badauds regardait la scène en se tordant de rire, au grand étonnement de Floris. Un peu plus loin, un aveugle au visage couvert de pustules tendait sa sébile en marmonnant :

« Ayez pitié d'un ancien soldat du Grand Roi. »

Floris et Adrien, émus par tant de misère, jetèrent quelques sols à l'homme qui murmura :

« Merci, mes jeunes et beaux seigneurs. »

Floris, interloqué, regarda son frère.

« Mais comment sait-il que nous sommes jeunes ? » Grégoire sourit.

« C'est un mendiant de profession, monsieur le chevalier.

— Que dis-tu, Grégoire ? demanda Adrien.

— Oui, monsieur le comte, à Paris il y a beaucoup de faux mendiants ; celui-ci doit se peindre des pustules sur le visage tous les jours et il y voit aussi bien que vous et moi. »

Floris et Adrien hochèrent la tête ; il leur restait encore beaucoup de choses à apprendre sur Paris.

« Eh ! mes jeunes seigneurs, approchez. Pour un sol l'Anglais à la fraise jaune vous décrotte. »

Amusés, Floris et Adrien s'approchèrent de l'homme qui se mit en devoir de cracher avec énergie sur leurs bottes poussiéreuses.

« Pourquoi vous appelez-vous l'Anglais à la fraise jaune ? » demanda Floris à l'homme penché sur ses pieds. L'autre releva la tête et le regarda, avec une nuance d'amical mépris.

« On voit que vous venez de province, jeunes gens. Ici, sur le Pont-Neuf, nous avons tous oublié nos noms de baptême, mais vous pouvez y trouver de tout : vous désirez une fille, c'est Zouzou la Négresse, la Mauresque ou la Circassienne, un écrivain pour écrire vos lettres d'amour, c'est Sibius le poète avec son ongle, qu'il taille exprès tout en longueur. Vous voulez des onguents pour vos blessures, de corps ou de cœur, c'est Mondor qui les fabrique. Vous souhaitez vous faire arracher une dent, c'est le grand Thomas que vous voyez sur son estrade. C'est lui le roi du Pont-Neuf, mais un jour il perdra sa royauté et ce sera peut-être Gros Guillaume le montreur d'ours qui le remplacera.

— Et qui est cette jeune fille qui danse là-bas ? demanda Floris.

— Ah ! elle, mon jeune seigneur, dit l'Anglais à la fraise jaune, elle, c'est le soleil, c'est le printemps de la truanderie. On l'appelle Belle Rose. »

Un attroupement s'était formé autour de la danseuse qui avait attiré le regard de Floris. Elle agitait un tambourin tandis qu'un nain jouait d'une sorte de pipeau en la regardant avec adoration. Ses jupes tourbillonnaient autour de ses jambes nues qu'elle montrait en dansant. Un air de santé et de bonheur en émanait quand elle secouait ses longs cheveux noirs et riait en montrant ses dents blanches et pointues. Floris et Adrien remercièrent l'Anglais à la fraise jaune de ses renseignements et se dirigèrent vers la danseuse. Elle s'arrêta enfin, à peine essoufflée, et se mit à faire la quête. En passant devant Floris, elle le regarda avec effronterie et se mit à caresser Georges-Albert, qui lui envoya des baisers en poussant de petits cris de joie. La fille éclata de rire et, se mettant les poings sur les hanches, elle s'écria :

« Je me demande, Beau Gosse, si tu es aussi galant que ton singe.

— Mademoiselle, dit Floris en s'inclinant, Georges-Albert et moi-même sommes vos humbles serviteurs. »
La fille se retourna et, s'adressant à la cantonade avec un franc rire, elle s'écria :
« Hé là ! les bourgeois, vous vous rendez compte, il m'appelle mademoiselle, moi, Belle Rose ! Eh bien, Beau Gosse, je ne te demanderai qu'un baiser en gage. »
Floris, à sa grande rage, se sentit devenir cramoisi, car la populace qui s'était attroupée autour d'eux les encourageait avec des quolibets.
« Oui, un baiser à Belle Rose. »
Floris jeta un regard éperdu à son frère, puis, n'écoutant que son courage naturel, ce jeune héros de seize ans attrapa la fille par la taille et lui posa deux baisers sonores sur les joues. Les badauds applaudirent en riant :
« Eh ! Belle Rose, c'est ta nouvelle conquête ? »
Adossés à une échoppe, deux gentilshommes d'environ vingt-cinq ans avaient assisté à la scène, et l'un d'eux, qui se dissimulait le bas du visage avec sa cape, malgré la chaleur, dit tout haut d'une curieuse voix enrouée à son compagnon :
« Tu vois, Villepail, voici le gentil baiser d'un jeune puceau. »
Les rires redoublèrent. Piqué au vif, Floris se redressa, retira posément Georges-Albert de son épaule et le déposa dans les bras de Belle Rose. Adrien regarda son frère, assez inquiet, car il connaissait sa vivacité. Floris fendit la foule qui se tut, sentant qu'un spectacle intéressant se préparait, et se dirigea vers les deux gentilshommes. En s'efforçant de garder son calme, Floris lança :
« Monsieur, je pense avoir mal entendu ce que vous avez dit. »
Les deux hommes se regardèrent et rirent de plus belle.
« Non, monsieur, répondit celui qui se dissimulait dans sa cape, vous avez bien entendu, j'ai dit : voici le gentil baiser d'un jeune puceau. »
Depuis qu'il avait franchi la porte Saint-Antoine, Floris sentait croître sa colère : on avait ri de son singe, on l'avait qualifié de provincial, et maintenant on le traitait de puceau. C'en était trop ! Avec une assurance dont il ne se serait pas cru capable lui-même, il se retourna vers Adrien et déclara très haut :

« Ce qu'a dit monsieur me déplaît. »

Adrien comprit qu'il était trop tard pour arrêter son frère. Du reste la morgue des deux hommes l'avait également agacé. En les regardant droit dans les yeux, il s'approcha de Floris et déclara :

« Si on dit quelque chose qui déplaît à mon frère, on me déplaît aussi. »

A ces mots, Fédor, Li Kang et Grégoire fendirent la foule aussitôt, et vinrent se poster derrière leurs jeunes maîtres pour leur prêter main-forte en cas de besoin. La foule laissa échapper un murmure, car le trio était assez impressionnant. Au début, on avait ri de Floris, mais les badauds commençaient à respecter davantage un jeune homme qui avait de tels gardes du corps. Fédor dominait la foule de sa haute taille ; ses cicatrices et son œil unique se plissaient de fureur. Li Kang avait déjà sorti son poignard et regardait d'un air terrible les deux hommes qui avaient osé narguer Floris. Quant à Grégoire, son front dégarni était devenu tout rouge sous l'effet de la colère ; il n'avait plus du tout l'air rassurant d'un respectable notaire.

Celui des seigneurs qui répondait au nom de Villepail se pencha vers son compagnon et murmura :

« Je crois que voici de curieuses gens ; il est temps de nous esquiver. »

Comme à regret, l'homme à la cape se préparait à décamper, quand Floris se porta sur lui et cria :

« Ah ! non, monsieur, il serait trop facile de vous en tirer à si bon compte. Je me considère comme offensé et je vous prie de dégainer.

— Cela suffit, monsieur, déclara Villepail. Nous sommes sur le Pont-Neuf, mon ami. Apprenez qu'on ne s'y bat plus comme au temps du roi Henri. On voit bien que vous débarquez de votre province, jeune homme. »

Traité pour la seconde fois de provincial, Floris sentit un goût de meurtre le gagner. Une sorte de nuage rouge lui passa devant les yeux.

« Ah ! ça, monsieur, hurla-t-il au comble de la rage, ce n'est pas à vous que je parle, mais à monsieur qui cache son visage et qui doit être bien lâche car il m'a l'air fort pressé de s'enfuir. »

A ces mots l'homme à la cape se retourna, piqué au vif

lui aussi, et découvrit un visage d'une grande beauté, illuminé par de grands yeux noirs qui lançaient des éclairs.

« Je crois, monsieur, dit-il de son étrange voix rauque, que vous m'avez traité de lâche.

— Oui, monsieur, de lâche ! Allons, dégainez », hurla Floris, grisé à l'idée de se battre en duel pour la première fois de sa vie.

L'inconnu s'inclina et répondit avec sang-froid et politesse :

« Vos désirs sont des ordres, monsieur. Mais pouvons-nous savoir avec qui nous aurons l'honneur et le plaisir de nous battre ? »

Adrien fit un pas en avant et répondit sur le même ton qui lui était naturel :

« Je suis le comte Adrien de Villeneuve-Caramey, monsieur, et désire servir de témoin à mon frère le chevalier Floris de Villeneuve. Vous-mêmes, messieurs, ajouta-t-il en s'inclinant, pourriez-vous nous faire la grâce de nous dire vos noms ? Nous voyons bien que vous êtes des gentilshommes, mais vous voudrez bien excuser une curiosité légitime, que mon frère partage, je n'en doute point. »

Lorsque Adrien s'était nommé, l'inconnu avait eu un léger mouvement de surprise, vite maîtrisé, et un certain intérêt s'était peint sur son visage.

« Votre question n'a rien d'indiscret, monsieur. Je suis le comte de Nobroub, et voici mon compagnon, le marquis de Villepail. Nous espérons que vous nous considérez comme d'assez bonne race pour croiser le fer avec nous. »

Adrien s'inclina et Floris, agacé par toutes ces politesses, avança d'un pas lui aussi :

« Assez de paroles. En garde, messieurs. »

Fédor s'approcha d'Adrien et lui chuchota en russe :

« Barine, tu fais une folie.

— Je le sais bien, Fédor », répondit Adrien dans la même langue.

Li Kang essaya d'attirer l'attention de Floris et murmura en chinois :

« Fleur de Mai, tu t'emballes comme un poulain sauvage. »

Le comte de Nobroub avait suivi toute la scène d'un œil amusé. Visiblement, cette aventure le divertissait beaucoup.

Son compagnon, par contre, avait l'air très inquiet et fort contrarié.

« En garde ! » s'écria de nouveau Floris, et les lames jaillirent de leur fourreau. Avec l'impatience de la jeunesse, Floris bondit sur son ennemi personnel, le comte de Nobroub. Aussitôt les deux fers se trouvèrent engagés jusqu'à la garde. Floris était bien décidé à tenir ferme sur place et ce fut son adversaire qui fit un pas en arrière. Cela grisa Floris, mais son triomphe fut de courte durée, car le comte de Nobroub était un homme puissant et bien fait : un rude adversaire qui parait tous les coups. Pendant ce temps, Adrien s'escrimait avec autant de calme et de méthode que s'il eût été dans une salle d'armes. Son adversaire, le marquis de Villepail, restait sur la défensive, s'intéressant beaucoup plus au duel de son compagnon qu'au sien. Il semblait préoccupé et regardait autour de lui comme s'il eût attendu quelqu'un ou quelque chose. Fédor, Li Kang et Grégoire suivaient le combat dans l'angoisse, tandis que les badauds pariaient sur les vainqueurs.

« Moi je donne les deux frères, criait une matrone, grimpée sur le toit d'une échoppe pour mieux voir le combat.

— Tu n'y es pas, la vieille, lui répondit le mendiant aveugle ; moi je parie pour le seigneur qui a l'air si fier. »

La foule poussa un « ah ! », car Floris, énervé de voir son adversaire contrer tous ses coups, avait profité du moment où le comte de Nobroub faisait un pas de côté. Le fer de Nobroub dévia de la ligne, Floris dégagea, se fendit et égratigna son adversaire à l'épaule.

« Holà, monsieur ! s'écria Nobroub en souriant, c'est un plaisir que de se battre avec vous.

— Mais, répondit Floris tout en continuant le combat avec l'acharnement d'un tigre, vous-même, monsieur, vous êtes un adversaire redoutable.

— En voici la preuve », dit Nobroub.

Profitant d'un coup terrible que lui portait Floris en se fendant à fond, il para prime et toucha Floris à la main droite, lui infligeant une blessure qui le gênait pour continuer le combat.

Nobroub éclata de rire.

« Vous voici marqué, monsieur, arrêtons-nous ? »

Floris se redressa orgueilleusement.

« Jamais, monsieur. » Et il changea son épée de main.

« Ah ! ah ! on se bat aussi de la main gauche ! Vous me plaisez, jeune homme. »

Pendant ce temps, Adrien et son adversaire tournaient et virevoltaient, s'observant sans prendre de risques. L'un surveillant le combat de son compagnon, l'autre le combat de son frère. Cela aurait pu durer longtemps, lorsque des cris se firent entendre.

« Attention, voici les exempts et les archers ! »

Un carrosse fendit la foule, bousculant et renversant plusieurs personnes. Un grand homme de noir vêtu en descendit précipitamment et courut vers le comte de Nobroub. Li Kang poussa Fédor du coude et murmura :

« J'ai déjà vu cet homme noir, Lame Aiguisée. »

Fédor regarda son ami avec interrogation.

« Il observait les jeunes maîtres lorsque nous avons porté Sourire d'Eté dans sa dernière demeure. »

Fédor gronda et remua son sabre. Li Kang arrêta le geste de Fédor.

« Attendons, Lame Aiguisée, et faisons confiance au Destin. »

L'homme en noir cria au comte de Nobroub :

« Vite, vite, un exempt arrive avec du renfort pour arrêter le duel. »

Nobroub salua Floris, un peu interloqué.

« Monsieur, il est temps de nous quitter et je vous conseille de vous enfuir aussi ; la police du roi n'aime pas les duellistes. »

Nobroub et Villepail coururent en riant vers le carrosse et s'y engouffrèrent, suivis par l'homme en noir qui jeta un coup d'œil étonné à Floris et Adrien.

De leur côté, les badauds se dispersaient, car personne n'avait envie de se retrouver à la Bastille. Floris et Adrien coururent à leur tour vers leurs chevaux, à l'autre bout du pont. A la portière du carrosse, le comte de Nobroub leur cria :

« A bientôt, messieurs de Villeneuve-Caramey. »

Et Floris répondit :

« Nous nous retrouverons, monsieur, et nous achèverons ce duel.

— N'en doutez pas. »

Suivis de leurs compagnons, nos héros sautèrent sur leurs

chevaux en criant au garnement qui était resté fidèle au
poste :

« A ton auberge et vite ! »

Le galopin monta en croupe derrière Fédor et leur dit :

« Nous allons traverser la Seine au pont Notre-Dame »,
ajoutant avec un rien d'admiration : « Les archers n'auront
pas idée de vous chercher par là. »

Floris était ivre de joie. Dès son premier jour à Paris, une
femme et un duel, c'était plus qu'il n'en avait rêvé. Par des
ruelles détournées, le galopin qui répondait au nom de
Riquet les emmena sans encombre à l'auberge du Grand-
Charlemagne. En fait, Riquet les avait tout simplement conduits chez lui, car la patronne était sa mère. Il fut convenu
que, moyennant la somme de six livres par jour, les deux
frères et leur suite y trouveraient gîte et couvert aussi longtemps qu'ils le désireraient. La mère de Riquet était une forte
créature que l'on appelait respectueusement Mme Homme.
Elle manifesta tout de suite beaucoup de considération pour
des jeunes seigneurs qui se battaient en duel et menaient si
grand équipage avec trois domestiques. Ce qu'elle ignorait, c'est que Floris et Adrien n'avaient plus guère que deux
cents livres devant eux. Dans la salle de l'auberge, la broche
tournait et nos amis reprenaient des forces en attaquant une
épaule de mouton rôtie à point, lorsque la porte s'ouvrit
livrant passage à Belle Rose qui tenait Georges-Albert dans
ses bras. L'animal poussa un cri de joie en apercevant son
maître. et lui sauta au cou.

« Alors, Beau Gosse, j'ai dû courir dans tout Paris pour
te retrouver ! dit Belle Rose.

— Je vous remercie beaucoup. mademoiselle. Pauvre
Georges-Albert, je t'avais oublié. Mais comment avez-vous
fait pour nous découvrir ici ? »

Belle Rose éclata de rire.

« Dans la truanderie les nouvelles vont vite et ton duel a
fait du bruit. Si tu as envie de me voir. ajouta-t-elle avec un
sourire. demande Belle Rose au Pont-Neuf et on me trouvera
toujours. »

Floris s'inclina devant elle comme il l'aurait fait devant la
reine elle-même.

Encore tout excité par ses exploits, Floris ne put s'en-

dormir. Il se releva sur la pointe des pieds pour ne pas réveil-
ler Adrien, et sortit à la découverte de ce Paris inconnu,
Georges-Albert sur son épaule. Floris avait envie de voir
Belle Rose...

CHAPITRE XXX

Dix-sept ans après son père, Floris s'aventurait de nuit dans un Paris mystérieux. Depuis la Régence, la ville avait changé ; elle était en particulier moins obscure, car on y trouvait beaucoup plus de lanternes au coin des rues. En revanche, une odeur nauséabonde y régnait toujours et Floris en fut saisi dès ses premiers pas. Il dut patauger à son tour dans cette boue fétide où se mêlaient les eaux ménagères, le pissat des animaux, le sang des écorcheries et, avouons-le, l'urine des Parisiens. La crotte de Paris était aussi célèbre que ses monuments. Floris buta dans des ordures qui pourrissaient là depuis des semaines et se prit à rire :

« Tu es sale, Paris, mais je t'aime. Voyons, où suis-je ? »

Floris essaya de s'orienter pour gagner la Seine. Il passa devant le Luxembourg, puis descendit la rue des Petits-Augustins. Il allait un peu au hasard, se fiant à son flair de chasseur que Li Kang et Fédor lui avaient appris à développer. La ville était calme ; on entendait au loin le crieur qui psalmodiait :

« Il est dix heures, braves gens, dormez en paix. »

Floris en rit, lui qui n'avait pas du tout sommeil. Georges-Albert semblait ravi de cette promenade ; quelque part dans la nuit un carillon égrena ses dix coups, et soudain Floris se rembrunit : ces cloches lui rappelaient le glas de Mortefontaine. Comme tout ce passé lui semblait lointain et proche à la fois ! Floris réprima un sanglot en pensant à sa mère et revit tout aussitôt le petit visage de Baptistine, ses grands yeux bleus remplis de larmes quand ses frères l'avaient quittée. Après l'enterrement de Maximilienne, Adrien avait pris

la décision de fermer le château et de partir tenter fortune
ailleurs, en confiant au brave M. Chabout le soin de gérer le
domaine. Floris eut l'impression qu'Adrien avait une idée derrière la tête et lui cachait quelque chose. Comme on ne pouvait laisser Baptistine seule dans le château abandonné avec
Elisa, il fut décidé qu'on prélèverait quatre mille livres sur
les dix mille que rapportait la propriété, pour payer la pen-
sion de Baptistine chez les sœurs Ursulines de Poissy, le reli-
quat devant servir à payer les dettes qui restaient.

Les dames Ursulines avaient tout de suite été conquises par
ces trois orphelins et elles avaient promis de rendre Baptistine très heureuse. Floris et Adrien, très émus de quitter leur
sœur, et leur vieille Elisa qui restait au couvent en tant que
gouvernante de Baptistine, avaient fait leurs adieux sous le
regard attendri de la bonne mère Marie-Marthe.

« Nous nous occuperons bien de vous, mon enfant, afin
que vous deveniez une jeune fille accomplie. Dites au revoir
à messieurs vos frères.»

Baptistine baissait la tête et ne semblait pas du tout déci-
dée à devenir une jeune fille accomplie. Derrière Floris et
Adrien, Fédor et Grégoire pleuraient à chaudes larmes et
Li Kang s'inclina :

« Que Mme Fille de Bouddha garde bien notre petite
Libellule Bleue, ainsi que Sagesse Ordonnée.»

Si Mère Marie-Marthe fut étonnée, elle n'en laissa rien
paraître, mais son regard cherchait plutôt celui de Grégoire
qui lui semblait l'élément le plus rassurant du trio. Au
moment où Floris et Adrien sortaient du préau, entra au
couvent une jolie petite fille richement vêtue, que suivaient
une gouvernante et un domestique. Elle se jeta dans les bras
de la Mère qui s'écria :

« Ah ! ma petite Jeanne-Antoinette, vous voilà revenue !
Eh bien, vous allez avoir une nouvelle petite amie ! Vous
voyez, messieurs de Villeneuve-Caramey, votre sœur aura
une compagne charmante.»

Baptistine regarda la petite fille et toutes deux se sourirent
aussitôt.

« Venez, mes enfants, dit la bonne Mère, que je vous présente. Ma petite Baptistine, voici Jeanne-Antoinette Poisson
qui est chez nous depuis deux ans.»

Avec une grâce parfaite, la petite fille fit une révérence à

Floris et Adrien qui lui rendirent son salut, et, posant sur eux ses beaux yeux pailletés, elle leur déclara :

« J'aime déjà beaucoup votre sœur et nous deviendrons sûrement des amies. »

Apparemment consolée, Baptistine laissa partir ses frères mais dès que la porte du couvent se fut refermée sur eux, elle se laissa tomber dans les bras de Jeanne-Antoinette et d'Elisa en sanglotant.

En remontant sur leurs chevaux, Floris et Adrien avaient entendu Grégoire qui maugréait :

« C'est égal, une demoiselle Poisson être l'amie de Mlle Baptistine de Villeneuve ! Ah ! les temps ont bien changé, ça oui ! Sous le feu roi on n'aurait pas vu ça. »

Floris et Adrien éclatèrent de rire :

« Mon bon Grégoire, tu sais que notre mère n'attachait pas d'importance à ces choses, dit Adrien.

— C'était peut-être le seul défaut de Mme la comtesse, sauf votre respect, monsieur le comte. Ah ! une demoiselle Poisson ! Je ne m'en remettrai jamais. »

Et sur ces mots les cavaliers avaient cravaché leurs montures en prenant la route de Paris.

Floris était complètement perdu dans ses souvenirs lorsqu'il parvint à la hauteur de la rue Guénégaud. Voyant déboucher de la rue Dauphine un groupe de cinq hommes à la mine patibulaire, il eut la présence d'esprit de s'aplatir dans l'embrasure d'une porte cochère. Le groupe passa devant lui sans l'apercevoir, tout en discutant âprement d'une affaire à laquelle Floris ne comprenait goutte.

« J' l'ai fait attirer chez les convulsionnaires par la Vieille Araignée, avec un faux message, dit un colosse en ricanant.

— N'oublie pas ta promesse, le Manchot : à chacun cent livres quand on t'aura livré la fille.

— Ouais, mais faut se méfier du nain et l' saigner. S'il nous glissait entre les pattes, y rameuterait les truands du Pont-Neuf et ça f'rait une de ces boucheries ! Mais moi j' la veux, c'te belle garce. »

Les hommes se perdirent dans la nuit et Floris ne put entendre la suite de leur conversation. Néanmoins, un mau-

vais pressentiment s'était insinué dans son esprit. Il était sûr
que ces hommes voulaient s'emparer de Belle Rose.

« Qu'en penses-tu, Georges-Albert ? »

Sans attendre la réponse, Floris se mit à courir vers la
Seine. Il perdit du temps sur le quai car il ne savait plus de
quel côté se trouvait le Pont-Neuf. Il y arriva enfin, tout
essoufflé, mais le pont était désert. Floris se mit à taper à
toutes les échoppes en criant :

« Eh ! l'Anglais à la fraise jaune, où êtes-vous ? Répon-
dez ! Réveillez-vous ! »

Georges-Albert, à tout hasard, mêlait ses cris à ceux de
Floris. Soudain une porte s'ouvrit et l'Anglais à la fraise
jaune apparut devant son échoppe, en bâillant.

« Pourquoi ce vacarme ? On peut pas laisser dormir le
pauvre monde ? J'étais en train de rêver et je voudrais bien
savoir quel est le coquin qui m'a tiré du lit. »

Floris l'attrapa par les épaules.

« C'est moi. Il se passe des choses graves. Réveillez vos
amis.

— Tiens, c'est le jeune seigneur de province ! En voilà
un enragé ! Si c'est pas malheureux de voir ça ! Revenez
demain. » Et l'Anglais fit demi-tour avec l'intention de
se recoucher sur la paillasse que Floris apercevait derrière
la porte branlante. Floris s'agrippa à l'Anglais et lui cria :

« C'est très grave : on veut attaquer Belle Rose. »

L'Anglais s'immobilisa, regarda Floris et lui dit majestueusement :

« Dans ce cas-là c'est différent. Entre dans ma demeure. »

Floris suivit l'Anglais à l'intérieur de la baraque qui
était d'une saleté repoussante. Surmontant son dégoût, Floris s'assit sur la paillasse et raconta ce qu'il avait vu et
entendu. L'Anglais hocha la tête et gronda :

« Il s'agit de Rognonas le Manchot, c'est un truand de
Saint-Médard. Il ne lui reste qu'une main, mais à l'autre il a
un crochet dont il se sert comme d'une arme redoutable.
Il opère là-bas avec sa bande. A l'occasion il égorge même
les bourgeois qui vont voir les convulsionnaires au cimetière.

— Oui, oui, le Manchot a parlé des convulsionnaires.
Qu'est-ce que c'est ? Qu'est-ce que ça veut dire ?

— Tu verras bien. Pas le temps de t'expliquer maintenant.

mon petit. Allons réveiller les autres et partons pour Saint-Médard. »

Comme des ombres, les charlatans, les chanteurs, les aveugles, les barbiers, les poètes, les filles sortirent tour à tour de leurs baraques et furent mis au courant par l'Anglais de ce qui se tramait. Le mot d'ordre passa de bouche à oreille :

« Le Manchot veut du mal à Belle Rose, on part pour Saint-Médard. »

Soudain le grand Thomas regarda Floris et gronda :

« Es-tu sûr de lui, l'Anglais ? C'est pas un truand, qui nous prouve qu'il est sincère ? »

L'Anglais se gratta la tête.

« Ben, tu sais, Grand Thomas, j'y ai décrotté ses bottes à midi et il a le pied honnête. »

Le grand Thomas donna une bourrade à l'Anglais qui l'envoya rouler à quinze pieds.

« Imbécile ! »

Les truandes se tordaient de rire, mais les hommes commençaient à regarder Floris d'un air menaçant. Floris se sentit la gorge sèche. Gros Guillaume, le montreur d'ours, approcha sa lanterne de Floris et s'écria :

« Ben, je le reconnais, c'est le petit gars du duel. »

Les filles s'approchèrent :

« Ah ! c'est le beau gosse. »

Floris commençait à s'impatienter. Il répliqua :

« Ecoutez, vous perdez votre temps. Le Manchot veut enlever Belle Rose et ce sera de votre faute. Si vous n'avez pas confiance en moi, j'y vais tout seul. »

Un certain flottement se manifesta dans l'assistance. La Circassienne osa donner son avis :

« Croyons-le, Grand Thomas, il est si beau !

— Oui, il est si joli, ajouta Zouzou la Négresse.

— Et si c'est un guet-apens, bourriques ? Vous êtes bien toutes pareilles, les femmes ! Des idiotes qui n'ont rien dans la tête. »

Mondor, le marchand d'onguent, prit alors la parole :

« Allons-y, Grand Thomas, mais faisons-le marcher devant nous avec un surin dans le dos. A la moindre alerte, on le saigne.

— D'accord, dit Grand Thomas, on y va. Armez-vous, et cette fois-ci on découd la bande au Manchot. Et toi, ajouta-t-il, menaçant, à l'adresse de Floris, au moindre mouvement, tu sais ce qui t'attend. »

Silencieusement la bande se mit en route vers le cimetière Saint-Médard. Floris avançait, poussé par le poignard que Gros Guillaume lui enfonçait entre les omoplates. L'Anglais à la fraise jaune regardait la scène d'un air navré, car il considérait Floris comme son protégé. Au coin du quai, qui était mal éclairé, Floris chuchota à Georges-Albert :

« Cours chercher Adrien et viens me rejoindre avec eux au cimetière Saint-Médard. Tu as compris, Georges-Albert ? »

Le singe poussa un petit grognement, sauta par terre et s'enfuit.

« Eh ! le singe s'est taillé, cria Gros Guillaume.

— T'occupe pas de cette sale bestiole. Ce qu'on veut, c'est le Manchot, et zigouiller ce mouchard s'il nous a tendu un piège », dit le Grand Thomas en jetant à Floris un regard sans aménité.

Notre héros commençait à ressentir sa fatigue. Il était assez humilié de la façon dont les événements avaient tourné et sa main blessée en enflant le faisait beaucoup souffrir. Floris songea que s'il devait se battre ce serait une gêne sérieuse, bien qu'il fût capable de tirer de la main gauche. De plus, il était bien certain que Georges-Albert était retourné à l'auberge sans peine et ferait comprendre à son frère qu'il était en danger, mais comment le singe retrouverait-il sa piste ? Floris sentait l'angoisse lui monter à la gorge. Portant alors la main à son cou, il y sentit la médaille que Pauline lui avait donnée dans la grange. En revenant du château de Mailly, dans sa rage il avait voulu l'arracher. C'était Adrien qui l'en avait empêché, ajoutant avec un rien de moquerie :

« Garde-la, c'est un talisman. »

Floris sourit ; il ne savait plus très bien s'il aimait encore Pauline, et voilà qu'il partait au secours de Belle Rose. Rien que de penser à elle, son cœur se gonfla dans sa poitrine.

« Ma parole, se dit-il, de quoi avais-je peur ? J'ai un poignard dans le dos ? La belle affaire ! J'arrive au cimetière, je saute sur Rognonas le Manchot, je le tue et j'enlève Belle Rose, que j'épouse. Elle fera une ravissante chevalière de Villeneuve. Grégoire sera furieux, mais moi je serai très heureux auprès de la plus belle des femmes. »

Son esprit continuait de battre la campagne lorsqu'un long hurlement qui ressemblait à un miaulement de chat qu'on égorge le fit revenir sur terre. Son sang se figea dans ses veines. On devait approcher du cimetière Saint-Médard. Les compagnons de Floris semblaient n'avoir rien entendu, à moins qu'ils ne fussent habitués à ces horribles cris. Le poignard de Gros Guillaume s'enfonça un peu plus entre les omoplates de Floris, dont il avait senti l'hésitation. Les rues, désertes jusque-là, se peuplaient d'ombres fuyantes qui rasaient les murs. Un extraordinaire mélange de gueux, de femmes du monde masquées, d'hommes dissimulés dans leur cape, de bourgeois et de truands se côtoyaient dans le quartier, et se dirigeaient en silence vers Saint-Médard. Les miaulements abominables reprirent de plus belle. L'Anglais à la fraise jaune s'approcha de Floris et lui chuchota :

« C'est l'heure des convulsionnaires ; toutes les religieuses du couvent voisin se mettent à miauler ensemble. Il y en a aussi qui aboient, sans parler des sauteuses. »

Floris lui jeta un regard égaré et quelque peu choqué.

« Des religieuses qui aboient, quelle horreur !

— Tu sais, petit, dit l'Anglais à la fraise jaune, à Paris il y a de tout. Ce soir, tu vois la folie, demain tu comprendras qu'il y a aussi des honnêtes gens, dont nous ne faisons pas partie », ajouta-t-il en riant.

Le Grand Thomas aboya :

« C'est fini ces discours, oui ? »

L'Anglais à la fraise jaune se rapprocha encore de Floris et murmura, sans se soucier de la réflexion de son chef :

« Tu vas voir ce soir un spectacle qui dure depuis cinq ans. C'est en 1727 que le diacre François de Paris est mort. C'était un homme charitable avec nous autres les miséreux. On l'a enterré à Saint-Médard et on a bientôt parlé de miracles sur sa tombe. Alors les gens sont venus de plus en plus nombreux et la folie a commencé. »

Un clair de lune éclairait le cimetière Saint-Médard et comme les gens étaient venus avec leurs lanternes, on y voyait quasiment comme en plein jour. Les convulsionnaires se pressaient pour y entrer et le Grand Thomas fendit la foule, suivi de sa petite troupe. Floris regardait autour de lui. Une sueur glacée lui mouillait le front et il songeait : « Ce doit être cela l'Enfer. »

Les miaulements qui venaient du couvent voisin étaient

maintenant ininterrompus, tandis que des femmes aboyaient au centre du cimetière en mangeant de la terre autour d'une tombe.

« Tu vois, petit, comment ces folles honorent la mémoire du diacre François de Paris », chuchota l'Anglais.

Floris ne sentait plus sa fatigue ni sa main douloureuse ; une sorte de surexcitation s'était emparée de lui. Sur une tombe, une femme s'était allongée, à moitié nue, les jupes relevées jusqu'à la taille, et découvrait sa pudeur en suppliant :

« Ah ! mon frère, tapez plus fort, cela me soulage. J'offre ma souffrance à Dieu. »

Un homme habillé en prêtre, entouré d'une bande de femmes hystériques, frappait avec une bûche sur la convulsionnaire qui hurlait à chaque coup :

« Plus fort, mon frère, plus fort, cela me fait du bien. »

L'Anglais se pencha de nouveau vers Floris.

« Rassure-toi, petit, c'est un faux prêtre. On l'appelle le Frère de la Barre et il tape sur les femmes qui hurlent de bonheur en attendant leur tour. Il lui arrive aussi de les contenter autrement à la fin, ajouta l'Anglais en ricanant.

— Et celui-là, qui est-ce ? demanda Floris, désignant un petit bourgeois à l'aspect inoffensif.

— Celui-là, c'est Frère Guy. Les pénitents l'adorent.

— Quels pénitents ? demanda Floris, étonné.

— Oui, tous ces cinglés offrent leurs souffrances à Dieu. Ils prennent même des leçons de convulsions. Tiens, regarde là-bas. »

En effet, un « professeur », grimpé sur une croix, enseignait à une dizaine de pénitentes hideuses l'art de la convulsion. Le groupe d'élèves, qui ressemblaient à des chiennes en folie, répétait avec extase les paroles du « professeur ».

« Il faut que l'œuvre de Dieu s'accomplisse, venez à nous, Seigneur », hurlaient les femmes à quatre pattes, qui se tordaient dans la poussière avec des mouvements spasmodiques, l'écume aux lèvres.

Ecœuré par ce spectacle, Floris détourna le regard.

« Hein ! mon petit, dit l'Anglais, t'aurais pas cru que ça existait, dans ta province. »

L'atmosphère de démence finissait par agir sur les nerfs du jeune homme. Il aperçut la Circassienne qui se rapprochait de lui et sentit bientôt sa chaleur de femme à ses côtés.

Détournant son regard, il vit que Frère Guy s'était armé de pinces de fer avec lesquelles il tordait violemment les seins de trois femmes allongées en travers d'une tombe et nues jusqu'à la ceinture. Plusieurs spectateurs s'étaient agenouillés autour de la scène. Un désir lubrique déformait leur visage. Certains ahanaient, d'autres gémissaient, tremblaient, tendaient les mains pour essayer de toucher les femmes, ou criaient pour les exciter à continuer leur manège.

« Ma Sœur Félicité, votre souffrance nous fait du bien », hurlait un gros homme apoplectique aux yeux exorbités.

« Sœur Rachel, vos seins ne sont pas assez déchirés », criait une femme à genoux, les cheveux dénoués et la bave à la bouche. A ses habits on devinait que cette bacchante était sans doute une aristocrate amateur de sensations fortes. Les trois femmes se tordaient de bonheur sur la tombe, tandis que Frère Guy leur pinçait de plus en plus violemment les chairs. Le clair de lune éclairait le cimetière d'une lueur fantastique.

« Ah ! continuez, mon Frère, redoublez vos tourments si vous le pouvez », criait Sœur Félicité, au comble de l'extase.

« Quel bonheur, merci, mon Dieu ! » hurlait Sœur Rachel, couverte de sang.

Floris se passa la main sur le front. Il sentait que la tête lui tournait. Avec son gros poignard, Gros Guillaume lui rappela désagréablement qu'il n'était pas au spectacle et qu'il s'agissait de suivre Grand Thomas, indifférent aux corps enlacés ou accouplés qu'il enjambait. Floris avait beau regarder autour de lui, comme toute la bande du Pont-Neuf, il n'apercevait pas Belle Rose. Il frémit en pensant qu'il allait peut-être la retrouver à moitié nue, en train de pousser des cris hystériques. Mais Floris repoussa cette idée, certain que Belle Rose n'avait pu se rendre en ces lieux qu'attirée par le faux message de la Vieille Araignée. Les convulsionnaires, le visage déformé par la démence, ne prêtaient aucune attention au petit groupe à la poursuite de Belle Rose. Grand Thomas se mit à jurer et à sacrer que ce petit freluquet avait entendu des voix, quand l'Anglais à la fraise jaune chuchota :

« Regarde, Grand Thomas. »

Des ombres, que les truands du Pont-Neuf connaissaient bien, entraient une à une dans le cimetière et se cachaient silencieusement derrière la tombe du diacre François de Paris. C'était Rognonas le Manchot et sa sinistre bande. Grand Thomas fit un geste et tous ses compagnons se cachèrent à leur tour derrière une petite chapelle ornée d'anges qui semblaient étendre sur le cimetière des ailes maléfiques. Gros Guillaume murmura :

« Y z'ont pas l'air de nous avoir vus.

— Pardi, répondit l'Anglais, y z'attendent Belle Rose et y savent pas qu'on niche là. »

Grand Thomas comprit le reproche voilé de l'Anglais et regarda Floris.

« Ben... mon gars, tu sais, faut pas nous en vouloir ; nous, on l'aime bien, Belle Rose ! Allez, Gros Guillaume, rentre ton surin, pauvre idiot. »

Floris respira. On a beau avoir seize ans et du courage, un poignard dans le dos est une sensation plutôt désagréable. Il remercia Grand Thomas. La Circassienne se rapprocha de Floris et lui glissa :

« Comment t'appelles-tu, joli cœur ?

— Tiens, c'est vrai, ça, dit Grand Thomas, faut qu'on sache ton nom, mon gars, maintenant que t'es adopté par les gens du Pont-Neuf. »

Un murmure d'approbation se fit entendre. Les truands étaient un peu gênés d'avoir ainsi traité le jeune homme.

« Je m'appelle Floris, souffla-t-il.

— Ah ! dit la Circassienne avec admiration, Floris, ça c'est un beau nom. »

Les truands hochèrent la tête. Zouzou la Négresse rit en montrant ses dents blanches pour manifester son approbation. Grand Thomas tendit sa main à Floris.

« Tiens, serre, Floris. Si grâce à toi on a le Manchot, t'auras des amis. Pas vrai, les gars ?

— Pour sûr, Grand Thomas, on l'adopte ce p'tit. »

Et l'attente recommença. Les quarts d'heure sonnaient au clocher du couvent où la sarabande battait son plein de miaulements horribles et d'aboiements suraigus. A quelques mètres de Floris et de ses compagnons, un énergumène à la longue barbe sale et aux yeux larmoyants hurlait :

« Il faut que l'œuvre de Dieu s'accomplisse. »

Et il proposait à une femme de lui enfoncer une pointe dans la langue.

« Oui ! oui ! » hurlait la démente.

Floris fit mine de se précipiter sur l'homme. Grand Thomas le rattrapa.

« Bouge pas, c'est pour Belle Rose. »

L'énergumène à la longue barbe tira son épée et enfonça la lame dans la bouche de la femme qui hurla en crachant du sang :

« Merci, mon Frère, Sœur Sion est au Paradis. »

Une heure sonna au clocher voisin. Floris, ankylosé, essaya de changer de position. L'énervement de l'attente gagnait peu à peu toute la petite bande. Grand Thomas chuchota :

« Il est trop tard, Belle Rose ne viendra plus. »

Floris lui serra la main. A l'entrée du cimetière, Belle Rose venait d'apparaître en compagnie d'une vieille femme courbée en deux.

« L'Araignée ! s'écria l'Anglais.

— Qu'est-ce qu'on fait ? » dit Gros Guillaume.

Grand Thomas hésita une seconde et dit :

« Attendons. Nous leur tomberons dessus quand ils attaqueront Belle Rose. »

Floris embrassa la situation d'un coup d'œil et chuchota :

« Je suis le seul que le Manchot ne connaisse pas. Par contre, Belle Rose me connaît. Laissez-moi y aller. Je vais la prévenir du danger et quand je sifflerai, vous sortirez de votre cachette et vous accourrez. Le Manchot ne s'y attendra pas et vous profiterez de l'effet de surprise. »

Grand Thomas regarda Floris dans les yeux.

« D'accord, on t' fait confiance, vas-y. »

Le cœur battant, Floris sortit de sa cachette et se dirigea seul au milieu des convulsionnaires vers la tombe du diacre Paris. Le plan de Floris était bon. Rognonas le Manchot ne fit aucune attention à ce jeune homme qu'il prit sans doute pour un convulsionnaire parmi d'autres. Du reste le Manchot ne voyait que Belle Rose qu'il dévorait du regard. Celle-ci venait de s'agenouiller à côté de la Vieille Araignée, qui avait l'air d'une vraie sorcière. Devant elles, le Frère de la Barre continuait d'administrer, sans fatigue apparente, des coups de bûche à plusieurs pénitentes. Floris repoussa une bande d'hystériques qui lui barraient le passage et vint s'agenouiller derrière Belle Rose qui disait à la vieille :

« Alors, vous êtes contente, vieille mère ?

— Oui, ma fille, tu es charitable de m'avoir conduite. Je

suis sûre que le diacre va me guérir de ma vilaine maladie. »
Floris se pencha vers Belle Rose et murmura, en prenant
garde de n'être pas entendu de la vieille :
« Ne bouge pas, Belle Rose, fais mine de prier et écoute-
moi. Je suis le jeune homme du Pont-Neuf. Tu es tombée
dans un guet-apens. Rognonas le Manchot veut t'enlever.
Quand je sifflerai, Grand Thomas et tes amis vont attaquer
la bande du Manchot. Profites-en pour t'enfuir. »
Belle Rose, la tête inclinée, n'avait marqué aucune surprise. Elle répondit simplement à mi-voix :
« Merci, Beau Gosse, mais s'il faut se battre, je reste
avec les amis. Ce n'est pas ce bâtard immonde de Rognonas qui me fera peur. »
Et Belle Rose sourit en remontant tout doucement sa
jupe, pour sortir un long poignard qu'elle gardait caché dans
un étui, le long de sa cuisse. Floris se sentit rougir jusqu'aux
oreilles, en devinant la peau dorée de Belle Rose. Il mourait d'envie de la prendre dans ses bras et de l'embrasser.
Un instant, il faillit oublier complètement l'endroit où il se
trouvait et le danger mortel qui pesait sur eux. Ce fut Rognonas le Manchot qui le rappela soudain à la réalité en remuant
derrière la tombe pour donner des ordres à ses acolytes. Le
moment était venu. Floris siffla.

CHAPITRE XXXI

Au signal de Floris, Grand Thomas et les gars du Pont-
Neuf jaillirent de leur cachette, un poignard dans une main,
une hache ou une lourde chaîne dans l'autre, prêts à se jeter
sur Rognonas le Manchot et sa bande. Floris avait déjà
sorti son épée du fourreau, mais, à la stupeur des assaillants,
le Manchot se redressa et faisant face à l'attaque de Grand
Thomas, il hurla :

« A moi, les truands de Saint-Médard. »

En un clin d'œil, une bande horrible et menaçante de
ribauds, de mendiants et malandrins de tous poils jaillirent
de derrière les tombes avec des ricanements et commencèrent d'encercler les amis de Belle Rose. Rognonas le Manchot
éclata d'un rire sardonique et cria :

« Ah ! ah ! Grand Thomas, fils de putain, tu croyais me
surprendre ! Mais il n'est pas né celui qui aura le Manchot.
On vous suit depuis que vous avez quitté le Pont-Neuf et je
suis au courant de tout ce que vous manigancez. »

Grand Thomas hurla :

« Chacal puant, il faudra tous nous tuer, avant de t'emparer de Belle Rose.

— Maudits paillards, vilains putassiers, répondit Rognonas au comble de la fureur, on vous saignera tous autant que
vous êtes. Mais l'aristo, ce p'tit morveux, j' veux sa peau
d'abord. Ça lui apprendra à ne plus se mêler des affaires de la
truanderie », ajouta-t-il, en regardant Floris d'un air menaçant.

Il y eut une seconde de flottement parmi les hommes de
Grand Thomas. Floris, de son côté, évaluait la situation : il

allait falloir se battre à trois contre un. Sur les tombes, les convulsionnaires, les « professeurs » et leurs pénitentes, sentant au fond de leur « extase » qu'il se passait quelque chose d'insolite dans le cimetière, redoublaient de cris et de hurlements. La danse macabre de Saint-Médard atteignait son paroxysme de folie furieuse.

« Attrapez la fille ! », hurla Rognonas à deux sinistres bandits, dont l'un avait le visage à moitié couvert d'une affreuse tache de vin violette.

Floris se jeta devant Belle Rose et fit un terrible moulinet avec son épée. Les deux malandrins reculèrent et Floris cria :

« Je défends qu'on touche à cette femme ; elle est sous ma protection. »

Rognonas le Manchot manqua s'étrangler de rire.

« Vous avez entendu ça, tas de marauds ! Sa Seigneurie la défend. Sa Seigneurie la prend sous sa protection ! »

Rognonas se mit à faire toutes sortes de courbettes ironiques à Floris. Les ribauds de Saint-Médard ricanaient, ouvrant des bouches hideuses et édentées. Leur cercle se resserrait comme un étau autour de Grand Thomas et de ses hommes. Celui-ci chuchota à l'Anglais à la fraise jaune :

« On est faits comme des rats. Y sont trop nombreux. »

L'Anglais hocha la tête avec philosophie.

« Y faut bien mourir un jour, Grand Thomas, c'est la vie. »

Zouzou la Négresse protesta en zozotant :

« En tout cas, on va en découdre le plus possible. »

Floris avait frémi de colère en entendant les rires des partisans du Manchot. Le sang des Romanov bouillait dans ses veines. Il se retourna vers Belle Rose, lui arracha son poignard de mains, après lui avoir tendu en échange son épée, et hurla :

« Je te défie à la dague, Manchot du Diable. »

Floris sauta sur la tombe du diacre, au milieu des folles qui s'agitaient de plus en plus et fondit sur Rognonas le Manchot. Ce fut le signal de la bataille. Les ribauds de Saint-Médard se jetèrent sur les gars du Pont-Neuf, qui se défendaient avec l'énergie du désespoir. La Circassienne, adossée à une pierre tombale, éventra de son cimeterre recourbé un ignoble galeux. Zouzou la Négresse, armée d'une chaîne dont elle se servait comme d'un lasso, étrangla plusieurs hommes. Grand Thomas, tel un preux du Moyen Age, avait une hache qu'il faisait tournoyer avant de l'abattre sur les têtes, qui éclataient comme des noix. Mondor, Gros Guillaume et l'Anglais se battaient au gourdin, mais il était évident qu'ils ne pourraient tenir longtemps, car ils seraient submergés par le nombre de leurs assaillants. Les convulsionnaires, excités par la bagarre, commençaient à s'insulter, à s'attraper au collet et à rouler dans la poussière. Les femmes se tiraient les cheveux et se griffaient au visage. Floris et le Manchot se regardaient et se mesuraient du regard, prêts à se frapper. Floris ne mésestimait pas son adversaire dont il voyait la puissance terrible. Le Manchot était un géant de six pieds, doué d'une force herculéenne. Par sa chemise ouverte, on voyait son torse plus velu que celui d'un singe et aussi large que celui d'un taureau. Floris, qui tenait de Pierre sa haute taille, dépassait le Manchot de deux pouces, mais sa minceur ne laissait pas deviner un athlète. De plus, le Manchot était persuadé que Floris ne savait pas se battre au poignard. Il ne pouvait pas savoir que Li Kang et Fédor lui avaient appris à se servir de toutes les armes existantes. Floris avait enroulé sa cape autour de son bras droit et attaqua de la main gauche. Cela gêna Rognonas le Manchot qui essayait de porter à son adversaire de terribles coups de crochet. L'un d'eux atteignit Floris à l'épaule, lui déchirant le pourpoint ; le sang jaillit. Belle Rose poussa un cri d'angoisse, mais n'eut pas le temps de s'attendrir sur la blessure de Floris, car deux sbires de Rognonas l'attaquaient par-derrière. A l'un d'eux, elle réussit à porter un coup d'épée, mais elle allait succomber sous les coups de l'autre, quand elle trouva un défenseur inattendu en la personne de Frère Guy, qui avait délaissé ses pénitentes et tapait sur la tête des malandrins avec ses pinces, en criant :

« Dieu le veut ! Dieu le veut ! »

De son côté, le Frère de La Barre hurlait à ses convulsionnaires :

« Mes sœurs, défendons les chevaliers du Christ. »

A leur grand étonnement, Grand Thomas et les gars du Pont-Neuf furent donc aidés par une bande de folles échevelées, les seins nus, les jupes déchirées, qui attaquaient les truands de Saint-Médard à coups d'ongles et de dents au cri de :

« Mourons pour le Christ ! »

Cette aide inespérée permit aux hommes du Pont-Neuf de se regrouper et de respirer un peu. Mais leurs assaillants eurent vite fait de mettre en déroute cette armée d'hystériques excitée par le Frère de La Barre qui s'était juché sur une croix et hurlait :

« Mourez, mes Sœurs, mourez. »

Floris, de son côté, fatiguait son adversaire par ses sauts et ses feintes, mais il n'avait pas réussi à lui porter de coup, alors que le Manchot lui avait déchiré la cuisse après l'épaule, toujours avec son crochet. Floris ne sentait pas la douleur ; une immense haine lui remplissait le cœur.

« Ah ! ah ! ricana le Manchot, étonné par l'endurance de Floris qu'il n'avait pas prévue, a-t-on jamais vu un scorpion pareil ? »

Floris sourit. Li Kang lui avait toujours appris qu'il fallait profiter des fautes de l'adversaire quand il s'énervait. Or le Manchot commençait à faire des fautes. Il s'engageait trop près de Floris qui redoublait de prudence. Malheureusement le temps passait, et les truands du Pont-Neuf étaient sur le point de succomber au nombre. Floris aurait voulu se porter à leur secours, mais il lui fallait d'abord se débarrasser du Manchot. Tout semblait perdu pour Grand Thomas et sa bande et par là même pour Floris. Le jeune homme ne se faisait aucune illusion : même s'il tuait le Manchot, il aurait aussitôt le reste de la bande sur le dos. Soudain une voix que Floris connaissait bien, une voix qui avait toujours retenti quand Floris était en mauvaise posture :

« Tiens bon, Floris, nous voilà ! »

Le jeune homme poussa un soupir de soulagement et cria sans se retourner, à peine surpris par ce renfort miraculeux :

« Adrien, cours aider les gens du Pont-Neuf. »

Rognonas le Manchot hurla de fureur :

« Je vais te saigner, serpent, toi et tes amis. »

Floris sourit de nouveau, ce qui eut pour effet d'énerver davantage le Manchot. Li Kang observait avec attention son élève.

« Prends garde, Fleur de Mai. N'accepte pas le corps à corps.

— S'il te gêne, barine, on va le tuer nous-mêmes, cria Fédor qui agitait déjà son sabre.

— Non, hurla Floris, laissez-le-moi, je le veux. »

Li Kang et Fédor se sourirent ; l'élève avait profité des leçons.

« Mais qu'est-ce que c'est que tous ces discours, hurla le Manchot. Ah ! scorpion, je ne vais pas tarder à te clouer sur le sol, tu vas voir ! »

Grégoire, qui suivait Fédor et Li Kang, leva les bras au ciel en marmonnant :

« Mon Dieu, cela recommence ! Dire que nous étions si tranquilles à Mortefontaine ! » Puis il ajouta plus haut : « Que monsieur le chevalier fasse attention à lui. »

Floris éclata de rire. Soudain, devant ses amis, il se sentait invincible et Grégoire était impayable : même en enfer il garderait le sens des convenances. Fédor plissa son œil unique et chuchota :

« Le petit barine n'a pas besoin de nous, le tsar le protège. »

Li Kang hocha la tête, fit un signe à ses deux compagnons et tous trois suivirent Adrien qui se frayait un chemin vers Grand Thomas et ses compagnons. Fédor, au comble de la joie, car ces années d'inaction lui avaient pesé, faisait des moulinets terribles avec son sabre et mettait en fuite les malandrins épouvantés par ce cosaque au visage effrayant. Li Kang, avec un doux sourire, se servait de deux poignards qu'il lançait sur ses adversaires, les clouant aux croix et aux tombes. Grégoire tirait des coups de pistolet, qui n'atteignaient pas toujours leur cible, mais avaient le mérite d'effrayer l'adversaire. Depuis son retour de Russie, Grégoire n'avait pas fait de grands progrès dans les armes, mais il avait tellement confiance en ses deux amis et en ses jeunes maîtres qu'il les aurait suivis partout, avec le courage de l'inconscience, car rien ne le prédestinait à cette vie aventureuse. Adrien, de son côté, maniait avec dextérité son épée et faisait des coupes claires parmi les ribauds, dont l'agressivité commençait à se calmer. Certains avaient même déjà pris leurs jambes à leur cou. Devant le secours inattendu d'Adrien, Grand Thomas et ses gars avaient repris espoir.

« Au secours ! », hurlait Zouzou la Négresse.

En une seconde Adrien fut sur le malandrin qui étranglait à moitié la pauvre fille. Il le transperça et n'attendit pas les remerciements de la truande pour courir délivrer la Circassienne qui était sur le point de succomber à l'assaut d'un ignoble mendiant.

« Me voilà », hurla Adrien.

Sans demander son reste, le mendiant s'enfuit. La Circassienne se jeta dans les bras d'Adrien en lui donnant un long baiser de remerciement. Adrien regarda la fille : elle était belle avec ses cheveux brun roux et son teint pâle. Il lui jeta une œillade aimable et s'inclina.

« Madame, j'ai encore quelques petites affaires à régler. Attendez-moi, je reviens. »

Et il planta là cette malheureuse, interloquée, mais déjà subjuguée, pour aller prêter main-forte à Grand Thomas. En quelques minutes la place fut nettoyée et les malandrins disparurent. Grand Thomas et les gars du Pont-Neuf comptèrent leurs blessés, mais, par miracle, il n'y avait aucun mort et Mondor sortait déjà ses onguents pour panser ses camarades. Les convulsionnaires avaient abandonné le cimetière ou s'étaient cachés derrière les tombes. Un grand calme régnait sur Saint-Médard après cet effroyable carnage. Seuls, éclairés par la lune, Floris et Rognonas le Manchot continuaient de lutter. Floris n'avait pas perdu son calme. Ses boucles brunes étaient collées sur son front par la sueur, le sang coulait de son épaule et de sa cuisse, mais il sentait en lui une force surhumaine. On aurait dit un jeune dieu. Il sautait sur les tombes, s'accrochait aux croix, bondissait sur son adversaire, le déroutait. Peu à peu la bande d'éclopés se rapprocha du superbe spectacle qu'offraient les duellistes.

« Tue-le ! » hurla Grand Thomas.

« Attention, Floris ! » cria Belle Rose, car le Manchot avait frôlé la gorge de Floris avec son poignard. Les spectateurs haletaient d'émotion. Grand Thomas chuchota à Adrien :

« Sautons-lui tous dessus, à cette vermine. Il faut aider ton frère. »

Adrien haussa les sourcils.

« Inutile, Floris serait furieux. »

Mais en lui-même Adrien sentait quelque angoisse. Floris ne lui semblait pas fatigué, mais l'autre avait une force de taureau qui paraissait sans limites. Soudain tous les truands du Pont-Neuf poussèrent un cri : Floris avait glissé sur une dalle et le jeune homme était tombé à la renverse. Le Manchot se jeta sur lui et les deux adversaires roulèrent dans la poussière. A quelques pouces du visage, Floris avait le crochet du Manchot qui cherchait à lui crever les yeux, tandis que de sa main blessée il luttait pour empêcher le poignard de Rognonas de lui trancher la gorge. Le Manchot lui souf-flait son haleine empuantie dans le nez :

« J' vais t' crever, sale mouchard ! » grogna le Manchot.

Floris semblait perdu quand le miracle tomba d'une croix sur les épaules du Manchot. C'était Georges-Albert, qui n'avait pas le même sens de l'honneur qu'Adrien et n'hésitait pas à secourir son maître en danger. Le singe enfonça ses dents avec délectation dans la nuque du Manchot, qui se redressa en hurlant et tenta de se dégager, mais Georges-Albert était bien agrippé. Floris se releva et cria :

« Lâche-le, Georges-Albert. »

A regret, le petit singe sauta à terre et courut vers Adrien qui lui chuchota :

« Tu as bien fait. »

Le Manchot était au comble de la fureur. Il hurlait en essuyant le sang qui lui coulait de la nuque :

« Tu l'as fait exprès, maudit serpent. »

Encore haletant, Floris lui proposa de reprendre le combat le lendemain.

« Ah ! ah ! vermine, tu as peur de moi. »

Le Manchot avait commis là une imprudence, il ne fallait jamais mettre en doute la bravoure de Floris. Comme un fou, il se jeta sur l'homme et sa fureur décuplait ses forces. Floris para le terrible crochet de fer, déséquilibra son adver-saire et, se jetant sur lui, il lui enfonça son poignard dans la poitrine. Le Manchot s'écroula entre les tombes dans un flot de sang. Il regardait Floris avec une sorte d'étonnement. Floris, hébété, se redressa. Les truands du Pont-Neuf s'appro-chèrent tout doucement, ne pouvant en croire leurs yeux : c'était bien leur ennemi qui agonisait devant eux. Le Man-chot croisa le regard de Grand Thomas et murmura dans un dernier ricanement :

« Eh si ! il était né ç'ui qui m'aurait. »

Puis, dans un gargouillement de sang, il rendit sa vilaine âme au diable. Il y eut encore une seconde de stupeur. Li Kang s'approcha du cadavre et se pencha pour en retirer le poignard. Il se releva en souriant gracieusement et dit :

« Fleur de Mai, tu as porté le coup vers la sixième côte jusqu'à la garde. Quand on frappe, c'est comme cela qu'il faut frapper. »

Et Li Kang promena sur l'assistance un regard de professeur satisfait de son élève. Soudain les truands du Pont-Neuf parurent comprendre enfin qu'ils étaient débarrassés de leur ennemi mortel. Ils se mirent à crier :

« Hourra ! Vive le seigneur Floris ! »

Les truands s'embrassaient de joie, remerciaient Adrien et ses compagnons, jetaient leurs couvre-chefs en l'air, dansaient sur les tombes. Grand Thomas serrait Fédor dans ses bras, Li Kang se trouvait dans ceux de Zouzou la Négresse et Grégoire, un peu gêné, ne savait comment répondre aux élans de l'Anglais à la fraise jaune, qui l'appelait son frère. Adrien profita du tumulte et de la joie générale pour se rapprocher de la Circassienne, qui n'attendait que cela. Floris, entouré et fêté comme un roi, savourait son triomphe. Belle Rose le regardait avec admiration. Floris, grisé, cria :

« Vive Belle Rose ! » Et il la prit dans ses bras.

Belle Rose, sous les vivats et les quolibets des truands, lui tendit ses lèvres. Ce fut le moment que Floris choisit pour s'évanouir. Quand il reprit conscience, il était dans un grand lit, un bon feu de bois brûlait dans la cheminée et Belle Rose, penchée sur lui, le regardait tendrement.

CHAPITRE XXXII

« Ouf ! Beau Gosse, tu nous as fait peur. »

Floris sourit à Belle Rose et voulut se redresser, mais le moindre mouvement lui arrachait un gémissement de douleur.

« Chut ! ne remue pas. Mondor t'a pansé la cuisse et la main. Il m'a aussi laissé un onguent pour te frotter car tu as des écorchures un peu partout. »

Floris murmura :

« Mais où suis-je, Belle Rose ?

— Tu es au « Grand Charlemagne ». Mme Homme t'a donné la plus belle chambre de l'auberge, car tu es le héros de Paris aujourd'hui et voici deux jours que tu dors. »

Floris regarda Belle Rose avec incrédulité.

« Quoi, cela fait deux jours que je suis là !

— Oui.

— Et tu es restée à côté de moi ?

— Bien sûr ; j'ai aidé Mondor à te soigner. »

Floris rougit à la pensée que Belle Rose avait vu son corps durant son sommeil prolongé. Un peu gêné, il tourna la tête et prit un air très dégagé pour demander :

« Où sont mon frère et mes compagnons ? »

Belle Rose éclata de rire. Les yeux verts de Floris brillèrent : dans sa fraîcheur, Belle Rose irradiait de santé et de bonheur. Elle était une tentation vivante.

« Ah ! ton frère est enfermé dans sa chambre depuis deux jours et il semble très occupé. Quant à tes compagnons, ma foi, ils ne sont pas seuls du tout », dit mystérieusement Belle Rose.

Floris se proposa d'élucider plus tard les occupations respectives de son frère et de ses amis. Il voulut remuer à nouveau, mais un étourdissement le prit et un voile lui passa devant les yeux. Belle Rose lui caressa le front et lui dit tendrement :

« Tu n'es pas encore guéri. Je vais appeler Mondor.

— Non, gémit Floris, ne me quitte pas. Je crois, je crois tout simplement que j'ai faim.

— Tiens, c'est vrai ! Attends, je vais appeler : un repas est prêt aux cuisines. »

Deux minutes plus tard, Mme Homme entra dans la chambre qui sembla aussitôt réduite de moitié, tant les proportions de la digne femme étaient imposantes. Elle regarda autour d'elle avec curiosité. Il était manifeste que cette aventure la ravissait. Elle déposa un énorme plateau chargé de victuailles sur le lit de Floris, qui murmura un timide : « Merci, madame. »

Floris croyait qu'elle allait quitter la pièce. C'était mal connaître l'aubergiste, qui s'installa au bout du lit et commença de caqueter :

« Ah ! mon jeune seigneur, quel honneur pour ma modeste maison d'héberger des hôtes comme Vos Seigneuries. Je le disais tout à l'heure à MM. Fédor et Li Kang, si nous avions tous les jours des pratiques de la qualité de Vos Excellences, le métier d'aubergiste serait un plaisir. Songez donc ! Depuis votre arrivée, ma salle ne désemplit pas. Du reste, je suis une honnête commerçante et j'ai dit à ce bon M. Grégoire, votre intendant, ce n'est pas six livres par jour que je vous demanderai, mais seulement trois. Je sais bien que cela n'a aucune importance pour des seigneurs comme vous », se hâta d'ajouter Mme Homme, prenant pour une protestation un geste de Floris, bien plus occupé à dévorer une cuisse de chapon qu'à écouter ses bavardages.

« Je sais bien, répéta l'imposante matrone, que Vos Seigneuries ne regardent pas à quelques livres, mais comme je le disais à Riquet — c'est mon fils — Votre Seigneurie n'a sûrement pas oublié que c'est lui, le cher trésor, qui a eu l'idée de vous amener ici, et ce doit être l'ange Gabriel qui vous a tous guidés chez nous. »

Floris, la bouche pleine, eut un sourire aimable pour l'ange Gabriel et fit un signe de congé à Mme Homme. Mais celle-ci prit cette invitation polie à se retirer pour un

encouragement à poursuivre son monologue. Elle s'agrippa
au bois du lit et repartit de plus belle :

« Pensez, monsieur le chevalier ! Abriter deux héros au
" Grand Charlemagne " ! Ça c'est un honneur ! Mon concur-
rent du bout de la rue, le patron des " Trois Pistoles ", est en
train d'en faire une maladie. Je le disais d'ailleurs tout à
l'heure à M. le comte votre frère ; je l'ai rencontré ce matin,
il est devenu tout jaune.

— Mon frère est tout jaune ? demanda Floris étonné.

— Oh ! non, monsieur le chevalier, M. le comte se porte
très bien et il se donne du bon temps avec la demoiselle amie
de Mlle Belle Rose. Non, je parle de mon compère des
" Trois Pistoles ", qui est devenu tout jaune, Monseigneur,
jaune comme M. Li Kang. Mais j'ai bien compris que chez
M. Li Kang, c'est sa couleur naturelle, vu que dans son
pays les hommes sont tous comme lui, à ce qu'il dit, tandis
que ce voleur d'aubergiste, c'est la jalousie qui l'a fait jau-
nir. Ce sont les humeurs, monsieur le chevalier, qui lui montent à la tête, M. Mondor, qui vous soigne si bien, me l'a
confirmé lui-même. »

Floris avait l'impression d'être sur un bateau ; à chaque
fin de phrase, Mme Homme faisait tanguer le lit. Une chose
l'intriguait, et il réussit à placer une question, tandis qu'elle
reprenait son souffle :

« Vous m'avez dit, madame Homme, que mon frère est...

— Oh ! oui, monsieur le chevalier, votre frère va très,
très bien. Sauf votre respect, monsieur, M. le comte me rappelle feu M. Homme. »

Floris eut un regard interrogateur ; il ne voyait pas très
bien le rapport entre Adrien et M. Homme, d'autant que
celui-ci, semblait-il, n'était plus de ce monde. Mme Homme
enchaîna :

« C'est que, monsieur le chevalier, M. Homme était un
rude gaillard comme Vos Seigneuries. Les femmes, la
bagarre, il aimait cela ! C'est curieux pour un aubergiste,
n'est-ce pas ? C'est que M. Homme avait fait cinq ans au
régiment de Picardie, et pourtant, ce que c'est que de nous,
le voilà qui dort au cimetière Saint-Médard à présent. Le destin, que voulez-vous ! »

Mme Homme soupira profondément ; Floris aussi. Il
voyait bien qu'il serait plus difficile de la faire taire que de
tuer Rognonas le Manchot en combat singulier. Belle Rose

soutenait la tête de Floris, qui prenait plaisir à jouer au malade, pour avoir un prétexte à se serrer contre le corsage de la jeune fille.

« Et, madame Homme, dites-moi où est mon singe ?

— Oh ! monsieur le chevalier, Georges-Albert est très entouré. Comme Votre Seigneurie le sait sans doute, c'est lui qui est venu chercher M. le comte votre frère et messieurs vos compagnons. »

Floris se redressa, intéressé.

« Oui, mais comment les a-t-il conduits à Saint-Médard ?

— Eh bien, monsieur le chevalier, il fallait le voir : il criait, il hurlait devant la porte du " Grand Charlemagne ". Je lui ai ouvert et il a failli me renverser, tant il était pressé. Il a sauté dans l'escalier, il a réveillé M. le comte que j'ai entendu crier : " Suivons Georges-Albert, il est arrivé quelque chose à Floris. " Quel vacarme ! En une seconde tout le monde était sur le pied de guerre, et ils sont tous allés au Pont-Neuf à la suite de Georges-Albert. Ça, monsieur le chevalier, c'est M. Fédor qui me l'a raconté, mais là-bas, dame, personne ! D'après ce que m'a dit M. Fédor, ils allaient rebrousser chemin quand le nain de Mlle Belle Rose est arrivé et les a conduits à Saint-Médard. »

Mme Homme reprit sa respiration, mais Floris en savait assez ; bien que divertissante, la compagnie de Mme Homme commençait à le lasser.

« Madame Homme, dit Floris, Georges-Albert est un héros, il m'a sauvé la vie. Je vous le confie à vous personnellement, car c'est un animal qui a besoin d'affection. Il aime surtout qu'on lui parle. Soyez assez aimable pour lui dire que je vais bien mais que j'ai besoin de repos. Merci pour tout, madame Homme, et à demain. »

Muette d'admiration, Mme Homme quitta la pièce à reculons. Elle retrouva cependant ses esprits à la porte pour murmurer :

« Que monsieur le chevalier soit tranquille, je ne quitterai pas Georges-Albert. »

La porte refermée, Floris et Belle Rose éclatèrent de rire.

« J'ai fait une mauvaise plaisanterie à Georges-Albert ; j'espère qu'il ne m'en voudra pas trop. »

Belle Rose posa le plateau sur une table et les jeunes gens se regardèrent. Troublé, Floris murmura :

« Belle Rose, Belle Rose mon cœur, que tu es jolie et fraîche. »

Il saisit la main de la jeune fille et la porta à ses lèvres.

« Beau Gosse, je suis une truande. Ne me traite pas comme une marquise. »

Floris voulut prendre Belle Rose dans ses bras, mais elle rit et s'échappa. Floris, déçu, se laissa aller sur ses oreillers et dit :

« Celle qui est avec mon frère est moins cruelle que toi, à ce que j'ai compris. »

Belle Rose revint vers le lit avec une bouteille remplie d'un liquide verdâtre.

« Qu'est-ce que c'est cette saleté ? Je n'en boirai pas », grommela Floris, boudeur.

Belle Rose gronda :

« Tu es insupportable, Beau Gosse. Mondor m'a recommandé de te masser avec cet onguent miraculeux. Si tu ne te laisses pas soigner, je m'en vais. »

Floris protesta :

« Tu ne voudrais tout de même pas que je me déshabille devant toi !

— Oh ! des hommes nus, j'en ai vu par douzaines ! Je les ai tous soignés, les miséreux, les mendiants, les truands, les pauvres, les humbles. Mais toi tu ne connais pas cela, la misère du corps, tu as toujours été gâté. »

Floris faillit se mettre en colère. Il regarda Belle Rose, mais elle ne pouvait comprendre. Il murmura pourtant :

« Si, Belle Rose, j'ai connu cela, le froid, la misère, la prison, la faim, la fuite... »

Une telle nostalgie passa dans ses yeux verts que Belle Rose en fut saisie. Elle lui dit, doucement :

« Allons, Floris, je vais te masser la poitrine. Le crochet du Manchot te l'a déchirée en plusieurs endroits. »

Maté par la tendresse de Belle Rose, Floris enleva sa chemise en gémissant très fort pour émouvoir la jeune fille. Pudiquement, il ramena le drap sur son ventre et attendit en regardant Belle Rose entre ses longs cils noirs à demi fermés.

Belle Rose mit un peu de liquide dans la paume de sa main et commença de masser tout doucement Floris qui se laissait aller à la volupté de cette caresse. Belle Rose regardait le jeune homme et songeait :

« Je n'ai jamais vu un être aussi beau. »
La tête renversée sur les oreillers, avec les boucles noires
qui entouraient son visage bronzé, Floris ressemblait à un
jeune dieu blessé. Ses yeux extraordinaires, changeants
comme la mer Noire, avaient des reflets verts. Il souriait
à Belle Rose, la gorge serrée. Un instant, le souvenir de
Pauline lui revint à la mémoire, mais une vague de désir
l'en chassa aussitôt. Floris n'osait bouger et Belle Rose
cachait le trouble que lui causait le contact de la peau
chaude de Floris en parlant avec animation :
« Tu sais, Beau Gosse, qu'on ne parle que de toi et
de tes exploits dans toute la ville. J'ai eu tellement peur
pendant ton duel ! Ce Rognonas était un monstre. Tiens,
qu'est-ce que tu as autour du cou ? » dit Belle Rose en
prenant dans ses doigts la médaille de Floris. Floris rougit
et murmura, un peu gêné :
« Oh ! c'est un cadeau, un souvenir. »
Belle Rose eut l'air de chercher un peu, puis s'écria :
« Je sais ce que c'est ! C'est un talisman gitan ! J'ai été
recueillie par des bohémiens lorsque j'étais petite et que
j'errais toute seule sur les routes. C'est une vieille femme
qui m'a nourrie et m'a appris un peu leurs secrets et leur
magie. Ce que tu as autour du cou, Beau Gosse, c'est un
talisman. Tout te réussira grâce à cette médaille. »
Belle Rose semblait émue. Floris aussi, mais pas pour les
mêmes raisons. Il n'avait guère écouté les explications de la
jeune fille. Un violent désir l'envahissait peu à peu tout
entier. Avec autorité, il saisit la main de Belle Rose et
se mit à lui embrasser la paume, le poignet et l'avant-bras.
Elle frissonna. Les lèvres de Floris déposaient de petits
baisers tendres et humides sur sa chair veloutée. Floris était
un amant-né et sa grande sensualité palliait son ignorance.
Belle Rose se pencha sur Floris, leurs lèvres se joignirent
et se caressèrent l'une l'autre imperceptiblement. Floris
voyait au-dessus de lui les yeux brillants de la jeune fille
qui lui souriaient. Leur baiser se fit plus précis et Floris,
ivre de bonheur, se rendit compte que la respiration de
Belle Rose devenait haletante. Il l'attira à lui et la plaqua
contre son corps. Malgré lui, il fit une grimace de douleur
aussitôt effacée par le désir qui le ravageait. Ils faisaient
corps l'un contre l'autre, seulement séparés par le drap et
les vêtements de Belle Rose. Tout doucement, Floris glissa

sa main valide sous ses jupons de coton et se mit à lui
caresser les reins. Belle Rose, à demi pâmée, souhaitait que
cela ne finît jamais.

« J'ai pourtant eu des hommes dans ma vie, se disait-elle,
mais celui-là porte la jouissance des femmes en lui. Ce qui
est merveilleux, c'est qu'il ne le sait pas. »

De sa main blessée, Floris réussit à arracher les lacets
du caraco. Les seins dorés comme des pommes jaillirent
du corset. Floris se mit à les caresser et à les embrasser.
Soudain Belle Rose se releva et retira posément les vêtements qui lui restaient. La mince chemise blanche qu'elle
portait sous son corset glissa sur le plancher ainsi que ses
jupons qui tombèrent un à un. C'était la première fois que
Floris voyait une femme se déshabiller, et c'était aussi la
première fois qu'il voyait une femme entièrement nue, car
Pauline ne s'était qu'à demi dévêtue dans la grange de Mortefontaine. Debout à côté du lit, Belle Rose ne cherchait
pas à cacher sa nudité splendide. Elle regarda Floris qui
murmura :

« Viens à côté de moi, mon cœur, j'ai trop envie de
toi. »

La jeunesse de Floris et sa fougue lui montaient à la
tête. Il frémit de bonheur en sentant ce corps chaud et
nu contre sa peau. Il voulut la prendre tout de suite à
bras-le-corps. Elle l'écarta et chuchota :

« Ne sois pas trop pressé. »

Les baisers de Belle Rose brûlaient les lèvres de Floris.
Toute maladresse l'avait abandonné. Elle prenait toutes les
initiatives, mais avec tant de charme et de gaieté que Floris
croyait mener lui-même leur joute amoureuse. Belle Rose
regardait Floris sans qu'il le sût. Ses bras étaient plus mus-
clés que ceux des garçons de son âge, ses épaules étaient
rondes et charnues. Elle songeait, étonnée :

« Ce n'est pas un jeune garçon, c'est déjà un homme. »

Il la tenait dans ses bras et lui rendait toutes ses caresses
les plus audacieuses. Il ne sentait même plus ses blessures.
Floris prit enfin Belle Rose. C'était la deuxième femme
de sa vie, mais c'était celle qui lui apprenait à faire l'amour.
Floris devait toujours se souvenir de Belle Rose, la truande
du Pont-Neuf.

La nuit tombait sur la ville, les Parisiens rentraient
chez eux. Seul le « Grand Charlemagne » était animé, et

chacun y vaquait à ses occupations sans s'occuper de ses compagnons. Depuis deux jours, Adrien, enfermé avec la Circassienne, approfondissait à n'en pas douter ses connaissances géographiques. Li Kang Yuin, pour mieux méditer sur ces derniers événements, s'était retiré fort discrètement en compagnie de Zouzou la Négresse. Mme Homme, par cette fin de soirée, se sentait l'âme solitaire. Elle regarda Fédor et, dans un éblouissement, se rendit compte que M. Homme revivait en lui. Seul dans la salle de l'auberge, Grégoire recevait les clients, aidé par Riquet et le nain de Belle Rose. Georges-Albert bâillait, vexé d'être délaissé par son maître.

Trois jours passèrent ainsi. On eût dit que les hôtes du « Grand Charlemagne » avaient disparu.

Un matin, à l'aube, Adrien descendit, sanglé dans son justaucorps, son tricorne sous le bras comme c'était la mode. Grégoire s'inclina et demanda sans ironie :

« Monsieur le comte s'est bien reposé ? »

Adrien dissimula un sourire et dit simplement :

« Fais seller les chevaux, mon bon Grégoire, et demande à Floris de descendre ainsi qu'à Fédor et Li Kang. Nous partons.

— Où allons-nous, monsieur le comte ?

— Nous allons d'abord nous vêtir convenablement puis... Oh ! après tout, vous le verrez bien. »

Les adieux devant le « Grand Charlemagne » furent touchants. Seul Georges-Albert était ravi : il avait retrouvé Floris. Mme Homme regardait Fédor en sanglotant. Li Kang Yuin et Zouzou la Négresse se promettaient mille années de bonheur pendant mille fois mille ans. Adrien s'inclina devant la Circassienne comme s'il venait de faire sa connaissance. Floris, en sautant à cheval, cria :

« Au revoir, Belle Rose, mon cœur ! »

La jeune fille se détourna, prit la main de son nain et se dirigea vers le Pont-Neuf en murmurant :

« Adieu, Floris... Floris, mon amour. »

Une heure plus tard, la petite troupe, habillée de neuf par un Juif de la rue du Temple, quittait Paris par la barrière de Châtillon. Floris s'écria :

« Vas-tu enfin nous dire où nous allons, mon frère ? »

Adrien hocha la tête et sortit de sa poche un pli cacheté aux armes de Villeneuve qu'il remit à Floris en lui disant :

« Nous allons porter cette lettre à son adresse. »

Floris pâlit et murmura songeur :

« L'écriture de notre mère ! Mon Dieu, elle avait pensé à tout. Cette lettre nous concerne, Adrien, n'est-ce pas ?

— Je le suppose, Floris. Elle me l'a confiée au moment de mourir, mais pourrons-nous seulement la remettre en main propre ? »

Floris se redressa et, dominant son émotion, dit à Adrien :

« Notre mère nous protège et rien ne nous arrêtera. »

Puis il se retourna plein de fougue et cria :

« Au galop, mes amis, au galop, nous allons à Versailles voir le roi. »

CHAPITRE XXXIII

« Avant-z-hier, marquis, j'ai rencontré Mme de Mailly en galante compagnie. »

Deux seigneurs aux perruques poudrées éclatèrent de rire à cette phrase que venait de prononcer le troisième personnage, un grand homme d'une quarantaine d'années à la figure arrogante, et dont les vêtements étaient entièrement noirs.

« Ah ! bah ! répondit un des seigneurs d'un air faussement innocent, Mme de Mailly en galante compagnie, et où cela s'il te plaît, du Plessis ? »

Le grand homme en noir rit à son tour.

« Où cela, mais en ce pays-ci, mon bon, en ce pays-ci. Et elle était si-z-occupée qu'elle a laissé tomber un sa de louis en or. Puis elle a-z-emmené l'heureux télu cheu-z-elle.

— Cheu-ż-elle ? Diantre, dirent les deux seigneurs en éclatant de rire, et le mari-z-était-z-où ?

— Z-à la chasse, très cher, z-à la chasse.

— Et Frérot, où t'était-il ? chuchota l'un des seigneurs en pouffant d'un air naïf.

— Z-à une autre chasse », dit le grand homme en noir, s'esclaffant lui aussi.

Pendant un moment, les trois seigneurs suffoquèrent de rire. Le salon de l'Œil-de-Bœuf, antichambre royale, était rempli d'une foule bruissante de courtisans qui attendaient le grand lever du roi. Il y avait eu bal la veille, et Sa Majesté, ayant écouté la messe fort tôt, faisait la grasse matinée.

Adossés à une tapisserie, Floris et Adrien écoutaient la

conversation des trois courtisans et se regardaient comme des gens sains d'esprit égarés chez les fous. Floris se pencha vers son frère et chuchota :

« Ces gens-là parlent-ils français ? »

Adrien hocha la tête. Malgré son flegme habituel, Versailles l'étonnait autant que Floris.

Les jeunes gens avaient d'abord craint de rencontrer beaucoup de difficultés pour pénétrer dans le palais. En arrivant sur la place d'Armes, Floris et Adrien s'étaient adressés à l'un des Suisses qui gardaient la première grille.

« Capitaine, avait dit Adrien, donnant ce titre à tout hasard, nous apportons un message au roi. Comment pouvons-nous entrer ?

— Bais, dit le gros Suisse, c'est drès zimble. Fous laissez fos chefaux dans cette gour, et fous rendrez à bied dans la gour Royale où fous louez une chaise à borteurs. »

Suivis de Fédor, Li Kang et Grégoire, Floris et Adrien suivirent la première partie du conseil du Suisse, laissèrent leurs chevaux et Georges-Albert dans la première cour, appelée cour des Ministres, et franchirent avec autant de facilité la deuxième grille pour entrer dans la cour Royale. Floris mourait d'envie de suivre le conseil du Suisse et de louer une chaise à porteurs, mais il ne restait qu'une centaine de pistoles pour toute la communauté. L'heure n'était pas aux dépenses d'apparat. Certains carrosses avaient le droit de franchir cette deuxième grille, mais Floris et Adrien se rendirent compte qu'ils appartenaient à des cardinaux ou à des princes du sang. Arrivés dans la cour Royale, Floris et Adrien s'approchèrent d'un garde du régiment des Flandres et lui demandèrent :

« Comment pouvons-nous rentrer dans le palais ? Nous avons un message à remettre à Sa Majesté.

— Mais c'est très simple, dit à son tour le garde en jetant sur le petit groupe un regard amusé, vous continuez tout droit, vous traversez la cour de Marbre et vous prenez à gauche l'escalier de la Reine. Vous montez et vous n'aurez plus qu'à attendre le passage de Sa Majesté dans l'antichambre. »

« En somme, dit Floris à Adrien, en montant l'escalier, on entre à Versailles comme dans un moulin. »

Floris était presque déçu. Il s'apprêtait à braver les cerbères pour pénétrer jusqu'au roi, et voilà qu'il était dans la place aussi facilement que sur le Pont-Neuf. A l'intérieur du château, la cohue était effroyable. Chaque gentilhomme était accompagné de laquais. Presque toutes les dames circulaient en chaise à porteurs. Le rez-de-chaussée du château était encombré de boutiques et de baraques. Des écrivains publics offraient leurs services jusqu'aux portes des appartements royaux. Floris et Adrien étaient éberlués par tout ce qu'ils voyaient et entendaient. Ils ne remarquaient pas que les courtisans leur jetaient des regards étonnés, car la présence des jeunes gens et de leurs compagnons ne passait pas inaperçue au milieu de cette foule. En effet, ce qui étonnait Floris et Adrien paraissait normal aux habitués de la cour, et ce qui paraissait normal à Floris et Adrien étonnait les courtisans. Li Kang Yuin et Fédor étaient l'objet de la curiosité générale et les femmes regardaient Floris avec admiration.

Les jeunes gens laissèrent leurs compagnons dans la première antichambre et entrèrent dans le salon de l'Œil-de-Bœuf sans que personne leur demandât rien. Là, Floris et Adrien comprirent que les choses se compliquaient, car un énorme Suisse barrait la porte de la chambre royale et filtrait les courtisans autorisés à y pénétrer, à l'aide d'une liste qu'il consultait fréquemment. Sa Majesté le roi Louis XV venait de se réveiller.

« Entrez, Monseigneur, disait le Suisse à un cardinal. Retirez-vous, monsieur le comte. Non, madame, on ne passe pas. Ah ! entrez, madame la duchesse. »

Fasciné, Floris regardait la grosse main du Suisse qui ouvrait et refermait la porte royale. Aucun courtisan n'osait protester. Il semblait à Floris que ce gros Suisse était vraiment la seule personne qui commandât à Versailles. Toujours adossés à la tapisserie, les deux frères, sans se sentir saisis par le découragement, ce qui n'était pas dans leur caractère, commençaient tout de même à douter du succès de leur entreprise. Tout avait été trop facile. Soudain, le grand homme en noir qui venait de tant divertir ses compagnons avec une histoire à laquelle Floris et Adrien n'avaient absolument rien compris, sinon l'allusion à la famille de Mailly, jeta un coup d'œil circulaire dans le salon et aperçut Floris et Adrien. Prenant congé de ses interlocuteurs avec un léger salut, il s'approcha des deux frères :

« Ah ! messieurs de Villeneuve-Caramey, vous voici
enfin. »

Floris et Adrien se regardèrent interloqués, mais eurent
la présence d'esprit de s'incliner et de saluer. En se relevant,
Adrien demanda :

« Pardonnez notre indiscrétion, monsieur, mais pouvons-
nous vous demander comment vous savez nos noms ?

— Ah ! messieurs, vous le saurez bientôt, mais ce n'est
pas à moi de vous le dire, c'est-z-à une autre personne
beaucoup plus-t-importante. Sachez seulement que je vous
connais, et que je vous ai déjà vus par deux fois », dit
le gentilhomme en noir, saluant à son tour.

Floris et Adrien se jetèrent un coup d'œil étonné.

« Mais, monsieur, dit Floris, aurez-vous au moins la bonté
de nous dire à qui nous avons l'honneur de parler ?

— Certainement, messieurs, cela je le puis. Je suis Louis
François-Armand de Vignerot du Plessis, duc de Richelieu,
maréchal de France et petit-neveu du grand Cardinal, pour
vous servir. »

Floris et Adrien s'inclinèrent à nouveau. Il semblait à
Floris qu'on ne cesserait jamais de se saluer.

« Je vois, messieurs, ajouta Richelieu, que vous êtes
nouveaux-t-à la cour. Puis-je vous être-z-utile à quelque
chose ?

— Certainement, monsieur le duc. Nous arrivons de
Paris, mon frère et moi...

— Où vous vous êtes battus sur le Pont-Neuf z-avec le
comte de Nobroub, dit Richelieu.

— Ah ! monsieur le duc, vous êtes au courant ?

— Oui, dit Richelieu, je suis-t-arrivé à la fin du com-
bat-z-et... le comte de Nobroub m'a tout raconté. »

Floris et Adrien étaient surpris par le curieux accent de
Richelieu et ses liaisons mal-t-à-propos.

« Tiens, s'exclama Richelieu, à l'entrée d'une dame dans
le salon, voici-z-une traîneuse.

— Z-une traîneuse ? demanda Adrien.

— Je trouve, monsieur le comte et monsieur le chevalier,
dit Richelieu, que vous m'êtes vraiment très sympathiques
et que je vais m'occuper de vous. Je vais vous faire perdre
cet air de province que vous traînez-t-à la semelle de vos
souliers. »

Floris rougit de colère et regarda le duc d'un air menaçant.

« Allons, monsieur le chevalier, dit le duc en riant, n'ayez
point cet air furieux. Je vais vous donner une leçon-z-à
tous les deux. Ici on ne parle pas comme ailleurs, à Paris
ou en France. Ne dites jamais : à Versailles, ou à la cour,
dites : " en ce pays-ci ". Ne parlez pas d'un sac de louis
d'or ni de tabac, dites taba ou sa de louis *en* or. Ne buvez
pas de champagne, mais du vin de Champagne. N'assistez
pas à un spectacle au Français, mais allez-t-à la Comédie-
Française. Ne dites jamais que vous venez de chez vous,
mais prononcez cheu moi. Enfin ne faites pas les liaisons
communes aux gens du commun, mettez un t à la place
d'un s et vice versa. Quant-z-à une traîneuse ou traînée,
c'est-z-une dame de province reconnaissable à sa robe, plus
longue que celle des dames de ce pays-ci. »

Floris et Adrien avaient écouté avec attention le discours
du duc qui les regarda avec amabilité et soupira :

« Il faut que vous me soyez vraiment très, très sympathiques, messieurs, pour que je me donne tout ce mal et
me fatigue à ce point pour vous.

— Monsieur le duc, dit gravement Adrien, nous vous
en sommes très reconnaissants, mon frère-t-et moi.

— Votre leçon, monsieur le duc, restera gravée-z-à jamais
dans mon cœur, ajouta Floris.

— Dieu soit loué, dit Richelieu en levant les yeux au
ciel, ils sont doués et comprennent vite. Vous plairez-t-à
Frérot.

— La leçon n'est pas tout à fait terminée, monsieur le
duc, dit Adrien, qui est Frérot ?

— Ici, on aime beaucoup les surnoms, messieurs, dit le
duc sans répondre directement à la question. On appelle la
duchesse de Luynes Papette, le comte d'Argenson Cadet,
et votre serviteur " le petit père la maraude ". Quant à Frérot, eh bien, dit Richelieu en souriant, c'est lui. »

La porte de la chambre royale venait de s'ouvrir et Floris
reconnut tout de suite le comte de Nobroub qui pénétrait
dans le salon de l'Œil-de-Bœuf, suivi du marquis de Villepail et d'autres seigneurs.

« Le comte de Nobroub est Frérot ! chuchota Floris.

— Oui, dit Richelieu en souriant et s'inclinant profondément comme tous les courtisans, et Frérot c'est... le roi. »

Floris frémit. Ainsi son ennemi du Pont-Neuf était Louis XV en personne ! Son roi dont il avait tant rêvé. Floris échangea avec son frère un regard de détresse. En dépit de leur courage, ils avaient une forte envie de se cacher derrière la tapisserie, ou de rentrer sous terre. Richelieu les observait ironiquement. Floris, agacé, se redressa pour regarder le roi qui promenait un regard hautain et glacé sur l'assistance. C'est à peine si les yeux du souverain s'arrêtèrent sur le petit groupe que formaient le duc de Richelieu et les frères de Villeneuve.

« Oh ! songea Adrien, les choses commencent mal. S'il nous a reconnus, nous voici déjà fâchés avec le roi. »

« Mon Dieu, pensa Floris, moi qui aurais tant voulu me battre et mourir pour mon prince, voilà que je me suis battu avec lui. »

Le cœur de Floris était gonflé d'émotion. Il s'en voulait de n'avoir pas deviné, sur le Pont-Neuf, qui était le comte de Nobroub. Comment n'avait-il pas senti que ce beau jeune homme ironique et rieur était son roi ? Pour la première fois de sa vie, Floris se sentait mal à l'aise et mécontent de lui. De son ton glacial, le roi appela un des seigneurs qui l'entouraient.

« Monsieur le duc de Luynes, viendrez-vous à la chasse cet après-midi ? Nous allons courre le cerf à Marly. »

Floris, s'il avait encore un doute, reconnut la curieuse voix rauque du comte de Nobroub. Cette voix l'avait frappé, et il pensa qu'il n'en oublierait jamais le timbre. La jeunesse et la beauté du roi émouvaient Floris. En effet, à vingt-quatre ans, Louis XV était vraiment le Bien-Aimé et soulevait les passions, aussi bien des hommes qui lui offraient leur épée que des femmes qui lui offraient leur amour. Le roi se tourna de nouveau et regarda une seconde dans la direction de Floris et Adrien. Pas un muscle de son visage ne bougea et Floris fut frappé par l'éclat de ces yeux noirs, des yeux de velours, sous des paupières légèrement bridées. Puis le roi, sans se départir de son air ennuyé, regarda le duc de Luynes qui s'inclinait profondément :

« Votre Majesté me comble de joie. »

Un semblant de sourire passa sur les lèvres royales.

« Ah ! je croyais que vous n'aimiez pas la chasse, monsieur le duc.

— Auquel cas, Votre Majesté serait bien cruelle de m'inviter. »

Le roi fit celui qui n'avait pas entendu et appela d'autres courtisans qu'il invita à la chasse et qui s'inclinèrent tous, ravis de cet honneur.

« Le roi ne nous a pas reconnus », chuchota Adrien.

Richelieu ricana tout bas :

« Le roi, messieurs de Villeneuve, n'oublie jamais rien. »

Après avoir adressé encore quelques mots à différentes personnes, sur un ton toujours aussi froid, le roi se dirigea vers le salon d'Hercule suivi de ses courtisans ; il devait y recevoir des ambassadeurs étrangers. Sur son passage, les femmes faisaient la révérence. Le roi allait franchir la porte du salon de l'Œil-de-Bœuf lorsque les assistants poussèrent des cris d'effroi. Floris et Adrien chancelèrent sous le coup du destin car ce qu'ils voyaient les horrifia : Georges-Albert venait de sauter sur les épaules du roi et cherchait à le mordre !

CHAPITRE XXXIV

« Georges-Albert, ici », cria Floris d'une voix étranglée.

Tous les courtisans se retournèrent horrifiés pour dévisager le propriétaire de l'affreux animal qui avait attaqué le roi. En proie à un profond désespoir, Floris se sentait cramoisi. Il chercha le regard d'Adrien, mais ne vit qu'un visage aussi consterné que le sien. Néanmoins, avec philosophie, Adrien se disait qu'il serait tout de même dommage de finir leurs jours, si jeunes, à la Bastille. D'instinct, les deux frères comprirent cependant qu'il fallait à tout prix faire un geste. Bravement, ils s'avancèrent vers le roi, claquèrent les talons et mirent un genou en terre en murmurant :

« Aux ordres de Votre Majesté. »

Les courtisans s'écartaient sur leur passage, comme sur celui de pestiférés. Tout le monde parlait, s'exclamait et gesticulait. Le salon de l'Œil-de-Bœuf s'était soudain transformé en une ruche bruissante.

« Quelle honte ! s'écria un marquis poudré d'une voix aiguë.

— C'est-z-un scandale.

— Mais qui sont donc ces gens-là ?

— Pouah ! Z-on va les jeter dehors.

— Mais non, on va les-t-arrêter.

— Au secours, cette horrible bête s'accroche à ma robe ! » s'écria « Papette », la duchesse de Luynes, en tombant évanouie dans les bras du duc, son époux.

En effet, le pauvre Georges-Albert, comprenant qu'il avait dû faire une grave bêtise en attaquant celui qu'il prenait toujours pour l'ennemi de son maître, courait de tous côtés pour trouver un abri. Sa fuite avait pour effet de porter l'affolement à son comble. Les femmes hurlaient en remontant leurs robes à paniers. Les hommes essayaient de taper sur Georges-Albert du plat de leur épée ; certains, en se baissant, perdaient leur perruque. De mémoire d'homme, on n'avait vu chose pareille « en ce pays-ci ». Seul le roi restait immobile et gardait son calme. Son visage était encore un peu plus glacé que d'ordinaire et il jeta sur Floris et Adrien un regard indéfinissable, qui fit frissonner les jeunes gens. Georges-Albert réussit à rejoindre Floris et voulut se blottir contre lui, mais visiblement son maître ne semblait pas très content de le revoir. Georges-Albert pensa que décidément il ne comprendrait jamais rien aux humains. S'ennuyant dans la cour, auprès des chevaux, il avait eu envie de rejoindre Floris. Il l'avait cherché un peu partout dans le palais et, l'ayant enfin trouvé, il l'avait vu, face à son ennemi du Pont-Neuf. Quoi de plus normal que d'attaquer ? Il n'avait voulu que rendre service. Incompris, Georges-Albert se résolut à bouder.

Ce fut ce moment délicat que Fédor et Li Kang choisirent pour faire une entrée fracassante dans le salon et en criant :

« Barine, nous avons entendu du bruit, tu as des ennemis ? »

« Fleur de Mai, nous sommes là, veut-on t'attaquer ? »

Tous les regards se détournèrent de Georges-Albert pour se porter sur le cosaque et le Chinois qui obstruaient le passage et grimaçaient en toisant d'un air menaçant celui qu'ils prenaient toujours, eux aussi, pour le comte de Nobroub. Fédor avait déjà la main à son sabre, et son bonnet de cosaque enfoncé jusqu'à l'œil accentuait son allure terrifiante. Li Kang, un inquiétant sourire aux lèvres, tripotait le manche en ivoire de son poignard. Un nouveau cri s'éleva parmi les courtisans :

« Mais c'est un vrai coupe-gorge !

— Ce sont des barbares !

— Quelles mines patibulaires !

— A nous, la garde ! » glapit un petit vieillard courbé en deux qu'étranglait l'émotion.

Floris et Adrien soupirèrent. Les choses se compliquaient encore.

« Calmez-vous, mes amis, et retournez nous attendre dehors », cria Adrien.

A regret et non sans inquiétude, Fédor et Li Kang disparurent et regagnèrent l'antichambre royale au moment où six mousquetaires gris arrivaient en courant car le bruit s'était déjà répandu dans le palais que le Roi avait été victime d'un attentat. Floris et Adrien attendaient, tête baissée et le rouge au front, l'inévitable verdict royal.

« Il va nous faire décapiter, c'est sûr », songea Floris, qui ne vit pas que le roi, d'un geste dédaigneux, renvoyait les gardes. Adrien, n'entendant toujours rien, osa relever la tête, prit son souffle et dit gravement :

« Sire... mon frère et moi, nous avons le... plus grand désir de... plaire à Votre Majesté.

— Et de lui offrir nos épées et nos vies », ajouta Floris avec fougue.

Une lueur passa dans les yeux du roi que les jeunes gens consternés prirent pour de la colère. Ce fut très bref, puis le roi se détourna comme s'il n'avait rien entendu, épousseta tranquillement son jabot de dentelle quelque peu chiffonné par Georges-Albert et dit seulement avec dédain :

« Monsieur le duc de Richelieu, vous savez ce que vous avez à faire de ces messieurs. »

Cette petite phrase tomba sur Floris et Adrien comme la hache du bourreau et le roi sortit du salon suivi des courtisans qui se bousculaient pour éviter deux créatures en si grande disgrâce.

En quelques secondes, les jeunes gens se retrouvèrent seuls, écrasés sous le poids de leur infortune. Richelieu s'approcha d'eux :

« Messieurs de Villeneuve-Caramey, veuillez me suivre », leur dit-il.

Floris et Adrien se relevèrent.

« Pouvons-nous connaître le triste sort qui nous est réservé, monsieur le duc ? demanda Adrien.

— Je ne peux rien vous dire, monsieur le comte.

— Nous aimerions prévenir nos gens que nous sommes arrêtés, cela nous est-il possible ? dit Floris.

— C'est z-inutile », dit le duc en se dirigeant vers la chambre royale. Puis il se retourna et ajouta :

« Il faut mieux que vous t'emmeniez cet animal qui a fait z-assez de bêtises. »

Le Suisse, qui savait le duc intime de Sa Majesté, s'inclina devant lui et laissa passer le petit groupe avec un regard profondément méprisant pour Floris et Adrien. Nos héros suivaient le duc comme dans un cauchemar. A peine si Floris s'aperçut qu'il traversait la chambre royale, où des domestiques en livrée rangeaient le désordre du grand lever. Aimablement, le duc dit aux jeunes gens :

« Cette chambre de parade fut-z-aussi celle du Grand Roi, qui du reste y mourut. »

Adrien songea :

« C'est incroyable, cet homme nous mène sûrement en prison et on dirait qu'il nous fait visiter le palais. »

Floris, malgré son égarement, remarqua tout de même l'énorme lit à baldaquin et la balustrade dorée qui le séparait du reste de la pièce. Georges-Albert applaudit des deux mains et s'arrêta vexé devant le regard furibond de son maître.

« Louis XIV, le Grand Roi, a dormi ici », pensa Floris qui cherchait à réveiller son enthousiasme, mais il se sentait très las, les jambes coupées par l'émotion. Il avait bien du mal à faire bonne figure. Il ne pouvait pas savoir que, dix-sept ans plus tôt, Pierre et Maximilienne étaient venus dans cette chambre abandonnée, et qu'il y avait été conçu, un soir d'orage. Il n'avait pour l'instant aucune prémonition et se contentait de suivre le duc de Richelieu en lorgnant son frère. Adrien avait les narines palpitantes et cherchait le meilleur moyen de s'enfuir.

« Voici, messieurs, le cabinet du Conseil », dit encore gracieusement Richelieu. Puis, traversant la pièce, il alla ouvrir une petite porte dissimulée dans une boiserie.

« Je passe devant, suivez-moi. »

Adrien se retourna, le cabinet du Conseil était vide. Il échangea un coup d'œil avec Floris qui comprit tout de suite qu'il méditait d'assommer le duc et de s'enfuir du palais. Mais comme s'il avait deviné leurs pensées, le duc se retourna et leur dit avec un charmant sourire :

« Je vous déconseille de vous t-enfuir, messieurs, c'est z-un conseil d'ami. Du reste vous n'iriez pas loin. »

Tranquillement le duc referma la porte derrière eux et s'engagea dans un petit couloir.

« Nous voici maintenant dans les petits-t-appartements de

Sa Majesté. Je dois vous conduire à l'arrière-cabinet où vous attendrez qu'il soit statué sur votre sort. »

Floris et Adrien traversèrent plusieurs petites pièces décorées avec un goût exquis ; on n'y rencontrait aucun courtisan, seulement quelques rares domestiques. Floris n'avait plus l'impression d'être à Versailles, il se serait cru dans la demeure de quelque riche propriétaire aux goûts simples. Ils traversèrent d'abord un cabinet de bains, puis une garderobe, un cabinet doré, une salle à manger, une antichambre, un cabinet de travail et enfin une chambre. Il semblait à Floris que l'on n'arriverait jamais.

« Cette chambre est celle où dort Sa Majesté, dit Richelieu.

— Mais nous avons déjà traversé sa chambre tout à l'heure ! dit Floris qui commençait un peu à s'y perdre.

— Oh ! le roi n'y dort jamais, dit Richelieu d'un air blasé, c'est la chambre de parade. Frérot-z-y passe seulement quelques minutes-t-avant le grand lever, et le soir Sa Majesté n'y va que le temps du grand coucher. »

Floris et Adrien étaient à la fois choqués par le ton de Richelieu et surpris par l'aisance de sa désinvolture. Ils s'habituaient mal à entendre appeler le roi Frérot.

Richelieu ouvrit une dernière porte et déclara :

« Nous voici arrivés dans l'arrière-cabinet. Asseyez-vous et-z-attendez. »

Avant que Floris et Adrien fussent revenus de leur surprise, le duc était ressorti, en refermant la porte à clef. La pièce où se trouvaient les jeunes gens était de petites dimensions. Les murs étaient couverts de rayonnages sur lesquels s'empilaient des dossiers. Seuls un bureau et quelques fauteuils composaient l'ameublement de cette petite pièce d'une grande simplicité. Aux murs, de charmants trumeaux surmontaient glaces, portes et cheminée, représentant des scènes champêtres : bergers gardant leurs troupeaux, une partie de colin-maillard, une course d'Hippomène et d'Atalante, un port de mer. En somme, on se serait cru chez un notaire cossu. Après avoir détaillé la pièce, Floris et Adrien se regardèrent, stupéfaits de la tournure que prenaient les événements.

« A ton avis, qui attendons-nous, Adrien ? » demanda Floris avec cette confiance qu'il témoignait toujours à son frère.

— Tu sais, Floris, répondit Adrien en hésitant un peu, j'ai bien peur qu'on ne nous renvoie les mousquetaires, pour nous emmener à la Bastille.

— Oui, je sais, dit Floris tristement, tout a mal tourné. Pauvre Georges-Albert, je ne t'en veux même pas ! Dire que nous venions tenter fortune à Versailles avec la lettre de notre mère. »

Adrien s'approcha de son frère et le prit dans ses bras.

« Ne perds pas espoir, Floris, si on ne nous sépare pas, nous nous en tirerons. »

Et les deux frères s'embrassèrent avec des larmes dans les yeux, car les propos d'Adrien trahissaient un profond découragement. Lorsqu'ils se séparèrent, le roi, qui était entré par une porte dérobée, les observait de son regard froid.

CHAPITRE XXXV

« Messieurs de Villeneuve-Caramey, dit le roi avec son étrange voix rauque, je dois vous remercier, car vous m'avez bien fait rire, et c'est fort difficile. »

Floris et Adrien s'inclinèrent profondément, médusés, incapables de prononcer un mot.

« Et maintenant, monsieur le comte et monsieur le chevalier, ajouta le roi en s'installant à son bureau, asseyez-vous et causons.

— Nous asseoir ! s'écria Adrien, jamais devant Votre Majesté. »

— Messieurs, cette porte franchie, vous n'êtes plus chez le roi, mais chez le chef d'un service dont je vous parlerai tout à l'heure. Tiens, te voilà, pauvre bête ! Toute la cour ne parle que de toi. »

Georges-Albert, comprenant que le roi lui adressait la parole, s'approcha avec un dandinement assez affecté, tout en se cachant la face dans les mains pour faire croire à un rien de timidité. Distraitement, le roi se mit à lui caresser la tête.

« Allons, asseyez-vous, messieurs. »

Floris et Adrien obéirent à l'ordre du roi, après s'être inclinés à nouveau. On aurait dit trois jeunes gens de bonne famille que rien ne séparait. Louis XV se tut un moment, contemplant les deux frères. Sur leurs visages si jeunes, il lisait le courage, la loyauté, ainsi que les imperceptibles sillons de larmes qu'y avait laissés leur grande douleur, à la mort de Maximilienne. Sans arrogance, Floris releva fièrement la tête et regarda le roi qui pensa :

« Quel beau cavalier ! Il est très grand et doit avoir une force d'Hercule malgré sa minceur. Son visage est franc et ouvert, et celui de son frère brille d'intelligence et de vivacité. » De leur côté, Floris et Adrien détaillaient Louis XV qui, de près, ne ressemblait plus au comte de Nobroub, si ironique, ni au roi glacial qu'ils venaient d'apercevoir. Dans l'intimité, le roi était aimable et détendu, sans pour autant perdre de sa noblesse. Le roi rompit enfin le silence et dit en souriant :

« Monsieur le comte, remettez-moi la lettre que vous me destiniez sans nul doute. »

Adrien se leva et murmura :

« Ceci fut écrit en effet à Votre Majesté par notre mère mourante.

— Je sais... je sais... enfin, je m'en doute. »

Le roi rompit les cachets et lut attentivement. Quand il releva la tête, ce fut pour regarder Floris avec curiosité. Puis son regard se posa avec bonté sur Adrien.

« Vous avez aussi une sœur, monsieur le comte, où est-elle ?

— Nous l'avons mise au couvent des Ursulines de Poissy pour y achever son éducation, Sire.

— Bien... bien... Mme la comtesse votre mère, monsieur le comte de Villeneuve, me rappelle une promesse que je fis à Sa Majesté le tsar de Russie, alors que je n'étais qu'un enfant. Cette promesse, messieurs, était de me souvenir toujours du nom de Villeneuve-Caramey. Vous apprendrez, messieurs, que je n'oublie jamais rien.

— Sire, dit Floris, nous sommes les fidèles serviteurs de Votre Majesté. Disposez de nous. »

Le roi sourit ; visiblement la fougue de Floris lui plaisait. Il tourna ensuite les yeux vers Adrien.

« Mme la comtesse de Villeneuve-Caramey, ayant confiance en son roi, me raconte toute l'histoire de votre famille, monsieur le comte. Nous sommes donc seuls tous les deux à la connaître entièrement. »

Adrien rougit un peu, s'inclina et vit en se relevant le regard étonné de Floris.

« De toute façon, ajouta le roi, je m'occupais de vous sans que vous le sachiez car j'ai besoin de jeunes gens dévoués. La comtesse Louise de Mailly, continua-t-il avec un léger trouble, m'a parlé de vous. Je crois que vous connaissez sa famille.

— Oui, Sire, répondit Adrien, le comte et la comtesse de Mailly-Bresle étaient amis de notre mère, et leurs cinq filles ont été nos camarades d'enfance. Nous n'avons pas vu Louise depuis qu'elle a épousé son cousin, mais nous savons qu'elle est dame d'honneur de Sa Majesté la reine.

— En effet, dit le roi avec un soupçon de gêne. Mme de Mailly, un jour, m'a donc parlé de vous **et** votre nom me revint à la mémoire. Plus tard, quand j'ai appris le décès de Mme la comtesse de Villeneuve-Caramey, j'ai envoyé mon fidèle ami le duc de Richelieu pour vous observer. C'est ce qu'il fit lors de l'enterrement, et il m'en a rapporté des renseignements tout à votre honneur. Je décidai d'attendre votre arrivée, certain que vous viendriez m'apporter cette lettre. Je n'avais cependant pas prévu que je vous rencontrerais sur le Pont-Neuf où vous avez défié votre roi en duel, monsieur le chevalier. »

Floris mit un genou en terre.

« Sire, ma vie ne suffira pas à me faire pardonner. »

Le roi sourit à nouveau :

« N'ayez crainte, chevalier, on risque de vous demander beaucoup, si bien sûr vous acceptez mes propositions.

— Les désirs de Votre Majesté sont des ordres, dit Adrien.

— Ici, messieurs, vous êtes dans l'arrière-cabinet ; personne n'y pénètre que moi et... les gens de mon secret. Ces dossiers que vous voyez là sont ceux de mon cabinet noir... »

Floris et Adrien se jetèrent un regard ahuri que le roi surprit et qui parut l'amuser.

« J'ai besoin de gens dévoués qui n'obéissent qu'à moi seul, qui ne reçoivent d'argent que de moi, et qui viennent ici me rendre compte directement de leurs missions. Je n'ai confiance en personne. Je peux être trahi à chaque instant, par mes ambassadeurs, par mes ministres, par ma police même. Lorsque la comtesse de Mailly me parla de vous, je ne pensais vous prendre que dans mes gardes, mais, sur le Pont-Neuf, je vous ai vus à l'œuvre, vous et vos gens, qui sont bien étonnants, et j'ai compris le parti que je pourrais tirer de vous si vous m'apparteniez.

— Sire, dirent Adrien et Floris en se levant d'un même mouvement, disposez de nous. Nous sommes à vous corps et âme et nous voulons mourir au service de Votre Majesté.

— Mais j'ai besoin de vous vivants, dit le roi, en souriant.

— Sire, quand devons-nous partir ? demanda Floris avec sa fougue ordinaire.

— Ah ! ah ! vous êtes bien pressé, chevalier. Eh bien, j'aimerais avoir des renseignements exacts sur ce qui se passe au cimetière Saint-Médard. Une rixe a eu lieu là-bas il y a trois jours. Allez-y ce soir et venez me rendre compte demain de ce que vous aurez appris.

— C'est que... Sire », dit Floris d'un air embarrassé.

Le roi fronça le sourcil. S'était-il trompé sur ses deux recrues ? Hésitaient-ils dès leur première mission ? Les deux frères échangèrent un coup d'œil complice que le roi surprit au passage, non sans mécontentement. Adrien prit son souffle et se jeta à l'eau :

« Nous étions au cimetière Saint-Médard il y a trois jours, Sire, et pouvons dès maintenant rendre compte à Votre Majesté de ce qui s'est passé. »

Le roi se pencha sur son bureau, attentif et surpris. Puis il dit :

« Allez, messieurs, je vous écoute. »

Floris et Adrien racontèrent au roi leur nuit mouvementée, les convulsionnaires, les truands du Pont-Neuf, la bande de Rognonas le Manchot et la mort du truand. Le roi se frottait les mains et dit en riant :

« Quand je dirai tout cela à ce bon M. Berryer, mon chef de la police, il sera furieux que je l'aie appris sans lui. Je vais donner l'ordre que l'on ferme le cimetière pour que cesse ce scandale. Quant à vous, messieurs de Villeneuve, eh bien, ce soir vous dormirez à Versailles, puisque vous remplissez même les missions que l'on n'a pas eu le temps de vous confier. Ah ! ça, poursuivit le roi d'un air faussement courroucé, vous êtes donc des diables à quatre ? Vous attaquez votre roi, vous mettez un quartier de Paris à feu et à sang, et vous faites ensuite un scandale sans précédent à ma cour. J'aurai peut-être à me repentir d'avoir fait entrer dans mon secret deux personnages aussi turbulents.

— Ah ! Sire, que faire pour obtenir le pardon de Votre Majesté ? dit Floris d'un air faussement contrit.

— Vous l'avez déjà, mais il faut vous calmer un certain

temps. Vous allez résider à ma cour. Je vous le répète,
personne ne doit savoir que vous appartenez à mon secret.
Certains soupçonnent son existence, mais nul n'en est sûr,
pas même M. le cardinal de Fleury, mon ministre, en qui
j'ai pourtant toute confiance. On essaiera de vous interroger. Vous laisserez entendre que vous avez une fortune
suffisante pour vous permettre de résider à la cour. Votre
nom est de vieille noblesse et il est parfaitement normal
que vous soyez venus à Versailles. Demain, dans le cabinet
du Conseil, le duc de Richelieu sera votre parrain et vous
présentera officiellement au roi, puis à la reine. »

En disant ces mots, le roi éclata de rire et Floris pensa
qu'il avait l'air d'un gamin heureux de faire une farce.

« D'un mot, dit encore le roi, je couperai court aux com-
mentaires sur l'incident de ce matin et vous apprendrez la
vie de cour. Vous verrez qu'elle n'est pas toujours drôle,
mais c'est le seul moyen de vous avoir sous la main, sans
que personne soupçonne vos activités, et je pourrai vous
envoyer en mission dès que j'en aurai besoin. Ah ! ajouta le
roi en se levant pour ouvrir un petit meuble, voici mille
pistoles pour vos premiers frais. La vie de cour est chère.
Quand vous aurez tout dépensé, vous me le direz, et n'ayez
pas de fausse honte. Je ne vous invite pas à jeter l'argent
par les fenêtres, mais je vous destine à de grandes missions
et je tiens à ce que vous dépensiez suffisamment d'argent
pour que nul ne doute de votre aisance. M'avez-vous bien
compris ? Si vous avez quelque chose d'urgent à me dire,
et que vous ne puissiez m'approcher pour m'en faire part,
allez trouver Bontemps, mon valet de chambre : il vous
introduira ici par l'escalier secret. Pas de questions ? »

— Non, Sire, dit Adrien. Votre Majesté peut compter
sur notre discrétion.

— Et nous espérons avoir à nous battre rapidement au
service de Votre Majesté, ajouta Floris.

— C'est bien, c'est bien. Allez maintenant. Richelieu
vous attend et n'oubliez pas votre singe qui semble m'adop-
ter, à présent, dit le roi en riant. Quand vous reviendrez,
amenez-le-moi, il m'amuse... et c'est si rare. »

Floris et Adrien sortirent à reculons, suivis de Georges-
Albert qui faisait des saluts à l'imitation de son maître.
Dans la pièce voisine, Richelieu attendait les jeunes gens.
Il les conduisit à leur logis, une toute petite chambre sous

les combles du palais. Floris et Adrien furent stupéfaits de l'exiguïté de la pièce, « un vrai galetas », pensèrent-ils. Richelieu sourit.

« Eh ! oui, nous avons tous des châteaux en province, des hôtels à Paris et à Versailles, et nous venons nous-t-entasser dans ces trous-t-à rats où nous grelottons-t-en hiver et crevons de chaleur en été ! Mais que ne ferait-z-on pas pour rester en ce pays-ci ! »

Le duc soupira. Décidément, ces jeunes gens ne se rendaient pas bien compte de la vie difficile qu'on menait à Versailles.

« Et où logerons-nous nos compagnons ? demanda Adrien.

— Ah ! vos domestiques, dit Richelieu avec mépris, on leur trouvera quelque chose dans les communs, au-dessus des écuries. Quant-z-à vous, il faut songer à vous-t-habiller.

— Mais, dit Floris, nos costumes sont neufs et...

— Mon cher, dit Richelieu d'un air excédé, je n'ai que jusqu'à demain pour la présentation officielle à Leurs Majestés, aussi ne me compliquez pas la tâche. Suivez-moi chez mon tailleur et mon perruquier, nous allons essayer de profiter de vos physiques, qui sont au demeurant assez agréables, pour vous donner un air... un air comme il faut qu'il soit »

De lassitude, Richelieu en oubliait de faire ses curieuses liaisons

« Au fond, cette présentation officielle ne sert à rien, dit Adrien. Tout le monde nous a vus aujourd'hui dans le salon de l'Œil-de-Bœuf. »

Richelieu tituba et dut s'asseoir sur une mauvaise chaise branlante.

« La présentation ne sert à rien ! Ah ! ciel, comment peut-on dire des choses pareilles ? Mais, malheureux, vous ne vous rendez donc pas compte que rien n'est possible ici sans la présentation officielle à Leurs Majestés, devant la cour ? Jusque-là, vous pourrez vous promener dans les salons comme vous l'avez fait, mais on ne vous adressera pas plus la parole qu'à des fantômes, car vous ne serez pas admis en ce pays.

— Enfin, monsieur le duc, dit Floris, vous nous avez vous-même parlé, pourtant.

— Moi, c'était autre chose ; j'étais dans les confidences de Sa Majesté. Et encore jusqu'à un certain point, car je ne sais pas et ne veux pas savoir pourquoi Frérot s'intéresse à deux nigauds comme vous. »

Floris frémit, mais comprit que le duc mettait beaucoup de sympathie dans ce qualificatif et qu'au fond ce parrainage avait l'air de l'amuser. La porte était restée entrouverte et Floris apercevait un va-et-vient continuel de courtisans qui passaient dans le couloir pour gagner leurs misérables chambres. Floris était fasciné par ces femmes couvertes de bijoux, habillées de grandes robes de cour aux énormes paniers, ces hommes vêtus de satin broché qui vivaient dans des soupentes et semblaient en effet très heureux d'y être. Il se fit soudain un remue-ménage. Floris et Adrien entendirent une voix féminine qui leur rappela quelque chose et qui s'écriait :

« Oh ! ils ont le " pour " ! »

Une jeune femme entra comme un tourbillon dans la pièce, en riant.

« Floris... Adrien, que je suis heureuse de vous voir.

— Louise ! » s'écrièrent ensemble les jeunes gens qui se précipitèrent dans les bras de leur amie d'enfance.

Par son mariage, la fille aînée du marquis de Mailly-Bresle était donc devenue comtesse de Mailly. Louise avait vingt-deux ou vingt-trois ans et ses beaux cheveux blonds encadraient un visage aimable, doux et souriant. Floris avait beau chercher, il ne trouvait en elle aucune ressemblance avec l'altière Pauline. Richelieu haussa un peu les sourcils. Ces embrassades lui semblaient bien paysannes. Il serait dit qu'avec ces Villeneuve-Caramey rien ne se ferait selon les convenances.

« Ah ! mes amis, s'écria Louise, quel bonheur de vous voir. Et vous savez, Richelieu, ils ont le " pour ".

— Oui, dit gravement le duc, c'est moi qui m'en suis-t-occupé, mais je ne sais pas si ces messieurs t-en sont informés.

— Que veut dire le " pour " ? demanda Floris.

— Oh ! mes amis ! Mais, mais, c'est vrai, après tout, pourquoi le sauraient-ils ? Regardez dans le couloir : il y a plusieurs personnes qui s'arrêtent devant votre porte Si l'on est simplement de passage à Versailles, on y appose un carton à votre nom ; mais si on y est invité par le roi, on y ajoute ce qui est écrit sur le vôtre :

« *Pour* monsieur le comte et *pour* monsieur le chevalier de Villeneuve-Caramey. »

Une voix aiguë de femme retentit dans le couloir :

« Vous savez ce qui vous reste à faire, marquis, si vous voulez le " pour " ; amenez un ours et faites-le griffer Sa Majesté. Cela semble le bon moyen. »

Floris voulut se précipiter dans ce même couloir, mais Louise le retint au passage.

« Laissez, Floris, demain, après la présentation officielle, personne ne se souviendra de l'incident. Allons, dit la jeune femme en se levant, il faut que je retourne prendre mon service auprès de la reine. Je vous verrai demain tous les deux.

— Oui, c'est cela, Louise, dirent ensemble les jeunes gens, et merci, mon amie, d'être venue.

— Oh ! j'allais oublier de vous dire, ajouta Louise, en se retournant avant de sortir, que Pauline a épousé le marquis de Vintimille et Marie-Anne le marquis de La Tournelle. Je pense qu'elles seront présentées le mois prochain. »

Ce fut comme si la foudre était tombée aux pieds de Floris. Il croyait avoir oublié Pauline dans les bras de Belle Rose, mais l'annonce de son mariage, pourtant prévisible, le blessa douloureusement au cœur. Il regarda son frère et l'admira de pouvoir répondre avec une telle maîtrise de soi :

« Nous allons leur écrire, Floris et moi, pour les féliciter de ces mariages qui nous réjouissent infiniment.

— Vous êtes gentils tous les deux, et je vous aime beaucoup, dit Louise en riant. A demain, comte. A demain, chevalier. »

Et la jeune femme sortit en faisant retentir le couloir de son rire frais.

« Ah ! dit Richelieu, quel charme a la comtesse de Mailly ! On dit que ses sœurs sont aussi ravissantes qu'elle. Cinq filles qui arrivent les unes après les autres à la cour, quelle aubaine ! Mais pour le moment la comtesse Louise reste ma préférée, et surtout celle de Frérot, ajouta Richelieu avec un clin d'œil.

— Que voulez-vous dire, monsieur le duc ? demanda Floris d'un air menaçant. Il me semble que vous attentez à l'honneur de notre amie la comtesse de Mailly.

— Ah ! là là, soupira le duc, il a seize ans, il est beau

comme un diable, c'est sa première journée en ce pays,
pardonnons-lui ! Mon jeune ami, il vaut mieux que je vous
affranchisse tout de suite. Après huit ans d'une fidélité
conjugale dégoûtante et qui nous fatiguait tous, le roi s'est
décidé à prendre une maîtresse qui est Louise de Mailly.
Ils sont touchants tous les deux ; ils s'adorent et croient
que personne ne le sait. Cela fait pourtant près d'un an
que cela dure. Maintenant que vous voilà avertis, partons
pour Paris rendre visite à mon tailleur et à mon perruquier.

— Mais, protesta encore Floris, nos habits sont neufs !

— En effet, renchérit Adrien, nous les avons achetés ce
matin.

— Chez un Juif de la rue du Temple, peut-être ? dit Richelieu en ricanant.

— Exactement, monsieur, dit Floris vexé.

— Ecoutez-moi bien, messieurs de Villeneuve, hurla
Richelieu au comble de l'exaspération, je suis exténué, je
m'occupe de vous comme une nourrice, vous discutez tout,
vous faites des scandales, vous traînez un animal qui est
un vrai fauve derrière vous, vous avez des domestiques
qui donneraient le frisson à un régiment de mousquetaires,
vous embrassez sur les deux joues la maîtresse du roi et
vous me traitez, moi, le duc de Richelieu, comme un valet
de pied ignorant. Je vous le dis tout net, la mesure est
comble et je m'en vais de ce pas informer Sa Majesté que
la mission qu'elle m'a fait l'honneur de me confier dépasse
les forces humaines. »

Floris et Adrien se regardèrent un peu contrits ; le duc
semblait vraiment fâché. Floris s'approcha de lui et dit en
s'inclinant, avec un charmant sourire :

« Monsieur le duc, mon frère et moi nous sommes très
sensibles-t-à la sympathie que vous voulez bien nous témoi-
gner, et nous nous rendrons-t-avec grand plaisir chez votre
tailleur.

— Et chez votre perruquier, ajouta gracieusement
Adrien, et partout-z-où vous aurez l'extrême bonté de bien
vouloir nous conduire. »

Richelieu se redressa et dit avec ravissement :

« Eh bien, vous voyez, quand vous voulez, vous-t-êtes
de parfaits courtisans ! Ah ! mon premier mouvement était

le bon ; au fond vous me plaisez, messieurs de Villeneuve-Caramey. »

Floris et Adrien rentrèrent tard dans la nuit, après une rude soirée parisienne. Il va sans dire que les mille pistoles royales en furent sérieusement entamées, mais les deux jeunes gens portaient des habits brochés comme de vrais courtisans, et des perruques poudrées à frimas, ce qui était de la dernière élégance. A la lueur d'une mauvaise chandelle, les jeunes gens se couchèrent enfin un peu étourdis par cette première journée. Des images tourbillonnaient devant Floris et il n'arrivait à arrêter son esprit sur aucune. Le roi, Richelieu, Louise, Georges-Albert se mêlaient dans sa tête en une sarabande effrénée. Pauline et Marie-Anne entrèrent dans la ronde, suivies de leurs maris que Floris tuait en duel. Puis Fédor, Li Kang et Grégoire prirent part eux aussi à cette danse folle, que menaient des hommes masqués et des espions... Floris ne pouvait dormir ; il était à la fois excité, ravi, inquiet. Soudain il se dressa sur son séant et cria comme dans son enfance :

« Adrien, tu dors ?

— Non, je revois toute notre journée.

— Ah ! comme moi. »

Adrien sourit ; l'énervement de Floris ne l'étonnait nullement puisqu'il avait lui-même du mal à mettre de l'ordre dans ses idées.

Qu'avait voulu dire exactement le roi, en soulignant qu'ils étaient maintenant deux à connaître entièrement l'histoire de leur famille ? Oui, bien sûr, Maximilienne avait dû avouer à son roi que Floris était le fils du tsar. Adrien soupira. Quel pesant héritage lui avait légué sa mère ! Il se sentait aussi l'âme inquiète, car ils n'avaient peut-être pas assez réfléchi avant d'accepter la proposition du roi. Le jeune homme eut soudain l'impression d'être prisonnier d'un destin merveilleux mais terrible.

« Sais-tu, Floris, dit alors Adrien, ce que nous sommes devenus aujourd'hui ?

— Oui, répondit le jeune homme avec enthousiasme, nous sommes devenus des agents secrets. »

CHAPITRE XXXVI

Une foule prodigieuse s'entassait dans la grande galerie, le salon de l'Œil-de-Bœuf et même dans la chambre de parade du roi. Les courtisans, heureux d'avoir une occasion de jaser, attendaient la présentation de MM. de Villeneuve-Caramey. Depuis la veille, les langues allaient bon train, et chacun commentait à sa façon les événements.

Floris et Adrien s'avancèrent dans leurs somptueux habits, la tête haute et très émus à l'idée d'être présentés officiellement au roi. Pour plus de sécurité, on avait laissé Georges-Albert dans la mansarde. Par contre, Fédor, Li Kang et Grégoire s'étaient mêlés à la foule pour apercevoir leurs jeunes maîtres. Richelieu chuchota :

« Vous vous rappelez toutes les révérences ? »

Floris et Adrien échangèrent un regard complice. Richelieu soupira ; ils étaient incorrigibles. Le petit groupe parvint au cabinet du Conseil, qui était envahi par les curieux. Le roi, adossé à la cheminée, jetait sur l'assistance un regard hautain et glacé. Avec une grâce parfaite, que les courtisans n'attendaient pas de ces deux provinciaux, Floris et Adrien s'inclinèrent pour le « grand salut ». Richelieu s'approcha du roi et fit à son tour une révérence.

« Votre Majesté me permet-elle de lui présenter M. le comte Adrien-Hugues-Joseph-Amédée de Villeneuve-Caramey et M. le chevalier Floris-Alexandre-Paul-Pierre de Villeneuve-Caramey ? »

Louis XV, toujours hautain et las, regarda Floris et Adrien, puis observa un instant l'assistance et vit tous les courtisans qui espéraient manifestement de lui une parole désagréable pour ces deux impertinents jeunes gens. Le Bien-Aimé eut l'ombre d'un sourire ironique, puis il se tourna vers Richelieu et dit avec majesté :

« Nous sommes heureux, monsieur le duc, que vous nous présentiez M. le comte et M. le chevalier de Villeneuve-Caramey, et nous souhaitons que ces messieurs quittent leurs terres pour demeurer auprès de nous. »

La foudre serait tombée dans le cabinet du Conseil qu'on n'eût pas assisté à une pareille stupeur. Les courtisans roulaient des yeux affolés : jamais le roi ne s'était montré aussi prodigue en paroles. Les curieux commencèrent à faire à Floris et Adrien des sourires serviles. Une faveur montait, il fallait se la concilier.

« Mme la comtesse Maximilienne de Villeneuve-Caramey était bien votre mère, monsieur le comte », reprit le roi, ravi de la confusion qui régnait.

Adrien s'inclina profondément à nouveau :

« Oui, Sire, et nous avons été élevés dans le culte de Votre Majesté.

— Ah ! dit le roi, la beauté de Mme la comtesse de Villeneuve-Caramey a laissé un profond souvenir sur l'enfant que nous étions, mais elle dut quitter la France, nous semble-t-il.

— Oui, Majesté, dit Floris à son tour, nous avons passé notre enfance en Russie. »

Les courtisans frémirent. En Russie ! Ces jeunes gens commençaient à s'auréoler d'un mystère des plus séduisants.

« Vous y avez sans doute encore des propriétés », demanda le roi ?

Floris et Adrien hésitèrent une seconde car ils devinaient bien que le roi ne posait pas ces questions au hasard. C'est alors qu'Adrien songea à Doubino et répondit :

« Oui, Sire, nous avons encore de grandes terres entre Saint-Pétersbourg et Moscou.

— Ah ! voilà qui est intéressant ; il faudra que vous nous racontiez les mœurs de ces pays lointains. Nous en sommes fort curieux.

— Ce sera un grand honneur, Majesté, dit Floris.

— Maintenant, messieurs, dit le roi, allez présenter vos devoirs à la reine. »

L'entretien était terminé. Le roi se détourna, reprenant son visage de glace. Floris et Adrien sortirent à reculons du cabinet et se dirigèrent vers les appartements de la reine, sous l'œil impitoyable de toute la cour qui attendait avec une forte impatience quelque bévue. La reine était assise dans la chambre de parade, entourée de ses dames d'honneur parmi lesquelles se trouvait la comtesse Louise de Mailly. Richelieu s'inclina et recommença son discours :

« Votre Majesté me permet-elle de lui présenter M. le le comte Adrien... »

Floris regardait la reine qui avait sept ans de plus que son époux. Il semblait qu'elle eût déjà renoncé à toute coquetterie, elle s'habillait sans aucun goût et se coiffait d'horribles charlottes qui ne la rajeunissaient guère. Mais ses yeux n'en brillaient pas moins de bonté et de gentillesse. Les deux frères s'agenouillèrent pour baiser le bas de la robe de Marie Leczinska, comme c'était l'usage, puis se relevèrent en attendant respectueusement que la reine leur adressât la parole.

« S'il faut en croire la rumeur, messieurs, vous avez vécu en Russie ?

— Oui, Majesté, répondirent ensemble Floris et Adrien.

— Notre père, le roi Stanislas, n'aimait pas beaucoup les Russes, comme tous les Polonais, dit la reine en souriant. Mais, ajouta-t-elle avec un léger accent, il est probable qu'en Russie on dit beaucoup de mal de ma chère Pologne. »

Floris et Adrien se regardèrent assez embarrassés. Ils n'oubliaient pas que l'impératrice Catherine, leur ennemie, était polonaise, et se souvenaient fort bien du mal que l'on disait d'elle et de tous ses compatriotes.

Après avoir hésité un instant, Adrien se dit que la reine avait l'air d'une bonne personne, et qu'il fallait lui être agréable.

« Votre Majesté, dit-il, doit considérer que nous n'étions que des enfants, mon frère et moi, mais je crois cependant me souvenir qu'il y avait beaucoup de Polonais en Russie, et qu'ils vivaient en très bonne intelligence avec les Russes.

— Du reste, madame, ajouta Floris qui savait mentir avec aplomb, nombreux sont les Russes qui respectent le courage des Polonais et regrettent les guerres qui les ont divisés. »

La reine sourit avec plaisir et se retourna vers la duchesse de Luynes :

« Vous entendez ce que disent ces messieurs, ma bonne

Papette. Je l'ai toujours soutenu au roi qui ne veut pas me croire : les Polonais sont aimés et respectés en Russie comme dans le reste de l'Europe. »

Floris et Adrien fermèrent les yeux, se retenant de sourire : ils entendaient encore sonner à leurs oreilles un juron familier : « Maudit chien de Polonais ! »

La voix de la reine les rappela à la réalité.

« Vous viendrez à notre pharaon, monsieur le comte et monsieur le chevalier, et nous parlerons de ma Pologne », dit la reine avec un sourire et une légère inclinaison de la tête. La présentation était terminée. Une fois de plus, Floris et Adrien sortirent à reculons et se trouvèrent aussitôt entourés d'une foule de courtisans qui voulaient leur parler : des personnes si bien vues de Leurs Majestés n'étaient pas à dédaigner. Richelieu souffla en riant à Floris :

« Petit menteur, je suis sûr qu'en Russie on déteste les Polonais ! »

Floris sourit au duc ; il avait déjà de l'affection pour lui, qui s'était mis en quatre pour les aider. Louise de Mailly s'approcha du petit groupe et s'écria :

« Comte, chevalier, vous avez été parfaits tous les deux. »

Les courtisans se regardèrent d'un air entendu. Tout le monde avait compris ; les frères de Villeneuve-Caramey étaient des amis de la maîtresse royale. Inutile de chercher plus loin : il fallait conquérir leurs faveurs. Le marquis de Villepail s'approcha à son tour et dit finement :

« Par la mordieu, monsieur le chevalier, il fait meilleur ici que sur le Pont-Neuf. »

Floris éclata de rire en répondant :

« Toujours à votre disposition pour ferrailler, monsieur le marquis. »

Une jeune femme un peu prétentieuse et fort jolie, qui répondait au nom de Mme de Blancmênil, s'approcha de Floris et lui dit d'un ton admiratif :

« Ah ! votre habit est divin, chevalier, et cette couleur caca dauphin me grise. »

Floris regarda Richelieu d'un air légèrement inquiet : « caca dauphin » lui semblait un terme bien impertinent. Mais Richelieu sourit à Mme de Blancmênil et s'inclina :

« C'est votre serviteur, madame la baronne, qui-z-a choisi la couleur avec M. le chevalier de Villeneuve. »

Floris sourit à son tour à la baronne de Blancmênil : d'ici peu il serait un parfait courtisan.

La baronne se rapprocha de Floris et lui chuchota :

« Venez me voir ce soir chez moi. »

Puis la baronne le planta là en riant, laissant un Floris tout interloqué par la rapidité de sa conquête. Richelieu lui chuchota :

« Eh bien, mon jeune ami, on va vite en besogne ! »

Floris sourit. Sa jeunesse lui montait à la tête : il se sentait heureux de vivre, d'avoir seize ans et d'être à la cour de Louis le Bien-Aimé. Les plus jolies femmes du monde s'y trouvaient et Floris avait l'impression que sa vraie vie commençait à peine. Dès le lendemain matin, quelque peu fatigué par les ardeurs de Mme de Blancmênil, Floris inaugura sa carrière de courtisan, en compagnie d'Adrien. Il se rendit compte que Richelieu avait à peine exagéré et que la vie à Versailles n'était pas de tout repos. Réveillés à six heures par Li Kang, Fédor et Grégoire qui s'étaient débrouillés pour leur apporter une tasse de bouillon, Floris et Adrien s'habillèrent et descendirent comme toute la cour, dans le salon de l'Œil-de-bœuf afin d'y attendre le réveil du roi. Lorsque la cérémonie du lever fut achevée, ils le suivirent à la chapelle et passèrent ensuite dans les appartements de la reine. Puis il leur fallut courir au cabinet du Conseil pour attendre à nouveau le roi qui s'y enfermait tous les jours avec ses ministres et le vieux cardinal de Fleury. Ensuite, Floris et Adrien accompagnèrent le roi à la promenade, à la chasse au grand couvert — mais Louis XV n'aimait guère dîner en public — puis, le soir venu, les jeunes gens attendaient l'heure du grand coucher qui était parfois fort tardive. Les jours succédaient aux jours, selon un rite immuable, et il semblait aux deux frères qu'ils n'avaient jamais rien connu d'autre. En public, le roi les traitait avec sa gentillesse un peu glacée, mais il ne leur avait pas reparlé dans l'intimité de son service secret. Les jeunes gens s'en étonnaient un peu et en profitaient pour jouir sans contrainte des agréments de l'existence à Versailles. Les femmes leur tombaient dans les bras avec une déconcertante facilité, et les talents de séducteurs des frères de Villeneuve commençaient à faire jaser.

Parfois, Floris et Adrien s'échappaient du palais et galopaient avec Fédor, Li Kang et Grégoire vers le couvent des

Ursulines de Poissy. Là, ce n'était que jeux et rires avec Baptistine et sa chère petite amie Jeanne-Antoinette Poisson. Georges-Albert, que l'on emmenait pour la circonstance, avait séduit toutes les bonnes sœurs qui le gavaient de sucreries et de gâteaux. Pour Baptistine, ces journées avec ses frères la consolaient de la monotonie du couvent. Bien qu'elle aimât beaucoup Jeanne-Antoinette, tout ce que lui apprenaient les sœurs l'ennuyait profondément.

Baptistine dit à son frère :

« Floris, emmène-moi à la cour avec toi.

— Mais, ma chérie, tu es trop petite ! Quand tu seras plus grande tu viendras nous y rejoindre. »

Baptistine soupira :

« Je suis si malheureuse quand je suis loin de toi ! Et puis les sœurs m'assomment : il faut se tenir comme ci, ne pas manger comme ça ; elles ne cessent de me répéter que je ne serai jamais une jeune fille accomplie. Elles me font faire des révérences et des danses avec les filles ; c'est idiot. Je voudrais être encore à Mortefontaine, à lancer des poignards avec Li Kang ou tirer au pistolet avec Fédor. »

Ces instincts guerriers faisaient pâlir Li Kang et Fédor de bonheur ; la petite barinia valait ses frères.

« Prends patience, Libellule Bleue, dit Li Kang en plissant les yeux. Il faut que tu grandisses un peu avec toutes les vieilles mères de Bouddha, et aussi avec Sagesse Ordonnée, et ensuite tu viendras nous rejoindre dans le palais de Sultan Ensoleillé. »

Elisa, qui avait suivi, dit à Li Kang :

« Vous ne changerez jamais ! A-t-on idée d'appeler le roi Sultan Ensoleillé ! Si Sa Majesté savait cela !

— Mais, Sagesse Ordonnée, répondit Li Kang en s'inclinant profondément, Sultan Ensoleillé le sait très bien ; il a beaucoup ri.

— Quand as-tu vu le roi, Li Kang ? demanda Floris fort surpris.

— En allant promener Singe Rieur dans le parc, Fleur de Mai, j'ai rencontré Sultan Ensoleillé et nous avons parlé, dit majestueusement Li Kang.

— Oh ! Li Kang, s'écria Baptistine, raconte-moi comment est le roi. »

Et Li Kang raconta à la petite fille que Sultan Ensoleillé avait des yeux de flamme, un visage d'astre étincelant et une voix de prince des ténèbres. Baptistine et son amie Jeanne-Antoinette étaient suspendues à ses lèvres ; leurs yeux brillaient d'admiration. Floris se sentit soudain un peu malheureux et interrompit Li Kang pour proposer à Baptistine de jouer à un de leurs jeux favoris. Baptistine sauta dans les bras de Floris et lui cria en riant :

« Toi, mon Floris, tu es encore plus beau que Sultan Ensoleillé. »

Floris rit à son tour. Il avait retrouvé son bonheur.

Ce soir-là, Floris, Adrien et leurs compagnons quittèrent le couvent en promettant d'y revenir bientôt.

Ainsi les mois passèrent. Peu à peu, le roi fit entrer Floris et Adrien dans son intimité. Les deux frères se rendaient plusieurs fois par semaine dans la petite salle à manger du Bien-Aimé pour y souper ou y faire *médianoche*. Ils n'étaient que six ou huit jeunes gens qui s'amusaient sans contrainte. Ils n'hésitaient pas à s'asseoir en présence du roi, qui se servait lui-même, faisait du café et parfois des ragoûts. Souvent, Louise de Mailly se joignait au petit groupe, et il arrivait à Floris et Adrien d'accompagner le roi à Paris, où il aimait se promener *incognito* dans les rues ou à l'Opéra. Floris s'occupait alors de trouver une voiture de louage qui n'attirait pas l'attention, ou un carrosse sans armes, et la petite bande, dont Richelieu et Villepail faisaient aussi partie, quittait le château pour ne rentrer qu'à l'aube par une porte dérobée.

Quand le roi appelait : « Villeneuve ! » Floris et Adrien se présentaient ensemble comme un seul homme en s'écriant tous deux : « A vos ordres, Majesté. »

Cela faisait toujours rire le roi qui décida de nommer Adrien, Villeneuve, et Floris tout simplement Floris. L'étonnement fut grand parmi les courtisans : on n'avait jamais entendu personne appelé par son prénom. Mais bientôt cela devint une habitude et l'on ne jura plus que par Floris.

Le roi aimait le changement, et il arrivait à Floris et à Adrien de le suivre à Marly, à Chantilly, à Rambouillet, à Fontainebleau. Floris aimait ces voyages qui lui permettaient de galoper avec toute la fougue de sa jeunesse. Une nuit à Versailles, alors que la petite bande devisait gaiement en prenant le café préparé par le roi, Louis XV demanda soudain en riant :

« Aimez-vous Versailles, messieurs ?

— Mais oui, Sire, dirent tous les convives étonnés.

— Eh bien, suivez-moi, continua le roi, l'œil malicieux. Montons nous promener sur les toits pour faire peur aux dames. »

Floris éclata de rire ; l'espièglerie du roi et sa jeunesse de caractère, si proche de la sienne, le ravissait. Il s'écria :

« Oh ! oui, Sire, allons-y tous ! »

En riant, la petite bande gagna les terrasses, à la lumière de deux flambeaux que le roi avait confiés à Floris. Celui-ci les tenait dans une seule main, ce qui était fort incommode, mais il eût été considéré comme du dernier vulgaire à Versailles de prendre un flambeau dans chaque main.

Arrivés sur les toits, les jeunes gens se mirent à pousser des cris et à regarder par les lucarnes pour jouir de l'affolement des courtisans dans leurs mansardes. Adrien partit de son côté avec Villepail et Richelieu, et tous se mirent à pousser des hurlements terrifiants, clamant avec des voix lugubres qu'ils étaient des revenants. Ils agitaient des seaux et des pelles qu'ils avaient trouvés sur les terrasses et grinçaient des dents en ricanant. Dans les chambres des courtisans, l'affolement régnait. Réveillées en sursaut, les femmes étaient prises de panique, et une vieille duchesse hurla que c'était un scandale et qu'elle demanderait au roi le lendemain matin de faire arrêter les coupables. Louis XV, qui criait plus fort que ses compagnons, riait comme un enfant avec Floris. Tous deux allaient de fenêtre en fenêtre, hurlant des imprécations précises :

« Par Belzébuth, viens prendre l'âme du comte Untel. »

Ou bien :

« Ah ! ah ! ah ! je suis l'esprit du Grand Condé, je viens chercher un compagnon. »

Soudain le roi regarda par une fenêtre et frissonna. Floris s'approcha de lui et dit avec inquiétude :

« Sire, vous avez froid ; je vais vous chercher une cape. »

Le roi saisit Floris à l'épaule et murmura :

« Non, reste, Floris, j'ai froid au cœur. Regarde la femme que je viens d'apercevoir ; je crois que je l'aime. »

Floris jeta un coup d'œil dans la mansarde qu'éclairait une chandelle et vit sur le lit une jeune femme en déshabillé de dentelles qui était allongée sur le lit. Elle ne semblait pas du tout avoir peur des bruits diaboliques qui venaient des toits. Elle leva la tête et regarda en riant la lucarne où se découpait l'ombre du roi. Floris poussa un gémissement. Sans rien remarquer, le roi lui dit :

« Floris, il faut que tu me trouves le nom de cette femme. »

Floris soupira :

« Je le connais, dit-il.

— Ah ! dit le roi en se dirigeant vers l'escalier qui le conduisait à ses appartements, que vous m'êtes précieux, toi et ton frère. Bientôt, j'aurai une vraie mission pour vous. En attendant, je suis heureux de t'avoir auprès de moi. Alors Floris, poursuivit le roi, impatiemment, dis-moi, qui est cette jeune femme ?

— Sire, dit Floris avec effort, c'est la sœur de Mme de Mailly : la marquise Pauline-Félicité de Vintimille. »

CHAPITRE XXXVII

« Ah ! regardez, cinq chauves-souris ! »

Une seconde, les danses et la musique s'arrêtèrent à l'entrée de cinq personnages masqués, méconnaissables et costumés en oiseaux de nuit. Une seconde rumeur se fit entendre :

« Il paraît que le roi se déguise ainsi.

— Le roi, croyez-vous ? Et qui sont les quatre autres ?

— Mais, voyons, Richelieu et ses compagnons habituels ! »

Il y avait grand bal masqué ce soir-là, à l'Opéra de Paris. Les galeries ruisselaient de lumières. Lustres, girandoles, torchères se multipliaient pour la mascarade. Ce n'étaient que Turcs, jardiniers, sauvages emplumés, dominos, masques, Chinois, médecins aux perruques ébouriffées, arlequins, colombines, bergers et bergères, diables et folies qui dansaient, riaient, pillaient les buffets, nouaient des intrigues, cabriolaient au son d'une musique burlesque.

Après quelques secondes de stupeur, à l'entrée des cinq chauves-souris, la salle se remit à danser et à chanter. Les Parisiens comprenaient fort bien que le roi ne voulût pas être reconnu et chacun décida de respecter son incognito, tout en essayant naturellement de l'approcher.

Les cinq chauves-souris s'avancèrent au milieu de la cohue et furent aussitôt entraînées dans une farandole endiablée, dont elles se dégagèrent pour gagner un endroit en apparence plus calme et plus frais. L'une des chauves-souris se pencha vers son voisin et dit d'une voix rauque :

« Peux-tu aller me chercher à boire, Villepail, on étouffe ici.

— Je reviens tout de suite, chuchota Villepail en s'éloignant.

— Dis-moi, Richelieu, poursuivit le roi, tâche de savoir si Mme de Vintimille vient au bal ce soir.

— J'y vais », dit Richelieu qui s'éloigna à son tour.

En entendant cet ordre du roi, Floris avait pâli sous son masque. Depuis la nuit sur les toits, Floris n'avait pas rencontré Pauline ; il avait même cherché à l'éviter et n'était pas allé à la présentation officielle de la jeune femme. Il s'était bien rendu compte que le roi délaissait la pauvre Louise que la cour appelait déjà ironiquement : la Veuve, ou Mlle de La Vallière, mais il était cependant certain que le roi n'avait pas revu Pauline autrement qu'au milieu de toute la cour.

« Eh bien, tu rêves, Floris. »

La voix du roi rappela Floris à la réalité.

« Pardon, Sire..., je... je..., c'est la chaleur.

— Chut ! veux-tu te taire. Sinon tout l'Opéra saura qui je suis. Pour le moment, j'ai une chance sur cinq », dit-il en riant. Puis il attira Floris et Adrien dans l'embrasure d'une fenêtre et chuchota :

« J'ai éloigné exprès Villepail et Richelieu car ce soir, messieurs, vous commencez votre service dans mon secret. Si vous acceptez, bien sûr. »

Floris et Adrien frémirent de bonheur. Enfin le roi faisait appel à eux.

« J'ai rendez-vous ce soir avec quelqu'un qui vient de très loin et je ne voulais pas courir le risque qu'on le vît à la cour avant demain, pour des raisons que vous apprendrez tout à l'heure. Cette personne est déguisée en Turc et masquée, je désire que vous me l'ameniez.

— Mais, s'écria Adrien, comment le reconnaîtrons-nous ?

— Oh ! esprit positif, dit le roi moqueur, c'est prévu. Vous direz : " le Grand Vizir vous attend " et le Turc doit vous répondre : " la lune est bleue ce soir ". »

Adrien s'inclina.

— Oh ! mais tu es insupportable, ne me salue pas ! Je vois déjà des masques qui me regardent.

— Ah ! chuchota Floris, plus que nos saluts, il faudrait

que vous ne parliez pas, car on vous reconnaît encore mieux à votre voix.

— Tu as raison, Floris, dit le roi en souriant. Allez, tous les deux, et faites attention, c'est très important. Quand vous aurez trouvé le Turc, vous viendrez me rejoindre avec lui d'ici à une heure dans ce cabinet. L'entrée en est dissimulée par cette tenture verte. Tout est bien compris. Pour le moment je vais m'amuser un peu. »

Floris et Adrien, sans s'incliner cette fois, dirent simplement : « Comptez sur nous. »

Villepail revenait avec une boisson, ainsi que Richelieu, porteur du renseignement :

« Oui, il paraît que Mme de Vintimille viendra ce soir », dit le duc.

Le roi rit et se mêla, suivi de Richelieu et Villepail, à un groupe de danseurs qui se demandaient laquelle de ces trois chauves-souris était le roi. Le Bien-Aimé était ravi : il aimait à mêler les affaires et le plaisir.

Floris et Adrien plongèrent dans la foule et se rendirent compte rapidement que la mission dont les avait chargés le roi était beaucoup plus ardue qu'il n'y paraissait. Il y avait bien mille masques dans la grande salle, sans compter ceux qui s'égaillaient dans de petites pièces réservées aux couples à la recherche d'un peu de solitude.

Floris et Adrien abordèrent trois ou quatre Turcs en leur chuchotant : « Le Grand Vizir vous attend », mais ils n'eurent comme réponse que des éclats de rire :

« Ah ! ah ! et moi j'ai rendez-vous avec la belle sultane. »

Soudain Floris sentit une main qui saisissait la sienne, tandis qu'une voix lui murmurait :

« Ma maîtresse se languit et sachant qu'on la cherche, elle attend dans ce cabinet. »

Floris baissa les yeux et vit une jeune femme à domino, mais dont on devinait le minois d'une franche gaieté. Il lui sembla que c'était là une soubrette de grande dame. La soubrette aperçut alors Adrien et parut hésiter une seconde entre les deux jeunes gens dans leurs costumes identiques.

« Es-tu sûre, ma belle, que c'est à moi que ta maîtresse désire parler ? »

La soubrette jaugea la taille des jeunes gens, puis fit une révérence à Floris et chuchota :

« Oui... oui, suivez-moi. »

En riant, Floris fit un signe à Adrien, celui-ci hocha la tête, car il comprenait fort bien la situation.

« Ici dans une demi-heure », cria Floris en s'éloignant derrière le domino.

La soubrette le guida vers une petite pièce. Floris souleva une tenture et se trouva seul en face d'une jeune femme masquée, déguisée en bergère. La jeune femme était mollement allongée sur un canapé. Elle se souleva à l'entrée de Floris et murmura :

« Une pauvre bergère sait qu'elle a été remarquée, mais a-t-elle le droit de regarder vers le Soleil ? »

Floris tressaillit : il avait reconnu la voix de Pauline. Sans mot dire, Floris s'approcha de la jeune femme, lui prit la main, la porta à ses lèvres et s'assit tranquillement sur le canapé, en attendant la suite des événements.

Etonnée par ce silence, Pauline baissa ses beaux yeux derrière son masque et murmura :

« Le duc de Richelieu m'a fait dire que Votre Majesté me cherchait. Ai-je bien fait de l'attendre ici ? »

Floris faillit éclater de rire. La vengeance n'était peut-être pas de très bon goût, mais elle était trop belle pour la laisser échapper.

« Vous êtes exquise, madame, dit Floris en prenant soin d'imiter la voix rauque du roi, et vous ne pouvez savoir à quel point cette rencontre me comble d'aise. Mais je vous en prie, ne me donnez pas de la Majesté. Oublions l'étiquette. »

Pauline soupira et s'abandonna contre Floris qui se mit à l'embrasser dans le cou, désireux de profiter sans tarder de son avantage. Pauline arracha son masque et voulut retirer celui de Floris qui protesta :

« Non, madame, j'aime vous avoir ainsi à visage découvert, tandis que je reste pour le moment l'inconnu de l'Opéra. »

Pauline prit cela pour un caprice royal et soupira en tendant ses lèvres à celui qu'elle croyait être le roi. Soudain l'aventure sembla moins drôle à Floris qui en vit toute la muflerie, mais, prisonnier de son mensonge, il continua d'embrasser avec rage la jeune femme qui lui rendait fougueusement ses baisers. Dans une amertume mêlée de bonheur, il retrouvait le corps de Pauline, la chaleur de sa peau, la douceur de sa gorge. La vengeance se retournait contre lui car l'amour de Pauline s'adressait à un autre, à ce roi que Floris aimait comme son frère et respectait comme un dieu.

Coquette, Pauline se laissait faire, mais se refusait devant les caresses trop audacieuses de Floris. La jeune femme soudain se raidit, se jeta en arrière et éclata de rire. Floris, surpris, se redressa.

« Ah ! Floris, Floris, toi !... Tu es vraiment un monstre de m'avoir ainsi trompée. »

Floris se rendit compte que Pauline avait ouvert son pourpoint et qu'elle tenait entre ses doigts le talisman qu'elle lui avait mis autour du cou dans la grange de Mortefontaine. Floris arracha son masque, furieux contre lui-même et contre la terre entière.

« Traîtresse ! dit-il, après m'avoir fait croire à ton amour tu t'es mariée avec un vieux bouc et maintenant tu veux tromper ce malheureux qui a déjà un pied dans la tombe en trompant du même coup ta pauvre sœur. Tu es vraiment une sorcière. »

Pauline se serra contre Floris.

« Mon petit chevalier, comme je t'aime ! Tu es Floris, mon amour, mon seul amour. Mais, vois-tu, je veux la richesse et la puissance. Mon mariage m'a donné la richesse, le roi me donnera la puissance.

— Et Louise, qui aime vraiment le roi pour lui-même, que devient-elle dans tout cela ?

— Bah ! elle n'aurait pas pu le garder longtemps. Elle est trop douce et bonne. Moi, par contre, je suis dure comme fer. Rien ne me résiste et j'aurai le roi. »

Pauline prit la main de Floris et murmura :

« En attendant, tu es là, toi, ma seule faiblesse, ma folie. Prends-moi dans tes bras, Floris, et profitons du court moment qui nous est donné. Je te dirai ensuite comment tu pourras me rejoindre à Versailles. Tu verras, nous nous verrons et personne n'en saura rien, car tu resteras toujours mon préféré, mon beau Floris. »

Une seconde, la tentation fut la plus forte. Le corps de Pauline était là, tendre, alangui, prêt à l'amour. Floris fut pris d'un vertige. Un voile passa devant ses yeux. Mais, brusquement, il s'arracha à cette étreinte et se redressa, haïssant cette femme.

« Je pourrais à la rigueur tromper ton vieux mari, cria-t-il, mais tromper mon roi, mon prince, jamais ! Adieu,

Pauline. Aime le roi. Il est seul, il a besoin de tendresse et de
calme, mais les trouvera-t-il avec toi ? Je souhaite au moins
que tu ne lui fasses pas trop de mal, ajouta Floris d'une voix
sourde, car je crois qu'il t'aime sincèrement. »

Floris sortit comme un fou de la petite pièce et se retrouva
dans la cohue, mais il eut la présence d'esprit de se remas-
quer aussitôt. Il se rendit au lieu de rendez-vous et trouva
Adrien qui l'attendait tout excité.

« Sais-tu ce qui vient de m'arriver, Floris ?

— Comment le saurais-je ? jeta Floris hargneux.

— Eh bien, une autre soubrette est venue me chercher
avec beaucoup de mystère et m'a emmené dans un petit
cabinet où, tiens-toi bien, une jeune femme m'a pris pour le
roi, et la jeune femme, c'était...

— Marie-Anne, jeta Floris.

— Ah ! ça alors, comment le sais-tu ? dit Adrien, pour
une fois stupéfait.

— Parce que la même aventure vient de m'arriver avec
Pauline, répondit Floris. Ces demoiselles de Mailly-Bresle
vont se déchirer pour le roi. »

Adrien et Floris éclatèrent de rire : on allait assister à une
belle bataille rangée.

« Mon Dieu, dit Adrien, toujours pratique, je plains le
roi.

— Moi aussi, ajouta Floris. Mais il serait peut-être temps
de remplir notre mission et d'oublier ces donzelles enra-
gées. »

Les jeunes gens fendirent la foule comme ils purent et
avisèrent près d'une colonne un Turc masqué, qui semblait
répondre au signalement. Floris et Adrien se regardèrent :
c'était enfin leur homme, sans doute. Ils s'approchèrent et
Floris lui chuchota :

« Le Grand Vizir vous attend. »

Le masque regarda les jeunes gens et répondit :

« La lune est bleue ce soir. »

Floris et Adrien s'inclinèrent :

« Veuillez nous suivre, monsieur. Nous allons vous conduire à la personne que vous savez. »

La farandole battait son plein et le petit groupe eut beaucoup de peine à se frayer un chemin vers le cabinet où le roi
commençait à s'impatienter.

CHAPITRE XXXVIII

Floris et Adrien soulevèrent la tenture verte, firent entrer le Turc et voulurent se retirer, mais le roi les arrêta dans un geste de la main.

« Reste, Floris, et toi aussi Villeneuve ; j'aurai besoin de vous deux. »

Puis le roi se tourna vers le Turc, qui s'était profondément incliné devant lui.

« Je vous remercie d'être revenu de Berlin si vite, mon cher Trotti.

— Toujours aux ordres de Votre Majesté », dit le Turc en se démasquant. C'était un très bel homme de trente-cinq ans, au charme mêlé d'un rien de morgue. Intrigués, Floris et Adrien se regardèrent ; ainsi le Turc s'appelait Trotti, et devait être un noble Français.

« J'ai voulu vous voir ce soir incognito, dit encore le roi, car demain, à Versailles, nous ne parlerons que de votre mission officielle. Asseyons-nous et causons. »

Louis XV fit un geste et les trois hommes prirent place autour du roi.

« Tout d'abord, mon cher Trotti, voici le comte et le chevalier de Villeneuve-Caramey qui partiront avec notre ambassade dans quelques jours. »

Floris jeta un coup d'œil déçu à son frère. Une ambassade, lui qui rêvait de tirer l'épée ! Le roi surprit le regard de Floris et n'eut pas de peine à en deviner le sens.

« Ecoute attentivement, jeune présomptueux », lui dit-il.

Puis, se tournant vers le Turc : « Avez-vous appris des nouvelles de Russie à Berlin, Trotti ?

— Oui, et mauvaises, Sire, mauvaises. La régente Anna ne veut pas entendre parler d'une alliance avec la France ; elle accepte même à contrecœur une ambassade. Elle n'ose la refuser ouvertement, mais ses conseillers allemands Munich et Ostermann nous détestent et claironnent partout qu'ils tiendront l'ambassade de France à Pétersbourg aussi loin de la cour impériale qu'elle pourrait l'être de Pékin.

— Ah ! Trotti, dit le roi, je veux pourtant reprendre ce vieux projet d'alliance avec la Russie qui tenait tant au cœur du grand diplomate qu'était mon oncle le Régent. »

Le roi rêva un instant, le menton appuyé sur sa belle main dont les fines veines faisaient ressortir l'aristocratique blancheur. Floris songea :

« Qui penserait que ce jeune et beau roi travaille au bal à la grandeur de la France. »

Le roi se redressa :

« Savez-vous, Trotti, si le peuple russe appuierait une révolte contre la régente ?

— A Berlin, j'ai vu beaucoup d'Allemands qui revenaient de Pétersbourg, Sire, et ils m'ont tous affirmé que les Russes ne connaissent que deux choses : le knout et la vodka. Munich et Ostermann manient l'un et l'autre fort bien. Le peuple abruti rêve peut-être d'un tsar russe, mais il ne sait rien faire que rêver. Non, Sire, il n'y a rien à tirer des Russes. »

Floris frémit de rage à entendre un tel discours. N'y tenant plus, au mépris de l'étiquette, il fit un pas en avant et s'adressa sans aménité au personnage qui répondait au nom de Trotti :

« Non, monsieur, non, les Russes ne sont pas ce que vous dites, ils connaissent autre chose que le knout et la vodka. Le Russe, monsieur, a l'âme tendre mais violente, soumise mais féroce, peureuse mais courageuse. La Russie, monsieur, c'est le pays où rien n'est impossible car on ne sait jamais ce qui se passe dans une âme slave. C'est le pays des trahisons et des dévouements, le pays de la grandeur et de la lâcheté, du soleil brûlant et de la neige glacée, de la révolte et de la soumission, du paganisme et de la religion. La Russie, c'est beau, c'est grand, c'est mon enfance... »

Balbutiant d'émotion, Floris dut s'arrêter dans son élan.

« Eh bien, Trotti, que pensez-vous de ce jeune enragé ? » dit le roi en riant.

Floris regrettait d'avoir retiré son masque lui aussi, car il était rouge jusqu'aux oreilles. Il mit un genou en terre.

« Pardonnez-moi, Sire, d'avoir osé prendre la parole sans y avoir été invité par Votre Majesté.

— Allons, jeune coq, calme-toi et présente plutôt tes excuses à M. le marquis Joachim Trotti de La Chétardie qui aura la bonté de les accepter. Du moins nous l'espérons. »

Floris et Adrien se tournèrent vers le Turc dont ils venaient d'apprendre l'identité et firent un profond salut que le marquis leur rendit d'une légère inclinaison de la tête. Spontané comme à son ordinaire, Floris s'écria, dans un élan sincère :

« Je vous prie, monsieur le marquis, de bien vouloir accepter mes humbles excuses, si j'ai eu le malheur de vous blesser par mes paroles inconsidérées. »

Le marquis sourit à la jeunesse de Floris :

« Vous êtes tout excusé, chevalier. J'aime l'enthousiasme et il en faudra pour notre future mission. »

Adrien eut un soupir de soulagement ; le marquis était un homme d'esprit, grâce à Dieu. Mais que Floris était difficile à vivre !

« Et maintenant, messieurs, dit le roi, écoutez : M. de La Chétardie est revenu sur mon ordre de Berlin où il était notre ministre, afin de prendre ses lettres de créance à Versailles et partir pour Pétersbourg, en qualité d'ambassadeur extraordinaire. Messieurs de Villeneuve-Caramey, vous serez attachés d'ambassade. Voici mes instructions, Trotti : vous essaierez loyalement de signer un traité d'alliance avec la régente, mais si vous n'y parvenez pas, vous vous rapprocherez de la tsarevna Elisabeth, la fille de Pierre le Grand... que vous avez connue, je crois, messieurs, ajouta négligemment le roi à l'adresse de Floris et d'Adrien.

— Oui, Sire, dit Adrien, Petrouchka... enfin, je veux dire le tsar, nous a presque élevés, mais nous n'avons qu'entrevu la tsarevna.

— Tout est parfait ainsi, dit le roi en se frottant les mains. Ces jeunes gens, Trotti, parlent le russe comme de vrais boyards et ils se battent comme des lions. Ce sont eux, le moment venu, qui agiront. Il faudra faire vite, échauffer les esprits, exciter les régiments et fomenter une révolte qui chassera les Allemands du trône et mettra Elisabeth, une vraie Russe, à la tête de l'empire. Si vous réussissez, messieurs, la tsarevna, devenue tsarine, se souviendra de ce qu'elle devra au roi de France et ce renversement d'alliance peut avoir des conséquences incalculables pour notre pays. Réfléchissez bien aux difficultés de l'entreprise avant d'accepter. Si vous échouez, je ferai tout ce qui sera en mon pouvoir pour vous aider, mais le roi de France, malheureusement, ne pourra que vous désavouer. Vous Trotti, acceptez-vous cette étrange ambassade ? »

Derrière la portière du cabinet, on entendait les cris et les rires du bal. La sarabande battait son plein. Qui au monde aurait pu deviner que le Bien-Aimé montait ici un plan machiavélique, dont ses ministres n'étaient même pas informés ?

Le marquis de La Chétardie fit un mouvement.

« Votre Majesté sait que les situations trop simples m'ennuient fort et je la remercie d'avoir bien voulu placer sa confiance en moi.

— Merci, Trotti, je n'en ai pas douté une seconde en effet. Mais vous, messieurs, je dois vous prévenir que votre position sera encore plus dangereuse que celle du marquis que protège sa qualité d'ambassadeur de France. Avez-vous bien saisi ce qui vous est demandé ? Et si vous refusez, sachez que je ne vous en voudrai pas.

— Oh ! Sire, dit Floris, mon frère et moi nous avons parfaitement compris ce qu'on attend de nous. Ainsi donc, ajouta-t-il avec un aimable salut à l'adresse du roi et du marquis, c'est tout simple : nous renversons la régente, nous faisons un coup d'Etat, nous mettons la tsarevna sur le trône des tsars, et nous revenons déposer nos hommages aux pieds de Votre Majesté. »

Adrien regarda son frère pour voir s'il plaisantait, mais Floris semblait parfaitement sérieux et il songea qu'avec Floris tout était possible. Ce devait être aussi le sentiment du roi et du marquis, car tous deux restaient silencieux. Puis le roi sourit en regardant les jeunes gens.

« Ah ! Floris, Floris ! et toi Villeneuve, qui es l'aîné, que penses-tu de tout cela ? Acceptes-tu d'entrer dans mon service secret ?

— Sire, dit simplement Adrien, nous sommes toujours aux ordres de Votre Majesté. »

Le roi se leva, visiblement ému par le dévouement de ces

trois hommes. Mais il tenait à le cacher, par souci de pudeur et de dignité.

« Allons, assez travaillé pour ce soir, mes amis ! Adieu, Trotti. A demain à Versailles et gardez ceci en souvenir de moi. »

Le roi retira de sa main une très belle bague en diamant qu'il mit au doigt du marquis. Celui-ci, un genou en terre, baisa la main royale et murmura :

« Cette bague ne sortira jamais de ma famille, Sire, je la conserverai comme un gage de la confiance dont Votre Majesté a bien voulu m'honorer. »

Le marquis se releva et sortit rapidement de la pièce en remettant son masque. Floris et Adrien firent mine de le suivre, mais le roi les retint d'un geste.

« J'ai aussi quelque chose pour vous », dit-il. Le roi entrebâilla sa chemise et sortit une lettre : « Ceci, mes amis, est un message pour la tsarevna. Je n'ai confiance qu'en vous pour le lui remettre. Si vous étiez arrêtés, détruisez-le, bien qu'il soit apparemment inoffensif. Mais la tsarevna comprendra et surtout reconnaîtra, j'en suis sûr, mon écriture. »

Floris et Adrien se regardèrent, étonnés. Le roi sourit.

« Nos ministres respectifs ont failli nous marier autrefois et nous avons échangé des portraits officiels et des lettres. Je suis sûr qu'elle s'en souviendra. »

Floris prit respectueusement la lettre et la remit à son frère.

« Tu es l'aîné, Adrien, c'est à toi de la porter.

— D'autre part, mes amis, bien que j'aie toute confiance dans le marquis, surveillez-le discrètement et avertissez-moi au plus vite, si par hasard il négligeait sa mission. »

Floris et Adrien se regardèrent, ébahis. Ils savaient le roi méfiant, mais pas à ce point-là.

« Allons nous amuser, maintenant, mes amis. Je suis un peu triste à la pensée de vous perdre pendant si longtemps, mais je sais que vous seuls avez une chance de mener à bien cette mission.

— Sire, dit Floris, nous réussirons, ou nous y laisserons la vie.

— Non, non, revenez-moi vivants. Il est dur de régner seul, et je n'aime pas à me séparer de mes rares amis.

— Sire..., dirent simplement Floris et Adrien, la voix brisée par l'émotion.

— Attendez-moi dehors, reprit le roi, je vous rejoins. »
Floris et Adrien sortirent.

« Beaupéou, appela doucement le roi, venez. »

Un homme, masqué lui aussi, et déguisé en sauvage emplumé, surgit de derrière une tenture.

« Vous avez tout entendu. Demain vous partez pour la Russie. A Pétersbourg, faites-vous engager comme jardinier ou valet de chambre à l'ambassade. Surveillez le marquis et les frères de Villeneuve-Caramey qui viennent de sortir. Prévenez-moi si l'un d'eux me trahissait, mais protégez-les aussi discrètement. Surtout qu'ils ne se doutent ni les uns ni les autres de votre surveillance.

— C'est compris, Sire. Ne vous en faites pas, tout ira bien, dit l'homme avec une brusquerie familière qui semblait plaire au roi.

— Voici cinq mille pistoles, ajouta ce dernier. Bonne chance à vous aussi, Beaupéou. »

Le roi sortit à son tour de la pièce et alla rejoindre Floris et Adrien qui l'attendaient dans la salle de bal où la chaleur devenait suffocante à cause des milliers de chandelles qui brûlaient. Les danseurs n'en continuaient pas moins de rire et de chanter. Le roi prit familièrement le bras de Floris et lui dit :

« Tu vois, Floris, mon bonheur serait grand si je pouvais revoir cette femme extraordinaire qu'est Mme de Vintimille. J'avais chargé Richelieu de la trouver, mais il n'a toujours pas reparu. »

Floris sourit. Après tout, que lui importait Pauline...

« Suivez-moi, Sire, je sais où se trouve Mme de Vintimille. »

Quelques jours plus tard, ayant embrassé Baptistine et réglé quelques affaires à Mortefontaine, Floris et Adrien, accompagnés de leur suite habituelle, dirent au revoir à Richelieu et à Villepail, et firent leurs adieux officiels au roi devant toute la cour, avec le marquis de La Chétardie.

Ils prirent la route de l'Est avec Fédor, Li Kang et Grégoire et galopaient en leur compagnie auprès des carrosses de l'ambassade extraordinaire. Un an s'était écoulé depuis que les jeunes gens étaient arrivés à Versailles. Il semblait à Floris que cela faisait un siècle.

« Nous allons suivre la même route que notre mère, murmura Adrien.

— Notre mère ! Mon Dieu, maman, pourquoi n'êtes-vous pas avec nous ?

— Sourire d'Eté est avec toi, Fleur de Mai. Sourire d'Eté ne nous quitte pas et elle nous protège tous », dit Li Kang Yuin.

Comme ils quittaient la France au mois de septembre, Fédor ajouta :

« Quand nous arriverons à Pétersbourg, petit barine, ce sera l'hiver. Nous mettrons les pelisses et prendrons les troïkas pour glisser sur la neige. Ah ! ce sera bon de retrouver la Sainte Russie. »

Sur la route les oiseaux chantaient ; un chaud soleil brillait. Dans les champs les paysans agitaient leurs bras et couraient sur le passage des carrosses, des voitures, des fourgons et des cavaliers de l'ambassade qui soulevaient des nuages de poussière.

Le marquis de La Chétardie sortit la tête de son carrosse et cria :

« Alors, messieurs de Villeneuve-Caramey, vous êtes heureux de partir ? »

Floris et Adrien poussèrent leurs chevaux à la hauteur du marquis, qu'ils aimaient déjà beaucoup, et le saluèrent en riant. Puis Adrien donna une tape amicale sur l'épaule de son frère et ils galopèrent à l'avant des voitures.

Oui, soudain, Floris se sentait heureux de vivre. Il ne regrettait rien ni personne, pas même Pauline. L'avenir s'ouvrait devant lui. Il était heureux et sentait monter en lui la fièvre de l'aventure. Il se dressa sur ses étriers et cria :

« Me voici, Russie... sauvage et douce !

— Mais quel sort nous réserves-tu ? », ajouta Adrien entre ses dents.

TABLE DES MATIÈRES

Achevé d'imprimer le 7 avril 1986
sur presse CAMERON
dans les ateliers de la S.E.P.C.
à Saint-Amand-Montrond (Cher)
pour le compte des éditions Grasset
61, rue des Saints-Pères, 75006 Paris

Nº d'Édition : 6986. Nº d'Impression : 673.
Première édition : dépôt légal : octobre 1985.
Nouveau tirage : dépôt légal : avril 1986.
Imprimé en France

ISBN 2-246-36462-0